春咏苍梧

费永春 编著

天津出版传媒集团

百花文艺出版社

费永春　常用印

西泠印社副社长
李刚田先生　刻

南京艺术学院博士生导师　黄惇先生　题

费永春简介

费永春，文章常署咏春，笔名易水寒，1959年腊月生于江苏省连云港市徐圩盐场。先后毕业和研修于南京师范大学新闻专业，南京艺术学院书法篆刻专业，清华大学美术学院书画鉴定专业，北京画院大写意高研班。国家书画注册鉴定师，一级书法师。他曾任《连云港日报》新闻研究室主任，《苍梧晚报》专副刊部主编，连云港市书画家协会顾问，连云港市作家协会副主席，连云港市硬笔书法协会终身名誉主席，连云港市收藏家协会副主席，连云港市杂文家学会副会长，连云港市公务员书法家协会秘书长，苍梧书画院院长，朐海诗社名誉社长兼艺术总监。

费永春在《人民日报》《光明日报》《读者》《散文选刊》《报刊文摘》《杂文报》《杂文选刊》等报刊发表各类作品200余万字，有40余篇文学作品，荣获各类奖项，2007年被江苏省委宣传部授予"省优秀新闻工作者"称号。1992年他曾出任连云港市新闻、文化战线唯一的中外合资企业——粤港广告装饰有限公司总经理，并于1994年被中国报业协会评为"全国大中城市党报经营先进工作者"。

费永春陆续出版杂文集《七日谈》，散文集《爱的冬天不下雪》《费永春书法作品集》《费永春书法艺术》《费永春书苕溪诗卷》《咏春隶书百联》《费永春题画诗200首》《费永春诗书画作品集》等著作。

目　录

书法之道　唯古为新 …………………………………………………… 黄　惇　　1

篆本周秦草临旭素　隶宗汉魏真法钟王 …………………………… 阿　迪　　2

久闭天门由我开 …………………………………………………………… 孔　灏　　5

思飘云物外　诗入画图中 …………………………………………… 白　水　13

妙境之睛 …………………………………………………………………… 殷胜理　22

苍梧才子　诗情画意 …………………………………………………… 刘安仁　27

世界上没有无故乡的人 ……………………………………………… 张文宝　30

路在脚下延伸 …………………………………………………………… 韦自彪　33

用爱和温暖点亮人生 …………………………………………………… 王军先　38

初心着色　年华永春 …………………………………………………… 张学玲　45

春雨秋风 …………………………………………………………………… 王雪峰　54

观云卷云舒　察花开花落 …………………………………………… 程学敏　67

畅意自在　神韵飘逸 …………………………………………………… 陈　武　74

线条艺术世界里的舞者 ……………………………………………… 周永刚　80

爽爽有风气 ………………………………………………………………… 李洪智　91

亦狂亦侠亦温文 ……………………………………………………… 颜廷军　106

星火长耀　浚潭写春 ………………………………………………… 王雪峰　131

高风雅韵　潇洒出尘 ………………………………………………… 阿　迪　148

勤劳双手绣锦章 ……………………………………………………… 易水寒　161

删繁就简　领异标新 ………………………………………………… 阿　迪　165

爱荷　藏荷　画荷 …………………………………………………… 易水寒　168

迁思妙得翰墨意 ……………………………………………………… 贾俊春　175

隔行通气 ………………………………………………………………… 陈　武　182

以艺抗疫说 ……………………………………………………………… 费永春　196

诗书清刚墨更浓 ……………………………………………………… 杨植野　200

老大其人 ………………………………………………………………… 费云赋　204

齐白石大写意的深远影响 …………………………………………… 汇　文　213

珍惜　真诚温馨的遇见 ……………………………………………… 骆晓玲　222

除夕读母亲 ……………………………………………………………… 费永春　224

观书　观人　咏春　永春 ………………………………………… 费永春　226

书法之道　唯古为新

——费永春书法展前言

黄　惇

　　费永春，连云港人，多年工作于《连云港日报》《苍梧晚报》，任专副刊主编，江苏省优秀新闻工作者，连云港市作家协会副主席、苍梧书画院院长，因其酷爱书法，而得缘结谊。

　　永春 1998 年来南京艺术学院进修，从予学书。凡汉碑刻石，"二王"一系墨迹均心摹手追，往往日书八时，渴骥奔泉，锲而不舍，于古人得法。2010 年又获机赴京于清华大学美术学院研究生班系统学习艺术鉴赏和书法两载，得京华诸名师指点，眼界大开。去岁见其行书长卷，予跋其后云："庚寅岁末，永春弟自海州携此卷来展观，予叹其书艺大进，所谓三日不见当刮目相看也。"今永春从北京归，欲以书展回报故乡，以创作之精品及学习临摹之佳作，求教于同道和爱好者，是为阶段之总结，亦为新旅之开端也。其书作中有两类最为突出：一是汉隶，厚重之中略见放纵；二是行草书，法度之外可见飘逸。予曾与永春谈书云："书法之道，唯古为新，入古越深则出之越新，断不必以新求新，作表面花样文章，三日一过，其味可厌也。入古之深者，其味隽永，可以久玩。"永春曰："然！"

　　永春学书，其短于人者，虽在当地出道较早，但院校系统学书稍晚，然其短者，可以长者补之，其长于人者，兴趣、毅力之外，复于文学下功之深。其散文、杂文逾百万字发表于全国各类报刊，字外功夫，为他人所不及，所谓"味中之味，味外求之"。学书虽以童子打基础为好，然万万不可以年龄论优劣，要之学古而得法也。

　　今永春书展琳琅满目，予期待其来年、后年、未来，渐老渐熟，则何止满目琳琅，当更为韵味隽永也。

　　　　　　　　　　辛卯腊月　黄惇于风来堂灯下

　　黄惇　南京艺术学院艺术研究所所长、博士生导师、国务院学位委员会学科（艺术学）评议组成员、中国书协学术委员会副主任、西泠印社理事、著名学者、教育家。

2012 年与导师黄惇先生合影　摄影　骆晓玲

篆本周秦草临旭素

隶宗汉魏真法钟王

——从文博大家史树青先生对费永春书法评价说起

阿　迪

费先生集作家、诗人、书法家、画家、书画鉴赏家等身份于一身，他的诗书画作品有独到的艺术造诣和审美价值，深受广大群众的好评与喜爱。《春咏苍梧》的出版，让人们更全面、更深入地走进费先生的艺术大观园。

费先生的书法是诸体皆能，尤以隶书、行草书见长。他的书法是在长期研习传统书法基础上逐步渗入自家风貌而形成的。著名学者、文博大家史树青先生对其评价曰："篆本周秦草临旭素，隶宗汉魏真法钟王。"由此可见费先生书法路正源深，厚积薄发。其篆书以秦小篆为基，受秦诏版影响，旁及散氏盘，所书线条凝练，体势飘逸，金石味浓。其隶书从汉入，初法石门，继则西狭、张迁诸石，用笔郁勃顿挫，结体浑朴高古，深得汉碑之精神。其行草书胎息于"二王"，浸淫于圣教序，徜徉于颜氏三稿。既爱旭素，又恋苏董，笃意米芾，相思王铎，钟情于其师黄惇。所书既强调个性，又凸显个性的雅化。他已把行草书作为自己形象的代言。在他使转、翻折的笔法中，人们深切地感触到书家挥毫之际生命力的迸发与流淌；在他于春雨秋风的墨法里，人们在细品慢赏时发现深邃多层的意蕴与风情。他的行草书已具备了传统与出新兼备的品位，取法宏正，气局开阔，秉承宋意明态，风规自远。特别是近期之作，在行草书中融入汉碑之笔法，方笔隶意，复使险绝归于平正，作品古雅耐看，恬静自然。

常言道："书画同源。"费先生对此悟得三昧。他竭力奉行著名画家李苦禅先生提出的"书至画为高度，画至书为极则"的主张，对齐白石、潘天寿、李苦禅、崔子范等诸家进行了系统学习与借鉴，并汲取中外岩画及民间美术的营养，结合自己的学养和兴趣，初步形成了

形简情茂、笔厚意丰的大写意花鸟画风格。他的画是地道的文人画，讲究诗书画印四全，追求文人画中恬淡冲和的书卷气和文人画的笔精墨妙的雅性品格。他的绘画艺术是与时俱进的，在继承了中国画传统笔墨的基础之上，又被赋予了新的时代意义。生活化、平民化是其绘画特征之一。他贴近生活，关注现实，将高雅艺术大众化、普及化，走入寻常百姓家。同时，其绘画语言更加明朗痛快，色彩也更加鲜明惊艳。其绘画在艺术形式上的现代感是其绘画特征之二，强烈而独特。他熟谙现代造型语言，善于运用现代造型结构，把绘画对象进行精简和纯化，提炼为符号，把不同的艺术符号重组为有联系、有韵律的整体，便产生了令人耳目一新的艺术形态。所以，他的绘画有夸张变形，有抽象造型，有笔墨色彩对比，着重视觉冲击力，把连续排列、重叠铺陈的符号群组合成律动的乐章，让生命更加活跃，让生活更加美好，这恰是艺术生命力的最本质的表现。

赏费先生的画，不能拘泥于花鸟本身，因为他要表现的并不是花鸟本身，只是借助"花鸟"这一艺术符号，也就是他自己的心灵符号，去表达一种精神、一种气氛和一种情调。他所绘的一景一物都是抒怀达意的载体，闪耀着人性的光芒，透射出对人生的感悟，以及由此而产生的那种简朴、旷达和诗意。

然而，要想更深入地走进费先生的书画世界、更本质地领略费先生的创作精髓，还需超越纸面笔墨的局限，走进他的心灵世界，去探求他的学养、气质、品格。众所周知，诗品即人品。"诗者，天地之心"，一花一叶，一山一水，原本静谧冷清的风物，在诗人笔下，活跃起来，流动起来，转变成一个个寄情言志的意象。不管是

明月、春燕、苍鹰、牡丹，还是江海、清荷、秋菊，它们的美丽在诗人的诗行里四季绽放，正是这些美丽的意象，传递着诗人的心事。费先生的诗饱含激昂的人文情怀，赋予大自然深厚的诗情，用一种艺术的眼光看待人生。从他的诗里，可以看到勇敢、坦率、真诚、质朴的性格和诗心。"月映荷塘更袅娉，无垠碧浪接群星"（清华园赏荷），其诗意温暖了朱自清百年后那个同一池戴月的荷花；"花开花落本无意，云卷云舒伴烟霞"（牡丹题画诗），其诗思越千年，长恨一歌梨花颂，富贵依旧牡丹花；"醉书汉隶云烟起，晋帖闲临可赠人"（学书有感）、"四季风情皆入画，一张泼彩又催诗"（题泼彩荷花），其诗风有散翁江上诗韵，以诗论道，浩浩然，随意所之，是读万卷书而行万里路者。费先生创作诗歌逾千首，有"诗咏连云"系列、"诗咏田园"系列、"诗书酒茶"系列等等。著名诗人孔灏先生评其诗有"四气"：豪气、仙气、媚气、逸气。也正是这"四气"构成了一个诗人的天地境界。费先生的一首《过南天门》便是这评价最佳的注脚——"拾级而登数百台，翠微云雾两边裁。千峰万壑眼前过，久闭天门由我开。"在本书有限的篇幅中，只收录了费先生近年部分诗文。今与大家分享，以期是一次寻访诗心之旅，在诗人的诗歌里，一路寻访到自己的身影。

诗、书、画之间究竟是一种怎样的关系呢？著名学者、书画大家启功先生在《谈诗书画的关系》中说："我认为诗与画是同胞兄弟，它们有一个共同的母亲，即是生活。具体些说，即是它们都来自生活中的环境、感情等等，都有对美的要求、有对动人力量的要求等等。这些画家、诗人所画的画、所写的字、所题的诗，都具有作者的灵魂、人格、学养。纸上所表现出的艺能，不过是他们灵魂、人格、学养升华后的反应而已。"这段深刻的论述，窃以为不仅可以引导我们走进费先生的诗书画世界，还能帮助我们走向更广阔的艺术世界。

2023 年 6 月 6 日于墨犁园

阿迪 著名文艺评论家。

2000 年聆听文博大家史树青先生谈书画鉴定 摄影 骆晓玲

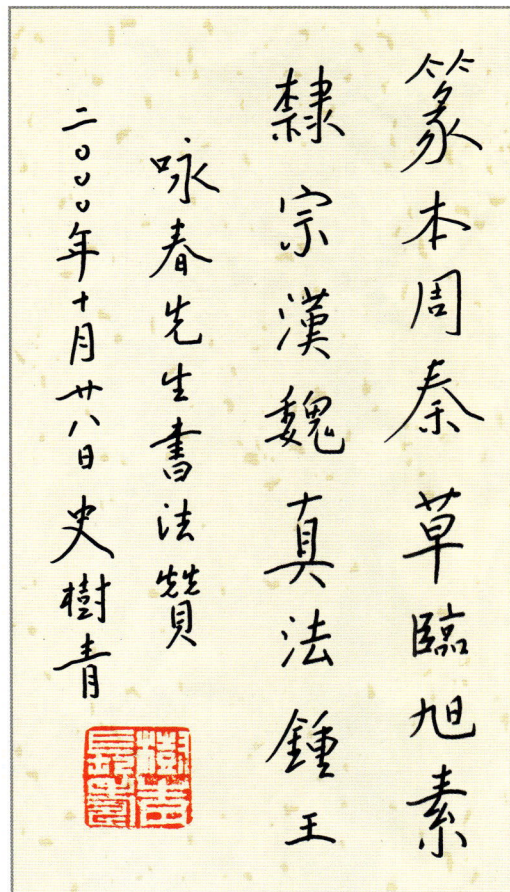

诗

临池偶拾

费永春

晨曦初透小窗纱，伏案摹临宋四家。

昨夜钟张捎梦语，助我顿悟绽墨花。

久闭天门由我开

——费永春先生诗歌略说

孔 灏

　　二十世纪四十年代，哲学家冯友兰先生在美国宾夕法尼亚大学讲授中国哲学史时，做过一个题名"人生的境界"的著名演讲。冯先生指出，人的一生可以呈现出四种境界，即自然境界、功利境界、道德境界和天地境界。而所谓天地境界的人，"其最高成就，是自己与宇宙同一"这个"与宇宙同一"的天地境界，虽说是冯先生口中的圣人境界，但是说到底，那也仍然还是人的境界。中国文化之中，人的境界何以能达到圣人境界或曰天地境界？大成至圣先师孔子早在两千多年前就为我们讲得明白："仁远乎哉？我欲仁，斯仁至矣！"意思是圣人的境界哪里会远？一个人如果真的想要达到这境界，他就一定能够实现！这个"想"，在冯先生看来，叫作"觉

知"，是哲学；在信教者看来，叫作"信仰"，是宗教；在普通人看来，叫作"目标"，是生活；在艺术家看来，叫作"追求"，是出入于八荒四合、往古今来之间逍遥游戏的精神漫游……欣赏费永春先生的作品，每每令人为此精神漫游的艺术结晶所击节赞叹、深深折服！

　　费永春先生长期从事新闻媒体和文化艺术工作，不仅曾主持《连云港日报》《苍梧晚报》的文学副刊和书画专栏数十年，发现、提携、推介了相当数量的本土作家、画家、书法家，更因其自身在杂文、书法、绘画等创作方面的精深造诣和卓著成绩，受到了诸多当代名家的一致赞赏与高度推崇。近十年来，费永春先生在潜心于书法、绘画之余，诗心澎湃，佳作迭出，又以一系列

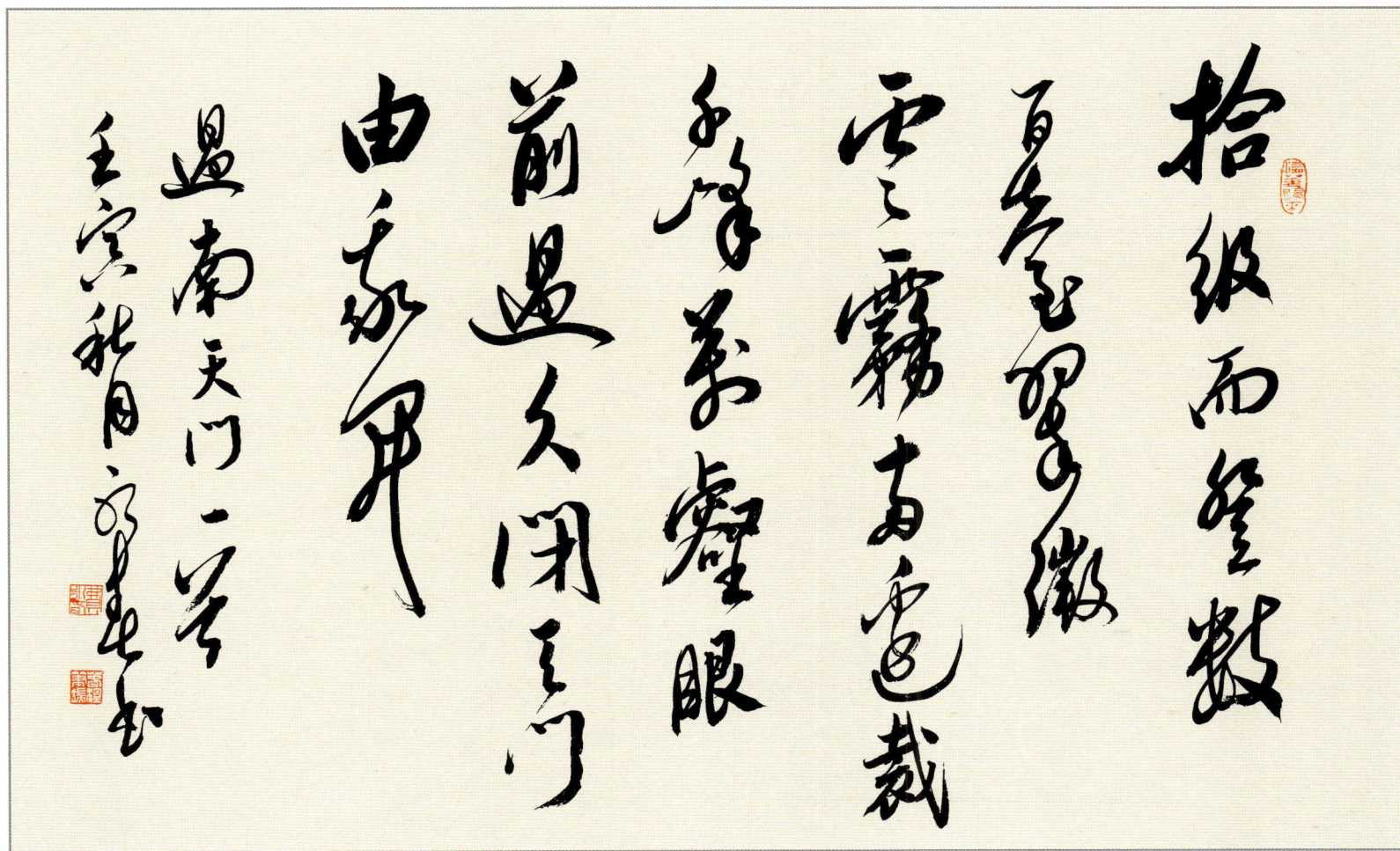

过南天门

费永春

拾级而登数百台，翠微云雾两边裁。
千峰万壑眼前过，久闭天门由我开。

行草条幅

136cm×68cm

2022 年 书

高质量的诗歌为连云港诗坛的繁荣发展写下了浓墨重彩的绚丽华章。

费永春先生胸有块垒，诗有豪气。这豪气，充塞天地，恰如唐代司空图《二十四诗品》中论"豪放"所说："观化匪禁，吞吐大荒。由道返气，处得以狂。天风浪浪，海山苍苍。真力弥满，万象在旁。"如何是"真力弥满，万象在旁"？且看先生的《登玉女峰》：

峰巅一览倍堪欢，极目流云境界宽。
空想岂能凌绝顶？登攀才上最高端。

本来，"真力弥满"之人，当此"万象在旁"之际，无论高山峻岭，抑或万丈深渊，在其眼界与胸次之中本无高下，视之一如，然，身处尘世之间，有为者自当以经世致用、兼济天下为己任。所以，教人向上、催人奋进，皆仁者之心念、豪杰所当为。费永春先生登上江苏省最高峰玉女峰时，以一个"欢"字，点出了"峰巅一览"时的心情；以一个"宽"字，彰显了"极目流云"时的格局。普通的诗人写到这里，基本上也就完成了全诗所要表达的内容。但是，心怀天下、豪气干云的费永春先生却能铁骑突出、疏影横斜，以"空想岂能凌

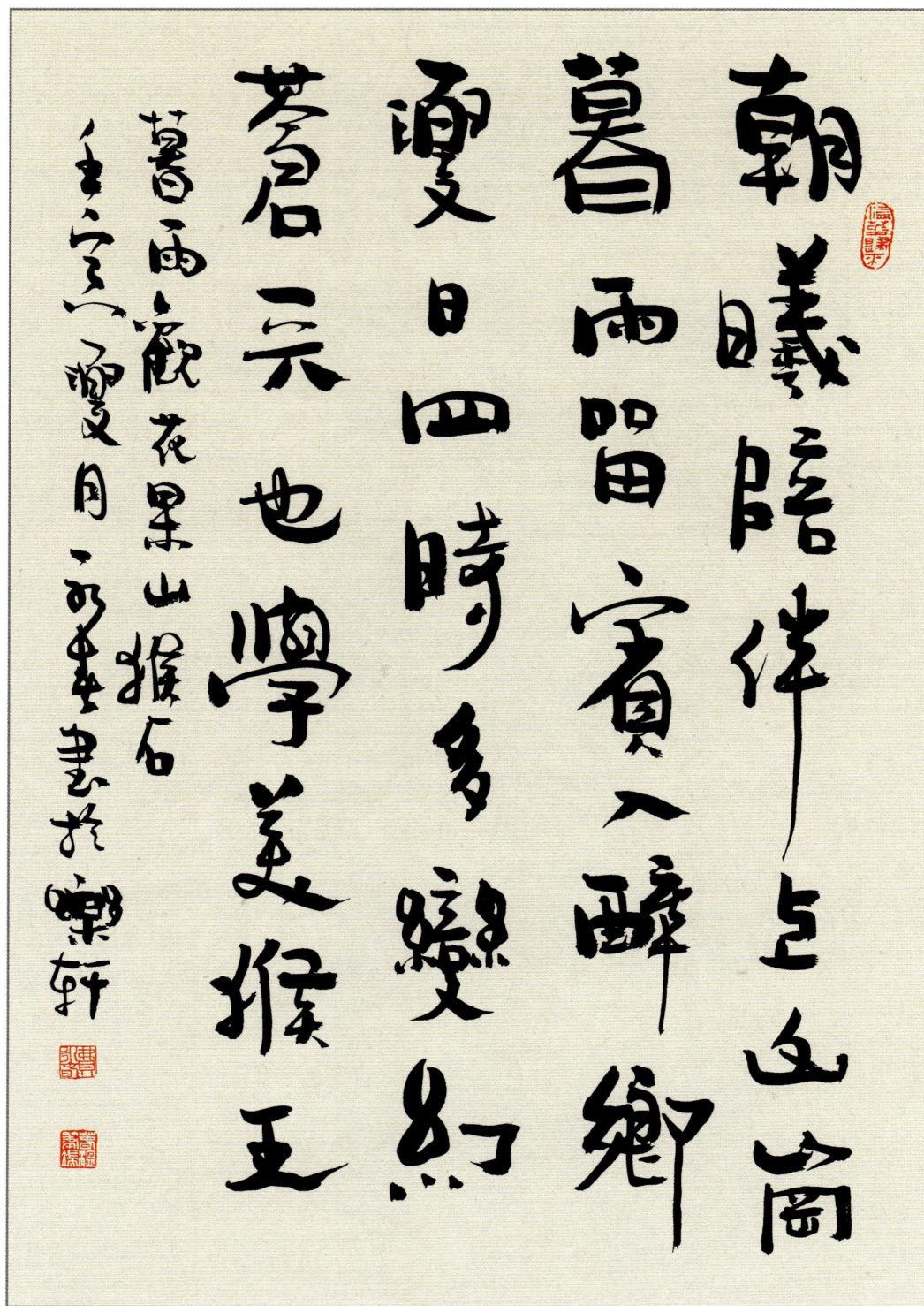

暮雨观花果山猴石

费永春

朝曦陪伴上山岗，暮雨留宾入醉乡。
夏日四时多变幻，苍天也学美猴王。

行书中堂

130cm×68cm

2022 年 书

绝顶？登攀才上最高端"的妙句，直抒胸臆且意蕴深长地激励世人，较之杜子美"会当凌绝顶，一览众山小"之名句，既有回应，又发新意。再如先生的《暮雨观花果山猴石》：

　　　　朝曦陪伴上山冈，暮雨留宾入醉乡。
　　　　夏日四时多变幻，苍天也学美猴王。

　　在一个平常的夏日清晨，诗人陪同亲友登上花果山山巅极目四方：一面指点天地茫茫，一面迎接万道霞光。当一天的游玩快要结束时，他们又在黄昏的雨中观赏花果山猴石。最终，宾主欢宴之后因雨所阻，留宿于山中——就是这样一件日用平常之事，在一颗诗心的审美观照之下，得出了令人有石破天惊之感的诗意发现。"夏日四时多变幻，苍天也学美猴王"两句诗，在浅白如口语的表达之中，以"齐天大圣"孙悟空的"七十二变"为切口，将"天若有情天亦老"的人情之美与"苍天也学美猴王"的凌云之志，通过眼前之景、心中之叹完美地融合起来，蕴含着对家乡的深情厚意，更道出了一个连云港人对于"老乡"孙悟空的无比自豪！
　　费永春先生意超物我，诗有仙气。物我之论，以庄子最为深刻、最为动人。其《齐物论》云："昔者庄周梦为胡蝶，栩栩然胡蝶也，自喻适志与，不知周也。俄然觉，则蘧蘧然周也。不知周之梦为胡蝶与，胡蝶之梦为周与？"我与蝴蝶，既不必强作分别，亦可以同时忘却。如是，则人之生亦即万物之生。进而言之，人类的艺术创作，同样存在着创作者与创作对象的两两相忘、超然自处。费永春先生之《自嘲》诗曰：

　　　　我心早已远红尘，唯有丹青可养身。
　　　　诗画禅音书相伴，疑成俗间一仙人。

　　此诗看似诗人自嘲，实为夫子自道——以丹青养身，有诗书相伴，何况禅机相应，当然尘世仙人！这状态，近似清代邹一桂《小山画谱》所言："今以万物为师，以生机为运，见一花一萼，谛视而熟察之，以得其所以然，则韵致丰采自然生动，而造物在我矣。"作为诗人的费永春先生，非但形神皆能超拔于物我之上，且可以再造一个世界、再造一个"我"。正因如此，我们看到了费永春先生还通过自己的作品《秋夜闲吟》，再造了他与李白、杜甫秋夜之会：

　　　　月落星稀陋室明，语不惊人梦难成。
　　　　披衣更向长河望，李杜谈诗我掌声。

　　　　注：这里的长河，既指银河，也指历史长河。李、杜，即李白、杜甫。

　　星星照亮陋室，诗歌照亮梦想。披衣远望，那历史的彼岸、银河的彼岸，李白、杜甫正热烈讨论诗歌，而此岸鼓掌的费永春先生，似乎已浑然忘却了自己的诗人身份，他只是一个爱读

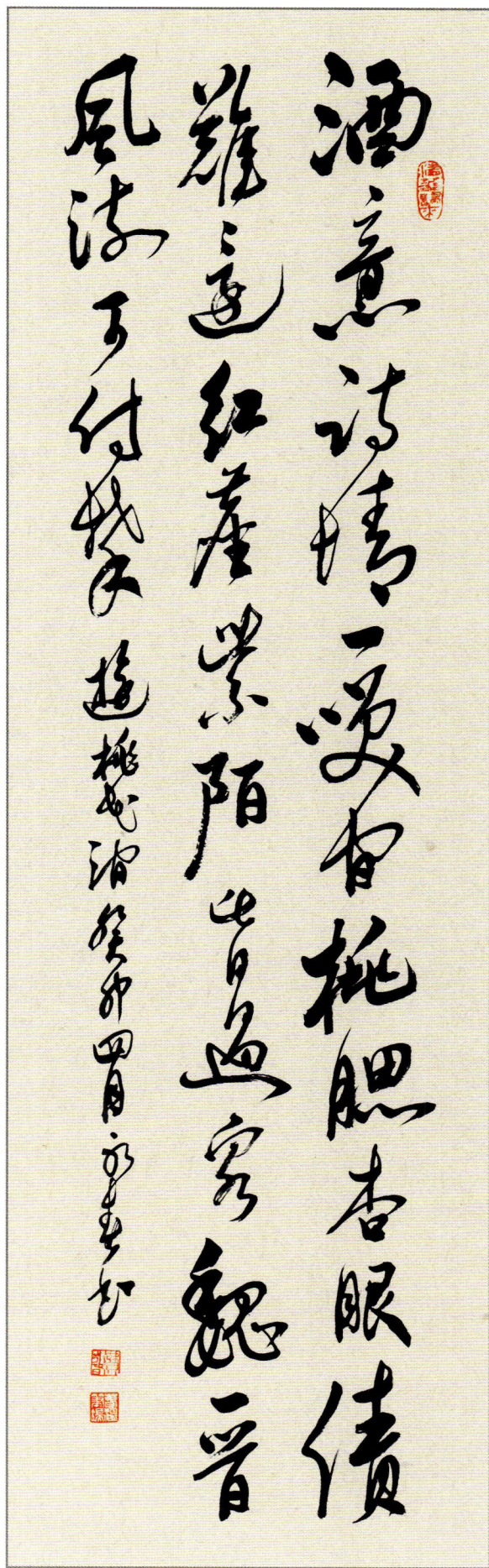

游桃花涧遐想

费永春

酒意诗情一笑间，桃腮杏眼债难还。
红尘紫陌皆过客，魏晋风流可付攀。

行草书
180cm×48cm
2023 年 书

诗仙、诗圣作品之人。这种忘却，与其说是诗人的忘我，毋宁说是其诗句的出人意料、仙气飘飘。

费永春先生情深款曲，诗有媚气。辛稼轩词《贺新郎·甚矣吾衰矣》有句曰"我见青山多妩媚，料青山见我应如是"，紧随其后的两句"情与貌，略相似"，恰恰说出了"媚气"之精髓。按《说文》所载"媚，说（悦）也"，"媚"字为快乐意；按《尔雅》所载"媚，美也"，"媚"字为美丽意；按《广雅》所载"媚，好也"，更加明确地界定了"媚"字专指女子之美丽。此三者之意，与"情与貌，略相似"殊途同归——它们共同例证了"美即典型"的理论。通俗言之，我们从外在世界发现的所有的美，其实都体现了我们自身的一部分，或者说，这个美跟我们自身有着高度的相似性。反过来也可以说是因为我们自己有美的素质和条件，才能够在相似性原则的引领下真正地发现美，欣赏美。正是从这个角度来看，费永春先生的"诗有媚气"，更具备了独特的美学价值和文本意义。他的《云台仙人洞》这样写道：

> 乱石嶙峋满绿苔，白云飞渡洞口开。
> 仙人返往无踪迹，俗子风骚有赋来。

"嶙峋"二字有坚硬的质感，"绿苔"二字却饱含融融的春意；"白云飞渡洞口"，暗喻着时光悠悠，山川依旧。此时此地，此情此景，以一句"仙人返往无踪迹，俗子风骚有赋来"，成功地消解了仙俗之别，开拓了审美之域，有诗意之美与时光之美的映衬，有诗人之美与仙人之美的互文，令人掩卷而思，久久沉吟，深为诗中所述的美与美的流逝、美的永恒而心有戚戚，感叹不已。再看一首《金秋赏红叶》，同样如此：

> 红枫素影映溪流，泼彩山林绘晚秋。
> 摇落相思几片叶，吻吾脸蛋不嫌羞。

首句六个字，并举出红枫、素影、溪流三景观，五颜六色，动静相得。这相得，不仅仅呈现为平面的山中景观，而且还延伸出立体的溪流欢快、山林泼彩。特别使人拍案称绝的是费永春先生以"摇落相思几片叶，吻吾脸蛋不嫌羞"形象地写出了"媚"字的美丽与爱悦之意！这是诗歌的妙境界，更是诗人的好情怀，是诗人与世界、与诗歌之间的"我见青山多妩媚，料青山见我应如是"。

费永春先生思接天外，诗有逸气。李太白诗歌《宣州谢朓楼饯别校书叔云》中有名句："俱怀逸兴壮思飞，

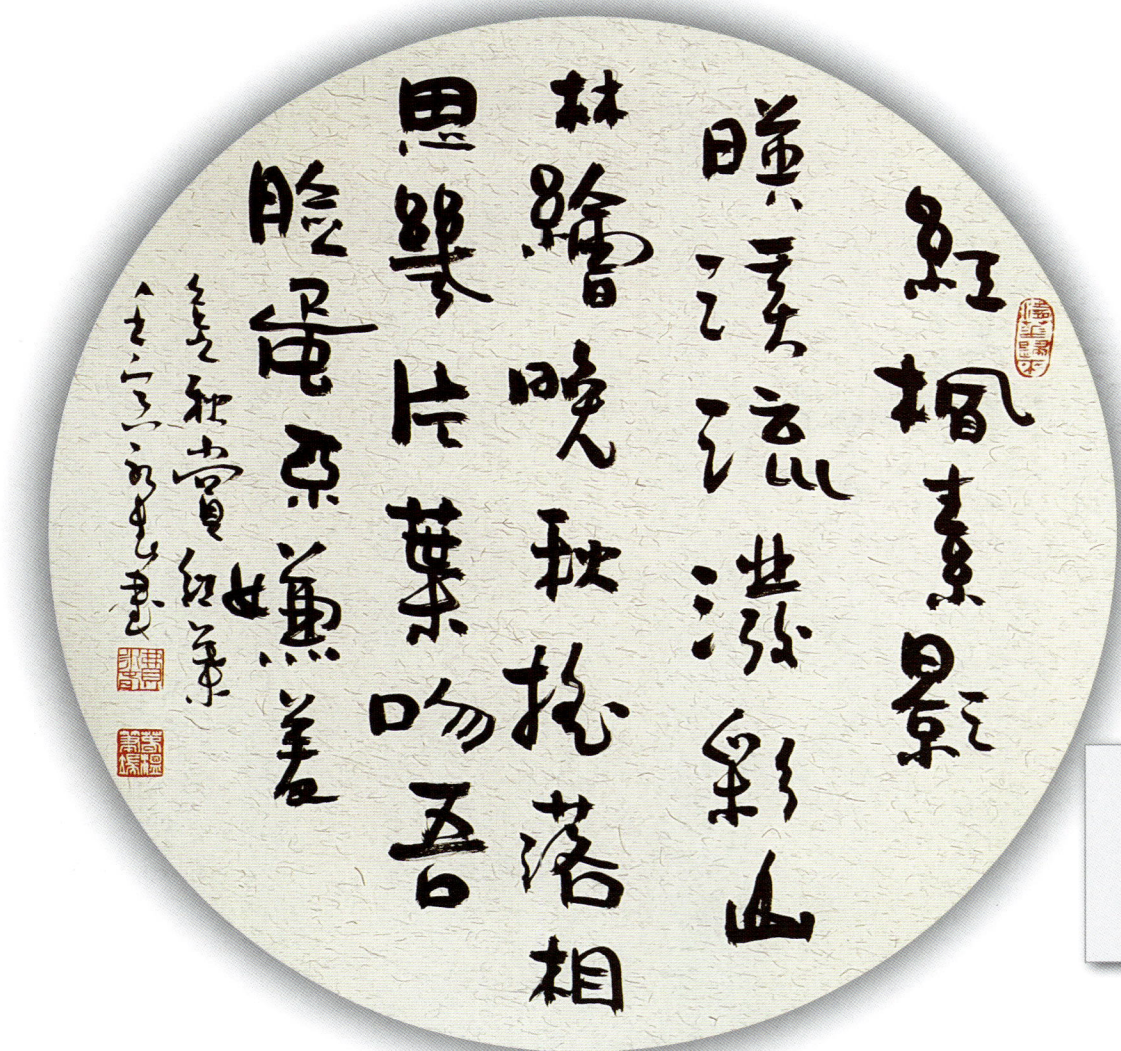

金秋赏红叶

费永春

红枫素影映溪流，泼彩山林绘晚秋。
摇落相思几片叶，吻吾脸蛋不嫌羞。

行书圆扇
30cm×30cm
2022 年 书

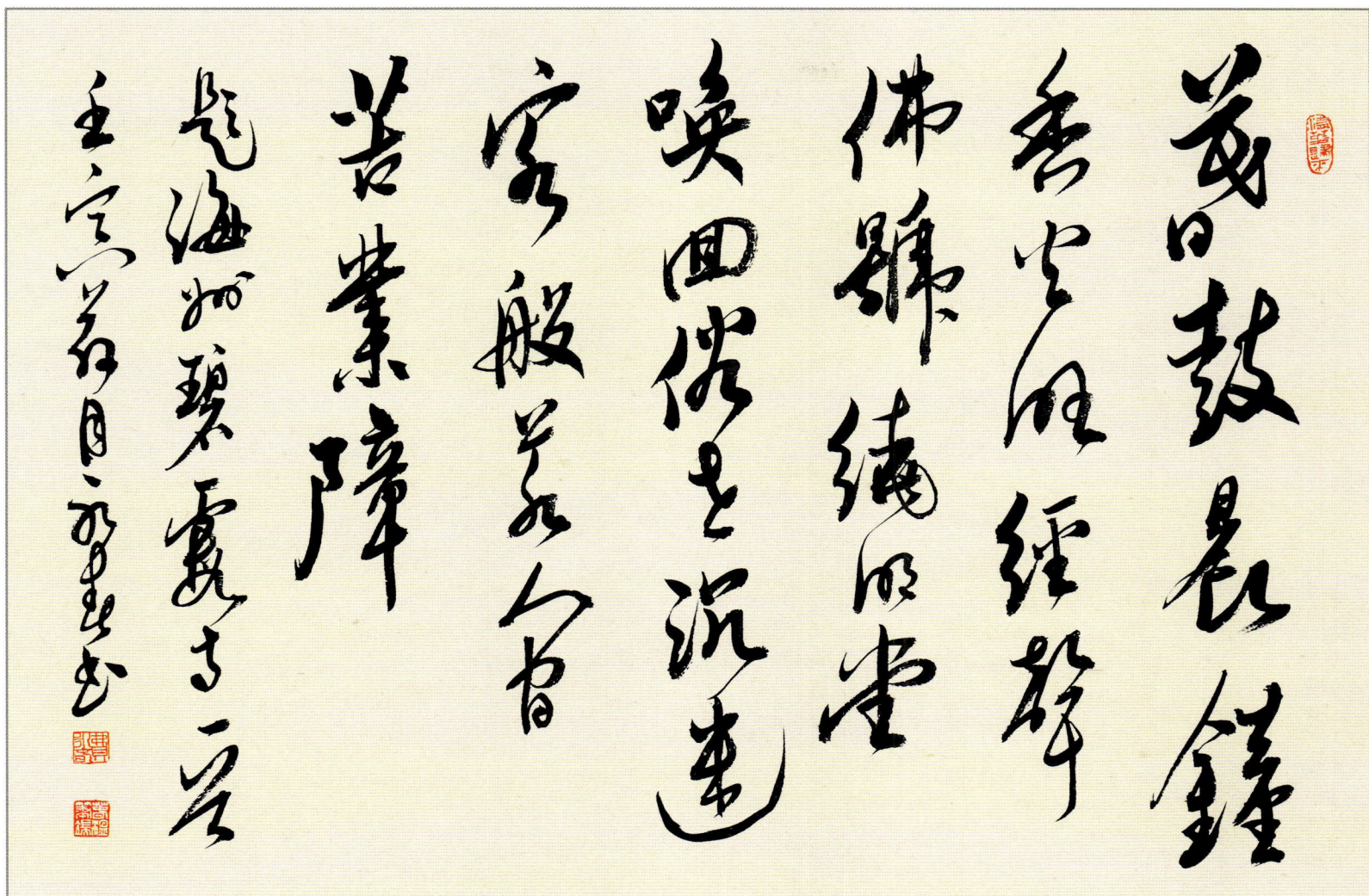

海州碧霞寺

费永春

暮鼓晨钟香火旺，经声佛号绕明堂。

唤回俗世沉迷客，般若人间苦业障。

行草条幅

36cm×68cm

2022 年 书

欲上青天览明月。"神采飞扬，洒脱自在，此正是"逸"字的本来面目也！然则，陶渊明《饮酒（其五）》之中所写"采菊东篱下，悠然见南山"所体现出来的"隐逸"，同样也是一种道法自然、唯变所适的师从造化、复归大化。正因如此，费永春先生之诗亦随之指向了两个维度。论前者，如《游桃花涧遐想》：

秦时徐福远征难，东渡扶桑探秘单。

世上本无不老药，清心寡欲胜仙丹。

酒意诗情一笑间，桃腮杏眼债难还。

红尘紫陌皆过客，魏晋风流可附攀。

初读此诗，不觉会心一笑！一来，诗题《游桃花涧遐想》与李白的《春夜宴从弟桃花园序》，不谋而合；二来，那"酒意诗情一笑间"的状态，与李白之"仰天大笑出门去"的样子，何其相似；三来，桃腮杏眼难还之债、红尘紫陌之过客万千以及魏晋风流之洒然附攀，件件桩桩，桩桩件件，让人一时之间对于眼前之人何为李白、何为费永春，顿生难以分辨之感。这"是真名士自风流"的自信与飘逸，又哪里还能分得清孰古孰今、

孰远孰近？

说到陶渊明，以费永春先生的《望秦山岛》为例：

连云港赣榆人徐福是秦代著名方士，他带着三千童男童女从秦山岛出海为秦始皇寻找长生不老仙药的故事，早已广为人知。诵读此诗，我想象着费永春先生在远望秦山岛时，乃慨然长叹曰："世上本无不老药，清心寡欲胜仙丹。"其时也，风声飒飒、海不扬波，那个吟诵"清心寡欲胜仙丹"的诗人，直令人于惚兮恍兮、恍兮惚兮之际，仿佛看到他也是那个"采菊东篱下，悠然见南山"的诗人……

品读费永春先生诗歌，如果要选一首诗人自己的作品来概括之，我以为或可用《过南天门》："拾级而登数百台，翠微云雾两边裁。千峰万壑眼前过，久闭天门由我开。"此诗四句，豪气、仙气、媚气、逸气，"四气"俱

足，尤其是结句"久闭天门由我开"，有开天辟地之志气，有化生万物之元气，是谓气冲牛斗、气冲霄汉也！也正是这样的"四气"，构成了一个诗人的天地境界。因想起一千多年前，诗人李白第一次谒见诗坛前辈贺知章时，呈上了自己的《蜀道难》和《乌栖曲》。贺知章读后，大为惊异，盛赞之曰："公非人世之人，可不是太白星精耶？"说小李啊，你可不是凡人，你是太白金星下界耶！从此，贺知章称他为"谪仙人"。实际上，人世之间，也只有这样的"谪仙人"，才真的可以开天门！

是的，好诗人都是谪仙人！谪仙人啊，且请，且请，且请为这平常而又充满诗意的尘世开天门……

孔灏　中国作家协会会员，江苏省文艺评论家协会理事，江苏省作家协会全委会委员，连云港市文艺评论家协会主席，连云港市作家协会副主席，连云港市诗歌学会名誉会长，连云港市政协文史学习委副主任。著有诗集《漫游与吟唱》、散文集《观自在》等七部，分别入选中国作家协会二十一世纪文学之星丛书和江苏省作家协会紫金文库等重要选本。曾参加《诗刊》社第二十二届青春诗会，获华文青年诗人奖、江苏紫金山文学奖、郭沫若诗歌奖等。

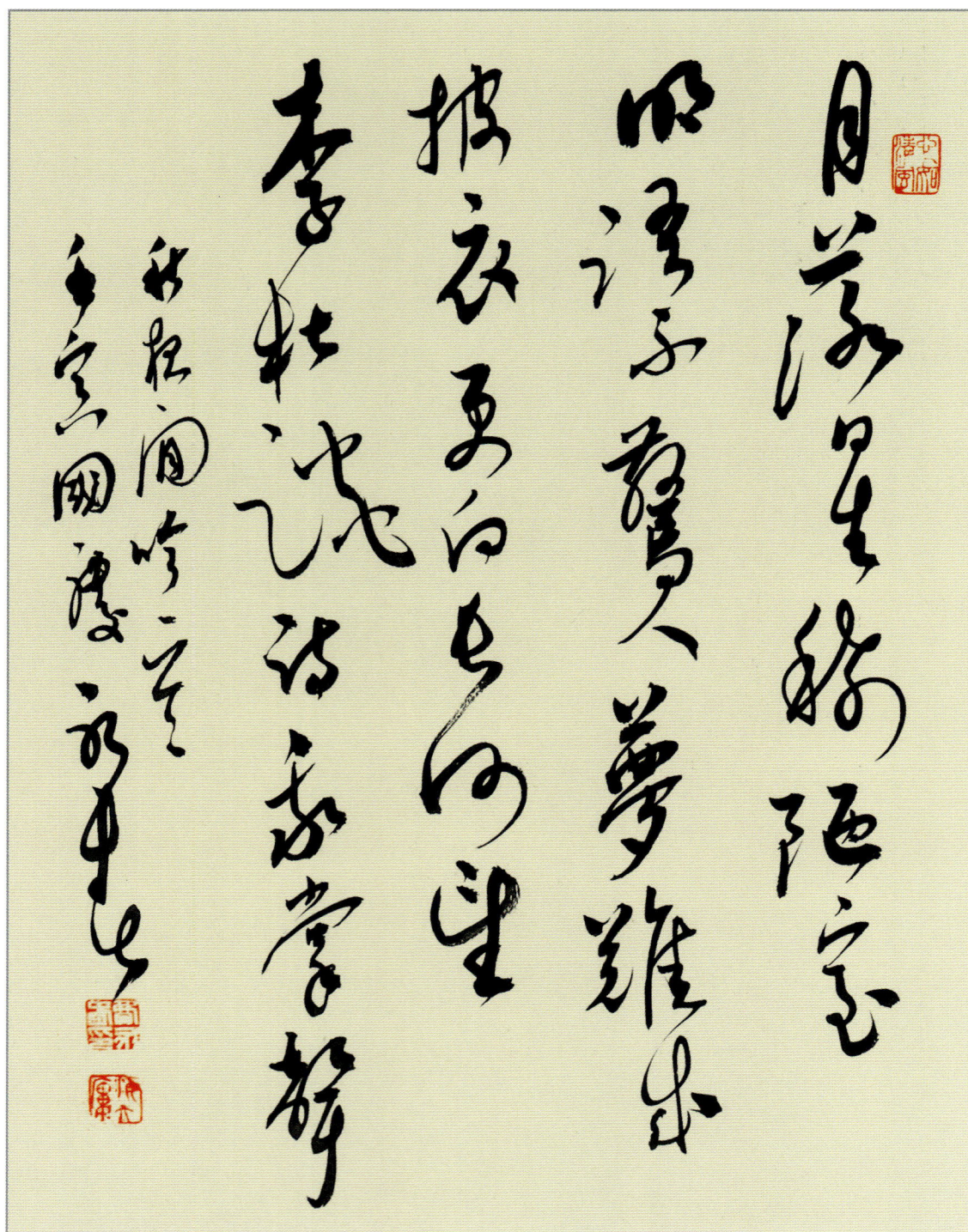

秋夜闲吟

费永春

月落星稀陋室明，语不惊人梦难成。
披衣更向长河望，李杜谈诗我掌声。

行草中堂

116cm×68cm

2022 年书

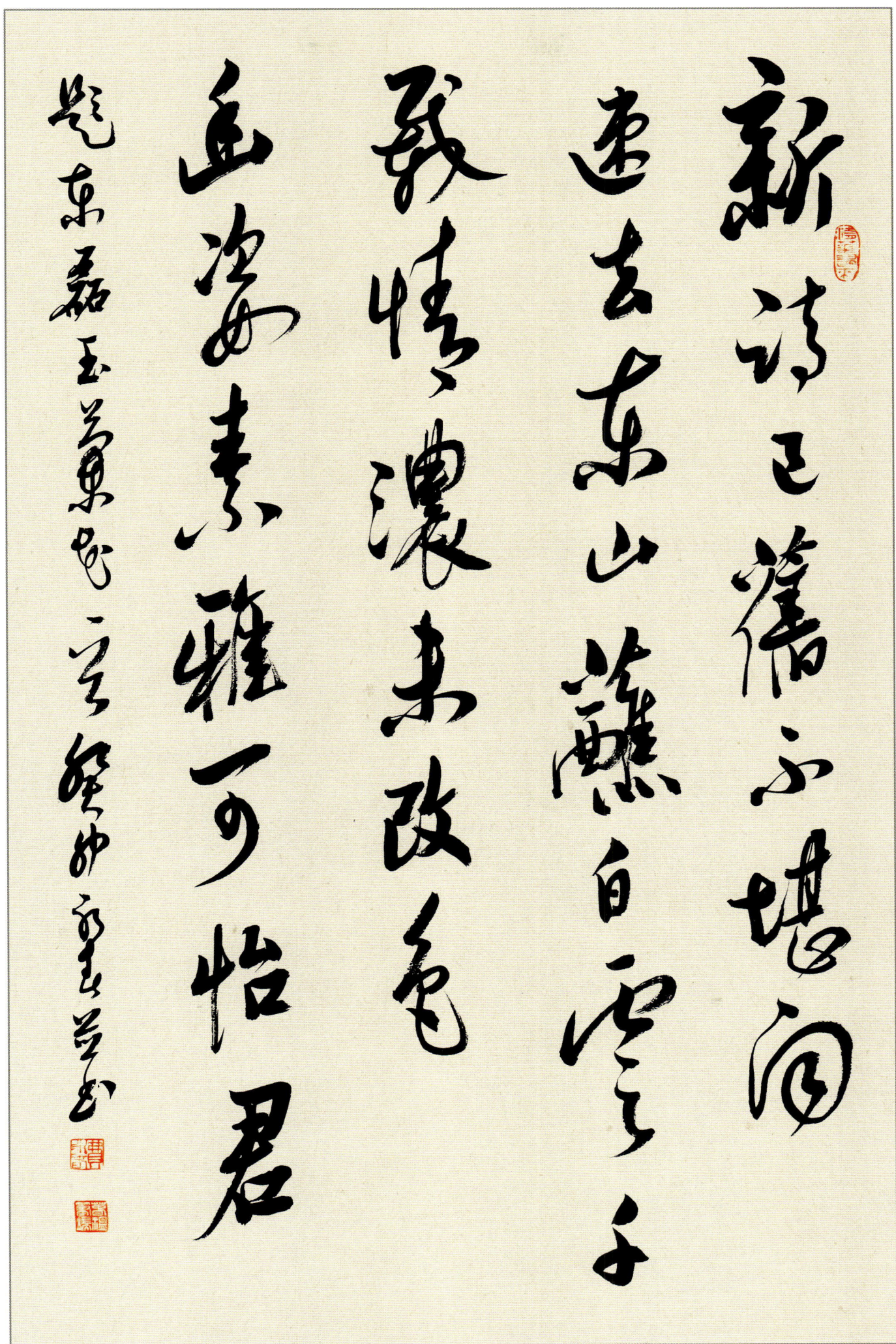

新诗已旧不堪闻，速去东山蘸白云。
义情浓未改色，幽姿素雅可怡君

款东磊玉兰果色一言 赏咏春 玉兰花

东磊赏玉兰花

赏永春

新诗已旧不堪闻，速去东山蘸白云。

千载情浓未改色，幽姿素雅可怡君。

行书中堂

128cm×68cm

2023 年 书

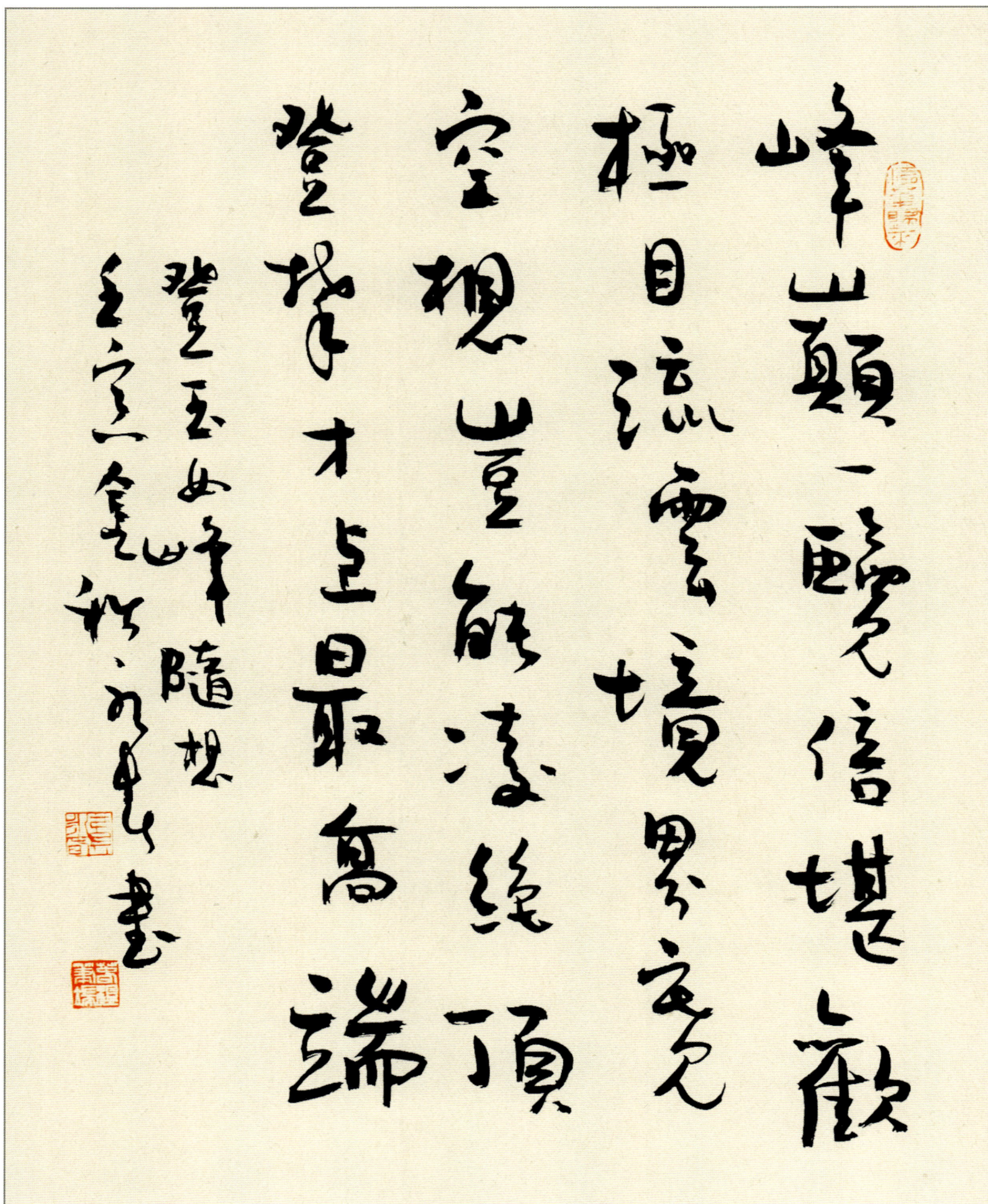

峰巅一览倍堪欢
极目流云境界宽
空想岂能凌绝顶
登攀才上最高端
登玉女峰一首随想
壬寅龙年秋永春书

登玉女峰

费永春

峰巅一览倍堪欢，极目流云境界宽。

空想岂能凌绝顶？登攀才上最高端。

行书中堂

100cm×68cm

2022 年 书

思飘云物外　诗入画图中

——费永春先生诗歌浅谈

白　水

中国传统书画确立了诗画之间密不可分的关系，宋代的张舜民曾在《跋百之诗画》中有"诗是无形画，画是有形诗"之说。而对于一位画家来说，能够提笔挥毫在画上题诗，既要画画得好，还要诗写得妙，更要有精湛的书法功底，三者若皆为上乘，便会被人推崇为"诗书画三绝"。这就要求画家有很全面深厚的学识和较高的艺术修养。在我国数千年的历史长河中，真正能称得上是诗书画三绝的，莫过于唐代的王维、宋代的苏轼、元代的赵孟頫、明代的文征明、清代的郑燮。而唐代的王维更以清新淡远、自然脱俗的风格，创造出一种"诗中有画，画中有诗""诗中有禅"的意境，在中国诗坛独树一帜。而在港城，在我们身边也有一位著名的"诗书画三绝"的艺术家，他就是国家注册书画鉴定师费永春先生。

费永春先生，文章常署咏春，笔名易水寒。先后毕业和研修于南京师范大学新闻专业、南京艺术学院书法篆刻专业、清华大学美术学院书画鉴定专业、北京画院大写意高研班。国家书画注册鉴定师，一级书法师。曾任《连云港日报》新闻研究室主任、《苍梧晚报》专副刊部主编、连云港市书画家协会顾问、连云港市作家协会副主席、连云港市硬笔书法协会终身名誉主席、连云港市收藏家协会副主席、连云港市杂文家学会副会长、连云港市公务员书法家协会秘书长、苍梧书画院院长等职。

费永春先生在南京艺术学院读书期间，曾得到师承齐白石的陈大羽大师，以及书法大家黄惇教授的悉心指导。他以独特的艺术语言和视觉形状、热烈明快的色彩、墨与色的强烈对比，构成了

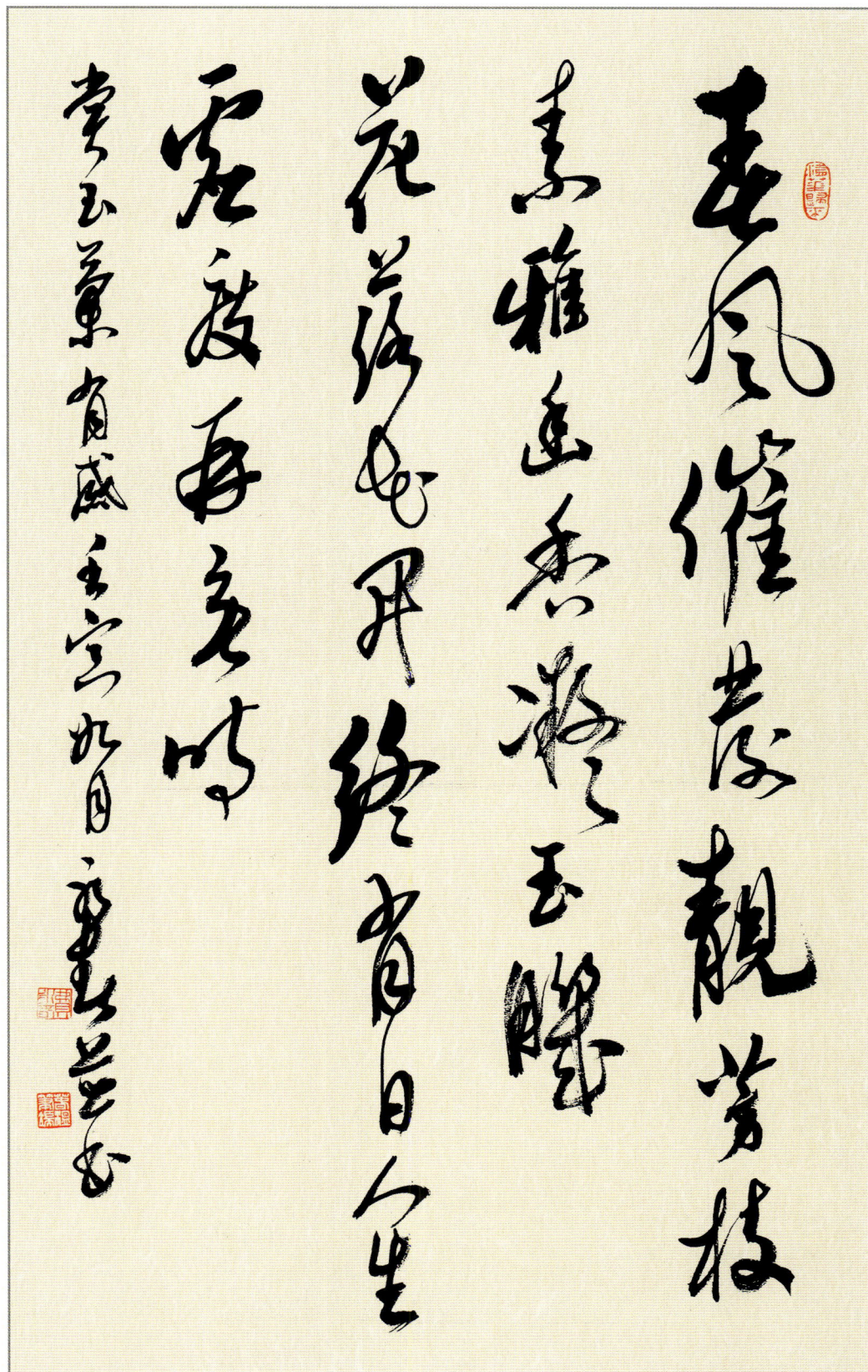

赏玉兰花随感

费永春

春风催发靓芳枝，素雅幽香凝玉肌。

花落花开终有日，人生虚度再无时。

行草中堂

120cm×68cm

2022 年 书

一幅幅气韵生动、别开生面的大写意中国画。多年来，他在不断地学习与探索，并对中国古典诗词也有着很深造诣，不仅将古典诗词的意蕴以现代的眼光加以清澈透视，还以个性化的语言将古典韵味幻化成现代的精神。他的思维很开阔，联想相当丰富，情感非常细腻。他用诗人的眼光作画，画中充满诗情及深邃的意境，用画家目光写诗，诗里充满了画意，从而使诗的画面感更强烈，色彩更丰富，意蕴更深远。他深悟中国传统诗书画的韵味，所以他的作品"诗中有画，画中有诗"。

他的绝句《早春》是这样写的："柳嫩枝摇燕舞忙，春风尽染菜花黄。玉兰有意擎天幕，红杏无心曳出墙。"这首诗描写出一种幽静安逸、舒适惬意的田园风光，表达着作者对春天的喜悦之情。他秉承着王维清新淡远、自然

脱俗的风格，在仅四句的诗里，通过很强的画面感、丰富的色彩描绘了早春的场景。嫩绿的柳枝间，黑色的春燕在飞舞，田野上金黄色菜花在春风里荡漾着阵阵清香，洁白的玉兰花高擎云天，殷红的杏花在春光里摇曳。通过绿柳、金黄菜花、洁白玉兰、绽放的红杏，在人们面前展示出一幅赏心悦目的画面，色彩既丰富又极富有层次感。这就是画家眼中的诗情。

这里还要提到的是"红杏无心曳出墙"这句，是化用了宋代诗人叶绍翁的《游园不值》中"应怜屐齿印苍苔，小扣柴扉久不开。春色满园关不住，一枝红杏出墙来"的诗句。我们许多写诗的朋友都喜欢用典，或者化用古人的名句，但要知道这是一把双刃剑，用典、化用名句如果准确、适当是可以增色的，反之，却会弄巧成拙，

读孔望山天书

费永春

一卷天书问世间，挑升直降孔望山。

经天纬地无人解，至圣先师在破关。

行书圆扇

30cm×30cm

2022 年 书

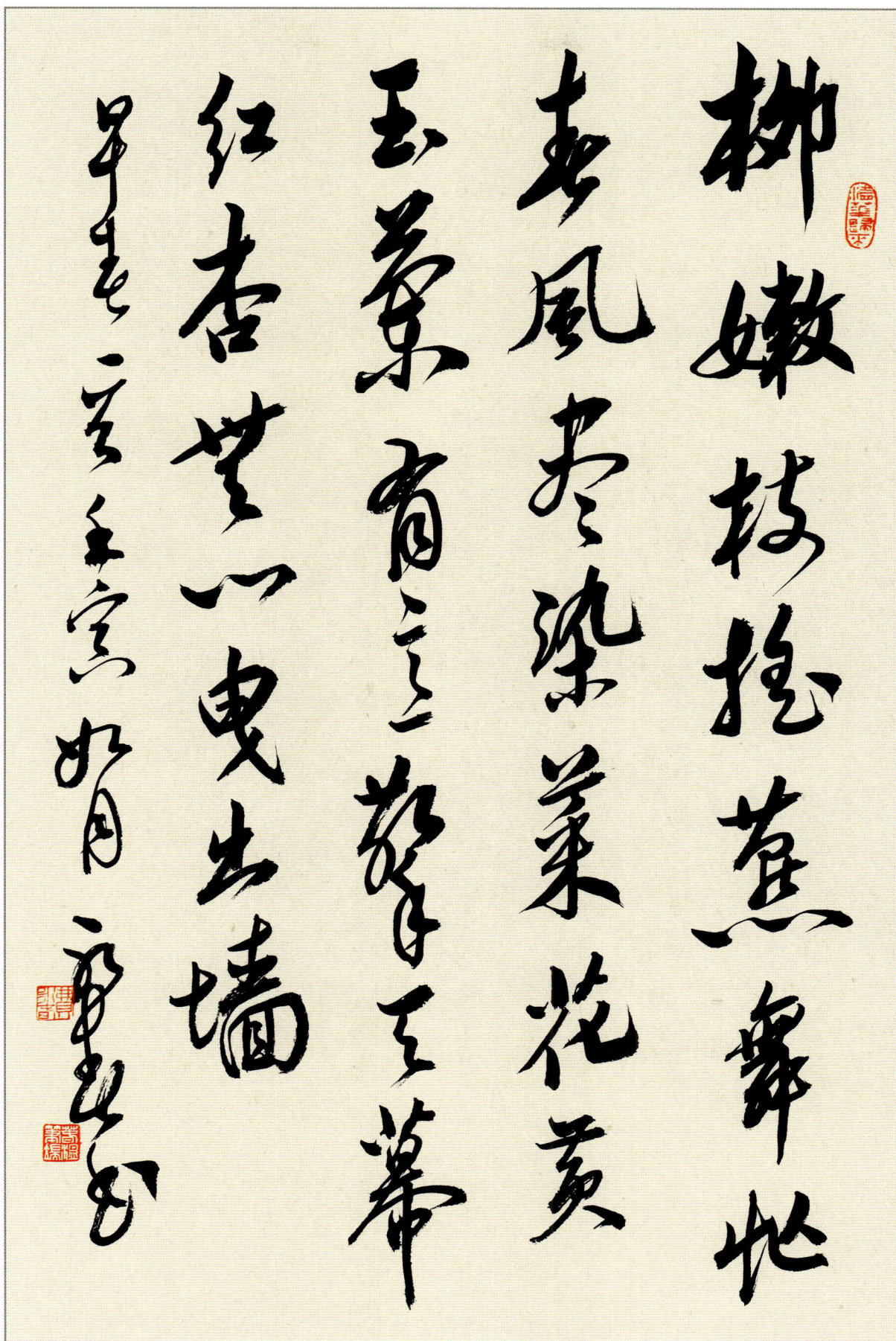

早春

费永春

柳嫩枝摇燕舞忙，春风尽染菜花黄。
玉兰有意擎天幕，红杏无心曳出墙。

行书中堂

120cm×68cm

2022 年 书

反而逊色。其实叶绍翁这首诗也是从陆游的诗句中化用而来的，陆游的《马上作》云："平桥小陌雨初收，淡日穿云翠霭浮。杨柳不遮春色断，一枝红杏出墙头。"对于陆游的"一枝红杏出墙头"，如果不是深读过他的诗，知道

的人可能是不多的。而叶绍翁的"春色满园关不住，一枝红杏出墙来"却成为众人皆知的千古名句，叶绍翁化用陆游的诗句是相当成功的。

而费永春先生化用这名句亦有他的独到之处，他不

是重复古人的诗意，而是反其意而用之。《游园不值》的前两句是"应怜屐齿印苍苔，小扣柴扉久不开"，那是作者在访友不遇、园门紧闭、无法进园观赏园内春花的情况下，在猜想着大概是园主人因为爱惜园内的青苔，怕"我"的屐齿在上面留下践踏的痕迹，所以"柴扉"久久扣不开吧？这种眼前美景看不得，在他的心中肯定是有许多惆怅和无奈的，而后面看到伸出墙外的红杏，总算有了一点慰藉。

叶绍翁诗里的红杏是在园门中紧闭着的，正代表他所处的封闭的年代和诗人被压抑的心情。叶绍翁的"红杏"被关闭着，而费永春先生却反其意化用这一名句，更彰显着当下时代的精神。费永春先生笔下的"红杏"是在春天里自由自在地绽放，是没有被禁闭的，所以也无心要出墙。他这首描写春光明媚、姹紫嫣红春景的诗，是温暖的，是充满着阳光的。这也体现出诗人开朗的性格、豁达

的品格。

每一个时代都有它特定的时代背景、文化语境与文化特征。今天我们在创作旧体格律诗词，既要遵循着传统格律诗词的规范和其韵味，又要能体现出一个时代的精神风貌，才能够写出好的诗词作品。费永春先生的艺术创作既传承了汉魏遗风，又把握住了时代的脉搏。他的诗书画作品体现了现代的审美特征和时代精神的内涵与意蕴。

题画诗是一种艺术形式，是在中国画的空白处，往往由画家本人或他人题上一首诗。诗的内容或抒发作者的感情，或谈论艺术的见地，或咏叹画面的意境。诚如清代方薰所云："高情逸思，画之不足，题以发之。"（《山静居画论》）这种题在画上的诗就叫题画诗。自唐代起就有人写题画诗，诗圣杜甫就有一首题名为《画鹰》的题画诗，只是这些题画诗并非画家亲题于画上，而是作为一种诗的别裁出现。中国传统书画发展到明清以后，便逐渐出现由

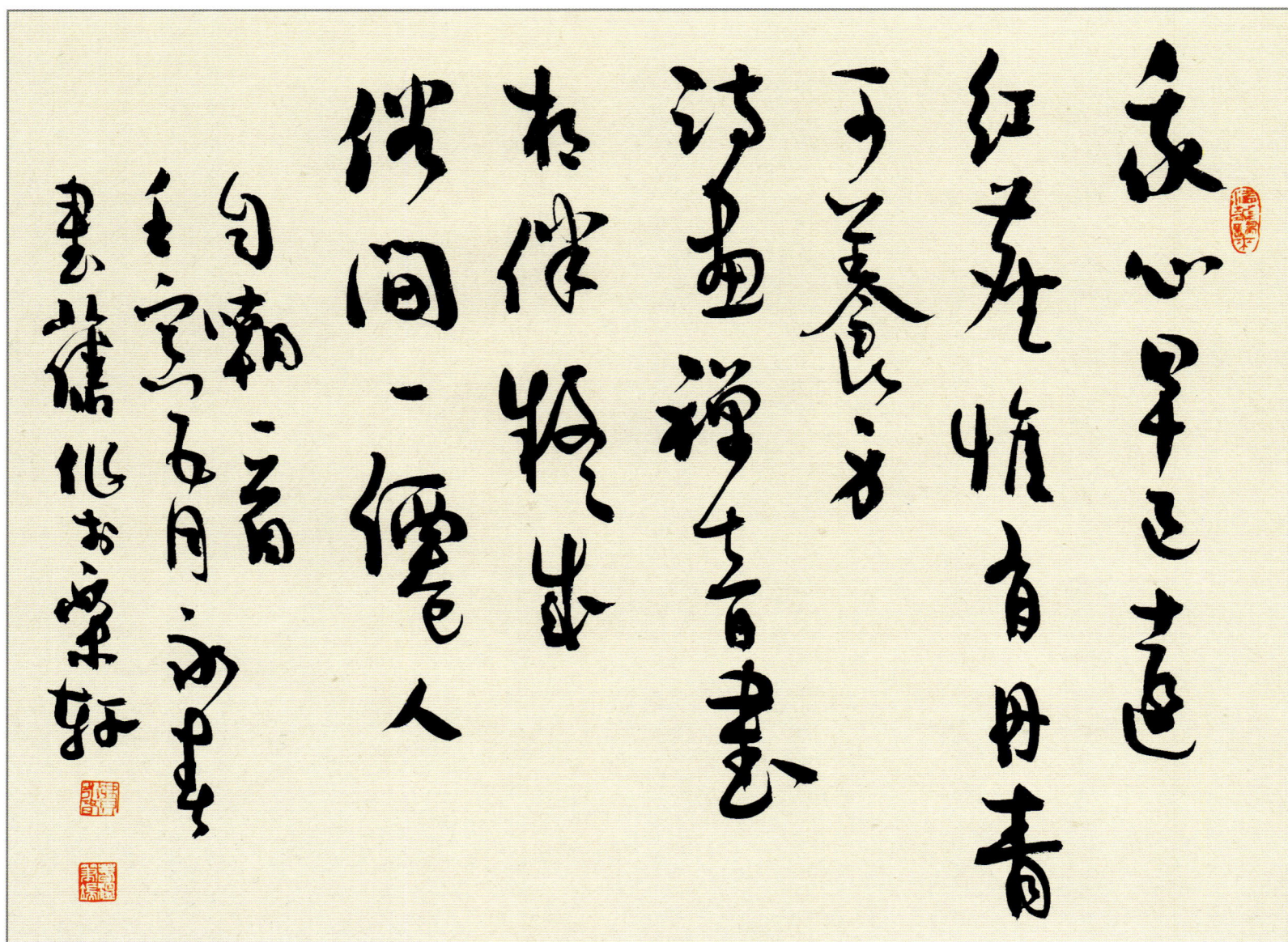

自嘲

费永春

我心早已远红尘，惟有丹青可养身。
诗书禅音书相伴，疑成俗间一仙人。

行书条幅

126cm×68cm

2022 年 书

画家亲题于画上的题画诗，如广为人知的清代郑板桥在《竹石》画中的题画诗："咬定青山不放松，立根原在破岩中。千磨万击还坚韧，任尔东南西北风。"这首首诗是对画面景物的描摹，也是对人生体验后的感悟，画中的翠竹被人格化了。如果说这首诗是作者个人风骨的自喻的话，那么，明代唐寅（字伯虎）在一幅纯粹的仕女画《秋风纨扇图》上的题诗，则是直白的讽喻之作："秋风纨扇合收藏，何事佳人重感伤。请把世情详细看，大都谁不逐炎凉。"由此可见，题画诗不仅可使诗与画相得益彰，更重要的是使诗情与画意有了更高的升华。题画诗得之不易，欲工尤难，贵在诗传画外意。

费永春先生所作的题画诗，也是很有特色的。他的题画诗《新春喜雨》是这样写的："芳原草色韵难描，嫩柳垂杨摇细腰。有意惠风先预约，含情酥雨尽兴聊。"作为书法家、画家和诗人，他的目光是与众不同的。在他的笔下，惠风是可以事先与之预约的，酥雨是可以与之尽兴聊天的。他以自己独到的目光和心境抒发着情感，增加了画面的趣味性，增强了画面的感染力，这一题画诗把文学和美术二者结合起来，在画面上，诗和画，妙合而凝，契合无间，浑然一体，做到了诗情画意，相映成趣，相得益彰。

费永春先生的另一首题画诗《玉兰》："春风催发靓芳枝，素雅幽香凝玉肌。花落花开终有日，人生虚度再无时。"全诗通过描绘玉兰花的开与落，喻示着时光的流逝，告诫人们珍视光阴，勤奋学习，既是劝人，亦用于自警。玉兰花落了，来年还会绽放，而人生青春的时光流逝了，却一去不复返。这与南宋著名的理学家朱熹的《劝学诗》"少年易老学难成，一寸光阴不可轻。未觉池塘春草梦，阶前梧叶已秋声"有异曲同工之妙。人们看到画面中的玉兰花，只是看到高洁、美丽，而作者不仅如此，还从玉兰的开与落，想到了青春易流逝，时光不再来。这就是既是画家又是诗人的费永春先生与众不同的眼光。

王维、苏轼、郑板桥他们题画诗中的诗与画既是相辅相成，相得益彰，又是可以相互独立存在的艺术作品。而现代许多画家，包括那些知名的画家、书法家，他们所谓书画作品中的题诗，严格来讲，只能是比较顺口的文字表述，因为那些诗既缺少古风的韵味，更不符合传统诗词格律的相关要求，所以还不属于真正意义上的诗词作品。那些诗在绘画或书法作品中，只是附属于其中的存在，不能成为主角，更不能离开其作品作为诗词的本身各自独立存在。

而费永春先生的每一首题画诗，无论从平仄还是音韵都符合传统诗词格律的相关要求，在起、承、转、合上也相当到位。他每一首题画诗都意境高远、清淡宁静，有写意传神、形神兼备之妙。当然做到这点，也非易事。他既有着深厚的文化底蕴，还有不断深入学习与研究，追求一种经典的精神。他做每一件事情，都追求尽善尽美。他不仅是著名的画家、书法家，同时还是一位成熟的诗人。

一位艺术家成功的秘诀离不开两方面，一方面是个人的天

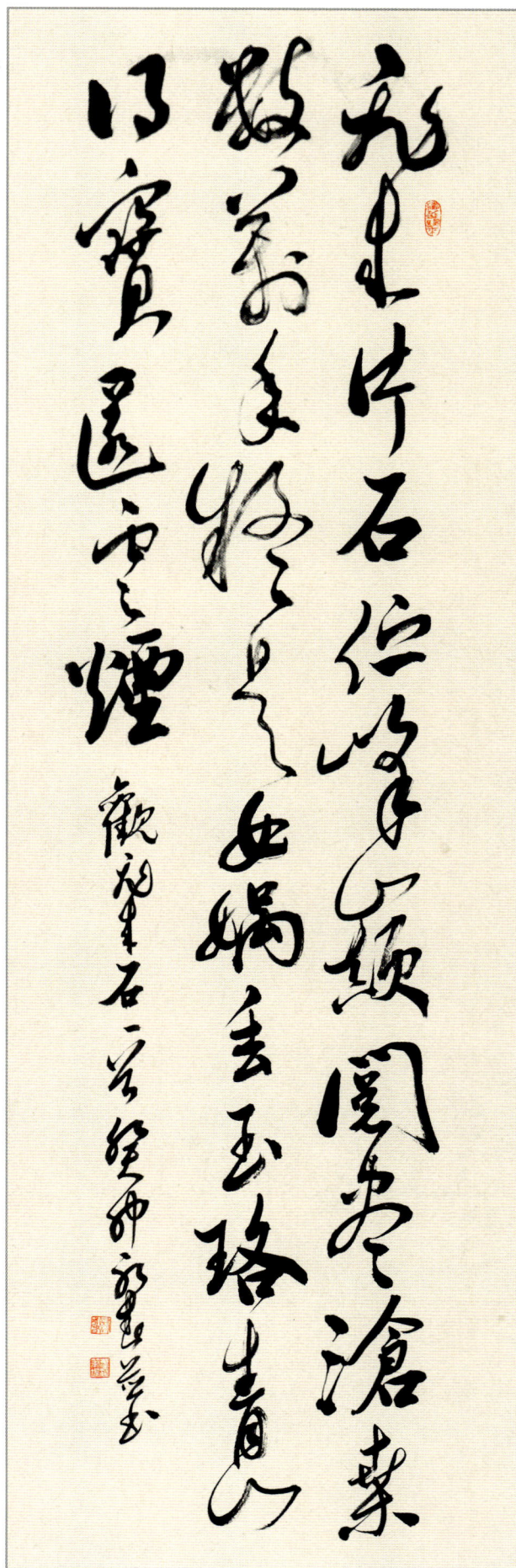

云台山飞来石

费永春

飞来片石伫峰巅，阅尽沧桑数万年。
疑是女娲丢玉珞，青山得宝匿云烟。

行草书
180cm×48cm
2023 年 书

分。所谓天分是指他在某一个领域特别敏感，可以说是天赋异禀。天分是与生俱来的，不可勉强。但天赋只是先天的才能，更多的在于后天的磨炼。有的人天分很高，又特别勤奋，故能取得大成就。当然有了这方面的天赋还不够，还需要来不断地磨炼。另一方面，就是对于艺术的热爱和持之以恒的追求，这也是成就艺术家的根本动力。

费永春先生在艺术上取得了较高的成就，他在书法方面学养丰厚、功力非凡，他指导的许多的书友也成为港城知名的书法家，但他仍然在坚持不断地学习和探索，从他的诗作里就可见一斑。他的《临池偶拾》是这样写的："晨曦初透小窗纱，伏案摹临宋四家。昨夜钟张捎梦语，助我顿悟绽新花。"诗中所说的"宋四家"，指的是宋代苏轼、黄庭坚、米芾和蔡襄，这四人是宋代书法成就最高的宗师。在书法方面，他们也是一个时代的巅峰。而被后

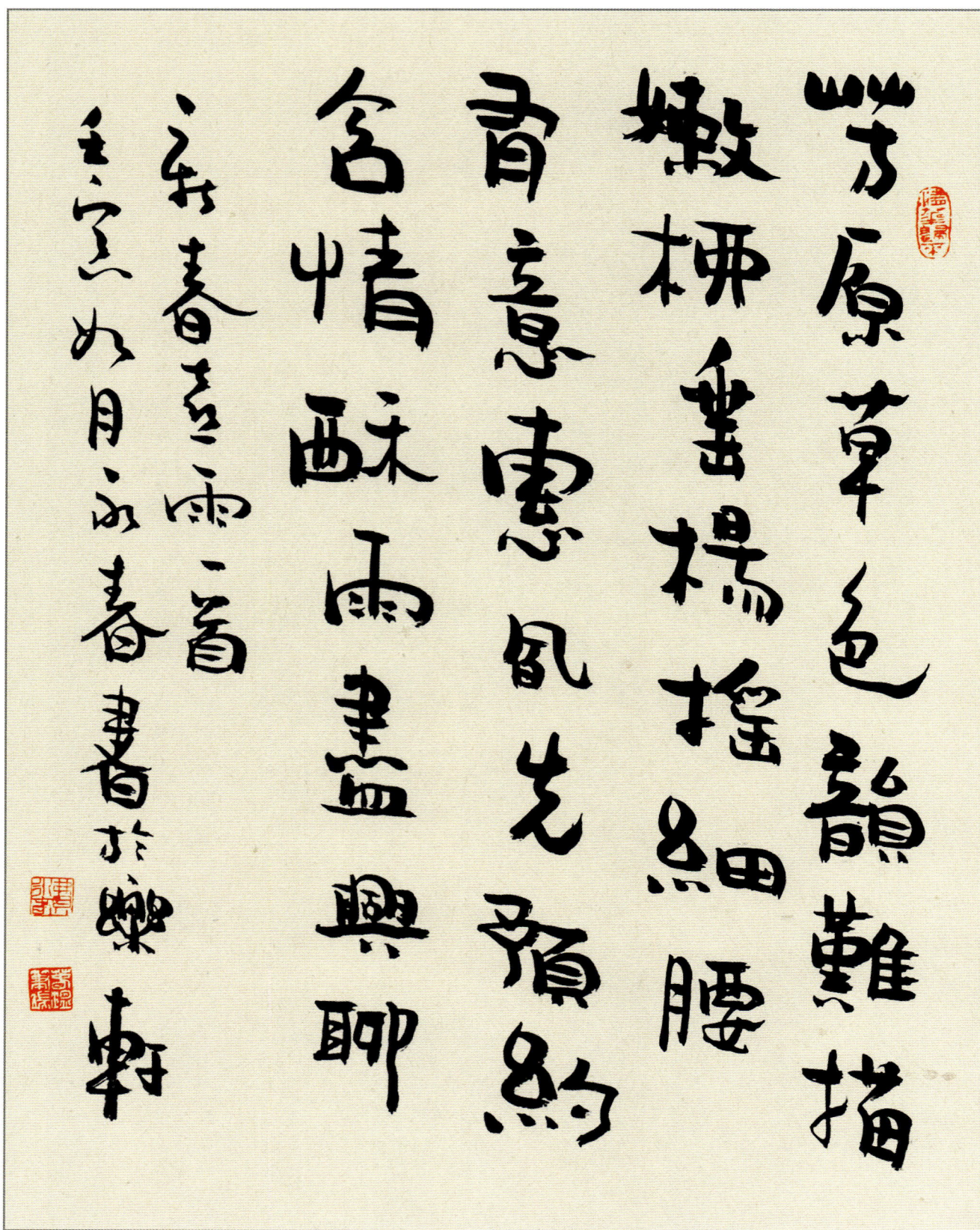

新春喜雨

费永春

芳原草色韵难描，嫩柳垂杨摇细腰。
有意惠风先预约，含情酥雨尽兴聊。

行书中堂

120cm×68cm

2022 年 书

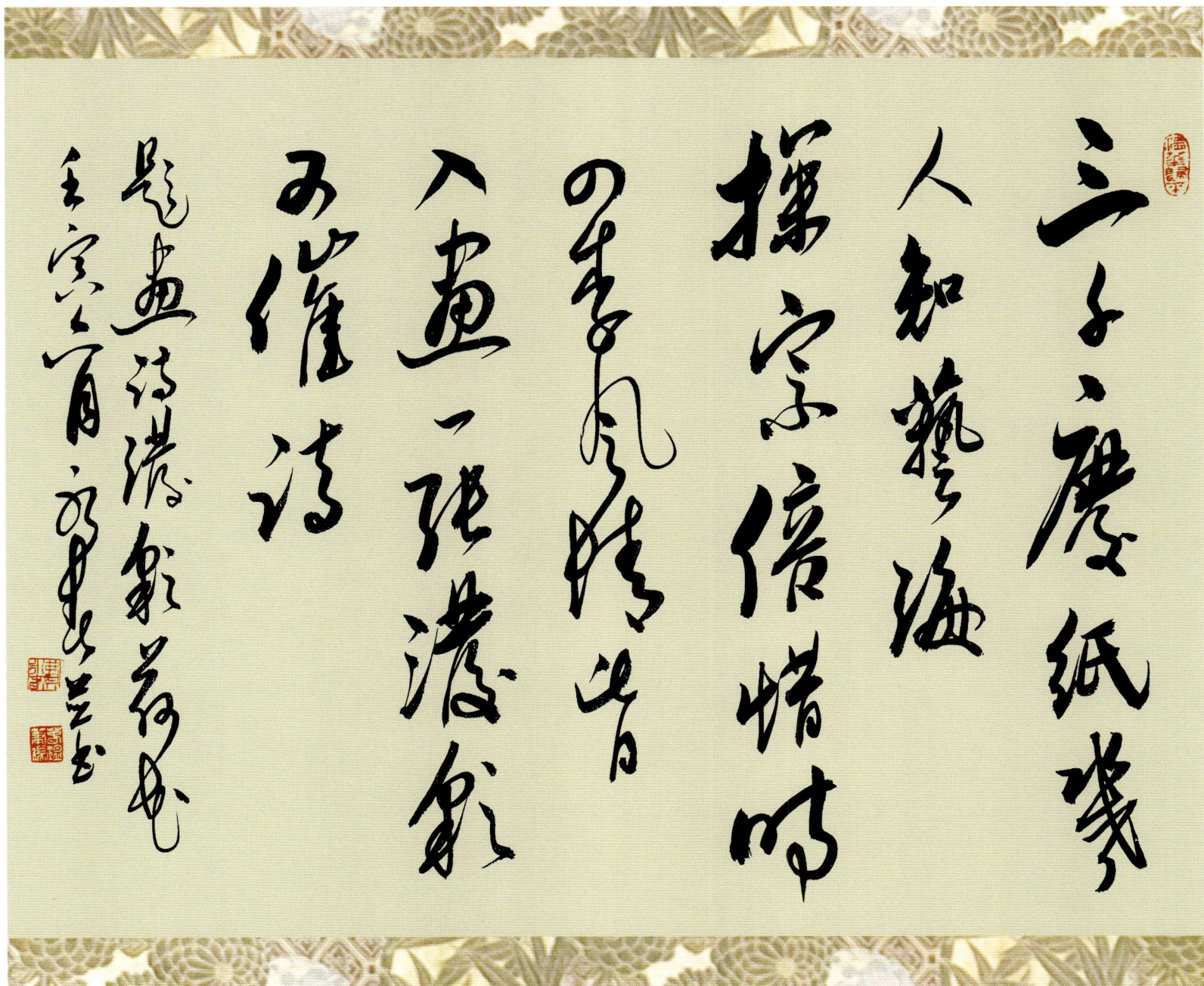

题画诗　泼彩荷花

费永春

三千废纸几人知，艺海探宗倍惜时。

四季风情皆入画，一张泼彩又催诗。

行草条幅

132cm×68cm

2022 年 书

世推为"宋四家"之首的苏轼，其书法的水平极高，他的书法作品《黄州寒食诗帖》，被誉为"天下第三行书"；米芾的《蜀素帖》被尊为"天下第四行书"，与王羲之的《兰亭序》、颜真卿的《祭侄文稿》齐名。费永春先生每天清晨都在伏案临摹他们的作品。不仅如此，他在睡梦里还惦念着钟张两位书法大师，钟、张是指三国时期的钟繇和张芝。张芝、钟繇与王羲之、王献之并称"魏晋书中四贤"。由此可见，他对于美的一种炽烈的追求。他对于艺术生命的本体的追求已到了废寝忘食、魂牵梦萦的境地。这样勤奋刻苦的人，如何能不成功呢？

生活即审美，审美即生活。费永春先生以深厚的文化学养和自由的笔墨意趣向人们诠释艺术理念。他在传承着中华国粹经典中广积博取，师古而不泥古，因循却不守旧，对艺术孜孜不倦地追求，在纷纭的艺术世界中走出了一条自己的路来，力争使自己成为当代"诗书画三绝"的艺术家。

白水　原名张成杰，江苏连云港人，1943 年生于长沙。笔名老山泉、白水。中国诗歌学会会员、江苏省作家协会会员、连云港市诗歌学会首任会长。二十世纪六十年代初开始诗歌创作，作品散见于《诗刊》《星星诗刊》《雨花》《扬子江诗刊》等国内各大报刊，并入选国内多种诗选集，多次在国内报刊征文中获奖，曾获连云港市首届文学奖。入选中国诗人大辞典。出版诗集《走进秋天》《墙头草》《老山泉诗选》等。主编《山水连云港》《山海连云》《诗意中华》《锦绣中华》《海州现代山水诗画》《海州山水系列丛书》等诗歌集。

嫦娥今夜试婚纱，极目蟾宫绽礼花。人海浩茫谁伴嫁？玉兔陪我赴天涯。

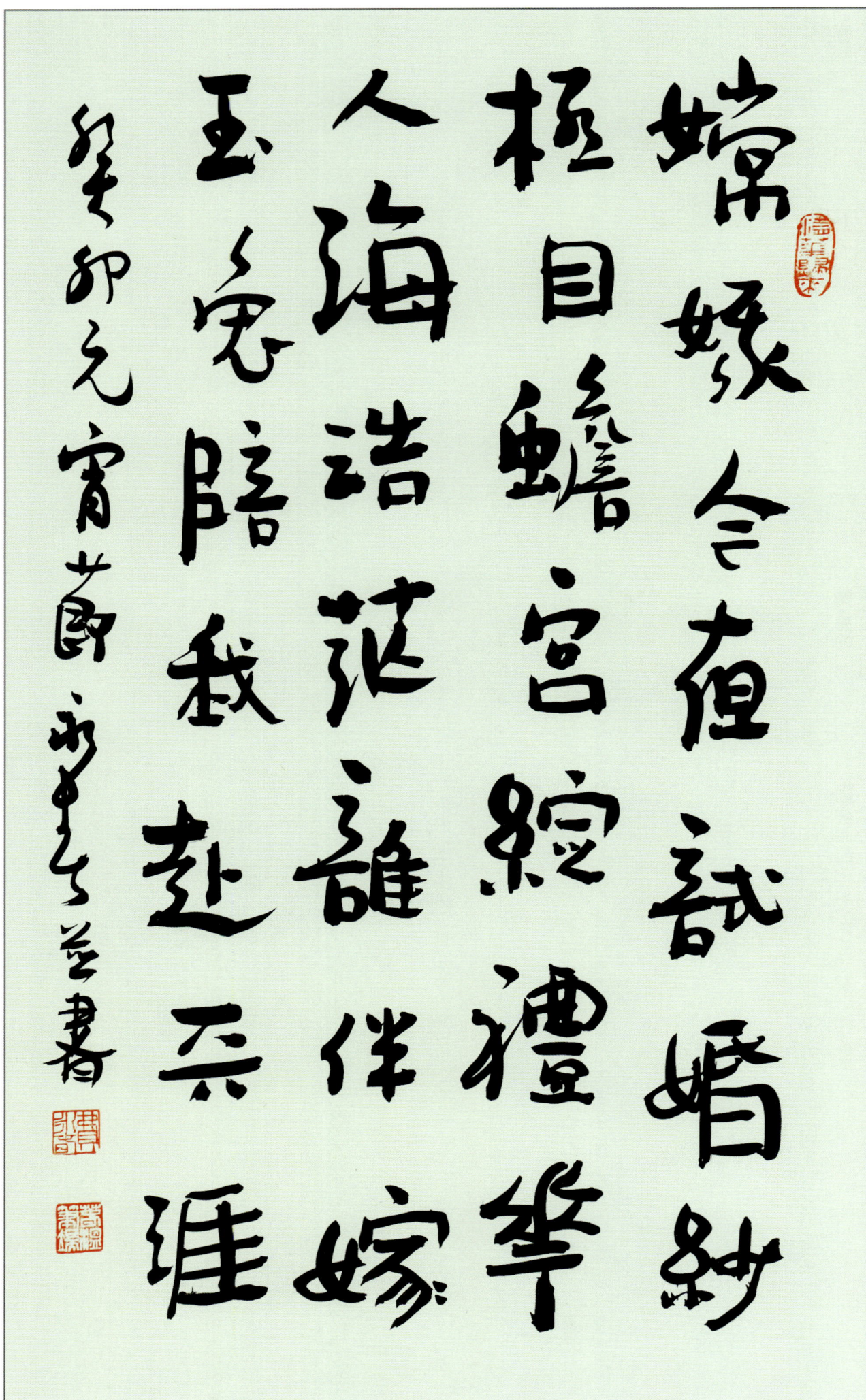

元宵节望月抒怀

费永春

嫦娥今夜试婚纱，极目蟾宫绽礼花。
人海浩茫谁伴嫁？玉兔陪我赴天涯。

行书中堂

126cm×68cm

2023 年书

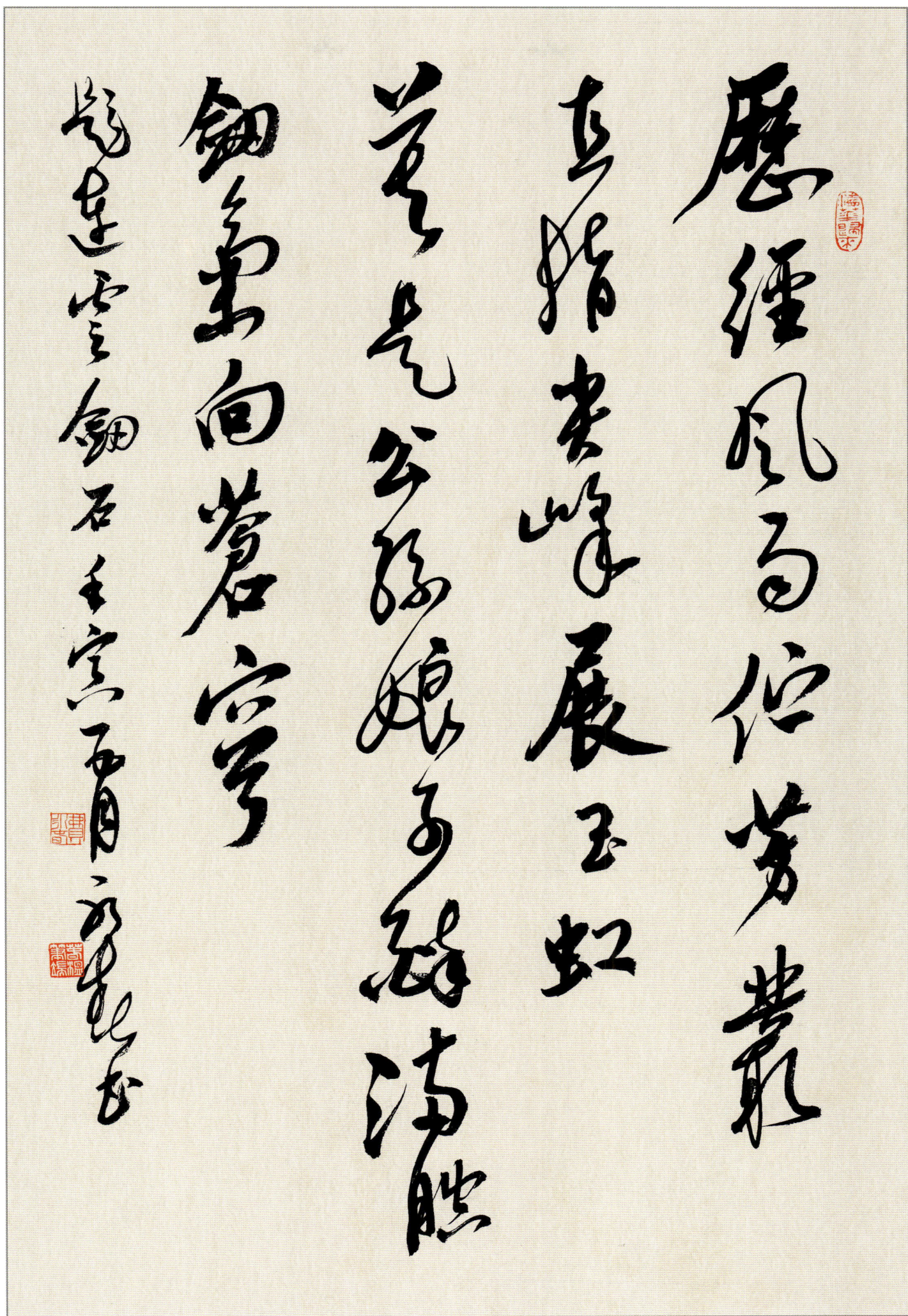

历经风雨�芳丛，直指尖峰展玉虹。
莫是公孙娘子醉，满腔剑气向苍穹。

题连云剑石

费永春

历经风雨仁芳丛，直指尖峰展玉虹。

莫是公孙娘子醉，满腔剑气向苍穹。

行草中堂

126cm×68cm

2022 年 书

妙境之睛

——赏析费永春先生题画诗

殷胜理

华夏文化，浩若烟海；华夏艺术，博大精深。

在中华文化宝库里，被称作"岁寒三友"的松、竹、梅，因松与竹经冬不凋，梅则迎寒开放，成为中国传统文化中高尚人格的象征。松、竹、梅皆为植物，"岁寒三友"是借物喻人。而作为"墨香三杰"的诗、书、画则为艺术，为人之才气使然。诗，扬葩振藻；书，凤舞龙飞；画，醉墨淋漓。书中有画，画中有诗，诗中更兼具了书画的灵气与神韵，可谓挥毫领风骚，健笔化幽芳，而终达妙境。

诗书画是高雅艺术，按说，书画一脉，擅书者画也赏目，擅画者书也惊人。历史上，但凡大画家莫不是大书法家。宋朝米芾，元朝赵孟頫、倪瓒，明朝文征明、董其昌、青藤、白阳，清朝郑板桥、金农，近代吴昌硕、张大

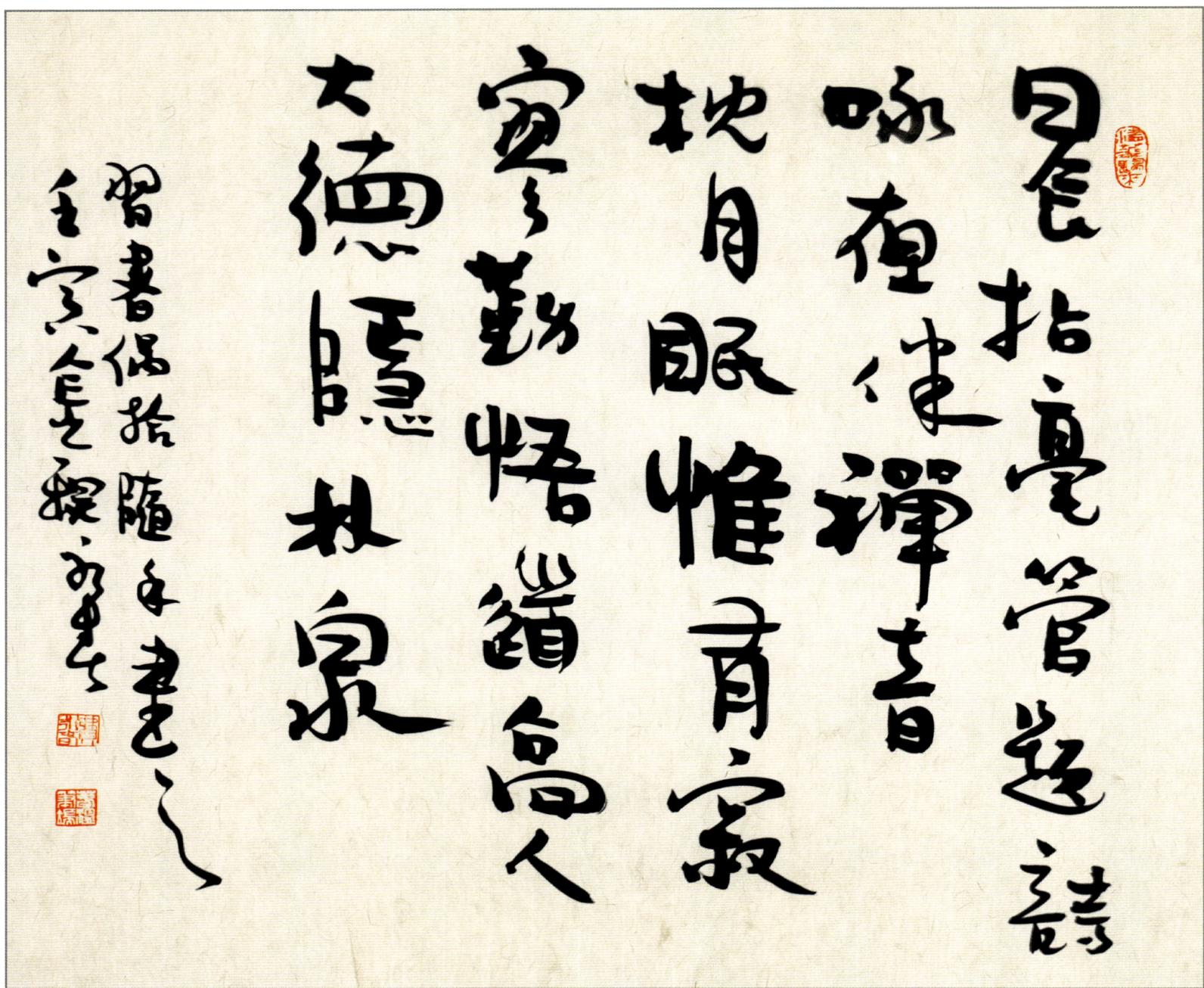

习书偶拾

费永春

晨拈毫管题诗咏，夜伴禅音枕月眠。
惟有寂寥勤悟道，高人大德隐林泉。

行书条幅

88cm×68cm

2022 年 书

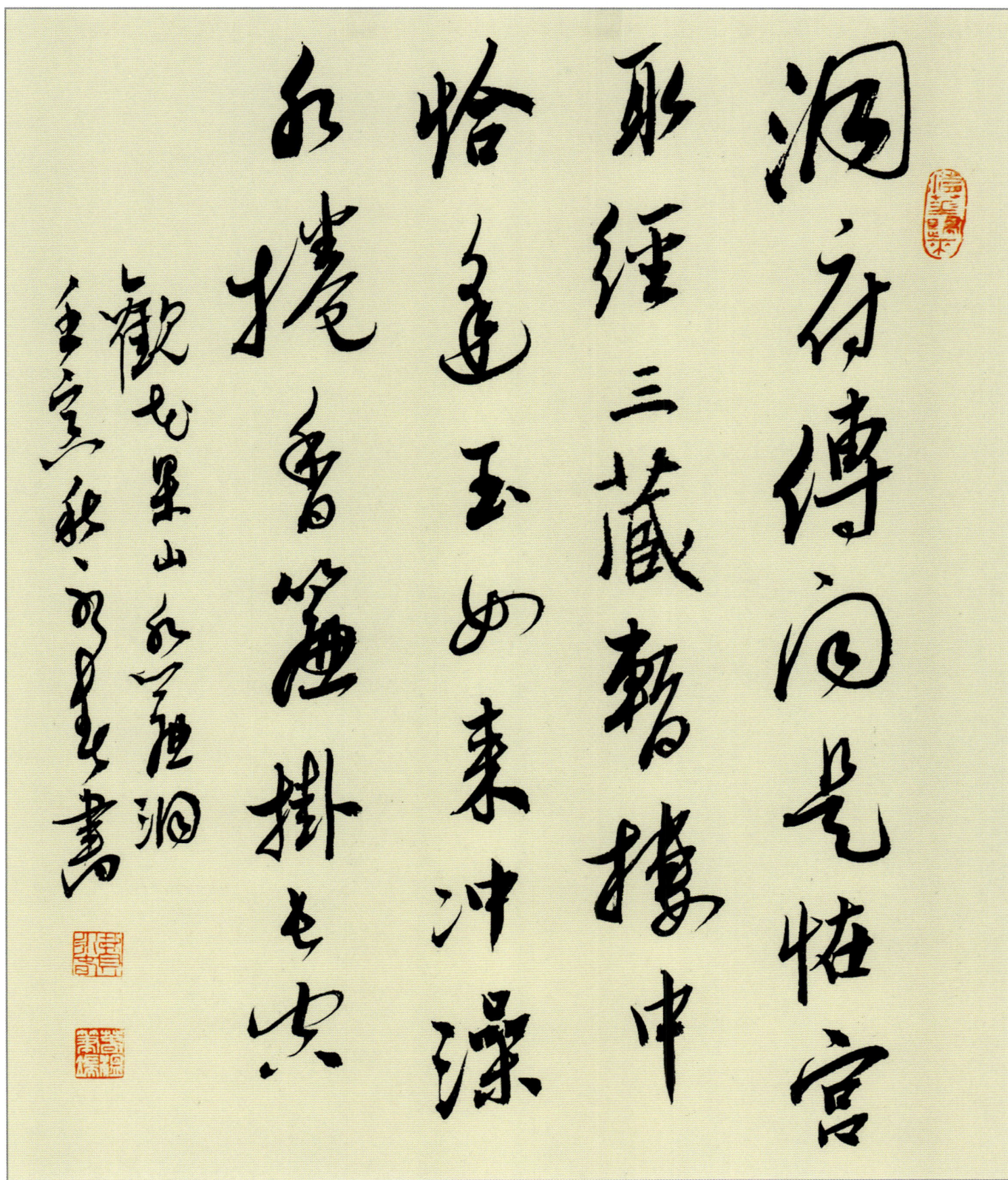

花果山水帘洞

费永春

洞府传闻是怪宫，取经三藏暂栖中。
恰逢玉女来冲澡，水卷香帘挂长空。

行书中堂

88cm×68cm

2022 年 书

千、齐白石、徐悲鸿、潘天寿……都是"以书入画"的大家。当然，到了现代，生活的快节奏，辅以金钱的驱动力，能书擅画的人才实不多见，"时风""疾风"之下，凡略精一艺之人便为出类拔萃了。然而，在云台山下的这方热土，就有一位脱颖而出之士，非但书法潇洒、画作酣畅，诗同样徜徉恣肆、璧坐玑驰，他就是费永春先生。费永春先生，似在翰墨氤氲的苍梧仙风中飘逸而出。"历经风雨仁芳丛，直指尖峰展玉虹。莫是公孙娘子醉？满腔剑气向苍穹。"他的题画诗从容豪迈。

读万卷书，行万里路是费永春先生年少时的追求。他求学于南京师范大学时，曾受尉天池教授之熏染，并投师南京艺术学院黄惇教授门下，书艺方大进，旋研修于清华大学，后又进修于北京画院。他于读书中汲取撰文的营养，从师中参悟艺道的三昧，在苦修中把握技艺的肯綮，而于远行中察世间万象，悟人生真谛。他遍涉天下胜迹、名山大川——寄情岭南风土、塞北雄关，折服长河落日、大漠孤烟……领略海纳百川之气势，感叹乾坤万象之变幻。夫日积月累，修得一身侠骨傲气，练就满腹豪情艺胆。

人生漫长，转瞬即逝，但有人见尘埃，有人见星辰。费永春先生陶醉于大自然的神奇美妙，在艺海泛舟无比神往，清风出袖，明月入怀，使他的艺术灵魂一次次升华至更高的境界。"揽得千樽新绮韵，潇潇挥洒醉琼天。"

他的画跌宕遒劲，他的书法洒脱流美，他的文学创作也极具特色。费永春先生的文字功底深厚。他的散文视野开阔，笔锋流畅；他的杂文文风犀利，抨击时弊针针见血。他在做记者、编辑、副刊部主任之时，曾在全国各类报刊发表过 500 余篇杂文并频频得奖，他的笔名"易水寒"也因之闻名遐迩。他的诗歌气势豪放，颇有造诣，早有诗集面世。而他的题画诗于挥毫落纸间，更觉耐人寻味，足见诗深画中意，笔底荡春风。

近观双龙井

费永春

古井清幽映碧天，近窥自影与穹连。

岂容凡间遍污水，我劝双龙莫杳然。

行书圆扇

30cm×30cm

2022 年 书

在华夏文化的神奇殿堂，题画诗占据的席位似乎不大，但若将它放在世界艺林的浩瀚波涛间，中国的题画诗却能以一种极其特殊的美学现象，显耀一朵朵精美的浪花。

中国的题画诗，可以说是世界艺术史上的一枝奇葩。它把文学和美术二者有机结合，诗为语言的艺术，画为视觉的艺术，将诗和画妙合而凝，使之浑然一体，相映成趣，从而使一幅美术作品的构图更精美，意境更深远。

一幅上乘画作在视觉上无疑是妙境，若再配以一首优美的题画诗，则是在妙境间画龙点睛，锦上添花，于是，题画诗也就成了妙境之睛了。

题画诗历来被认为始于唐代，创始者为杜甫。但追根溯源，可以上溯到魏晋南北朝，如《全汉三国两晋南北朝诗》中，就收有东晋桃叶的《答王团扇歌》："七宝画团扇，灿烂明月光。与郎却喧暑，相忆莫相忘。"而顾恺之的《洛神赋图卷》，应是古代诗画相结合的典范之作。到了宋朝，苏轼为好友惠崇和尚画的《春江晓景》题画诗中所写的"竹外桃花三两枝，春江水暖鸭先知"成为脍炙人口的名句，如今惠崇的画已不传，而这首题画诗却流传千古。

"高怀瞻远处，苍劲展雄姿。志向瞩千里，蓝天题遍诗。"这是费永春先生《松鹰图》上的题画诗。画面上，松骨刚劲，松针洒脱。松骨之上，一对苍鹰傲立，鹰瞵鹗视，摇山振岳。一幅泼墨丹青，神工意匠、铁画银钩间，松的劲逸与鹰的矫健浑然天成，自成妙境，再配以这首题画诗，竟然将青松逢春的生机与苍鹰远瞻的神韵融为一体了。

《春在梅梢》图另有一番情趣，四只鹌鹑相倚于下，两枝寒梅倒垂于上，几束嫩草，数瓣梅花，勾勒成一幅动静相融的早春生机图，简约、大气。整体画面大尺度留白，左上角的题画诗"独领风骚百世长，丹青依旧化幽芳。闲情写出高格调，何计鹌鹑笑我狂"如月色流泻，柳丝飘洒。留白，既是人生智慧也是书画创作之要。在这大尺度留白间附以一首极富情调的小诗，会油然产生一种诗绘并工、附丽成观的艺术效果。

通过一幅画的留白，既可以看出画家胸中的丘壑，也可以看出作品境界的高下。观齐白石的虾，好像能透视到水的清澈；赏徐悲鸿的马，仿佛能感受到马蹄声响、风速之疾。可以说，画家的神来之笔，往往是那最能引人想象的留白。清代孔衍栻《石村画诀》说："画上题款诗各有定位，非可冒昧，盖补画之空处也。如左有高山右边宜虚，款诗即在右。右边亦然，不可侵画位。"再看南宋马远的《寒江独钓图》，一个垂钓渔翁立于一只小舟之上，大片留白成了满幅皆水，让人倍感天水一色，烟波浩渺。寥寥数笔丹青，水墨留白，虚实相生。惜墨如金，计白当黑。于无画处凝眸成妙境，使整个作品更加协调精美。

费永春先生在酝酿画那幅《紫藤》时，或许早已考虑到画不能尽意，借诗以名其意，刻意将诗、画互相补充、互相阐述。"山隅紫蔓悄然开，馥郁幽香扑面来。不羡满天花似雨，皆随冷寂逐尘埃。"作品以画写物之外形，再以诗传递画中深意，而成"诗中有画、画中有诗"之境。据中国美术史记载，宋元时期普遍出现题画诗形式时，中国画即披上了浓厚的文学色彩。这一理念体现在费永春先生的作品中，那一幅幅即兴发挥的大写意画，那一首首活泼流畅的题画诗，竟如晨露般晶莹剔透，春江流水似自然。

清代大画家戴熙曾说："画令人惊不如令人喜，令人喜不如令人思。"费永春先生的画特别注重境界的营造。多年来，他沉醉于参悟中国传统文化，在"技、意、道"的三重境界间寻求突破，力求将作品融入儒家的君子品格、佛家的隐忍博爱和道家的清心寡欲。于寂寞之境寻萧散，于淡雅之境寻简约，于荒寒之境寻灵气。在创作中，力求从形似到神似，再从神似到灵性，直至物我两忘、天人合一。他的作品通过笔墨语言刻意创造一种气象，表达一种意境，久而久之形成了一种清新爽目、气韵生动的风格。而他的诗则在丰富境界的内涵，以其深厚底蕴、真情实感，深化那种气象，升华那种意境，从而延伸画面的张势，激活作品的灵气。他将自己的书法用笔渗透进绘画赋诗的创作中，以笔走龙蛇的潇洒酣畅，将诗、书、画三位一体的至臻至美体现得淋漓尽致。

"顽石孤禽不耐观，欲将禅意入毫端。神形妙墨可容得，废纸三千画路宽。"这首诗所题的画，看上去只是一块顽石旁孤零零地立着一只小鸟，简约得很难想象出其意境。然而，有了这首小诗，思悟之，仿佛能隐隐感受到儒者风范、佛家禅意。再看那首为《牵牛花》图配的诗："墙角田边随意挂，喜看晓日开晨花。笑颜不对迟起者，只向勤奋奏喇叭。"赏画品诗，是否能于内敛间察静美，散淡中见玄远？

费永春先生对春天有着特殊的感情，惜春、爱春、咏春，因而在他的作品中，多有关于春的佳作："独坐幽窗磨砚田，应春花下鸟相牵。时常醉后笔飞动，墨色淋漓起紫烟。"这应该是费永春先生数十年如一日的勤奋，定格在春光里的那幅《幽窗耕砚图》。

"乍暖犹寒二月天，寻芳揽胜近山巅。蝶占须叶蜂争蕊，我自闲庭白云边。"这又是一首春风荡漾间脍炙人口的题画诗，又是一幅生机盎然耐人寻味的早春图！画如其人，诗如其人。相信费永春先生的艺术生涯，是借春为底色，永恒在明媚春光的妙境里，以书、以画、以诗作点睛之笔，定然成就姹紫嫣红的满园春色！

殷胜理　著名作家，连云港市第二、三届作家协会副主席、杂文学会副会长，有多部作品集出版发行。

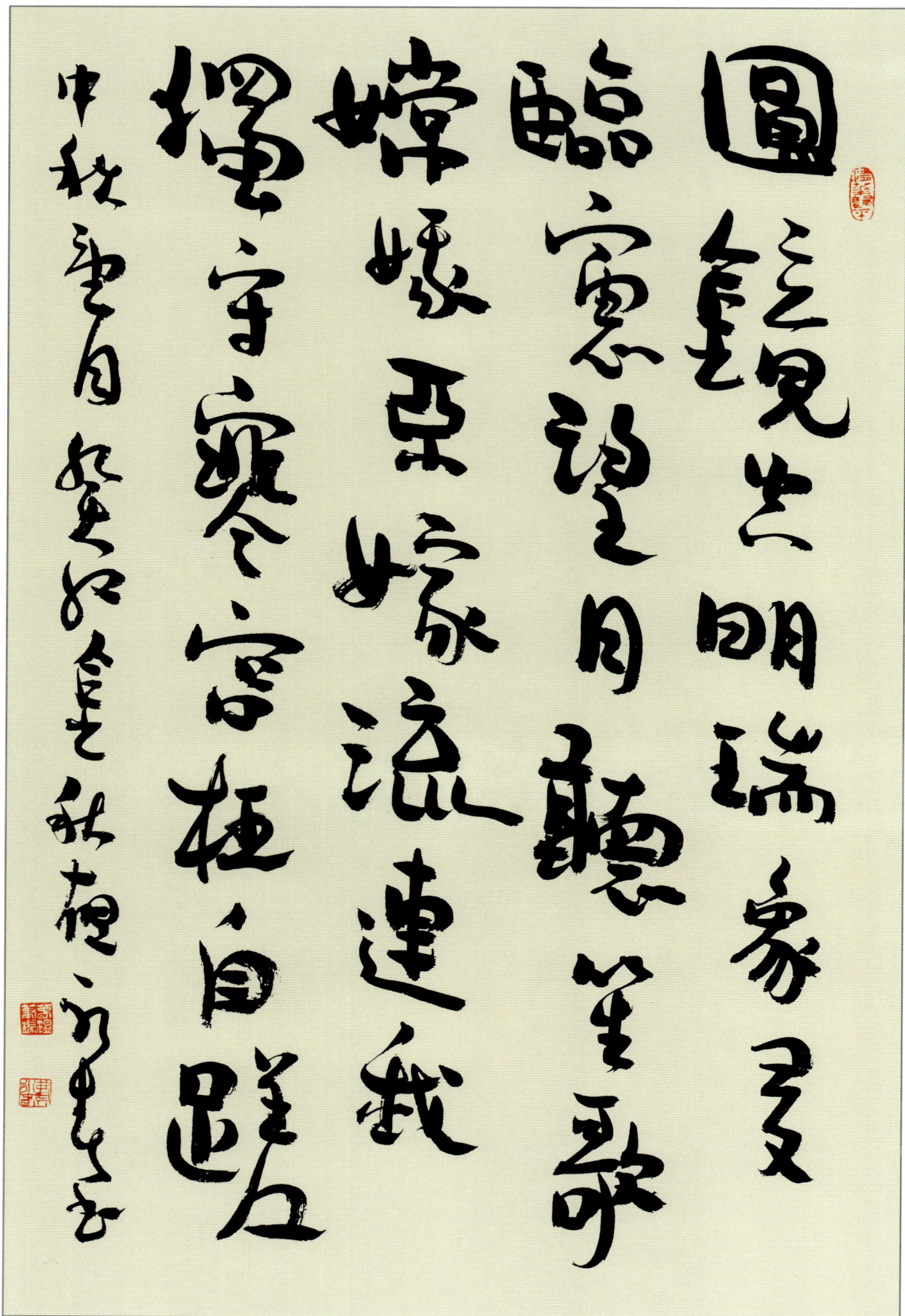

圆镜空明瑞象多，临窗望月听笙歌。
嫦娥不嫁流连我，独守寒宫枉自蹉。

中秋望月

费永春

圆镜空明瑞象多，临窗望月听笙歌。
嫦娥不嫁流连我，独守寒宫枉自蹉。

行书中堂

130cm×68cm

2023 年 书

苍梧才子　诗情画意

刘安仁

　　苍梧圣地，云台仙境，自古以来人才辈出，然精文学、擅书法且诸多才艺集于一身者，却可谓凤毛麟角。魏了翁的《满江红》写得好："逢着公卿，谁不道、人才难得。须认取、天根一点，几曾休息。未问人间多少士，一门男子头头立。只其间，如许广文君，谁人识。"那么，我在此想说，时下的港城文化圈内，如永春者，谁人识？

　　毫不夸张地说，永春的文字功底不薄，他的散文视野开阔，笔锋流畅；他的杂文尤为犀利，抨击时弊针针见血；而他的书法早已炉火纯青得誉满港城，人们记忆犹新的那个2012年春夏之交，他以"重温经典"的形式，在市美术馆举办"费永春书法展暨作品集首发式"，七十帧精美书法作品当日受到了六百多位专业人士及书法爱好者的观赏褒奖。那次书法展是他在清华大学深造之后，以记者的身份、艺术家的气质、作家的笔触、诗人的灵气，展现了他对书法艺术的追求，其影响如同闪亮于云山碧海间的一道雨后彩虹。应该说，仅此他便无愧"苍梧才子"之称，而当这部《费永春题画诗二百首》的诗集呈现于世之际，他的才气还真不是仅用"了得"二字可以形容的！

　　歌若天外祥云美，诗似冰壶见底清。古往今来，好的诗歌"一句能令万古传"。诗有多种类型，有的如冰心所言"诗人从他的心中滴出快乐和忧愁的血，在不知不觉里已成了世界上同情的花"；在鲁迅眼里，诗歌则是战斗型的，他说"从喷泉里出来的都是水，从血管里出来的都是血"。而永春的诗则如陆游称道的"诗情也似并刀快，剪得春光入卷来"。

　　破万卷书、行万里路是永春年少时的追求，他从读书中获取撰文的营养，而从远行中察世间万象，悟艺道真谛，他遍涉名山大川，几乎每到一处，都有灵感生发而即兴成篇。永春的这部诗集，通篇而言，大致可分两个部分：一为本地山水卷，一为异地风情卷。

　　他的《宿城风姿》一诗有种田园诗般的意境："神笔难描鬼匠裁，唐王闻听御车来。君观翠鸟话红叶，我洒丹青染绿苔。"短短四句诗便将宿城景区之美抒发得淋漓尽致。诗中有风光，有典故，既有动物之趣，又有枫叶之红，加上苔绿林青相点缀，令人不由想象出那种世外桃源的独特胜境。而他在《咏海州碧霞》的诗作中又在借景咏物之余自然生发出警世之语："暮鼓晨钟香火旺，经声佛号绕明堂。唤回俗世沉迷客，般若人间苦业障。"

　　外国的一位评论家将诗分作三类：一为声诗，乐感动人；二为形诗，即把意象浇铸在视觉想象上；三为理诗，所谓"语词间智慧之舞"。若按这一观点寻踪，永春的诗是否又将这三

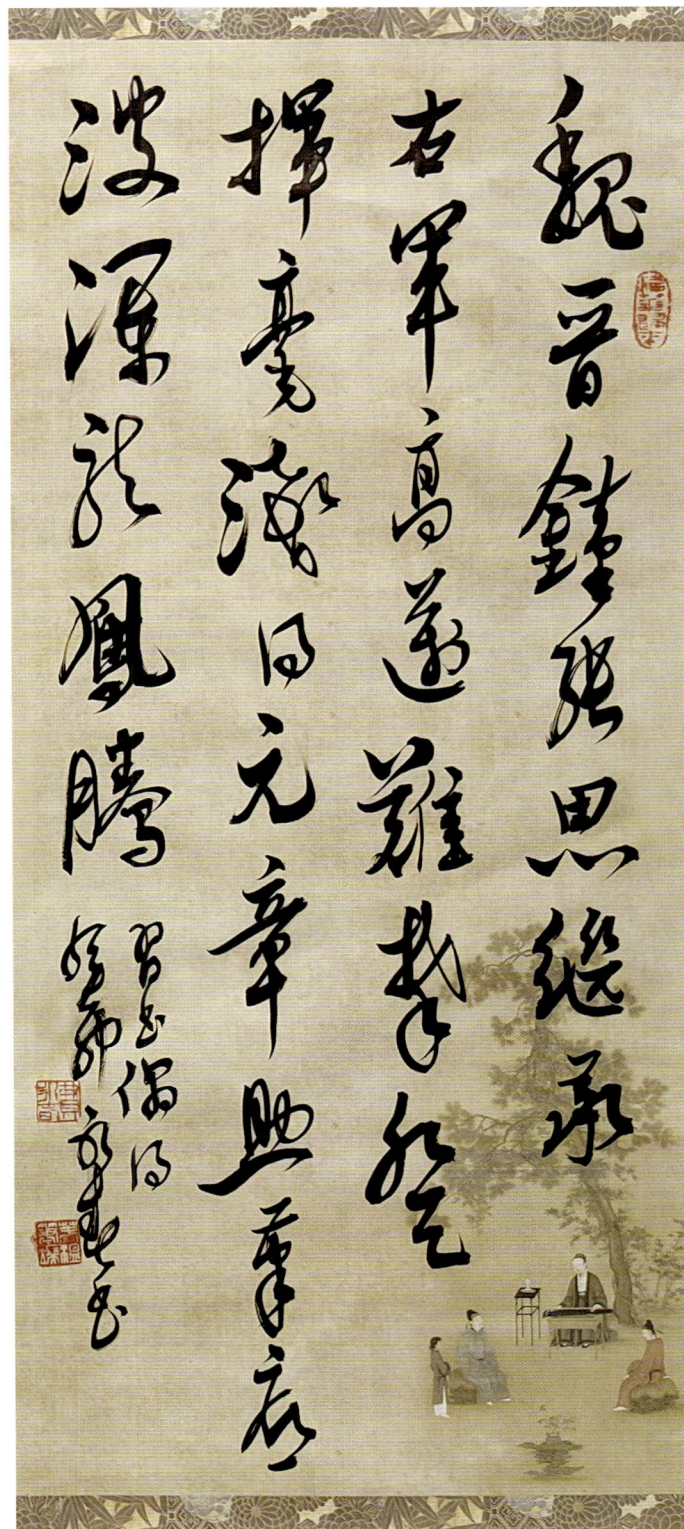

习书偶得

费永春

魏晋钟张思继承，右军高迈难攀登。

挥毫浅得元章助，笔底波澜龙凤腾。

注：右军指王羲之，元章即宋代书法大师米芾。

行草中堂

180cm×80cm

2023 年 书

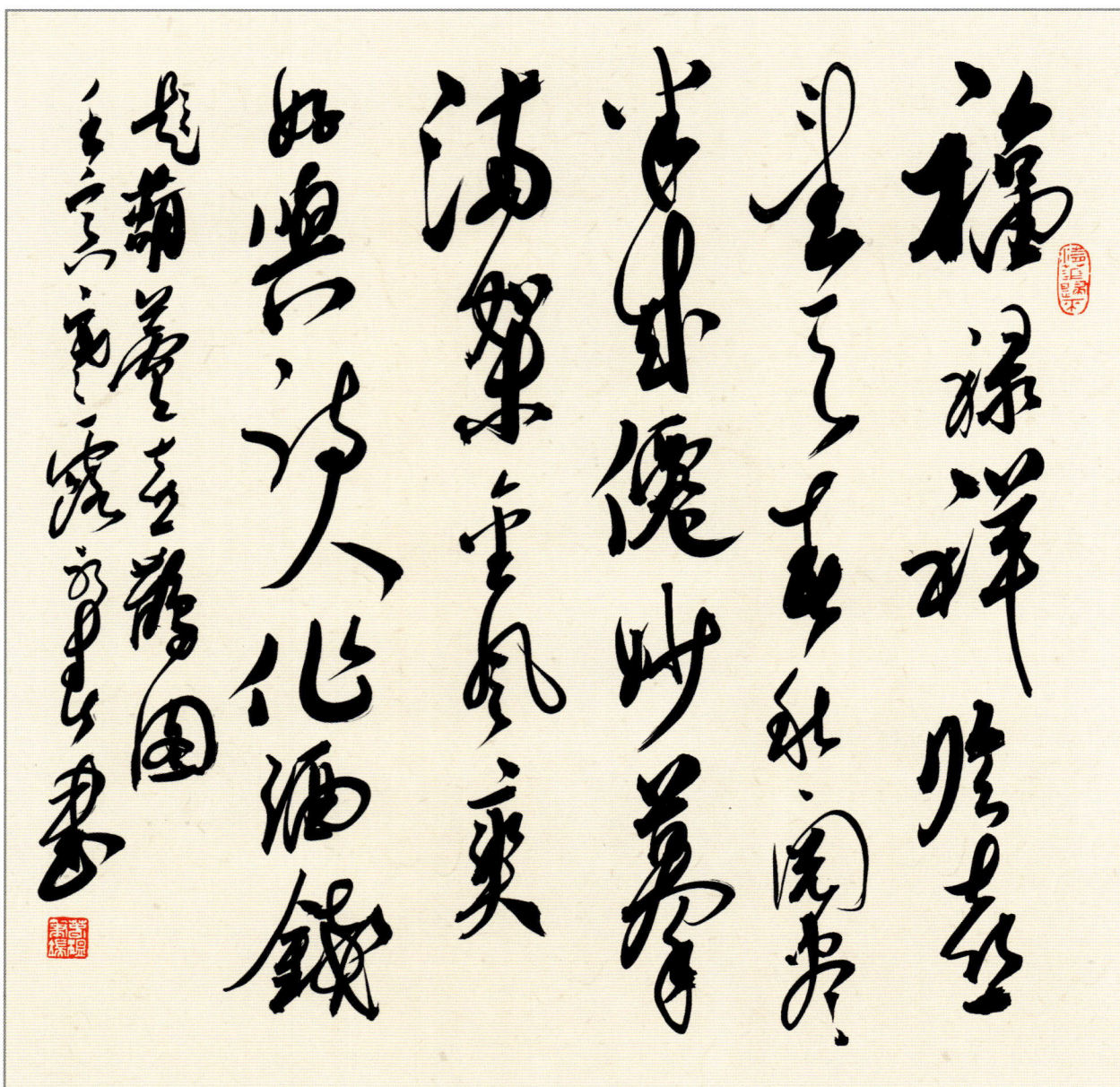

题画诗　葫芦喜鹊

费永春

福禄祥临喜望天，春秋阅尽半成仙。
妙摹满架金风爽，好与诗人作酒钱。

行草斗方

68cm×68cm

2022 年 书

类巧妙地融合了？"无才得宠亦堪哀，原是残花久不开。一片微波难作浪，早随流水入尘埃。"（《残花久不开》）在此，视觉上的残花堪哀之形，耳际可闻的微波、流水之声，以其巧妙的融合，油然将意境升华，实现了词语间理性的"智慧之舞"，岂不是将声、形、理三者兼顾了。

他的诗作可从其书法作品中一窥神韵，随兴驰笔，应势成章，而近太白诗仙那种飘逸洒脱，如《夜游张家界》："济公岩下几醉仙，嫦娥欲邀上九天。峰高岂敢挡明月，林深焉能锁紫烟。"

永春的诗虽无"长觉风雷笔下生""笔所未到气已吞"般的气势，却有种山之妙在峰回路转、水之妙在风起波生般的灵气。有道是"入妙文章本平淡，等闲言语变瑰琦"。他的诗中有词的骨骼、赋的神韵，登山则情满于山，观海则意溢于海。正如王国维先生在《人间词话》中说道："诗人对宇宙人生，须入乎其内，又须出乎其外。入乎其

内，故能写之，出乎其外，故能观之。入乎其内，故有生气；出乎其外，故有高致。"那么，他的那首《春游曲》"柳荫疏影拂小桥，扁舟破雾穿绿条。春风最是多情物，撩得百花竞折腰"看似平淡无奇，但若细细品味，竟能悟出些许意思了。

滚滚红尘数十载，永春一直谦虚地尊我为师，竟无半丝狂傲之气，在他周围，密友甚多，高朋如林，长街十里情不断，"天涯握手尽文人"。人们乐意与他交往，除了他为人谦逊、义气当先之外，更多的是他的艺术魅力、骨子里飘逸出的诗情画意。永春人，潇洒倜傥；书，笔走龙蛇；文，行云流水；诗，酣畅淋漓。

2014 年 3 月 9 日

刘安仁　著名作家，江苏省杂文家学会原副会长、连云港市作家协会主席。

漢碑高古幾人知蘇馬
灣前有我師西狹開
通山野氣再摹界石
出新姿

諸漢碑已卯霞日陪芸蜂華人德老剛田三澄
大家欹運雲港蘇馬灣漢隸碑得此詩
金農筆臨習石所兩狹奵木王張雪連
人金農

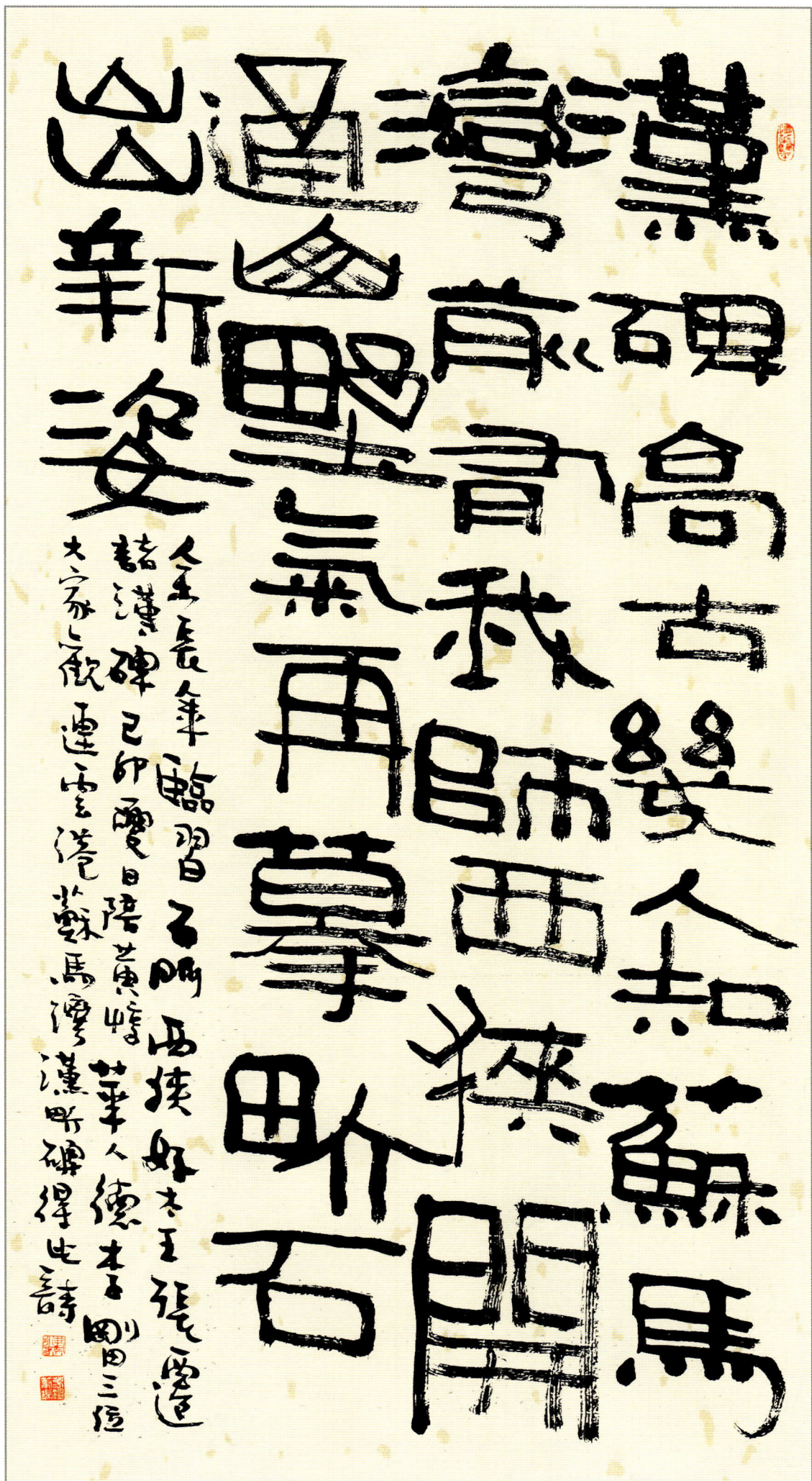

观苏马湾汉隶石刻

费永春

汉碑高古几人知，苏马湾前有我师。
西狭开通山野气，再摹界石出新姿。

隶书中堂

136cm×68cm

2023 年 书

世界上没有无故乡的人

张文宝

匆匆走出去，是为了匆匆赶回来。有的人回到故乡，生命是一道影子，像云朵一样虚幻地飘过去。

费永春走出去，是为了回到故乡，故乡即使成了旷野，在他心里也开满芬芳的鲜花。

徐圩，百里盐场的一个在时间的风霜雨雪中几近废墟的小镇，这是费永春签下生命契约的故乡。

世界上没有无故乡的人，只有失去故乡的人。失去故乡的人，常常是丢了故乡。

艺术不能离开故乡，也不能失去故乡。

中外艺术大师们照亮世界的作品都是奔腾不息的心灵中的故乡。

艺术花蕾的感情河流淙淙有声，接迎俏丽的绽放。

费永春拥有了故乡，也拥有了诗书画艺术。

故乡，是费永春艺术世界的星空。

故乡，是费永春天马行空、无拘无束的想象力。

不长草的盐碱滩上，孤独的观音柳是费永春的想象力。

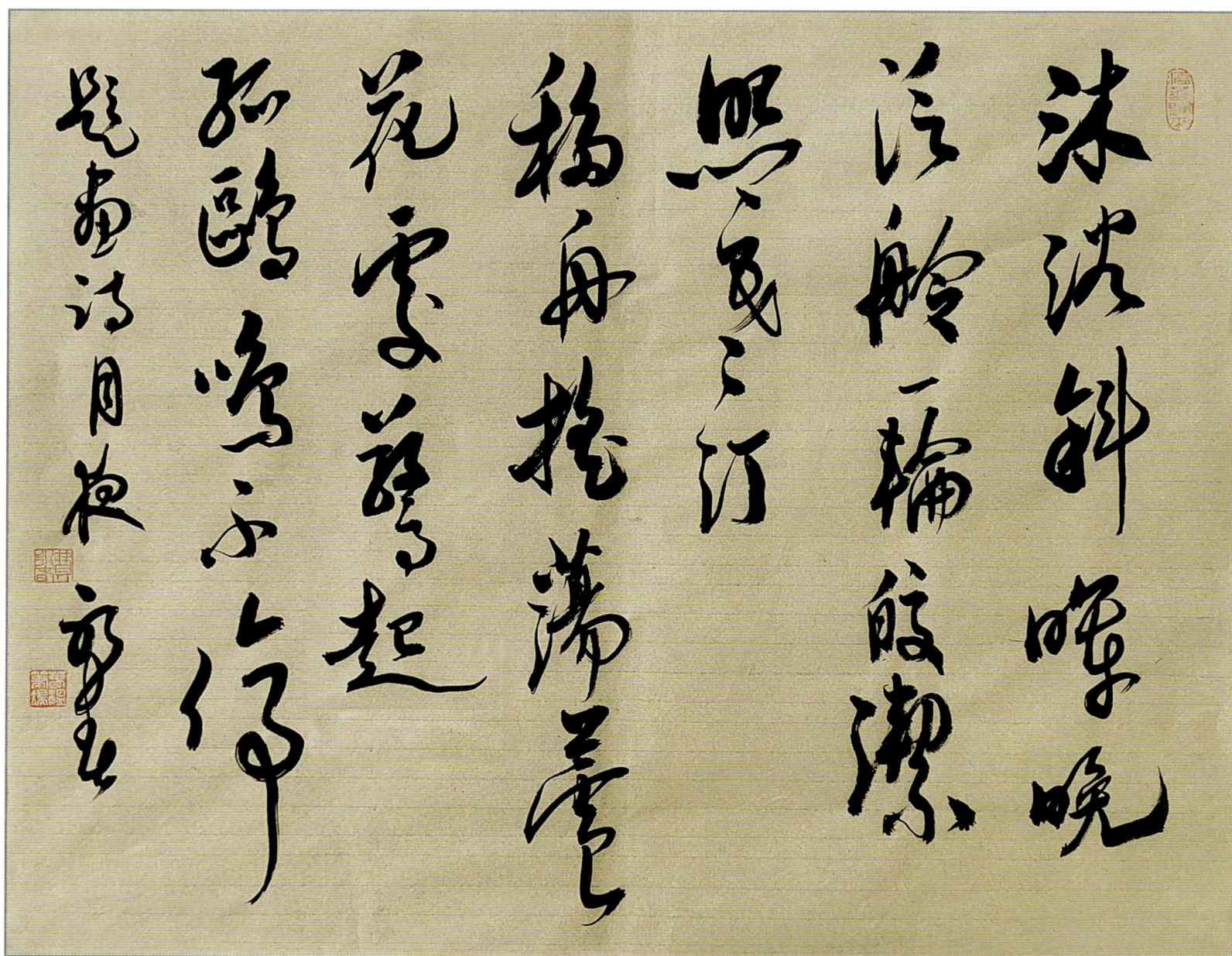

题画诗　月夜

费永春

沐浴斜晖晚泛舻，一轮皎洁照寒汀。
移舟摇荡芦花处，惊起孤鸥鸣不停。

行草条幅

128cm×68cm

2023 年 书

石棚山雨中行

费永春

一声雷动震千丝，万点银珠浸砚池。

春雨只当涮笔水，墨氤桃李两三枝。

行书圆扇

30cm×30cm

2022 年 书

纤细又沉重的盐河，是费永春的想象力。

盐河里的小鱼小虾小蟹，是费永春的想象力。

盐河上像手指宽的跳板，是费永春的想象力。

泥泞弯曲的羊肠小道，是费永春的想象力。

走不出自己的茅屋就不会有发现。费永春走出来了，盐碱滩上铺天盖地的海英菜赐予他无限的艺术生命。

在秋天，海英菜写下震撼人心的红色，他走进黄瓜园，走进清华园，走进博大的艺术天地。磅礴大气又浪漫飞舞的交响诗，写下磐石般的信念与追求，这时，费永春的生命飞翔起来了，一头长发灵动地飘起来。在一杯酒、一支烟、一壶茶中，他发现了自己，找到了自己，创造了自己。他发现了孤独，找到了孤独，享受了孤独。孤独是

美丽、寂静与悠远的。费永春尽得人生，揽得乾坤。

费永春诗书画艺术飞扬起来了，他成了"思想的芦苇"，于是，有了"易水寒"的笔名，有了禅心侠骨的妙文，有了桀骜不驯的书风，有了雅致清澄的文人书法。

故乡是一棵没有年轮的树，不会有老的时候。故乡不老，艺术就不会老。

费永春的心里，故乡是一棵不老的树，是一棵诗书画艺术摧枯拉朽、春发枝头、郁郁葱葱的观音柳。

张文宝　中国作家协会会员，一级作家，江苏省作家协会原副主席。

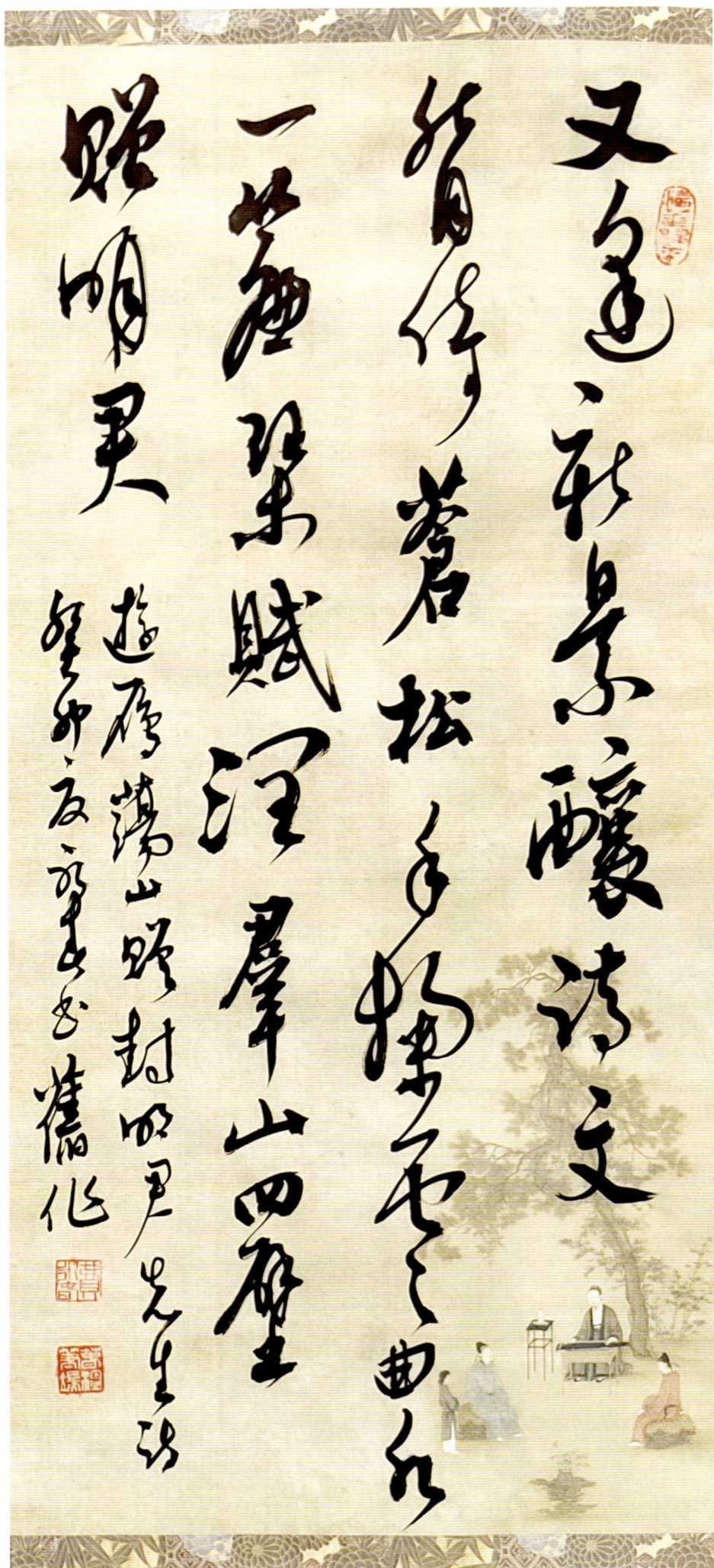

游雁荡山赠封明君先生

费永春

又逢新景酿诗文，背倚苍松手掬云。

曲水一帘琴赋润，群山四壁赠明君。

行草中堂

136cm×68cm

2023 年 书

路在脚下延伸

——也说恩师费永春先生

韦自彪

恩师费永春先生给予了我对新闻最全面的感知，他对事业的追求，对我在新闻这条路上的起步产生了很深的影响。

结识费永春先生是 2006 年的夏天，我刚工作。那一年，怀着一种特殊的感情我走进了报社，走进了先生的视野，也由那时起，我与费永春先生成为忘年之交，彼此联系，常述信息。

与先生结识后，他的人格魅力深深地影响着我，影响

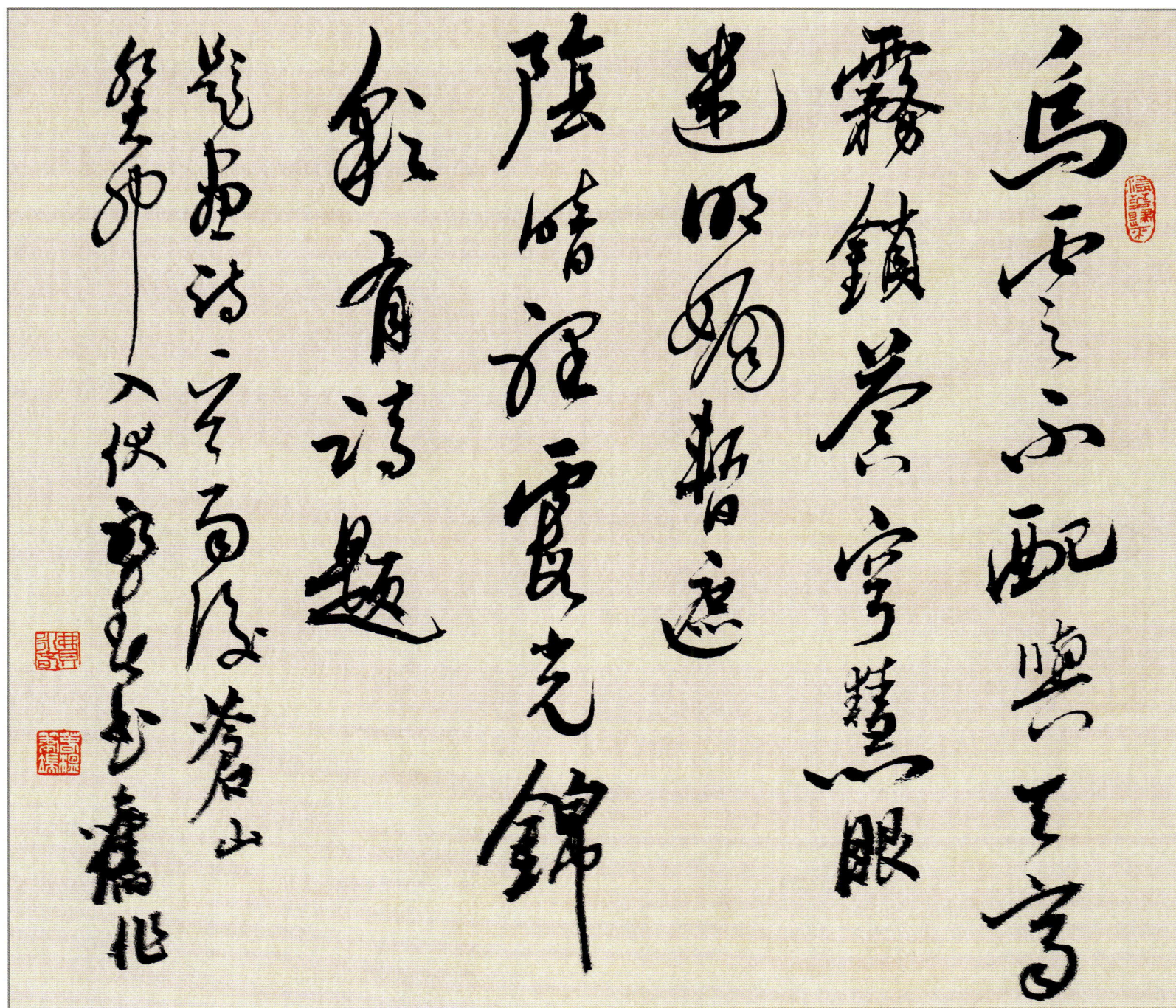

题画诗　雨后苍山

费永春

乌云不配与天齐，雾锁苍穹慧眼迷。
明媚暂遮阴暗里，霞光锦彩有诗题。

行草斗方

68cm×68cm

2023 年 书

过二郎神公园

费永春

劈山救母孝人伦，荣灌江河耀宇辰。

碧水春潮终未息，涛声雅颂二郎神。

行书圆扇

30cm×30cm

2022 年 书

着我的当前乃至以后。这种魅力并不仅仅来自那些厚厚的沉甸甸的获奖证书，也不仅仅来自国家注册书画评估鉴定师、全国大中城市党报经营先进工作者、江苏省优秀新闻工作者、连云港市作家协会副主席、连云港市杂文家学会副会长、连云港市公务员书法家协会秘书长等诸多称号，更在于费永春先生对生活的态度、他对人生的感悟，以及态度与感悟背后的那份执着与坚持……

还记得，那年"非典"如同魔咒一般席卷大地，为了坚定广大市民抗击"非典"的信心，记录港城人民抗击"非典"的历程，他带领部门两名同事一夜未眠，在面包与矿泉水的陪伴下，两万余字的纪实文学《较量》出现在了读者面前。

还记得，那年为让"一体两翼"战略构想和建设进展状况尽早告知于民，他全程参与策划，与采访组同仁历

时一个多月深入采访，并以十个版面的篇幅在晚报发了六万余字的报告文学——《划时代的潮声》，真实再现了港城人在大开发、大建设、大发展中团结一心、同甘共苦、奋勇拼搏的感人场景。

还记得，那年由他主持的"边防行"系列报道的策划与采写，全面展现了和平年代边防战士保家卫国、甘于奉献的精神风貌，以及积极参加新时期经济建设的时代风采，二十余篇报道可谓是"不一样的故事演绎着同样的精彩"。

还记得，那年为纪念中国人民解放军建军八十周年，在时间紧任务重的情况下，他带领采访小组上舰艇、跑军营、进机场，《八十年征程如歌》在 8 月 1 日当天以八个版的篇幅刊发，从海、陆、空三个方面全方位向读者展现了中国人民解放军驻港城现役官兵的真实风貌。

还记得，那年汶川强震，地动山摇，一场灾难突如

其来，在大家忙于哀悼忙于祈福的时候，他再次用事实演绎着一份责任媒体的使命，与两名同事一起顶着烈日，从民政口到卫生口，再到公安、物流、高校……八个版篇幅的报告文学《震撼》多角度地再现港城百姓的赈灾热情，文章在当时首用"国殇"二字让我记忆犹新。紧接着，《做好本职工作就是对灾区最大贡献》更让读者看到了一个责任媒体的舆论引导作用。

还记得，那年沿海开发上升到国家层面，港城这片沃土成为世界瞩目的焦点。消息爆出的那天，他兴奋得夜不能寐，思考作为一名新闻人，此时应该做点什么。于是在一杯淡茶、一盒香烟的陪伴下，采访提纲、采访人员名单在黎明之前火速出炉。就在次日，多角度采访全面展开，一周后，八个版的报告文学《春潮滚滚拍岸来》与港城见面，让港城人民看到了沿海开发的火热场景，更看到了沿海开发的美好未来。

……………

不断创新是一份报纸，尤其是一份都市报的生命之源。费永春先生在主持专副刊工作期间，始终坚持"精心打磨，找准定位，加大专题策划力度，密切关注焦点话题"。一时间，《七日谈》成为街头巷尾百姓热议的话题，《海州湾》成为市民不可或缺的精神食粮，展现地方文化

风貌的《文化周刊》、引领生活时尚潮流的《生活周刊》、解读揭秘大案要案的《法制周刊》作为三驾马车助推着《苍梧晚报》快速前行……

"社会给自己的舞台有多大，自己就能跳出多精彩的舞蹈。"这是一个勇者的胆识，这更是一个智者的胸怀，在自己的舞台上，费永春先生不断地奋斗着、拼搏着、进取着。

在田间地头，费永春先生和农户们一起劳作；在厂矿企业，费永春先生和工人们交流甚欢；在风中雨中，费永春先生的脚步匆匆但目光坚毅……这些熟悉的镜头，似乎可以随意捕捉。

"新闻和文学其实是相通的，我觉得其中共有的东西，就是真实、情感和积极向上的态度。很多采访对象，总能带给我一次又一次的震撼，让我的心灵一次又一次得到净化。我愿意用真实、积极、激情的文字，记录下这份感觉，与更多的人分享。"费永春先生是这样说的，也是这样做的。

曾几何时，"易水寒"这三个字成了港城百姓街头巷尾谈论的对象，太多的人找到报社，想一睹"易水寒"背后立着的究竟是一个什么样的人。

曾几何时，"易水寒"背后立着的人的名字已经走出了报社，走出了港城，不经意间，你会发现一些权威报

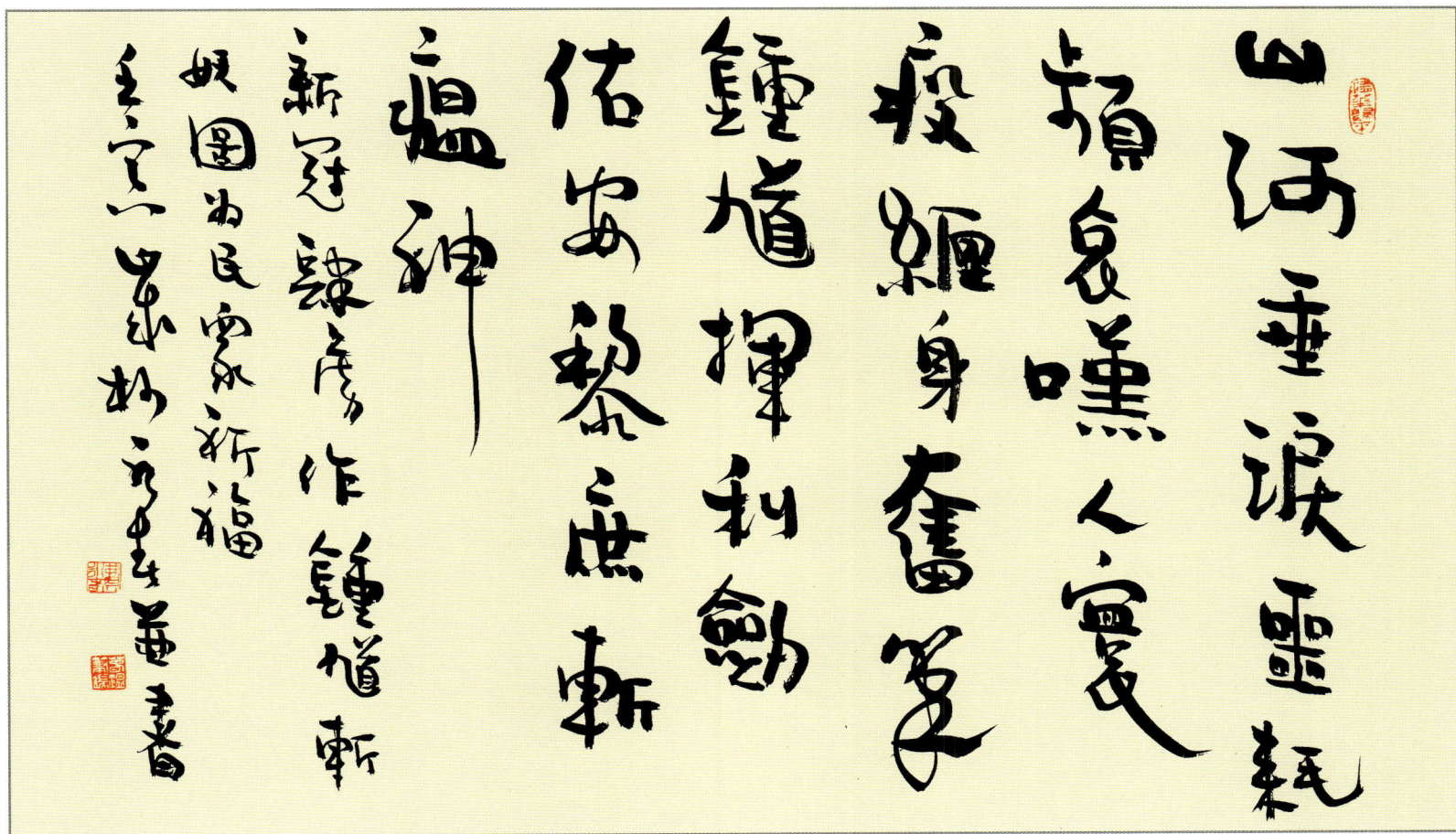

题画诗　抗击新冠画钟馗斩妖

费永春

山河垂泪噩耗频，哀叹人寰疫缠身。

奋笔钟馗挥利剑，佑安黎庶斩瘟神。

行书条幅

126cm×68cm

2022 年 书

题画诗　早春

费永春

初春山野化幽妆，绿草新枝吐浅芳。
满面惠风薰醉眼，护花彩蝶赛莺忙。

行草圆扇

30cm×30cm

2023 年 书

纸、杂志转载着他的文章。

这一切的一切，对于一名新闻工作者来说，已经够了，足够了。

"人生的最大快乐不在于占有什么，而在于追求的过程。"作为一名行色匆匆的新闻人，费永春先生除了给自己留下片刻的反思与休整，又继续奔走在发现、思考、写作的路上，他用脚板与睿智记录着社会的进程，始终把精彩的现实生活和无名的市井百姓作为书写的主角……回望来时路，那一行忽深忽浅的脚印，闪烁着忽明忽暗的光辉，虽存有遗憾，但既已付出，又何必在意结果！

也许正是工作上"不求最好、只求更好"的执着，让费永春先生在生活上同样拥有了一份"追求我心"的坚持。都市很浮躁，都市人很浮躁，都市生活很浮躁，在充满浮躁的时空里，费永春先生不论多忙，每天练字两小时是雷打不动的，用他的话说"在写字的过程中可以获取心境的宁静与祥和"。酷爱写字也写了一笔好字的他，拥有一枚刻有"我心似水"的印章，很多时候"我心似水"成了费永春先生书法作品的眼睛——我心似水，不是随波逐流的随性，而是红颜易逝的痕迹，更是水动心活的雀跃……

说实话，写下以上文字的时候，我的心一直是忐忑的，我的思绪一直是跳跃的，这种不安不是来自费永春先生、我的父辈、我的恩师、我的益友，而是作为学生感觉到自己文字的无力，因为用文字永远无法将费永春先生多彩的人生记述清晰……

2012 年 3 月 16 日

韦自彪　连云港报业传媒集团采访中心原主任。

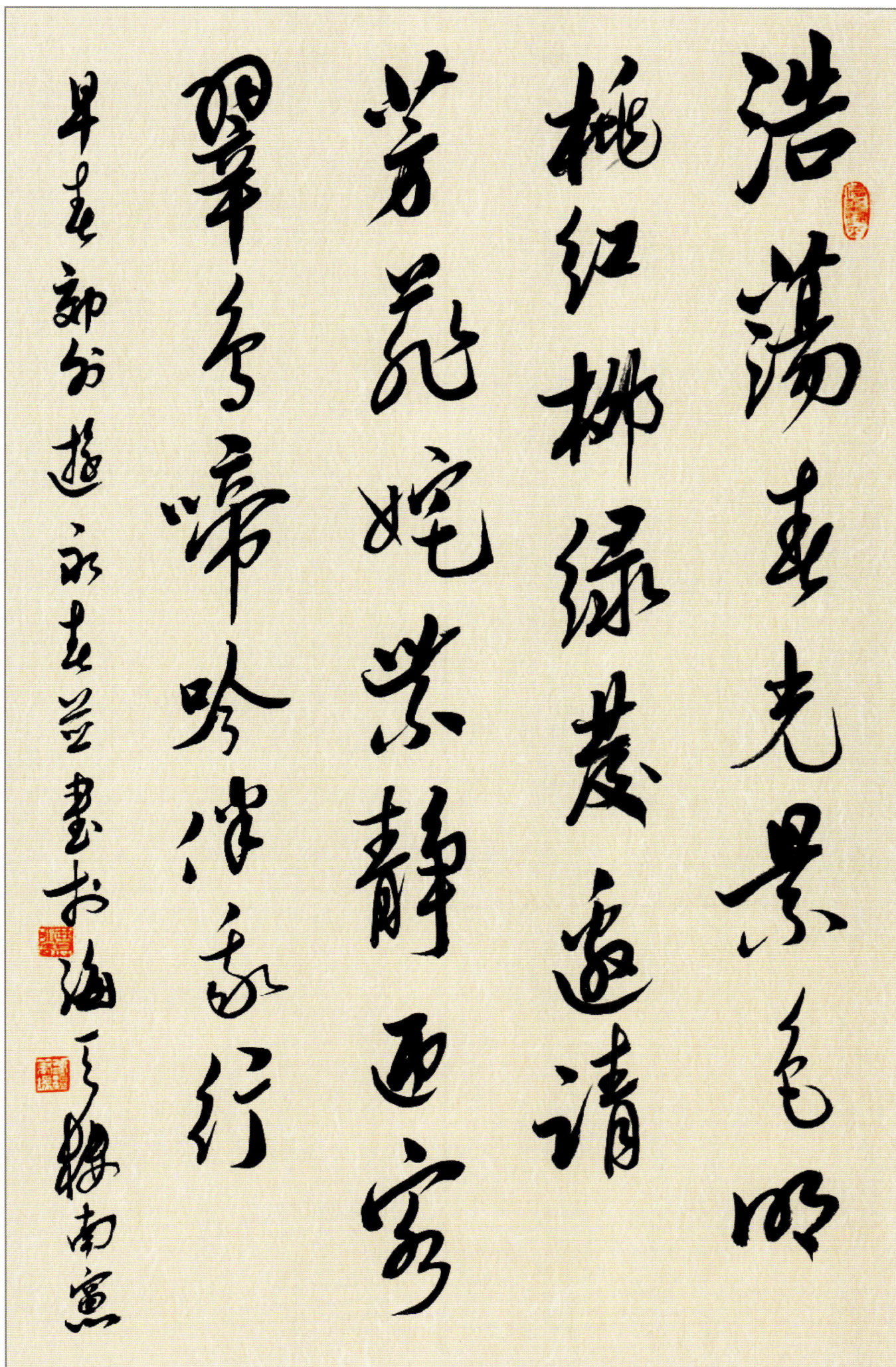

浩荡春光景色明，桃红柳绿发邀请。
芳菲姹紫静迎客，翠鸟啼吟伴我行。

早春郊外游 郭炳超永春书 海亭梅南熏

早春郊外游

费永春

浩荡春光景色明，桃红柳绿发邀请。
芳菲姹紫静迎客，翠鸟啼吟伴我行。

行书中堂

126cm×68cm

2023 年书

用爱和温暖点亮人生

——费永春先生文学作品赏析

王军先

　　尽管是三月，但真正的春天还没有来临，花儿还在梦中沉睡，春风还在远处徘徊，但我的内心却春光遍地。在我读到费永春先生浸满了爱和温暖的文字时，我仿佛看见在岁月的深处，有一束光亮正穿过时光隧道，照亮我们前行的道路。

　　作为连云港市作家协会副主席，在连云港文坛，费永春先生无疑是出道比较早的一位作家。早在十八九岁的时候，他创作的散文就在《连云港报》和《新华日报》副刊发表，一路走来，他在文学这条铺满荆棘的道路上跋涉了三十多年。在这漫长的创作历程中，费永春先生用心去感悟，用心去写作，创作了一大批优秀作品。他的文学创作主要为散文作品，且不乏精品力作。费永春先生的作品

有三个特点：一是感情浓郁，感人至深；二是时代感强，发人深省；三是观点鲜明，切中肯綮。

　　在费永春先生众多的文学作品中，我对他描写母亲的抒情散文《除夕读母亲》不忍释卷。在这篇三千余字的散文中，作家对于母亲的感情得到了淋漓尽致的宣泄。除夕，正是家人团聚的时候，作家却在陪着因为患了脑梗死而住院抢救的母亲，此刻母亲处于昏迷之中，作家把母亲的手放到自己的胸口，思绪飞得很远很远。"此时，我的泪潸然而下，泪珠滴在您慈祥的脸上，您却全然不知。我知道，母爱是不需要回报的，就是需要回报，我又能拿什么报答您？"作家对于母亲的无限亲情跃然纸上。在这篇饱蘸深情的散文中，作家通过两件事让母爱得到了进一步

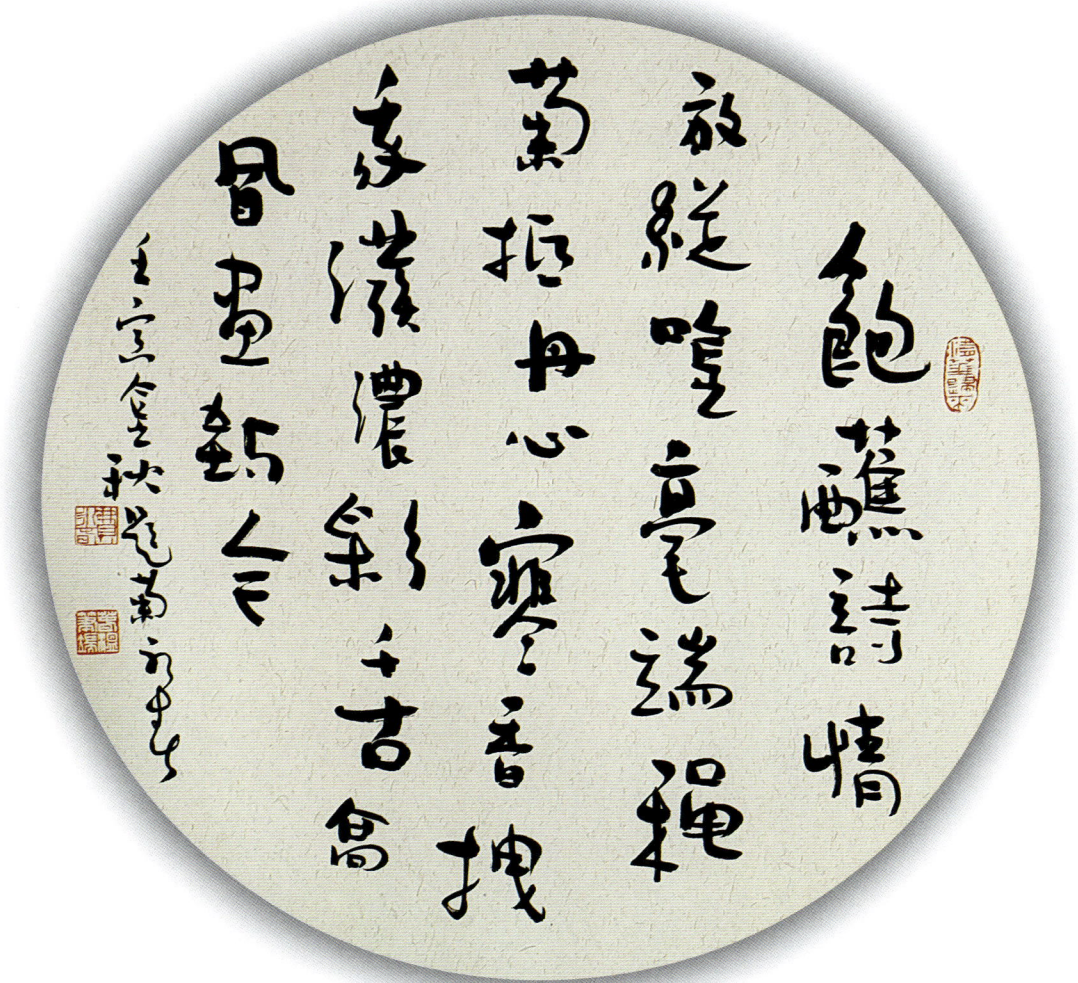

题画诗　秋菊

费永春

饱蘸诗情放纵吟，毫端秋菊抵丹心。

寒香拽我泼浓彩，千古高风画到今。

行书圆扇

30cm×30cm

2022 年 书

升华。一件是他在七岁那年生病且高烧不退，母亲冒雨背着他，在泥泞的盐滩小路上艰难行走了十多里路，汗水和雨水混合在一起从母亲的脸上不停地流下来，那种艰难程度简直无法想象。由于得到及时救治，他的病情很快好转。看见儿子的病好了，母亲疲惫的脸上露出了宽慰的笑容。在回家的路上，面对路边随处可见的观音柳，母亲对他讲，做人也要像观音柳那样，不管环境和条件如何艰苦，都要顽强地活下去。这就是母亲，这就是母爱，总是希望自己的孩子能够坚强面对困难和挑战，走向成功的彼岸。

第二件事更是催人泪下，令人动容。2008 年春节前的一天，尽管是大雪纷飞之季，但是母亲却背着一大盆咸鱼豆子敲开了他的家门。看见母亲颤颤巍巍地站在门外，身上落满雪花，融化的雪水沿着脖颈又流到了身上，他赶紧将母亲扶到室内，帮她掸去身上的积雪，他的眼泪夺眶而出。他感慨万千："这些年，领导的关爱给了我平台，师长的关爱给了我智慧，朋友的关爱给了我力量，而唯有母亲的关爱平平淡淡、真真切切，犹如冬日里的阳光、夏日里的浓荫、饥饿时的面包、口渴时的甘露。"想到这里，他将脸伏在母亲的胸前，泪水浸透衣服，而母亲毫无知觉。

"母亲的爱是永远不会枯竭的"这是苏联作家冈察洛夫所言。母亲那一次的生病，费永春先生在医院一直守候着老人家度过了十六个昼夜，内心忍受着前所未有的疼痛。母亲的爱与生俱来，母亲的爱与日月同辉。

2012 年的早春，费永春先生的母亲又一次住院，他的内心又一次忍受炼狱般的煎熬。多少次，他以泪洗面；多少次，他把内心的痛苦都化作一次次的怀想。

在我所读到的《除夕读母亲》的报纸复印件上，文章的上面是他母亲的照片，那慈祥的面容，那慈爱的目光令人心痛。从那目光里，我仿佛看见了自己母亲的目光，关心、关怀、关爱，还有对于儿女的无法割舍的牵挂。那面容，那眼神，都与作家的面相何其酷肖！这一刻，我才顿悟，为什么费永春先生对待朋友总是温文尔雅，像春天一样温暖，因为他秉承了母亲善良仁爱的博大胸襟。

有的人尽管写了许多的作品，但却没有一篇作品可以传之后世；有的人一生只写了一篇作品却名垂千古，像张若虚的《春江花月夜》，那意境，那况味，让无数人铭记于心："江天一色无纤尘，皎皎空中孤月轮。江畔何人初见月？江月何年初照人？人生代代无穷已，江月年年只相似。不知江月待何人，但见长江送流水。白云一片去悠悠，青枫浦上不胜愁。"这样的句子又有多少人不唏嘘慨叹？而费永春先生的《除夕读母亲》无疑会传之久远，凭那浓烈的情感，凭那不尚雕饰的语言，相信会有更多的读者被他的真情所打动，所感染。

古今中外不乏写"母亲"形象的优秀篇章，我印象深刻的有高尔基的《母亲》、艾青的《大堰河，我的保姆》、冰心的《母亲》、朱德的《回忆我的母亲》、胡适的《我的母亲》、孙

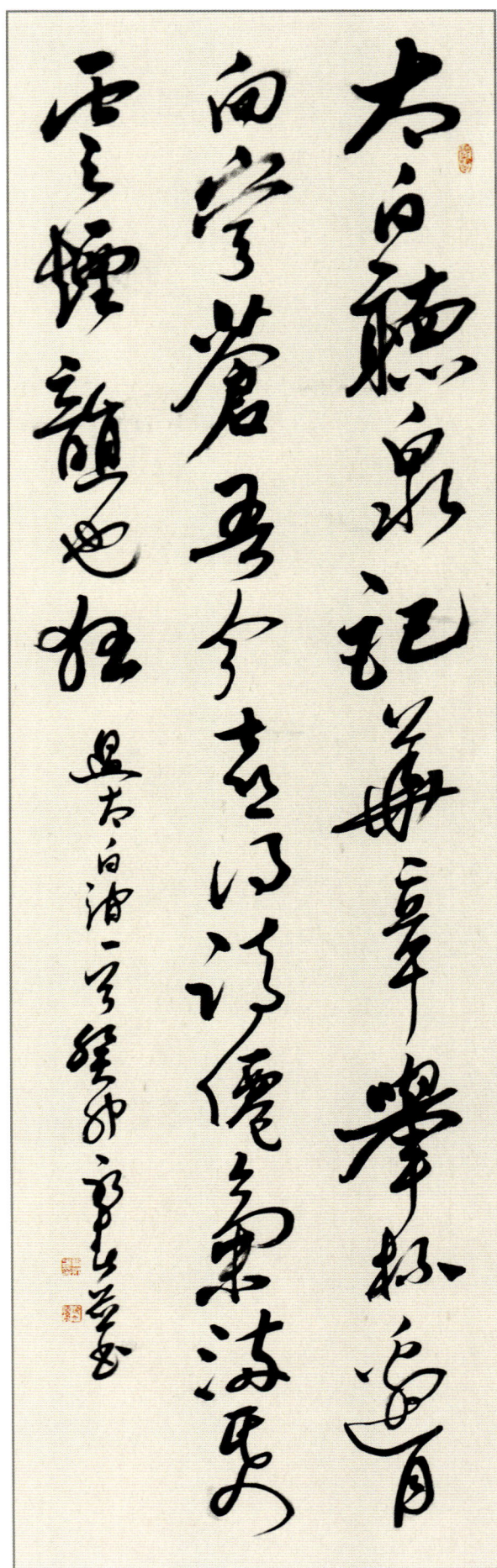

过云台山太白涧

费永春

太白听泉记华章，举杯邀明向穹苍。
吾今喜得诗仙气，满纸云烟韵也狂。

行草书

180cm×48cm

2023 年 书

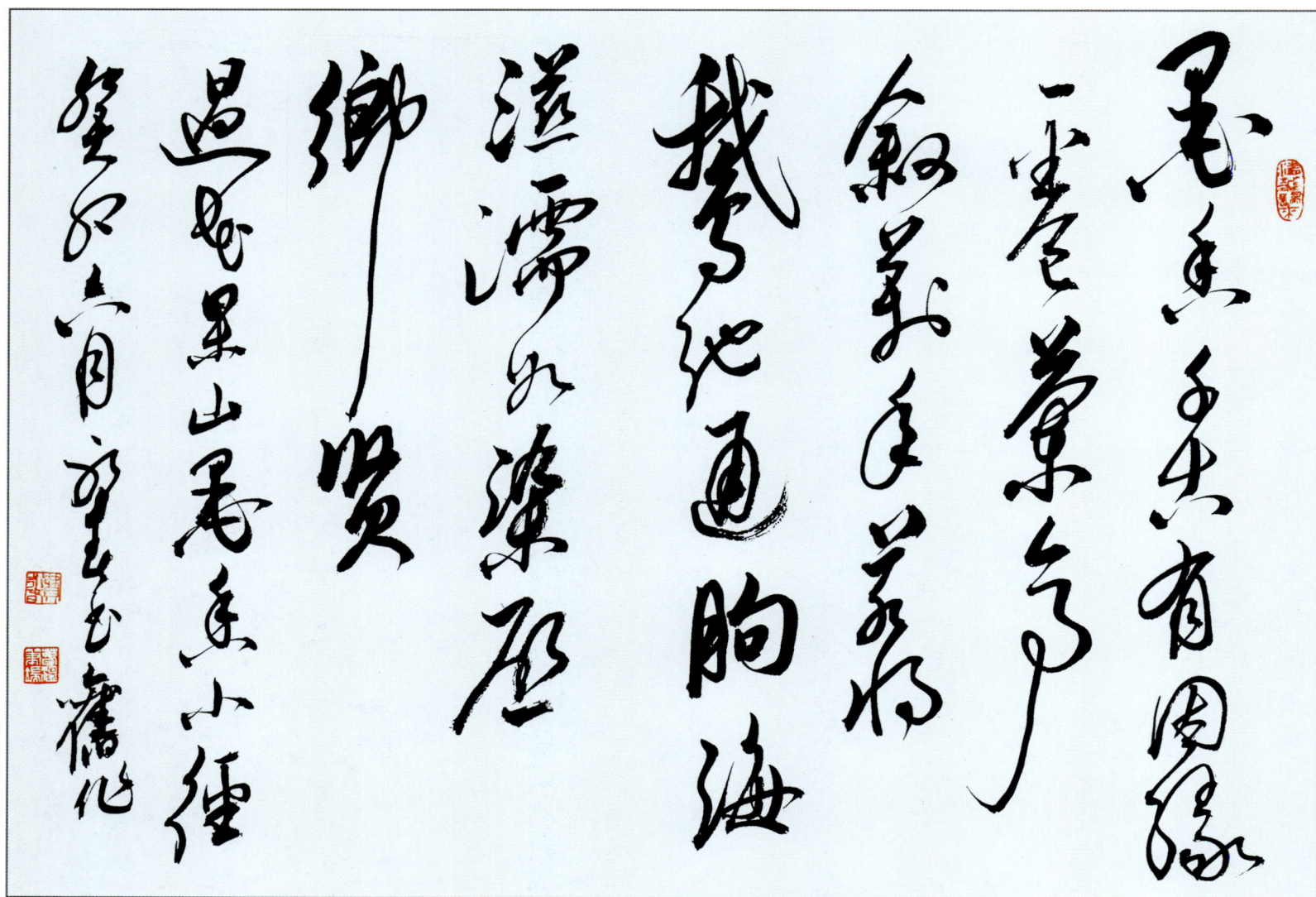

过花果山墨香小径

费永春

墨香千古有因缘，一卷兰亭叙万年。
若将鹅池通胸海，滋濡如染启乡贤。

行草条幅

126cm×68cm

2023 年 书

犁的《母亲的回忆》、汪曾祺的《我的母亲》、梁晓声的《母亲》和史铁生的《我与地坛》。而费永春先生的《除夕读母亲》无论思想性，还是艺术性，都可以与这些优秀作品相媲美。

英国著名诗人拜伦曾经说过："没有哭过长夜的人，不足以语人生。"只有哭过、笑过、爱过、恨过，才能体会到人生的真谛。2009 年的正月初二，费永春先生回到家里，开始写作《除夕读母亲》一文，在写作的过程中，他曾一次次痛哭失声，哽咽不止，泪水打湿了稿纸。那是心的哭泣，那是灵魂的倾诉。《除夕读母亲》在《苍梧晚报》发表以后，引起了广大读者的强烈共鸣，人们纷纷打电话、写信到报社，以表达自己的感受，几天时间他就收到报社转来的一百多封读者来信。

这就是文学的力量，这就是一位作家的荣誉，当他的感情与人民大众的感情融和到一起的时候，他的作品就是成功的。那一刻，他感受得到作为一位作家肩上的责任和重担！

"物以类聚，人以群分。"而费永春先生的随笔《储蓄朋友》则让人们对朋友有了更深刻的认识。他说："你与愚公为友，肯定会排除万难，开拓进取；你与精卫为朋，肯定会矢志不渝，壮心不已；你与夸父结伴，肯定会热情澎湃，笑傲天涯。相反，你与蔡京、秦桧同流合污，肯定不会成为一个高尚的人。这就是'近朱者赤，近墨者黑'的道理。"从这些浅显的语言当中，人们悟出了交朋识友的道理。生活当中，有多少人曾经被所谓的"朋友"伤害，打掉牙齿只能往肚里咽？难怪有人慨叹："为什么伤害我的都是我最亲近的人？"《储蓄朋友》一文让我们获益良多。

费永春先生的散文可谓率性而为，看似信手拈来，实则充满波澜和智慧，恰如贾平凹《天气》一书的责任编辑林金荣所言："没有技法的散文，是到了炉火纯青的境界了。"费永春的每一篇散文作品都是性之所至、心之所悟，清新、淡雅、不事雕琢，正所谓"大巧若拙，大朴不雕"。散文的要义为"形散而神不散"，他总是能够收放自如，或抒发感情，或微言大义，给人以启迪。

费永春先生的文学创作独树一帜，自成一家，尤其是杂文创作更是硕果累累，影响甚巨。杂文是散文的另一个表现形式，尽管杂文具有一定的及时性，但是他的许多杂文今天读来仍然具有强烈的现实意义，并烙上鲜明的时代烙印。

曾几何时，署名"易水寒"的杂文在报刊上风头甚健。而这"易水寒"就是费永春先生长期使用的笔名。他在发表杂文的时候，大多使用这个笔名，他不想因为好事者"对号入座"而徒惹不快。他曾多少次接到读者打来的电话，说"易水寒"这位作者文笔犀利辛辣，一针见血，很想见见这位作者，费永春笑言："只要你喜欢他写的文章就可以了，你也可以继续关注他的作品。就像你喝到美味可口的牛奶，没有必要再见到产下这些鲜奶的奶牛！"

杂文属议论性散文，是他关注时代、把握社会热点的重要表现形式。一篇《常回家"歇歇"》虽然发表于2004年，但今天读来，仍然具有深刻的现实意义。文中写到一些所谓的"公仆"不仅脱离了人民群众，更脱离了自己的老婆孩子，很少与老婆孩子团聚一堂。他们"中午围着桌子转，晚上围着裙子转""早上是人，晚上是鬼""工资基本不动，老婆基本不用"，把最初的誓言抛到了九霄云外。我曾看过一篇文章，题目叫《回家吃饭》，一些所谓的"公仆"很少回家吃饭，以致夫妻感情也逐渐淡漠。《常回家"歇歇"》与《回家吃饭》有着异曲同工之妙。

费永春先生的文学创作紧扣时代脉搏，且观点新颖，自出机杼。在二十世纪八十年代初，他创作的《谨防精神贿赂》一文就对"精神贿赂"提出了自己的超前见解。2004年，他曾第一个提出"人造美女"的问题，2004年文章在《苍梧晚报》发表十二天以后，广州一人造美女死于手术台上，事件才使全国舆论哗然。他在《美女不宜硬造》中写道："古代四大美女不仅外表美，她们每个人的琴棋书画以及心灵也俱佳。外在美只是形式，内在美才是真美。""总之，'人造美女'造的是外表，造不了她的灵魂和学养。一个女人想美，是多方面的，容貌差一些并不重要，只要你工作出众、才华超群、温柔贤惠，在平凡的工作岗位上干一番不平凡的业绩，你同样是美丽的。"这样的道理，浅显易懂，令人深思。

费永春先生的杂文思路开阔，条理清晰，既重点突出，又旁征博引，入木三分。2001年，"情人节"一词开始出现在国内媒体上，面对这一舶来品，作家看到的却

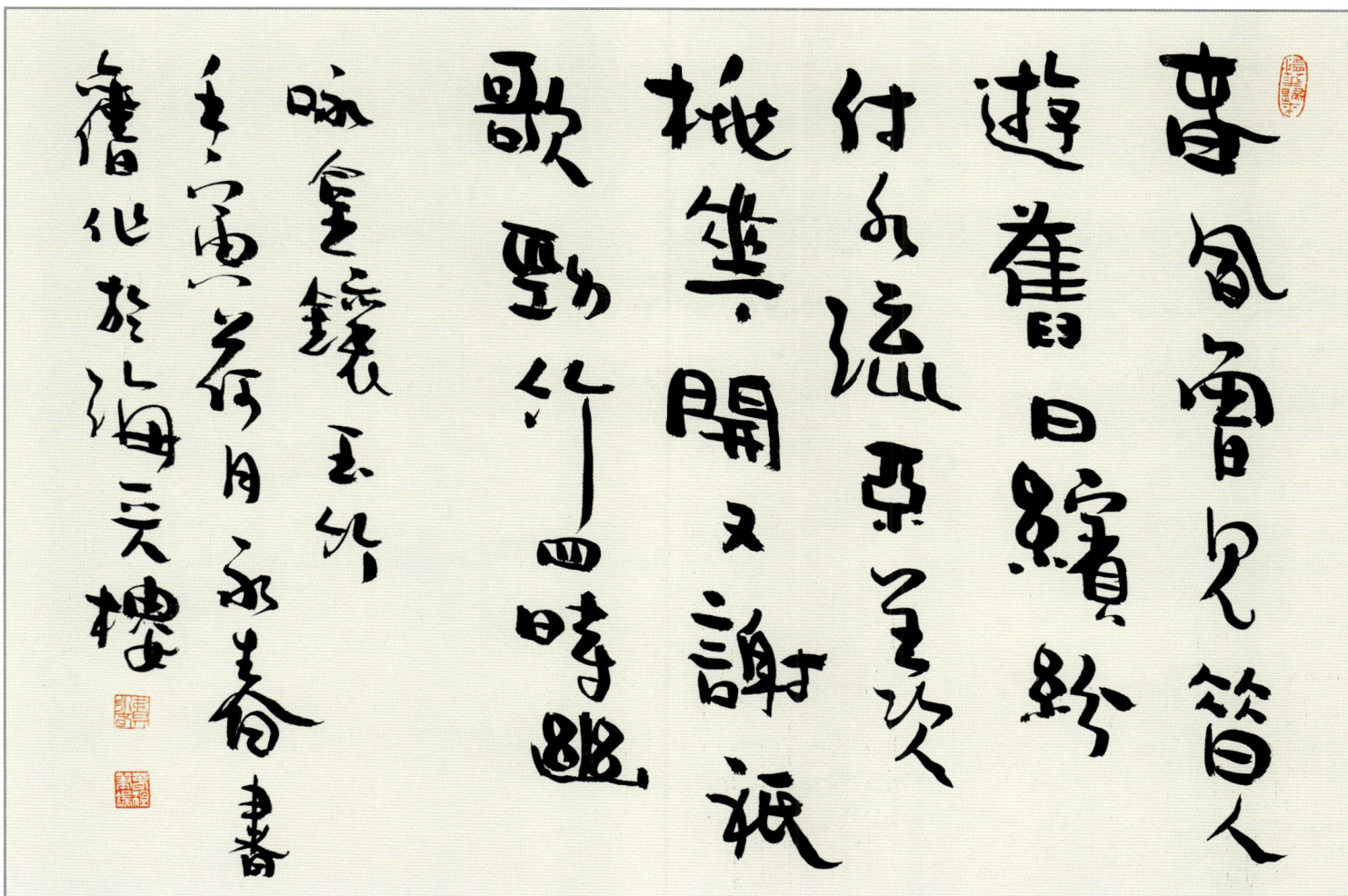

咏金镶玉竹

费永春

春风曾见昔人游，旧日缤纷付水流。
不羡桃花开又谢，只歌劲竹四时幽。

行书条幅

126cm×68cm

2022 年 书

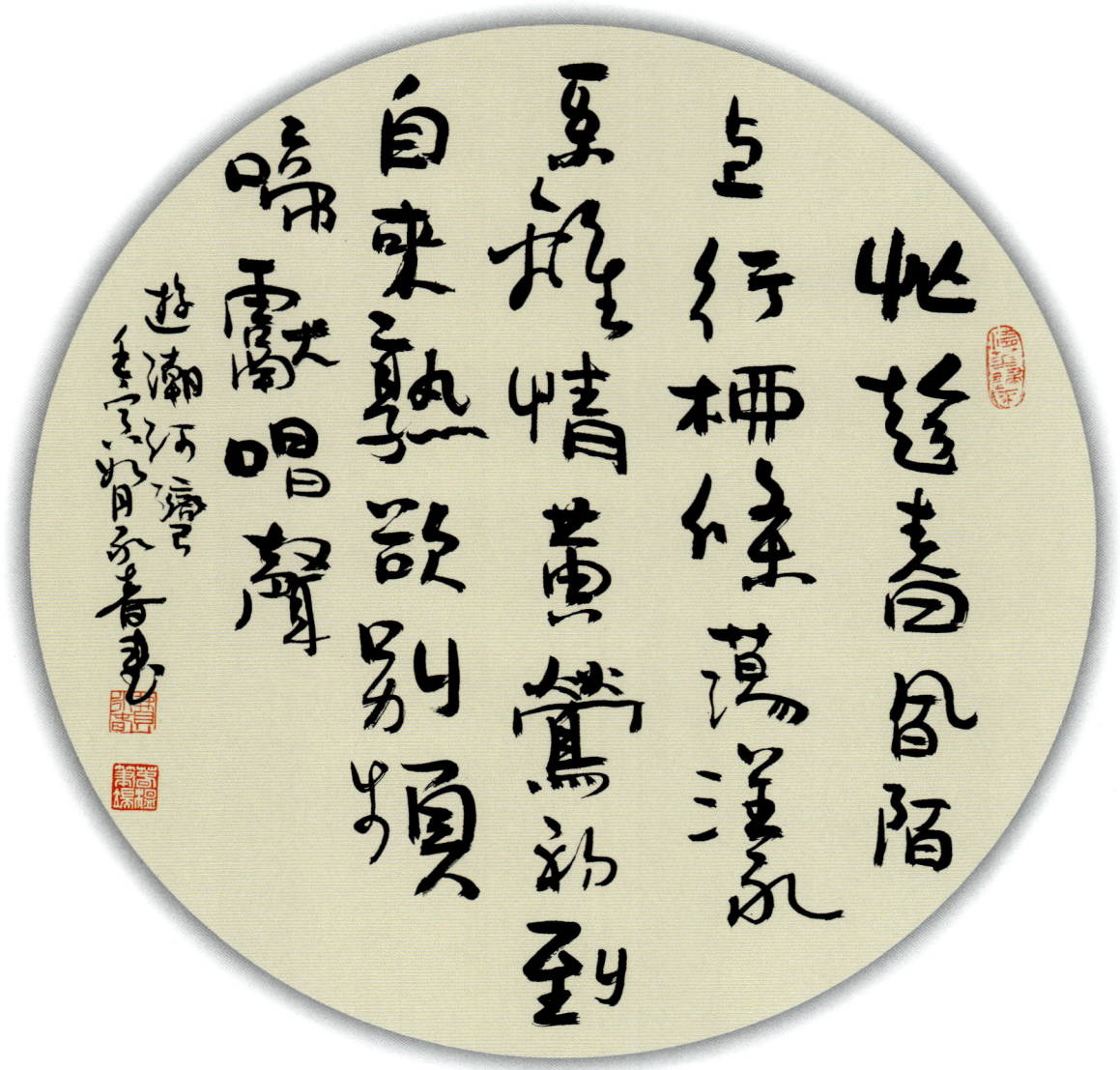

游潮河湾

费永春

忙趁春风陌上行，柳条荡漾系离情。
黄莺初到自来熟，欲别频啼献唱声。

行书圆扇

30cm×30cm

2022 年 书

是问题的另一面。在这篇《情人劫》的文章里，他首次提出"情人劫"这一新词，把这一西方人推崇的节日视作"劫难"。"就'情'字而言，左边是一个'忄'旁，右边是一个年青的'青'字，从字面来看，它还是比较强调年龄界限的，而不是人到七旬，彩球乱抛，玫瑰乱送，老夫'情'发少年狂！"这段文字深刻、犀利，亦庄亦谐，让人掩卷沉思。对这一洋节我向来不以为然，媒体炒作是为了追求看点，商家炒作是为了追求卖点，可悲的是总有一些老大不小的人也在跟风，赶时髦，装时尚，貌似很潮，实则愚不可及。"问世间情为何物，直教人生死相许。"平淡才是真，"执子之手，与子偕老"应该是"情"字的最高境界。费永春先生的《情人劫》发表以后，很快，北京、深圳一些重要媒体都开始使用"情人劫"这一词语，这就是费永春先生的忧患意识和超前意识的集中体现。

针对"超级女声"问题，费永春先生曾经写过《崇拜的质量有待提高》一文，对当下一些人的盲目崇拜提出疑问。这篇作品一经媒体发表后，好评如潮，并获得当年度江苏省报纸副刊好作品一等奖、全国地市级报纸副刊好作品一等奖和华东地区报纸副刊好作品一等奖。截至前年他赴北京清华大学学习的时候，已经有数十篇作品获得国家和省级"报纸副刊好作品"荣誉。2007 年，他被授予"江苏省优秀新闻工作者"称号，这是对他多年新闻工作的褒扬和肯定。他创作的散文和杂文先后被《读者》《散文选刊》《杂文选刊》《杂文报》和《报刊文摘》等报刊选载，有一百余万字作品在各级报刊发表，其中四十余篇新闻和文学作品在全国、省市获奖。

法国著名思想家帕斯卡尔曾说："人是一根会思想的芦苇。"而作家李公明则说："文人是这些芦苇中最茁壮的一片。"费永春先生总是在不停地思考，不停地创造和创新，在担任《苍梧晚报》专副刊部主任的十余年间，把《海州湾》等一些副刊打造成江苏省地市级报纸副刊的知名品牌。2006 年，全省四十九家报纸副刊综合评比，《苍梧晚报》因许多栏目和版面出类拔萃，影响巨大，获奖好稿荣膺第一。江苏省委宣传部报刊月评组曾两次下文，由于《苍梧晚报》专副刊具有较高的文化艺术含量，各类策划走在全国前列，对《苍梧晚报》文化周刊进行专题推介。

至今谈起当时策划并担任撰稿的经历，费永春先生仍然激情满怀。"非典"时，他组织策划撰写长篇报告文学《较量》，是全国最早对"非典"进行深度报道的地市级报纸；汶川特大地震时，他于第一时间策划并组织撰写大型报告文学《震撼》，产生巨大影响；围绕连云港市的东部大开发和"一体两翼"建设，他策划并组织撰写了长篇报告文学《连云港 划时代的潮声》，以十个整版的强大阵容，为连云港市的跨越发展呐喊助威，这种大手笔大制作在全国地市级报纸绝无仅有。

白居易在《与元九书》中说："文章合为时而著，歌诗合为事而作。"作为这个时代的一员，每一位有良知的作家都应为这个时代歌哭或者舞蹈。费永春先生的文学创作活动多为时代而歌，很少有唧唧歪歪的风花雪月、小资情调，他写对生活和人生的所思、所想、所悟，高屋建瓴，催人奋进。他的许多作品是为了配合市委、市政府的中心工作而创作的，因而具有强烈的时代特征。

2012年1月，费永春先生实现文学艺术事业的又一次华丽转身，经过清华大学美术学院的两年学习，他顺利完成了艺术创作与鉴赏硕士研究生学业，并成为一名国家注册书画评估鉴定师。至此，他的文学创作和书法创作也进入了一个全新领域。

经过两年的"充电"，费永春先生回到他所热爱的工作岗位，恰逢连云港市文化大发展大繁荣的昌明盛世，作为一名新闻工作者、一位作家和一位艺术家，他又一次肩负起时代赋予的重任，在报社领导的支持下，策划创办了"苍梧晚报艺术工作室"，推出《文化连云港》《书画作品欣赏》等文化艺术周刊，受到社会各界的广泛好评，使文化艺术周刊真正成为"港城文化的展示平台、当下艺术的鉴赏平台、名流新锐的推介平台、文艺惠民的对接平台"。文化艺术周刊创办伊始，就组织艺术家冒着寒风赴徐圩新区送艺术下基层，前不久，又组织艺术工作室的艺术家亲临港口集团，为广大书画爱好者开办临帖、创作以及理论讲座等活动，以提升他们的文艺素养。

"博观而约取，厚积而薄发。"经过近三个月的努力，文化艺术周刊，其体量、密度和专业程度，都是地市级报纸所仅见。妇女节前夕，他策划了"听听花开的声音——非常7+1迎三八女书画家作品展"，成为广大读者的视觉盛宴，一时洛阳纸贵。他曾表示，将把艺术周刊办成高起点、高品位的专业报纸，为连云港市文化艺术的繁荣推波助澜。

费永春先生的书法创作也风生水起。经过之前两年南京艺术学院以及近两年清华大学的学习，他认真研读古代书法史、画论、名家名著，以至眼界开阔、技艺大增，他

的书法创作有了质的飞跃。他认为，文学创作可以更好地丰富书法创作，要想成为一位真正的书家，历来强调字外功夫，只有让艺术相互交融，才能提高自己的创作水平。从李白到黄庭坚到苏东坡，不仅是书法大家，也是文学大家，他们都具备深厚的学养储备。"腹有诗书气自华。"渊

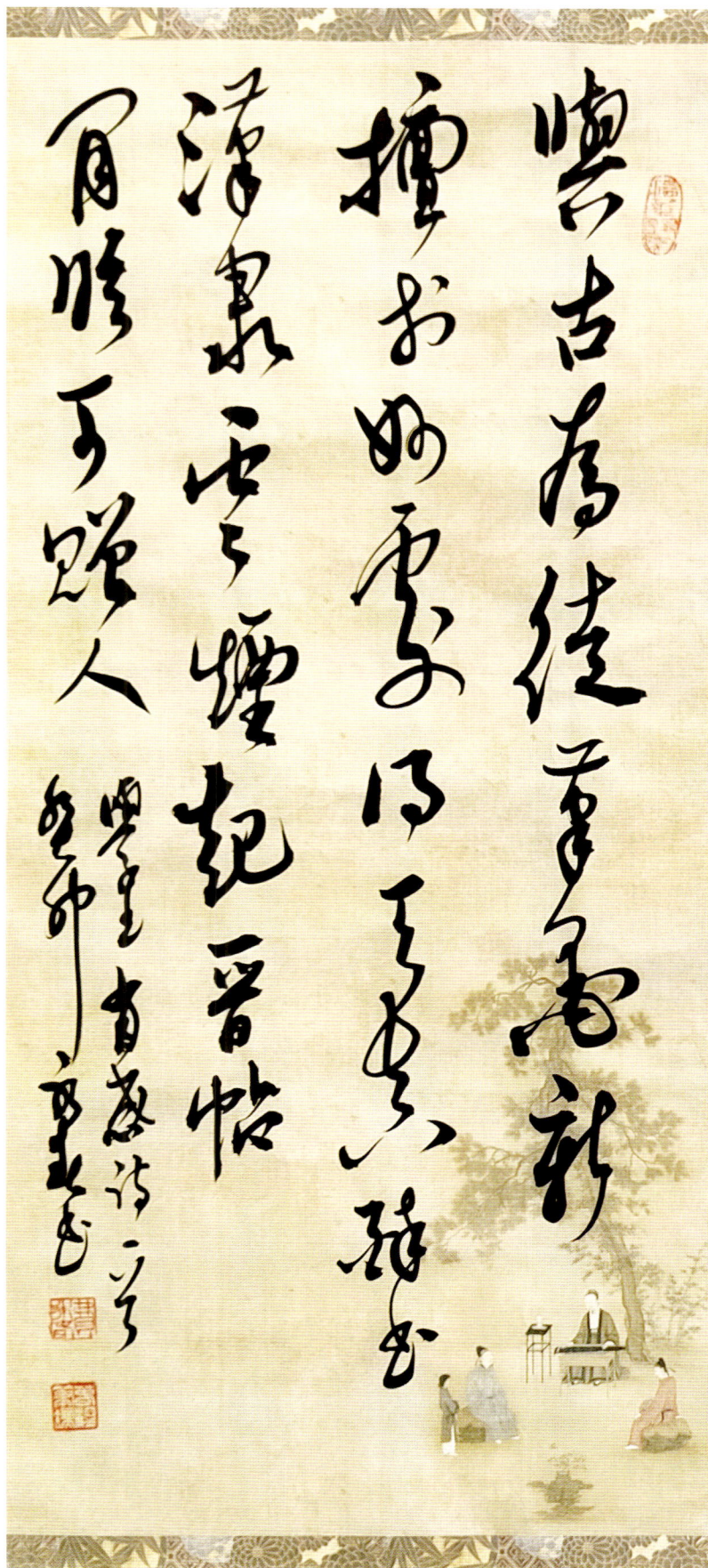

临池偶拾

费永春

与古为徒笔墨新，擅于妙处得天真。
醉书汉隶云烟起，晋帖闲临可赠人。

行草中堂
170cm×80cm
2023 年 书

博的学识、厚重的文学修养，可以让一位书家走得更远。

　　江苏省作家协会副主席、连云港市作家协会主席张文宝是费永春先生的好朋友，对他的为人和为文深有感触，他说："永春是我几十年的好朋友，他待人很重感情，对事业的追求很执着。在文学创作上，尤其是他的随笔创作，正如他的为人一样，充满激情和感情，朴朴实实，爱憎分明。他热爱生活，并用自己的文字拥抱生活，赞美生活，讴歌生活中的真善美，鞭挞生活中的假恶丑。"张文宝表示，费永春先生的文学作品大气，来自生活，来自大众的心声，他的文字语言既高雅又通俗，深受读者的喜爱。他的笔名易水寒，意味深刻，他写的文章也颇有易水寒的韵味。"风萧萧兮易水寒"，那种气魄，那种淡定和

旷达，充满人文情怀。希望他的文学创作与书法创作比翼齐飞，为这个时代奉献更多的佳作。

　　巴乌斯托夫斯基是苏联著名散文大师，他曾把文学的创作活动比之于沙梅以生命颠筛出来的那朵金蔷薇。费永春先生的文学作品凝练、厚重，或催人泪下，或启人心智，或激浊扬清，称之为"金蔷薇"也毫不为过。在初春时节，品读他的一行行用心血煮成的文字，爱和温暖便如春风拂面，令人沉醉。

2012 年 3 月 10 日于新浦

王军先　中国作家协会会员，连云港市作家协会副主席兼秘书长。

游渔湾

费永春

闲云出岫自悠飘，飞瀑临风挂涧腰。
溪水轻声规劝我，远离世俗可逍遥。

行书圆扇

30cm×30cm

2022 年 书

初心着色　年华永春

——记艺术家费永春先生

张学玲

在港城，有这样一位名人，他是资深记者、著名作家、书画家、国家注册书画鉴定师，他名扬港城，在艺术上兼收并蓄，提携后学，在海古神幽、魅力之都的连云港早已闻名遐迩，他就是我的恩师和大哥——费永春先生。

提到费永春先生，我的思绪一下回到二十多年前，是费永春先生引领我踏上文学之路，使我从文学门外汉到出版了两本个人散文集的作家，可以说，我的文学之路离不开他的精心指导与栽培。他是我亦师亦友的兄长，多年来，给我的感觉如沐春风。在前不久的一次朋友聚餐时费永春先生高兴地说："学玲，二十多年的写作之路，你进步很快，文章多次在报刊上发表，又出了两本个人散文集，而且正教授级的职称已评上十多年了，叫你张先生，

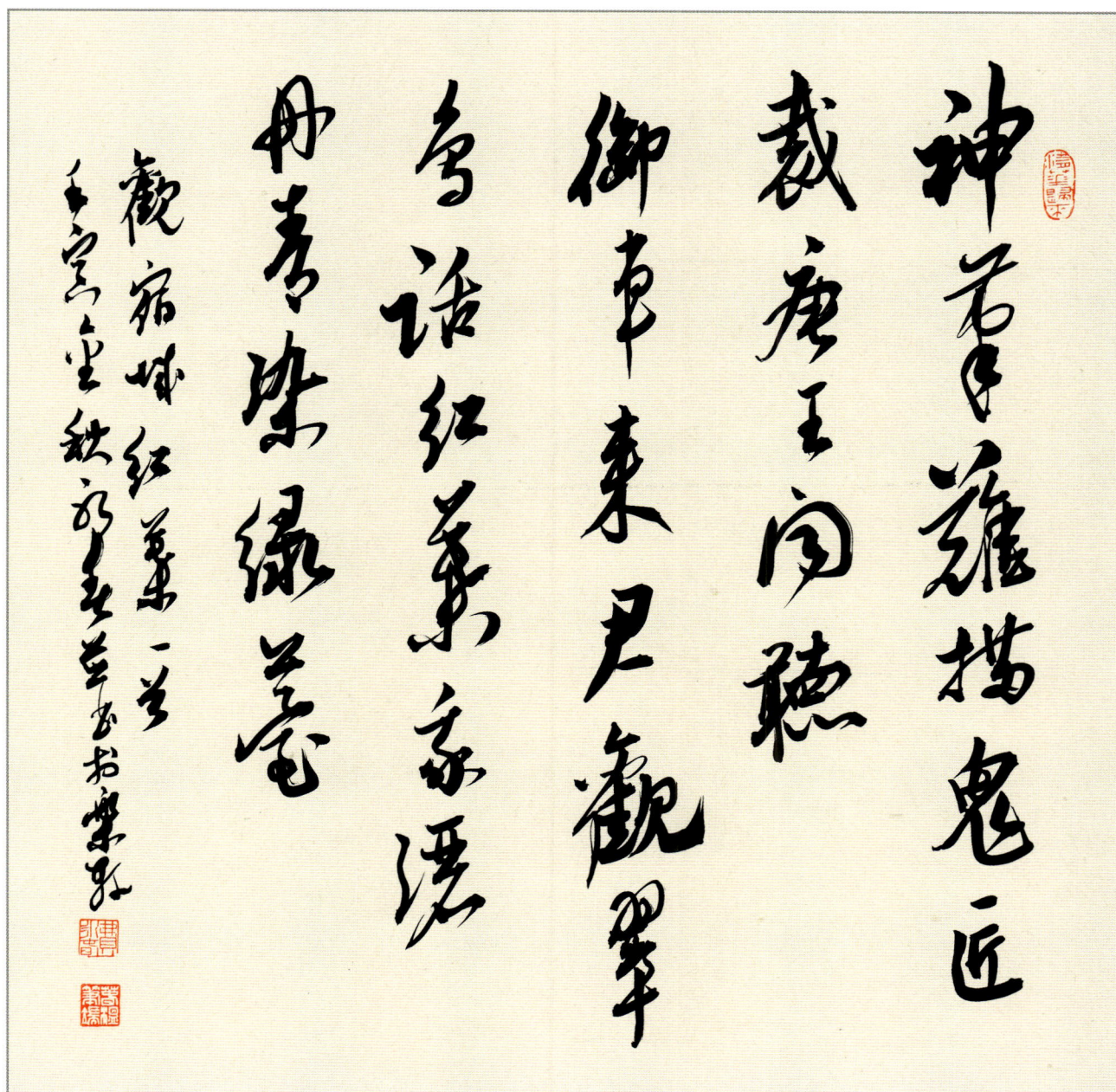

赏宿城红叶

费永春

神笔难描鬼匠裁，唐王闻听御车来。

君观翠鸟话红叶，我洒丹青染绿苔。

行书斗方

68cm×68cm

2022 年 书

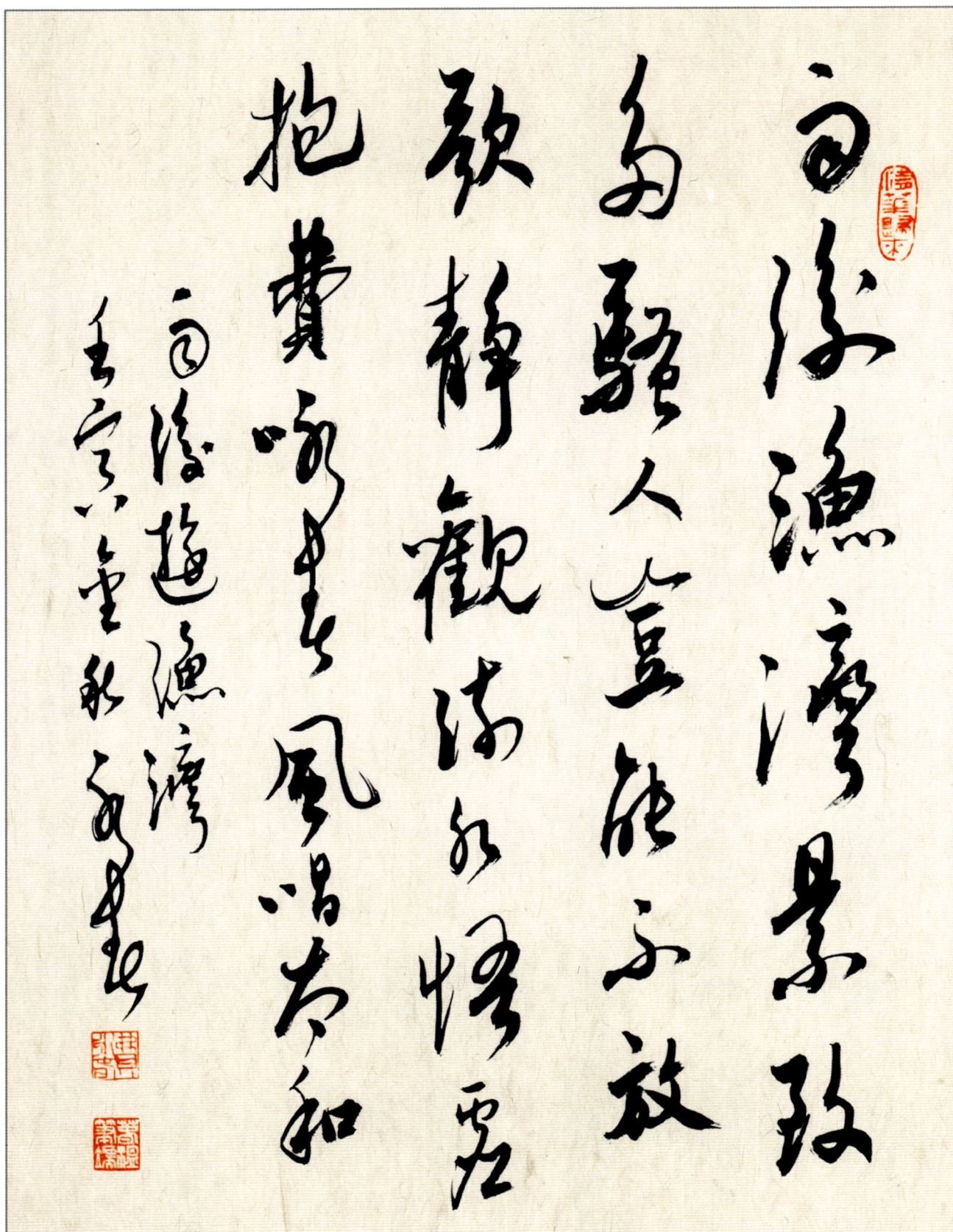

雨后游渔湾

费永春

雨后渔湾景致多，骚人岂能不放歌。
静观流水悟虚抱，费永春风唱太和。

行草中堂
126cm×68cm
2022 年 书

不过分吧？"他就是这样和蔼可亲，总是给我正能量鼓励，我格外荣幸，感恩遇见他，我们因文学而结缘，他更像一位"精神领袖"，用他榜样的力量引领我在文学路上驰骋遨游……

我是一名大夫，因工作性质，能融入艺术圈是我不敢奢望的梦。二十多年来，费永春先生给予我精心指导，一步步带我融入他的文艺圈，带我结识各界艺术家，让我学到了很多书本上学不到的知识，很多人都说在连云港有一种现象叫"费永春现象"，因为他在艺术界具有非凡的影响力。是的，他的才气、名气、大气是众多艺术爱好者十分敬仰的，他是我的良师益友，也是我最想表达感谢的人。

每次聚会时，费永春先生都特别有心意、有创意，他把普通聚会变成人生探讨沙龙，志趣相投的同道中人在聚会中能够互学互鉴。饭桌上是中国的饭菜，思辨色彩有点像欧洲贵族的感觉，定期的聚会沙龙仿佛是文艺家、企业家、心理学家思辨聚会的诞生地。聚会中，没有潜意识的模仿，没有天南海北的侃大山，只有学术的思变和艺术观点的交流和沟通。费永春先生的朋友圈广泛而精致，既有政界要员、企业老板，也有艺术大咖、文坛新锐。每次聚会，费永春先生都会摇身一变成为"金牌主持人"，他谈笑风生，一场普通的聚餐在他的带动下充满了欢声笑语……

费永春先生春风放胆，传技育人，心直口快，菩萨心肠。龚自珍的一句诗"亦狂亦侠亦温文"仿佛为他量身定做。他有三绝诗、书、画，性情文、狂、侠。他虽然硕果累累，但始终有一颗戒骄戒躁的上进心，他一刻也没有停止过对艺术的追求，先后去南京师范大学、南京艺术学院、清华大学美术学院、北京画院，整整泡了九年，这为他在艺术之路上的前行，打下了较为坚实的基础。他与人为善，充满了正能量，给身边的朋友带来宽心和快乐。当然，费永春先生在幽默风趣的同时，还是一位思想家，他

游孔雀沟

费永春

孔雀悠闲敞画屏，山花野草舞娉婷。

龙潭溪水含烟露，蝉噪蛙鸣奏乐听。

行书圆扇

30cm × 30cm

2022 年 书

具有前沿的敏锐性思维，对事物的超前瞻性分析。他在全国报刊以"易水寒"的笔名发表了五百多篇杂文，很多观点都是创新提出，因而，有四十余篇文章，荣获各种奖项，他也被授予"江苏省优秀新闻工作者"称号。我们常常拜读和学习他的文章，从中受到启迪，文思得以拓宽。

不得不说，崇拜费永春先生的粉丝太多太多了，我就是"忠粉"一枚。他喜欢旅游，每发现一个特别有趣的地方、一处特别的风景都会惦记着给我们转发分享，在港城每发现悠雅的环境或特色酒店，总是带上我们一起品赏。他在酒桌上常说："饭桌，哪里都有酒茶，谁没喝过？聚一聚，分享朋友的故事，谈谈工作，聊聊爱好，让思辨小火花始终有燎原之势，才是最珍贵的。"

费永春先生善解人意，每次聚会都会在晚上九点之前结束聚会，我们都问他回家忙什么，他说："你们工作都忙，有的是领导，有的是学科带头人，赶紧回家休息或做学问，还有人要回家辅导小孩作业。我也要趁着酒兴，回家继续涂鸦。"大家都讶异，费永春先生已经大名鼎鼎，拥有不凡的成就，还有什么功课要做呢？他总是说："你以为我是神仙啊，书画创作虚名都是假的，最终还是靠作品说话。美好的东西，一定要持之以恒地敬畏它，它才会永远贴在你的身上，否则我们只是空长了年纪，空耗了岁月，虚名易得，实学难求呀！"

初心着色，年华永春。我常会跟费永春先生说："您是诗书画三栖明星，三栖的能量，三栖的广度，三栖的辐射，让很多人望尘莫及，既让人羡慕您又让人嫉妒您。"

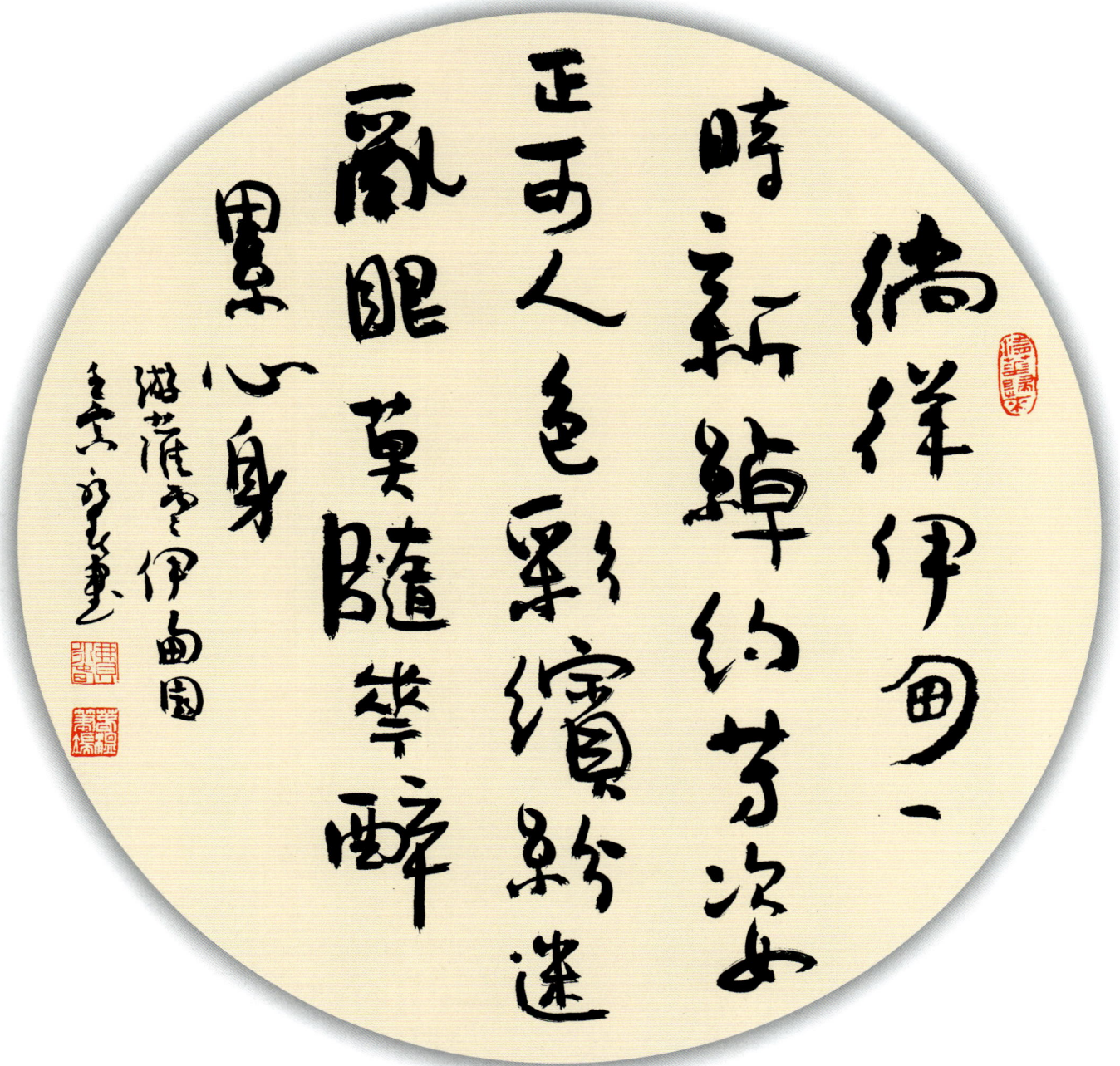

游灌云伊甸园

费永春

徜徉伊甸一时新，绰约芳姿正可人。
色彩缤纷迷乱眼，莫随花醉累心身。

行书圆扇

30cm×30cm

2022 年 书

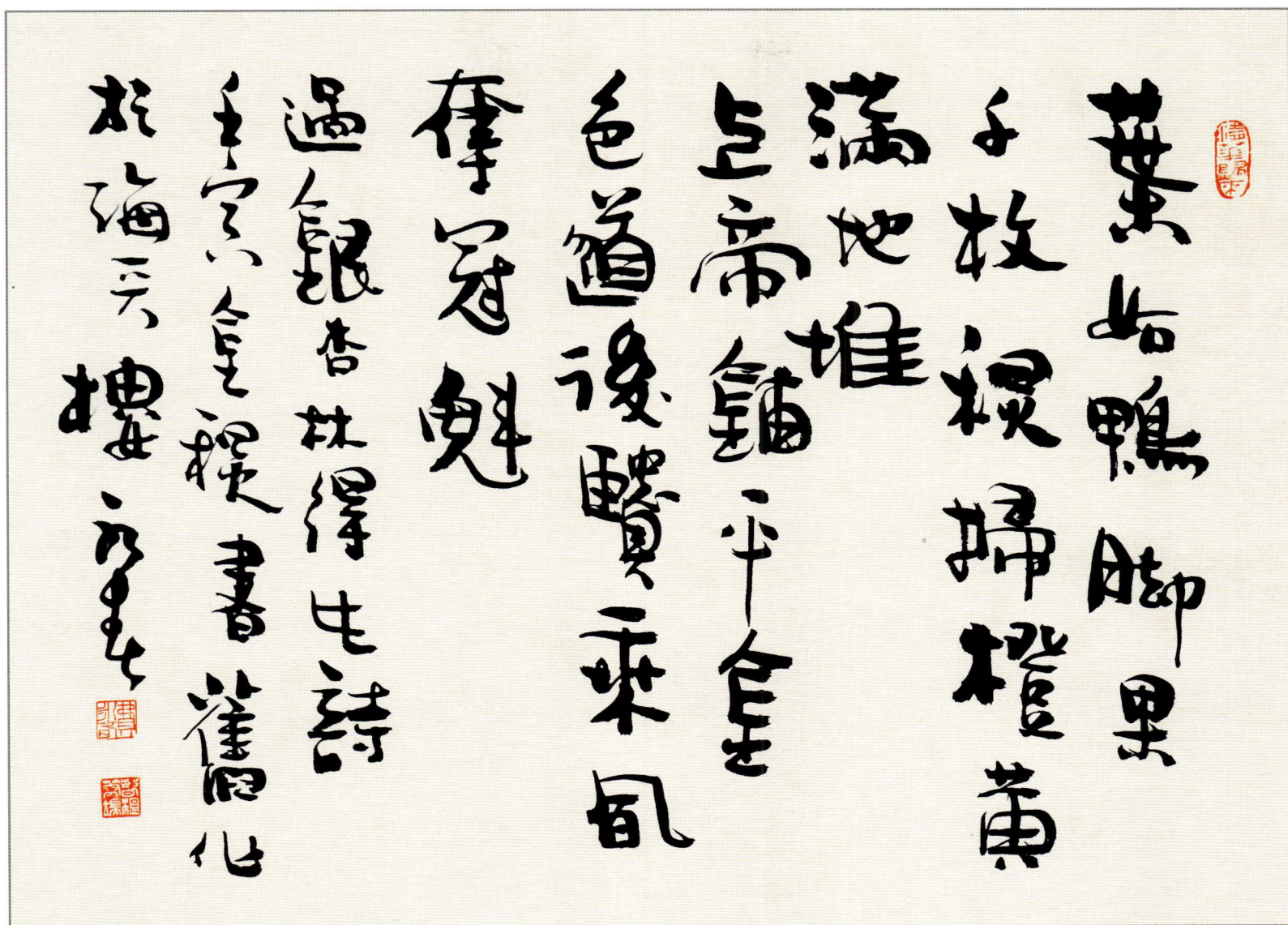

银杏林

费永春

叶如鸭脚果千枚，秋扫橙黄满地堆。
上帝铺平金色道，后贤乘风夺冠魁。

行书条幅

126cm×68cm

2022 年 书

结识费永春先生二十多年，常常相聚，有许多有趣故事，至今仍历历在目。印象最深的事情是 2009 年，我的第一本散文集《青春主张》准备出版，请费永春先生题写书名。他写好后送到我科室，那天科室里病人很多，围成一圈又一圈，我都没来得及招呼他，他放下装在信封里写好的题字说："怕耽误你的出版时间，今天专程送给你！"我也没有时间起身相送，费永春先生挤出了人群，自己就回去了。多少年过去了，我想着这一幕，满满的感动与幸福，我和宋大庆、穆文玲是"三闺蜜"，他都称呼我们为"女先生"，是他小弟，这也让我们三闺蜜享受一下古时文人尊称的荣耀！

在我眼里，出版书是一件大事，我的散文集《青春主张》出版后，费永春先生不断鼓励我继续努力，让我在文学这条路上继续前行。我像他的小尾巴，跟他不断学习艺术，补充营养。费永春先生请我吃饭时经常开玩笑对我说："你这样的人，要么钻研工作，要么钻研驴队玩，我

就知道你懒得做饭，也没有时间做饭，给你补充点营养，你会变得更聪明的！"

费永春先生时刻都在关心着我们。记得二十多年前，他是《苍梧晚报》文化艺术周刊、法制周刊、生活周刊的总编，身兼连云港市作家、书画、收藏等六个协会主席副主席的职务，工作十分繁忙。那年，他以连云港市作家协会副主席、连云港市文学青年创作委员会主任的身份，带领五十多位文学青年去山东青岛采风授课。五天的活动快要结束时，大家集体拍照，合影留念。我们这些女粉丝，争着和他单独合影，他既像开玩笑，又一本正经地说："单人不拍，要拍两人以上可以，要不，回家挨你们老公揍，你们就后悔了。"从点滴细节，无不感到他对身边小弟小妹的关心和爱护。无论二十年前还是现在，只要聚餐，他都会记得我爱吃鱼，总是挑一堆放在我盘子里，对我说："你是搞学术研究的，经常写论文，吃鱼会越吃越聪明的啊！"

在他的鼓励与支持下，我坚持下来了很多事情，我在2015年出了第二本书《雕琢你的旧时光》，如果没有他的鼓励，也许思绪就飘散在时间里，坚持着，也就沉淀了下来，修炼了下来。这些书，这些文字不仅让自己欣慰，也让很多人受益良多。

费永春先生虽然是港城艺术界知名人物，声名远播，才华横溢，但他就像家里大哥，惦记我们的生活，关心我们的进步，指引我们前进的道路。特别是对于我们这些编外的、非专业的、写字的、画画的、写作的，我们都乐意围在他左右，我们也学着他的样子，多栖发展，壮大自己！

大家都喜欢"富贵"一词，可惜很多人根本不理解这两个字的意思，总以为有钱有势就是富贵，其实，富是自我满足，贵是社会认可。富，我心中无缺即为富，你有金山银山与我何干？我虽然只有茅屋草舍，但我充满喜悦，这就是富！而贵呢？能让人有求之则为贵，你帮助别人，提携别人，教导别人，你就是别人的贵人。

费永春先生，他成为很多人的贵人，我们都喜欢围着他，他出自名校，既是南京艺术学院书法专业科班毕业，又是清华大学美术学院、北京画院的艺术研究生，精通书画鉴定，又是著名策展人，先后策划了"全国新闻

题玉兰喜鹊图

费永春

古砚微凹墨未干，挥毫凝思写玉兰。
可嘲世俗薄情眼，鹊舞斜枝两不看。

行书圆扇
30cm×30cm
2022 年 书

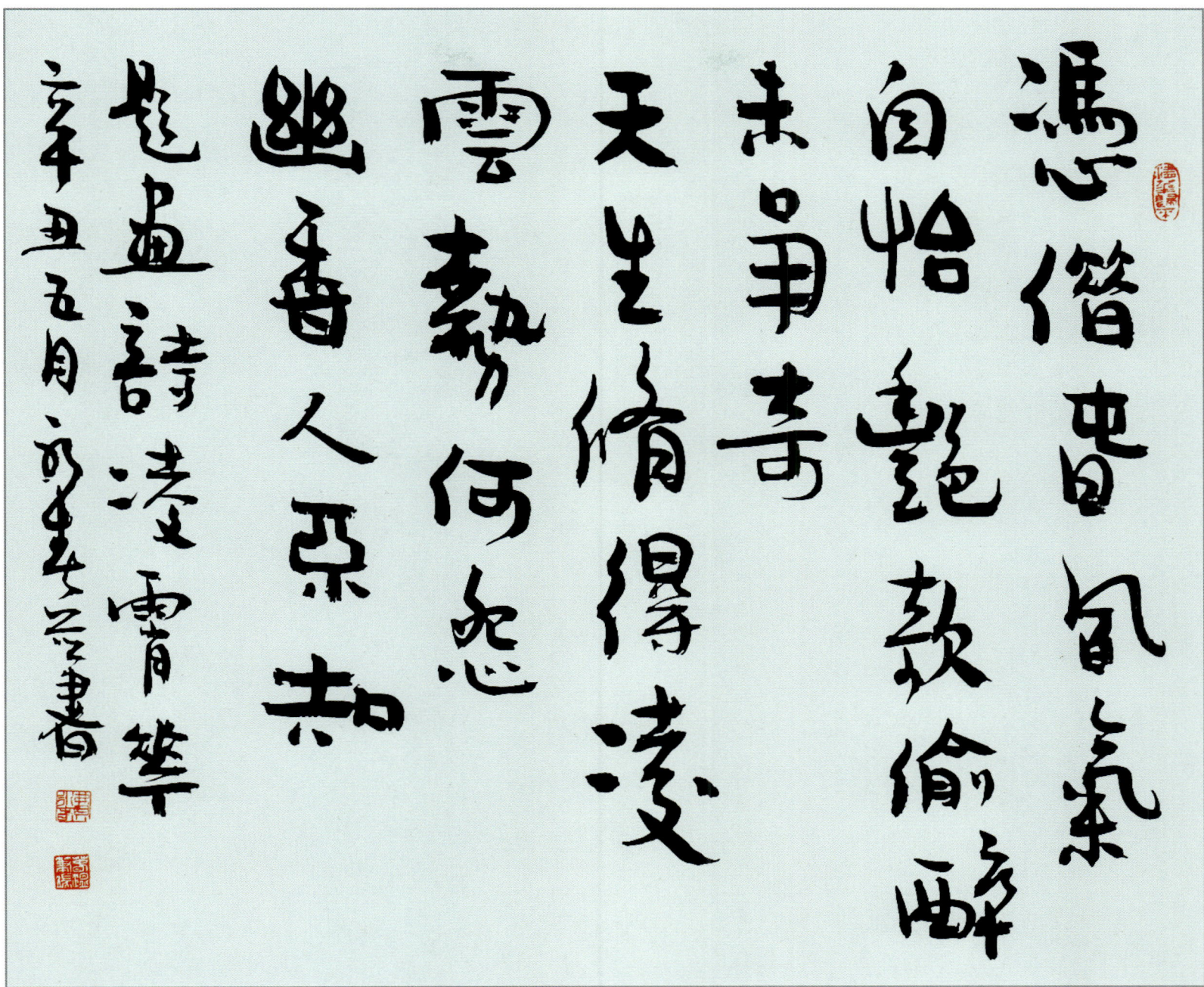

凌霄花

费永春

凭借春风气自怡，艳歊偷醉未争奇。

天生修得凌云势，何怨幽香人不知。

行书条幅

126cm×68cm

2021年书

界书画大展""一带一路书画邀请展""新晨杯书画摄影作品大展""苍梧七君书法展""墨色艺术展"等二十多个展会，这些展览，视觉新颖，创意独到，布展前卫，在港城风靡一时，影响久远。他是名副其实的学院派、实力派艺术家。他的书画作品洛阳纸贵，一字难求。我们常常想去他家请他惠赐墨宝，他总是说，现在作品还不够成熟，等自己感觉比较满意时，一定为我们这些铁杆小弟奉上。对他这"遥遥无期"的承诺，我有时都想去他家翻墙入室，"偷"点书画作品回来欣赏欣赏，被抓住，我这小弟也无恐，反正都是家里小弟。

写这篇文章时，说句实话心底还是忐忑的，因为，费永春先生的文章精妙绝伦，对我们一直要求很高。我辈用词随意，杜撰的词也许有，标点符号胡乱用也许有，反

正不加凿饰，随意一挥，写得不好，也不怪我，责任在费永春先生，也许，他没把我这小弟教诲到位吧！

张学玲　皮肤科主任医师，国家二级心理咨询师。1991年本科毕业，1999年北京中日友好医院进修。2008年取得江苏美容主诊医师资格。2009年晋升主任医师。国家级核心期刊发表论文数十篇，两篇论著。曾参与电台连云港版《非诚勿扰》制作。

2006年11月主持完成两项科研，江苏省中医药学会皮肤专业委员会委员，江苏省整形美容协会皮肤科分会委员，江苏省整形学会瘢痕分会第一届委员，连云港市皮肤专业委员会委员，连云港市激光医学副主任委员，二院皮肤科学术带头人，连云港市心理学会委员。

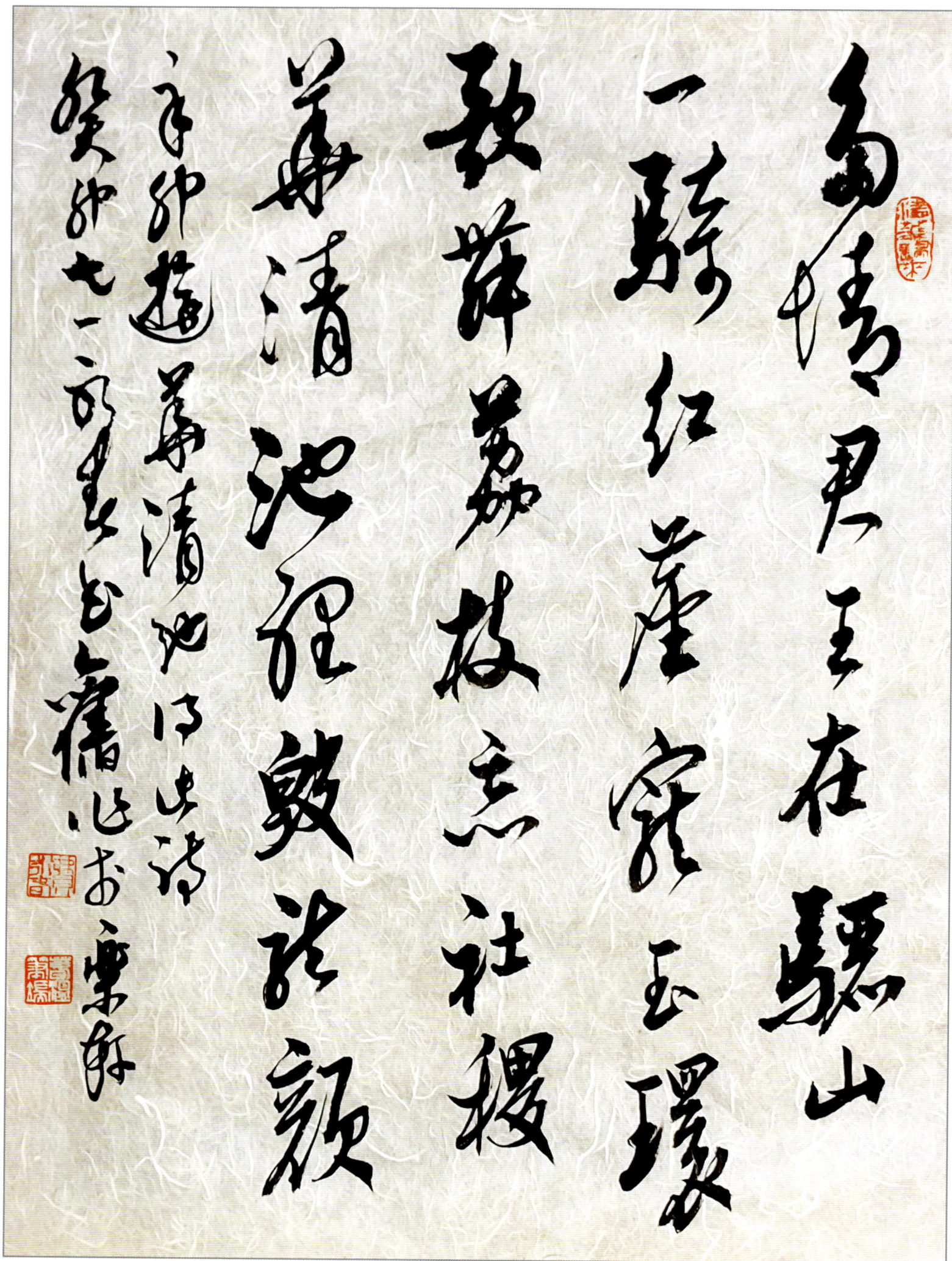

观西安华清池

费永春

多情君王在骊山，一骑红尘宠玉环。
歌舞荔枝忘社稷，华清池里毁龙颜。

行草中堂
126cm×68cm
2023 年 书

幽谷樱桃最靓时，黄莺栖树唱春词。
若非艳遇暮年到？枝上唇红惹相思。

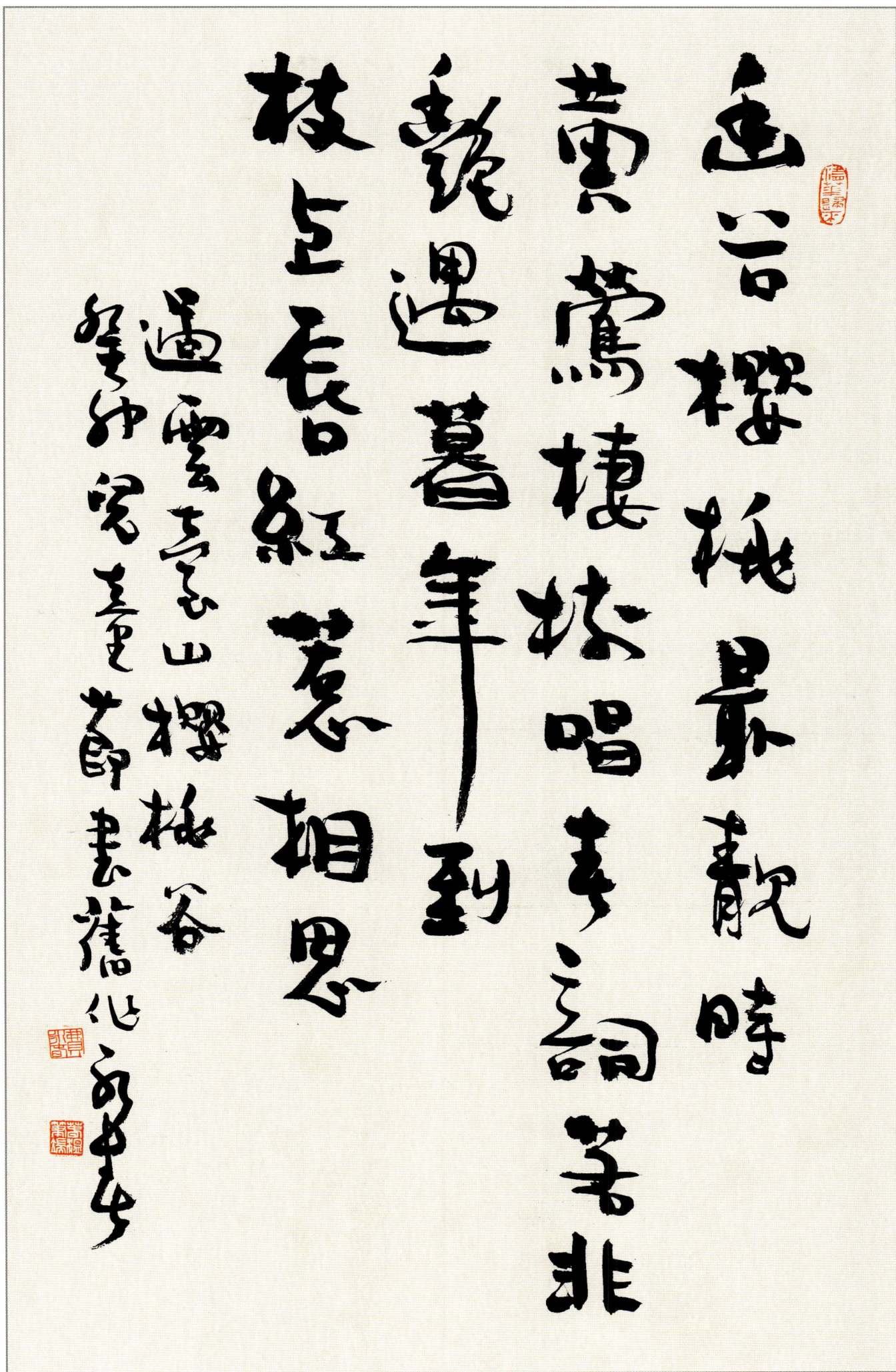

过云台山樱桃谷节录旧心所书

过云台山樱桃谷

费永春

幽谷樱桃最靓时，黄莺栖树唱春词。
若非艳遇暮年到？枝上唇红惹相思。

行书中堂

136cm×68cm

2023 年 书

春雨秋风

王雪峰

春雨起时，杏花正红，先生嘱文，以刊其书；

秋风吹过，骏马远啸，残酒未消，对月起笔。

前言

有两种时候，我倍感清醒。一是浓醉未醒时，一是秋叶落地时。我总是心惊于此，细细寻思，更深层次的是内心的敬畏，前一种是敬畏生命，后一种是敬畏自然。生命承受不了太多的酒精——纵然美酒激发了才情，加深了友情，点燃了爱情，可浓醉未醒时，会感受到来自内心深处的孤寂与落寞，还有伤痕般的不快；而秋叶落地之美，更让人感伤，尤其是在城市之中，钢筋水泥本就与树木有反差，再加上清道夫们穿梭其中，无疑让自然的诗行或是被脚注，或是被糟蹋得零散肮脏。

我喜欢荷尔德林，海子也喜欢，于是我也喜欢海子。

荷尔德林说："人生充满劳绩，但还诗意地栖居在土地上。"

我不知道如何准确地解释"劳绩"，但其中肯定有残缺的意味。我以为，那田园诗般的生活如果没有宗教的晕染，将充满陌生感。我见过美，但没见过完美，有时完美可能表现为精彩。我见过精彩，它曾深深地震荡我心。

永春先生布置的作业，我已几易其稿，秋风时起笔，如今又到春暖花开的季节。总觉难以恰到好处，我总是在发现欠缺和追求精彩中徘徊。恰如我心一般矛盾，期待这种矛盾产生的力量，驱使我用心写这篇文章，不愧先生信任。

篇一 说书

亲师信道

子曰："亲其师，信其道。"

与永春先生往来十年有余，不敢尊其老师，原因很简单，无法做到像他尊重自己的老师那样"亲师信道"。前些时候，黄惇教授携家人来连云港散心，永春先生悉心照顾，黄教授欣喜，回宁波后，与其在家中谈书论道，指其不足，择良帖授之。近日，永春先生常谈及此事，感恩之情溢于言表。

再前些时候，永春先生携近作登风来堂求教，黄惇教授欣然为其题签——《旸谷先生小传》，还对夫人说："我今天很高兴，我看到好字了……"

黄教授治学书写极其严谨。题《旸谷先生小传》，先用铅笔划清间隔，然书于其内，并对其纸张色差略表不

满。"大师精诚"，是我一直寻找答案的表述。从黄教授身上感到的便是"精诚"。精，是对术业的专攻驾驭；诚，是对艺术的虔畏之心。永春先生常说，这是他从黄教授身上学到的法度以外的精神，终身受益。

我曾两度陪永春先生去黄教授家，其书房置阁楼中，一墙书立，满室墨香，又有陶罐临摆，清风徐来，引人思绪开阔。你或会感受到金陵的王气、石头城的文气，再加上风来堂的书卷气，无论凝聚还是挥洒，都淡定、从容和精致。这引发我的思考，如果一个地方，离政权太远，历史上缺少文化的滋养，是不可能有高等级的艺术产生的。

永春先生对黄教授的景仰堪称不二，他对黄教授思想、学术、书道的传播又乐此不疲。这也让他身边的诸多朋友成为直接或间接的受益者。我也是受益者之一，黄教授的《风来堂集》已成我的案头书之一，永春先生曾向黄教授索字赠我，虽只一尺余，却是我今日藏书中的最上品。

当然，永春先生对其余诸位老师亦尊重备至，喻继高、卢星堂、华人德、李刚田等，还有清华大学美术学院诸教授，抑或身边的老先生、同辈好友、青年才俊。谈及列位书作，他求实中肯，多看优点，亦不掩其瑕。尤其是他从清华大学回《苍梧晚报》后，以担任艺术工作室总策划为平台，对接当下大家，展示本土才俊佳作，传播书画技识，走进旷野乡村，如春风吟咏，花香遍地。

取法乎上

"取法乎上"一词，我是从永春先生那里听来的，还有一词："举一反九"。我以为，这是他对书法艺术之道的探索方式。

在汉字的造字法中，有着深刻的哲学思辨色彩，有些越简单的字，其内涵越深，如"一""三""大"，还有"上"……何为"上"？上无止境。就书法而言，从时间方面讲，可理解为恪守传统，追寻古法；从空间上讲，可解释为登攀绝顶，俯览众峰；从形式上讲，可展示为臻于至美，成于天然；从技法上讲，可表现为游刃有余，大巧大拙；从内涵上讲，可蕴涵为赋气诗韵，豪放婉约……我简单地将永春先生所说的"上"理解为：守传统，学大家，走正道。

他的隶书，取法《西峡》《张迁》，多山野率真之气；

他的行书，沿董其昌、米芾，直追"二王"，蔚为正宗。

然而，永春先生在各类书法大赛中，去固执己见，避而"不上"——他多年不投稿参加任何一个大赛，或许这也是韬光养晦、蓄势待发的一种方式。换一种角度思考，成人的"会员""获奖"和孩子们的书法考级大同小异，都是评价方式的一种符号语言，无法表现艺术的深度、高度和感染力，有的"主席"不是也被公认"字写得不好"。康德说："知识分子是在任何场合都能运用理智的人。"我想，在这块土地上，就书法而言，如果用上述的符号语言来评价书法艺术的层次，你可以被称为"识字的人"，但你不是"知识分子"。

书外功夫

功夫在诗外。功夫在书外。

从书法家的角度讲，永春先生是我喜爱的书法家。

我喜欢的书法家是儒雅的，他的目光中透出对中华文化的赞同、欣赏，常怀忧思之心，同时不断地提醒自己无知，他甚至为自己的无知感到惶恐不安。

我喜欢的书法家是严谨的，他的笔下流露出对传统的尊崇、传承，每一笔都有出处，并积极思考符合审美的创新，他的创新或许让自己变得更为保守，犹如"套中人"。

题秋菊图

费永春

金风送爽拂篱英，傲骨孤芳察分明。

骚客书家谁最爱？咏春靖节两人行。

行书圆扇

30cm × 30cm

2022 年 书

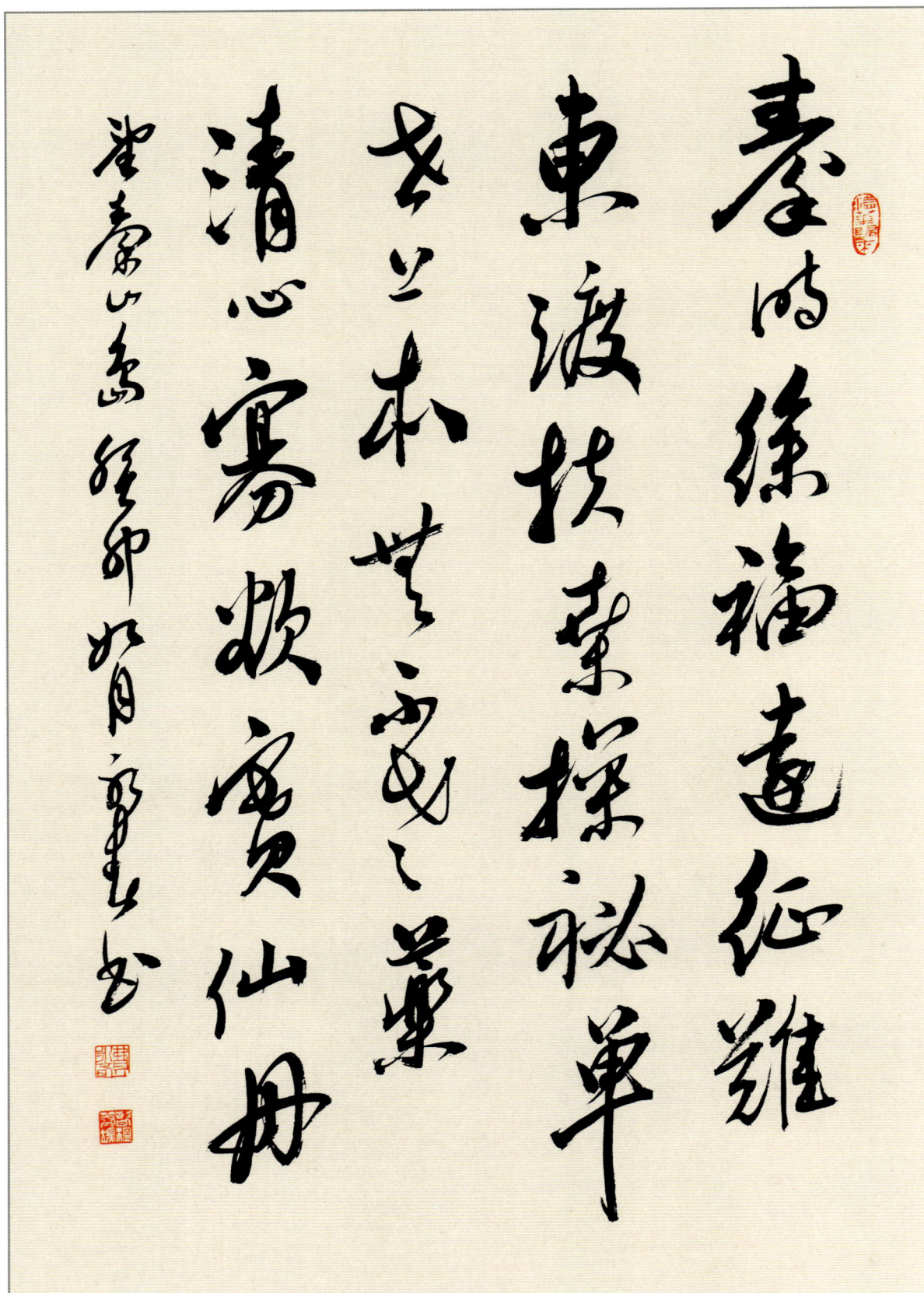

望秦山岛

费永春

秦时徐福远征难，东渡扶桑探秘单。
世上本无不老药，清心寡欲赛仙丹。

行草中堂
128cm×68cm
2023年书

　　我喜欢的书法家是通识的，他的书法永远不是长项，他的长项可能是写诗、摄影、做菜、养花、玩玉，甚至是谈情说爱，即便人家获得了诺贝尔奖，不照样是恋爱的高手。

　　我喜欢的书法家是骄傲的，他的骄傲可以是固执、坚守、冷漠，在黑白之间，他相信采众家之长、勇敢地接受批评是进步的驱动力。

　　想成为一位真正的书法家不容易。你若画画，画得好可以成为画家，画不好，可以成为画匠，原因很简单，"目遇之成色"，色彩和造型总能带来心灵的感受。可书法不同，书法靠的是黑白和线条，而这黑白和线条既是书写者本人的，又是历史的古人的。你将之借来用了，用得对不对、用得好不好、有没有用出自己的特点则千差万别。"善笔力者多骨，不善笔力者多肉，多骨微肉者谓之筋书，多肉微骨者谓之墨猪。"古人的论调极为有趣，"墨猪"生动形象，入木三分。

篇二 谈人
心性似水

每一个精彩的故事，总有一条河流和一棵树。

泉眼、小溪、池塘、河流、湖泊、海洋……我们依水而居，因水而昌。"我心似水"是永春先生的一方闲章，"易水寒"是先生惯用的笔名。男人喜水，是真性情的直白流露。

先生说的水，有诗情，像西湖边的风景，经意或不经意间，烟波就在那里，或平或仄。

先生弄的水，有爱意，恰似康河里的柔波，带走或不带走，故事就在那里，或近或远。

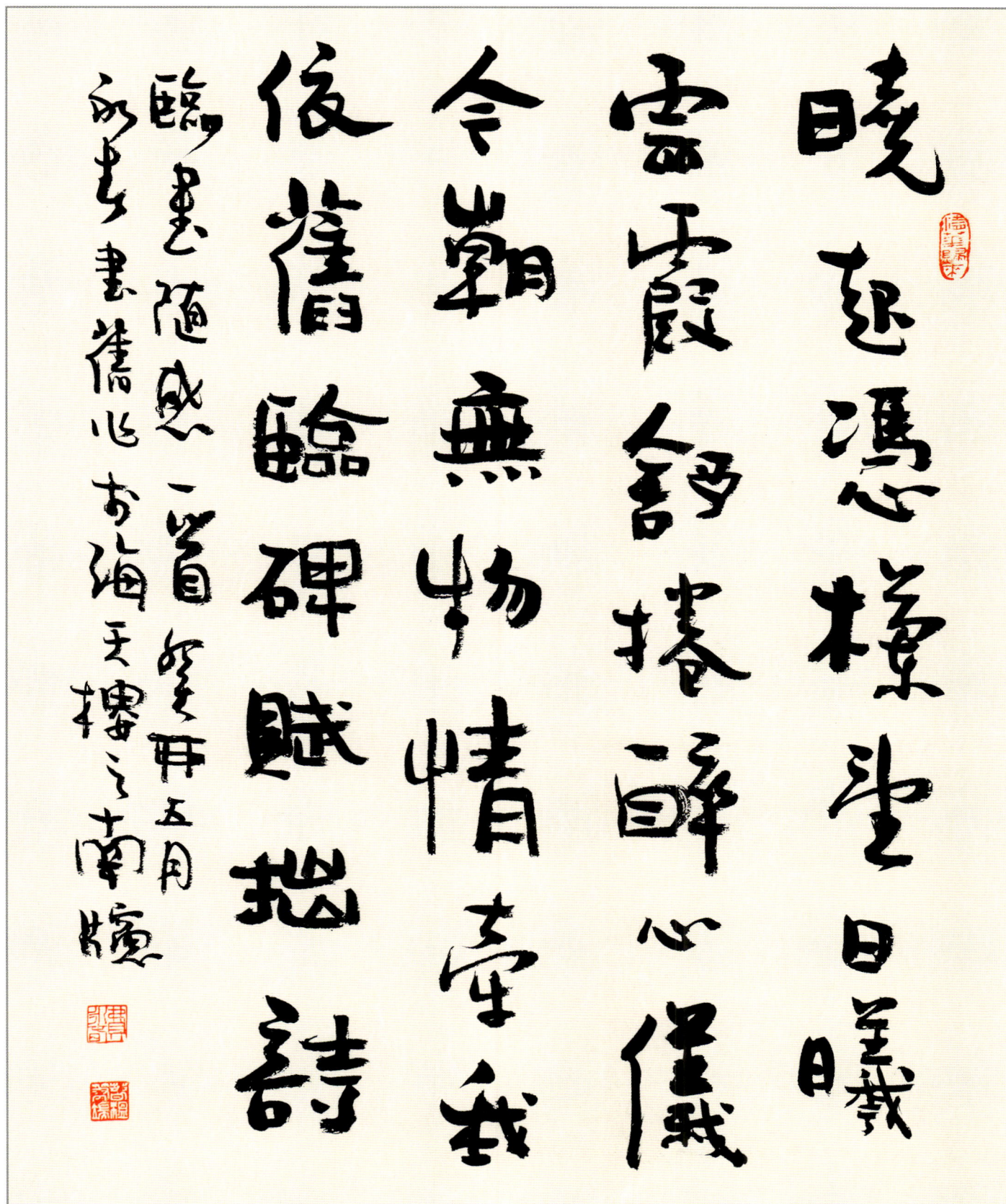

临书随感

费永春

晓起凭栏望日曦，云霞舒卷醉心仪。

今朝无物情牵我，依旧临碑赋拙诗。

行书中堂

116cm×68cm

2023 年 书

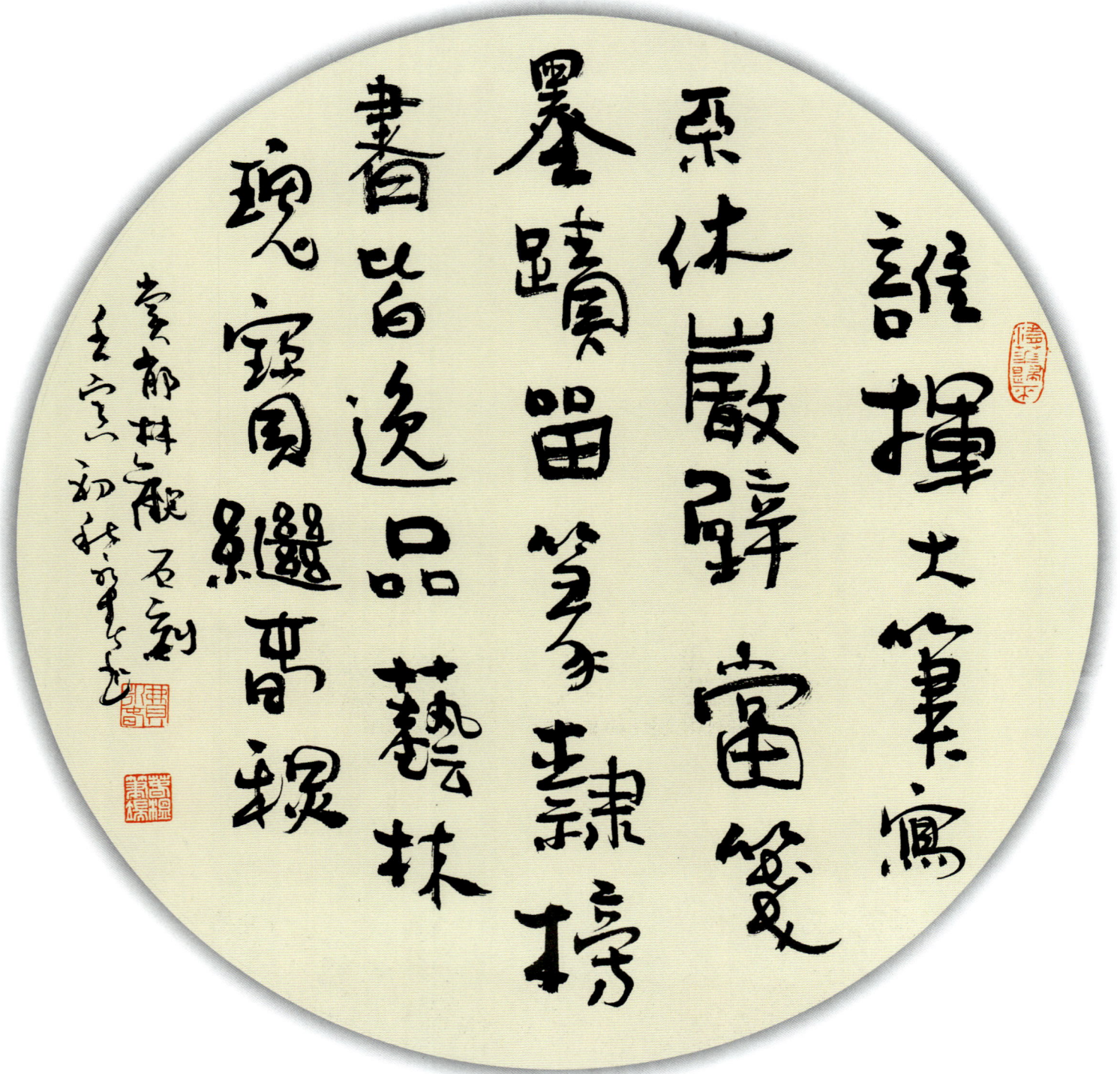

郁林观石刻

费永春

谁挥大笔写不休，岩壁当笺墨迹留。
篆隶榜书皆逸品，艺林瑰宝继春秋。

行书圆扇
30cm×30cm
2022 年 书

先生喝的水，有美酒，多汤沟里的佳酿，干杯或不干杯，感情就在那里，或增或减。

我和先生尝同游晋祠，见晋泉喷涌，不舍昼夜，良多感慨。河流给我们很多启示，一个人的记忆中，一定会有一条河流。每一条河边总有让我们内心永不平静的故事。我们这个蓝色的星球，水是守恒的，它不会增加也不会减少，只会以不同的方式存在，在众多的存在方式中，我选择河流。因为它是大地的血脉，是线条美的直接表达，是镌刻在土地上的书法。

永春先生告诉我，文字或许刻在山野，他酷爱石门颂，爱其山野自然之气，爱其拙巧相济，爱其经历岁月磨砺后的自信从容。你喜爱的，就是你的品位、档次、情调和个性。

海子说："面对大河我无限惭愧，我年华虚度，空有一身疲倦。"

其实疲倦感在每个人的身心，而最糟糕的就是被疲倦！艺术的思维和方式，恰是消除疲倦的最好办法，我从永春先生的"我心似水"中依稀找到了消除疲倦的途径。

风花雪月

我对法国思想的关注由来已久，法国大革命提出的

"自由、平等、博爱"的思想，犹如火种点燃了欧洲，继而影响全球。这种思想的核心有深刻的人本含义，让每个人知道自己和他人都是人，虽然有对神的依赖和期待神的眷顾，但人性的火焰烧尽了单纯的愚昧，让人踏上了五百年以来最光辉的文明之地。

我们的历史长河中，也集中出现过犹如"自由、平等、博爱"的思想浪潮，那是在晋代——王羲之生活的年代。当然还有陶渊明，如果再扩大到"魏晋名士"的范畴，还有曹家父子、诸葛亮、阮籍、嵇康……如果艺术真的能反映时代精神，那么这个伟大的时代有哪些精神？宗白华先生认为，这个时代的人，向外发现了自然，向内发现了内心的深情。"观照内心"是近几年心理学在中国兴盛后提出的普遍观点，还有一句叫"活在当下"。其实在魏晋时期，那时的文化人就已在观照内心、活在当下。"采菊东篱下，悠然见南山""问君何能尔，心远地自偏"，心灵是这般的宁静自然。

永春先生尊崇在书法上回归传统。然而传统是什么？并不是对碑帖的机械临仿，而是通过文化作品感知作品的时代。通过书法、诗歌、绘画、音乐，回到那样的时代，

你是否像我一样感受到了魏晋的芬芳？其实那时的风花雪月和今天的并无多大区别，但是社会环境让人无法感知。每个人感知的程度和意象都不一样。就让我们把更多的故事留给风花雪月吧，关照一下你的内心，尤其是爱艺术、懂艺术、搞艺术的你。

百福是荷

永春先生喜爱荷花。他收藏了数十幅全国各地名家的荷花作品。在新中国成立六十周年的时候，他本想展出六十幅，以祝愿伟大祖国和谐昌盛，但诗酒养疏慵，未能如愿。然而一片赤子之心跃然纸上，藏荷之情与日俱增。

从古至今，荷花被赋予了太多文学化的赞叹，老幼皆知"出淤泥而不染"。喜爱荷花除了文化性的政治认同感、内心的象征性倾向，我认为更多的是审美需要。荷塘中大块小块叶片的交错，曲线直线穿插之繁杂，让人耳目成色，心性自由。吴冠中先生曾这样写荷："着眼于线之曲折，倒影的荡漾，垂莲的点缀，这彩绘浓妆，似乎想饱餐浓叶重彩的盛宴……"

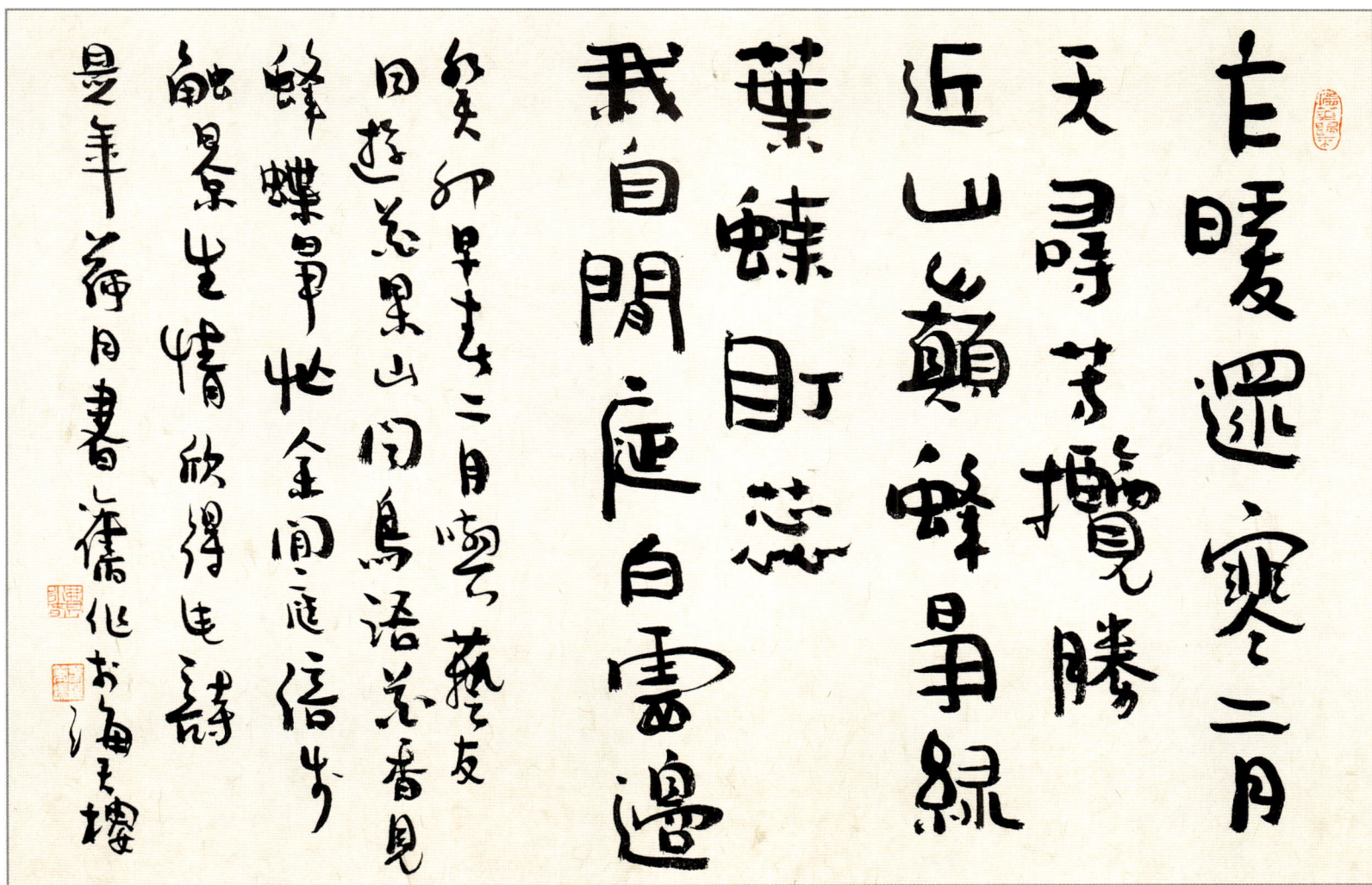

春游云台山

费永春

乍暖还寒二月天，寻芳揽胜近山巅。
蜂争绿叶蝶盯蕊，我自闲庭白云边。

行书条幅

126cm×68cm

2023 年 书

百福是荷，荷花又体现着与佛的内在因果，这是深层次的觉醒与感悟，这种感悟并不因《论语》的主流性面临沉寂，反而在更多的时空存在。

我能感受到永春先生于荷之爱。一些果实，深深地植于地下；一些花朵，娇艳地开于风中；一些故事，永久地成为传说。

篇三 论道
退而结网

艺术家生活在这样一个充斥着"数字口号"的年代是痛苦的。真正的艺术家在这样的年代还要担任教育家的角色，用以弥补"素质教育"在艺术领域的缺失。一个

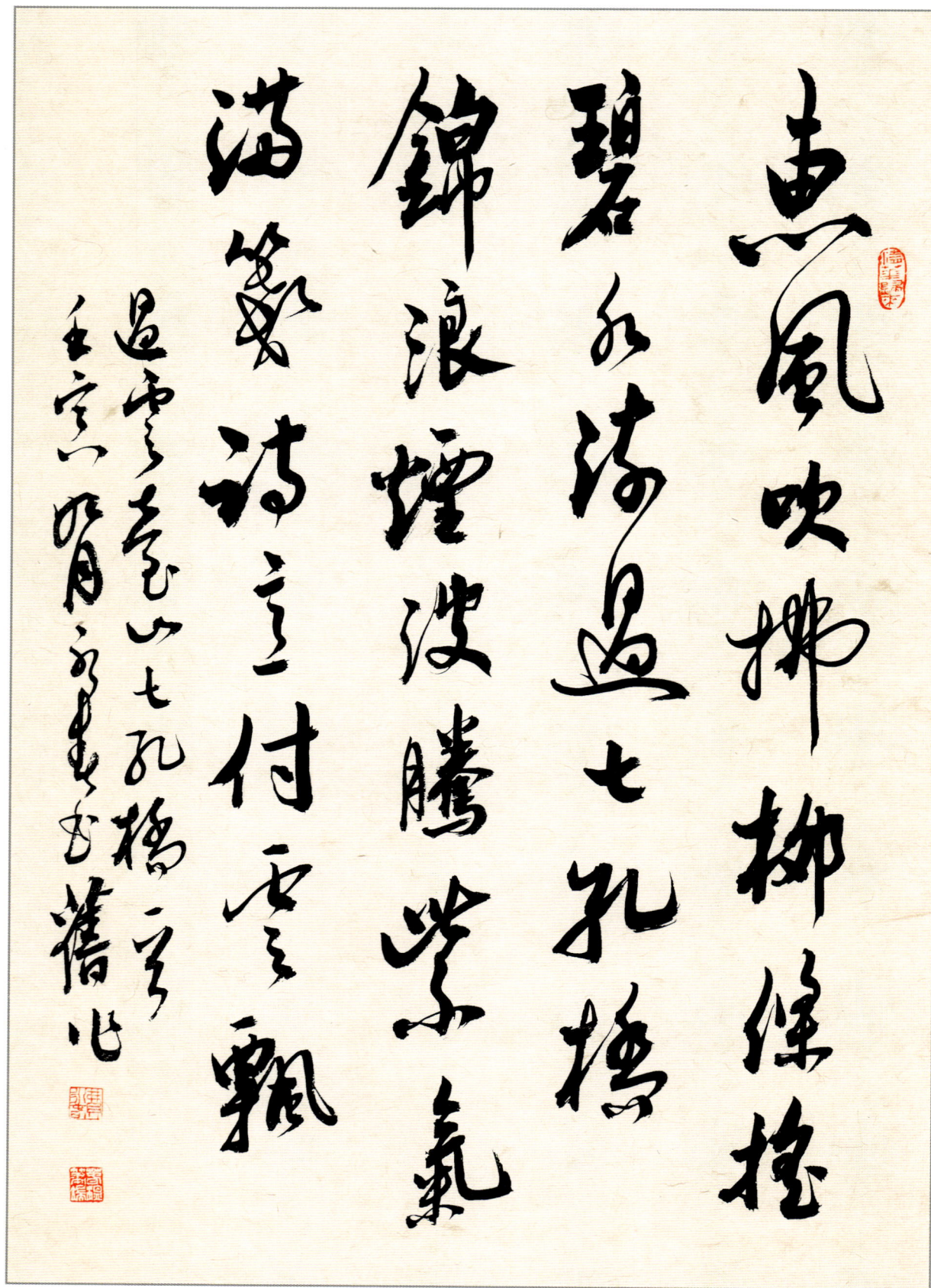

过云台山七孔桥

赏永春

惠风吹拂柳条摇，碧水流过七孔桥。
锦浪烟波腾紫气，满笺诗意付云飘。

行草中堂

116cm×68cm

2022 年 书

胜日寻芳

费永春

胜日寻芳不思归，春逢姹紫尽芳菲。
垂荫高柳庇骚客，健笔凌云蘸墨飞。

行草圆扇

30cm×30cm

2023 年 书

大力发展经济的时代，哲学、社会科学这些高贵的精神文明被桎梏在冷宫，房产、股票、大众娱乐遍布街巷，大多数人的数学、化学、物理荒废殆尽，很多人和我一样，缺少安全感和幸福感，更多的人，需要借助名酒、名车、豪宅、名包标明自己身价，彰显自己的尊贵。

他们都说，我们自己也说，二十一世纪，中国是世界上的最大市场，也是"世界工厂"。

天啊，这足以让我们自豪。富裕起来的中国，以惯有的兼收并蓄接纳来自世界各地的物品，我们在消耗的同时，扮美了原产地的家园。

其实，这个市场上，正在富裕起来的人们，已经有新的觉醒——他们选择让孩子去学英语，去学艺术，还有出国留学。

市场充满了芜杂，涌动着肤浅，还有太多的暗流和邪念。

我们失去了太多中国的元素和符号，我深信，"从富强到文雅"将是未来很长一段时间的主题，现在正是"退而结网"的好时机。

永春先生在书法上的精进，正得益于此。他曾两度休业走进高校深造书法，在"黄瓜园"和"清华园"里，带着"散发弄扁舟"的诗情，相伴碑帖孤灯，常是一夜墨香，东方既白。

永春先生的"退而结网"也在寻常日子。纵酒酣十分，孤立案前，思接千古，意对魏晋。"纸上得来终觉浅，绝知此事要躬行"，任何一个成果，都有别人看不见的孤独、探索和伤痕，而其中的深刻感悟、须臾快意、持久挚爱也只有自己得知。

他的"退而结网"，也给我们带来很多思考和启迪。我们身边有很多艺术家勤奋一生，可谓桃李芬芳。可为什么走不出去？不能在更广泛的范围内产生持续影响，大多流于市井？

艺术有高下之分。书法历经几千年的发展，有严格的审美取向，当下存在着严重的两极分化。一极是识字但不懂书法的爱好者，道听途说；一极是练过几本帖子的"书法家"，妄自尊大。再加上，为官者的主观论断，为商者的盲从掷金，书法艺术的发展，山高水长。因此，我们都需要一种反思的精神和"退而结网"的勇气。十年、二十年以后，中国社会的认知必将上升到"道"的高度，上升到"真善美"的层面，靠忽悠人民哗众取宠的时代，将一去不返。

思之愉悦

亚里士多德说："爱智者享受思之愉悦。"

永春先生在多年从事新闻事业、创作书法艺术、进行社会交际中，"思"是其先导，也是其过人之处。

思，即思考、思想。

有人尝问先生："和谐何义？"

先生思后答："和谐就是好受。"

众人欣然。

我很接受他的观点和表达方式。这是他通过思考所表达的思想，如果这思想是通俗、简约而又直白的，恰说明他的内涵和深度。

有一次，他单独和我探讨关于"好受"的问题，我方知，这"好受"背后的艺术来源、哲学思辨和通俗传达。

他说，好受就是恰到好处。这里有矛盾双方的统一性，就像书法上所表达的刚柔相济、轻重相间、浓淡相生。老子说的"知其雄，守其雌""知其白，守其黑"为我们提供的恰是一种辩证的思维，这种思维也流露出"中国式的理性"。先生的思维似水，知其刚强，守其温柔；先生的思维若荷，知其纷杂，守其坦荡；先生的思维如网，知其宽博，守其细腻……这也是他思辨的感悟，并行之久远。

倚马可待

永春先生是我的先生。他的特点是那么鲜明，他的性格又是那么多元。

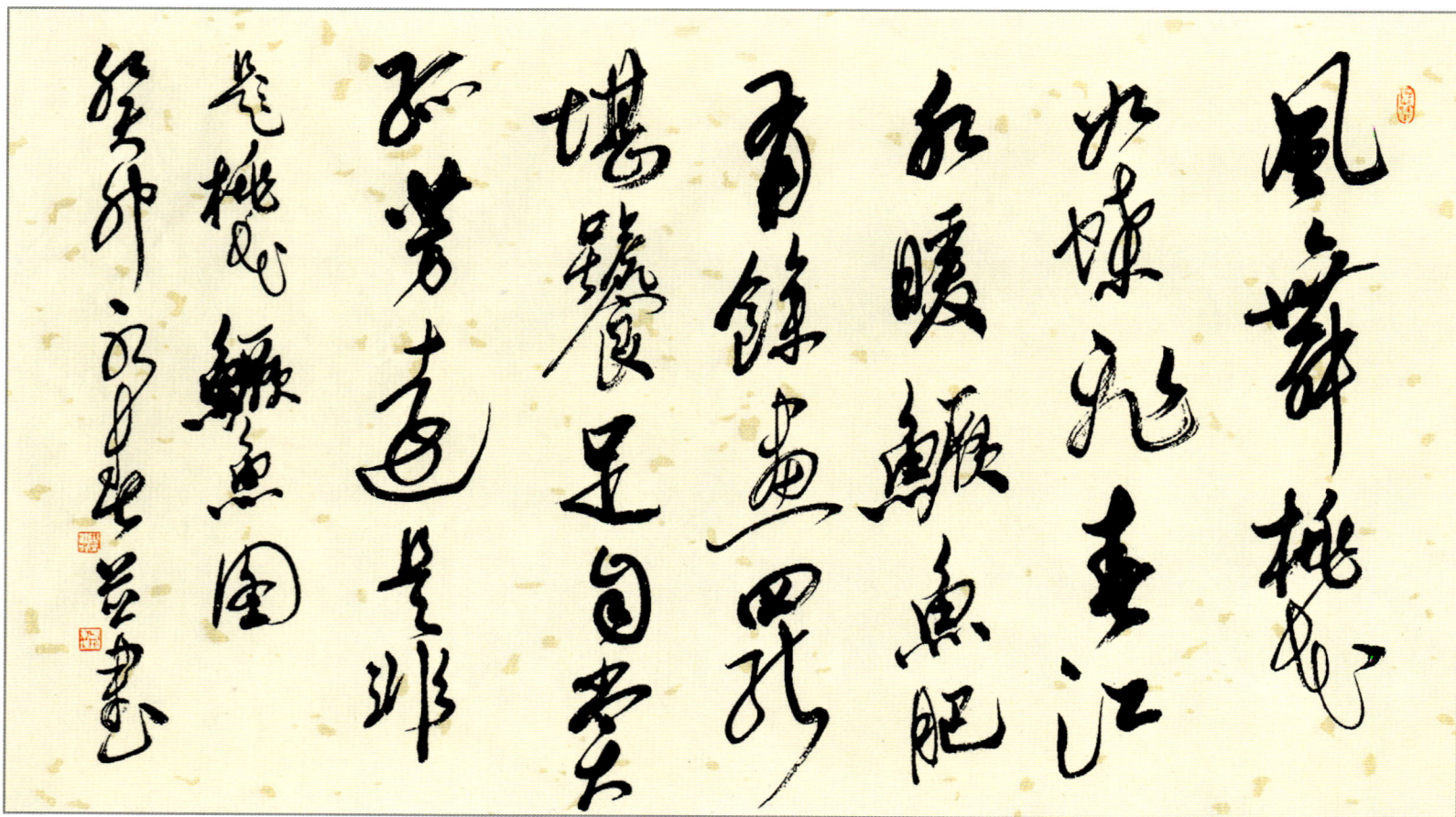

题画诗　有余图

费永春

风舞桃花如蝶飞，春江水暖鳜鱼肥。

有余画罢堪饕足，自赏孤芳远是非。

行草条幅

136cm×68cm

2023 年 书

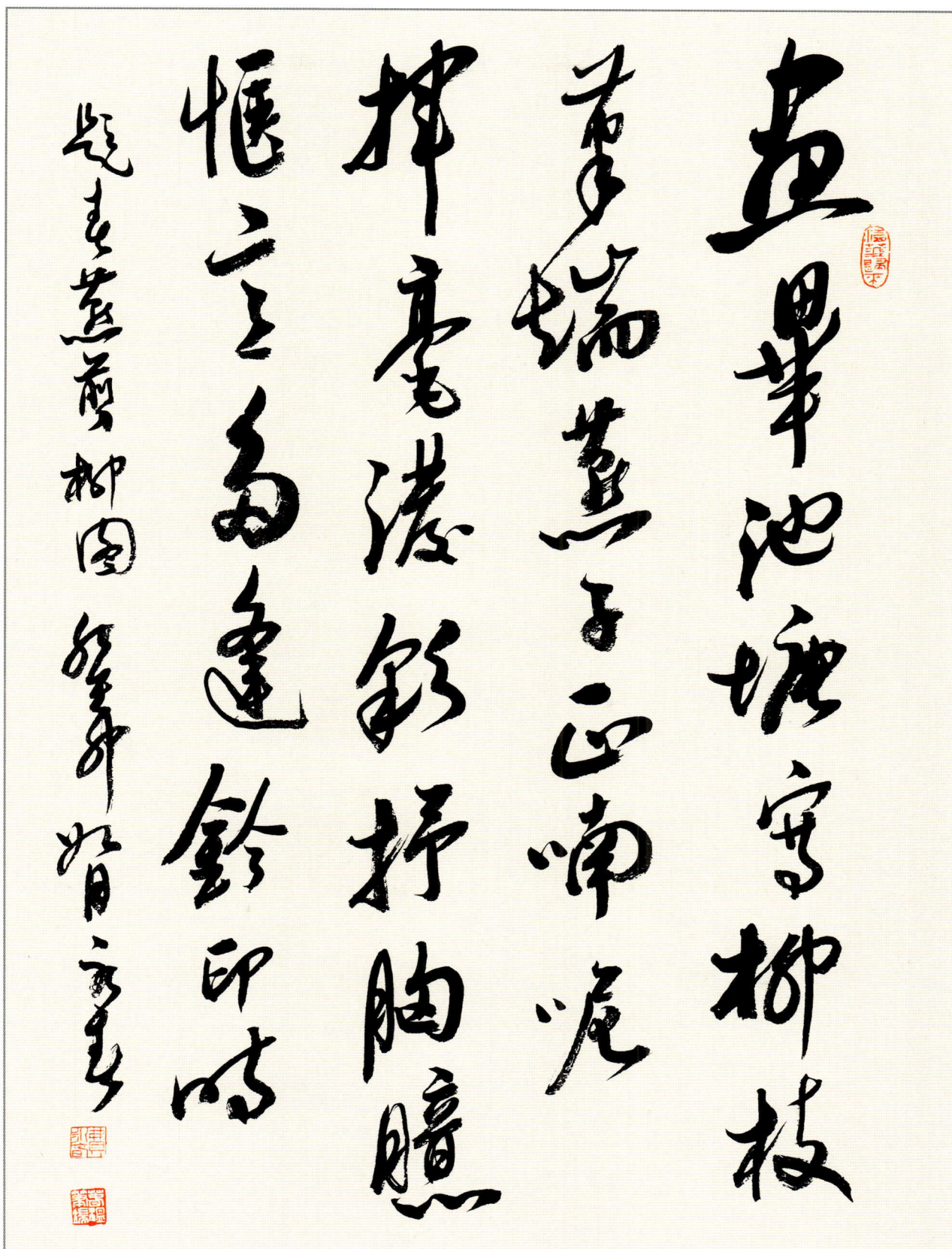

题画诗　春燕剪柳

费永春

画毕池塘写柳枝，笔端燕子正喃呢。
挥毫泼彩抒胸臆，惬意多逢钤印时。

行草中堂

120cm×68cm

2023 年 书

他的经历、情感、知识、技能、态度、思路、方法、理想和价值观糅杂成复杂的行世思维和艺术表达。然而，"以心换心，见贤思齐"是他恪守的人生信条，这也可以看出一位艺术家对艺术理想的追求。

"……对于一个民族而言，通过艺术所表达的理想，最终决定了在文明进程之中的位置。"（诺顿《教育评论》）

遵照这样的观点，我对永春先生在书法领域的位置充满期待。

永春先生说，再写十年、二十年、三十年。

这是一个成熟艺术家的思维。我也期待着，随着经济社会的发展，我们对于上层建筑领域的艺术有更多的认知、喜爱、研究和参与，领会艺术带给人类的精神价值和幸福资源。今天，那些学习艺术的孩子，他们都将长大，并成为一个时代的主导和主流文化的创造者，他们是我们这一代人培养的后继者。

永春先生说，在未来的岁月中，要思，要学，要练，要感，要悟，要表达。

我分明看到了他所传达出的自然中的道法、庙堂里的理想、马背上的诗情、书案旁的磨砺和笔墨间的才思，

我一直固执地认为，永春先生会永远为我留存着一扇窗，我们在尺度间深情守望。

2012 年 3 月

王雪峰　著名作家，《苍梧晚报》小记者中心主任，连云港市硬笔书法协会副主席。

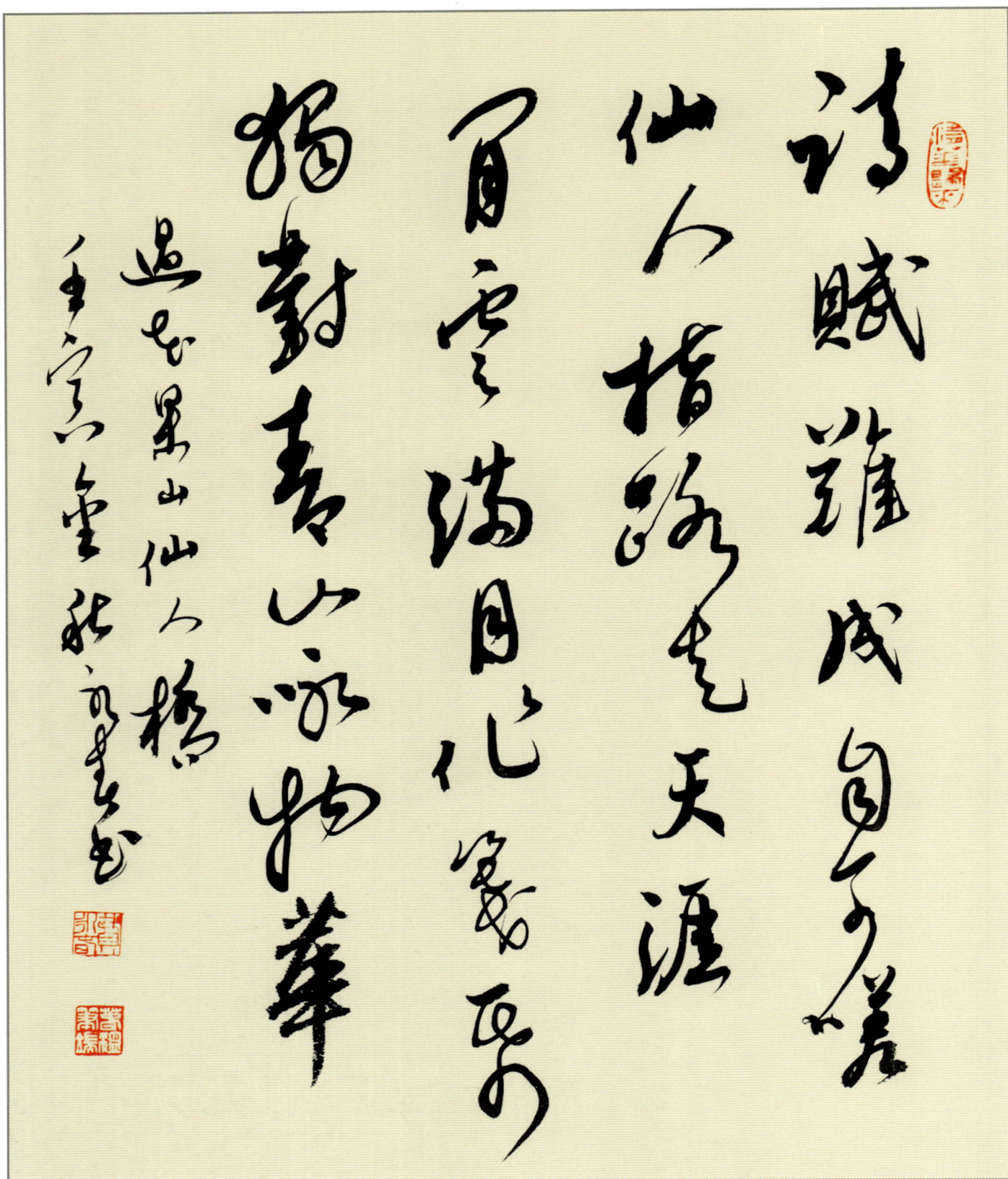

过花果山仙人桥

费永春

诗赋难成自可嗟，仙人指路走天涯。
闲云满目作笺纸，独对青山咏物华。

行草中堂

86cm×68cm

2022 年 书

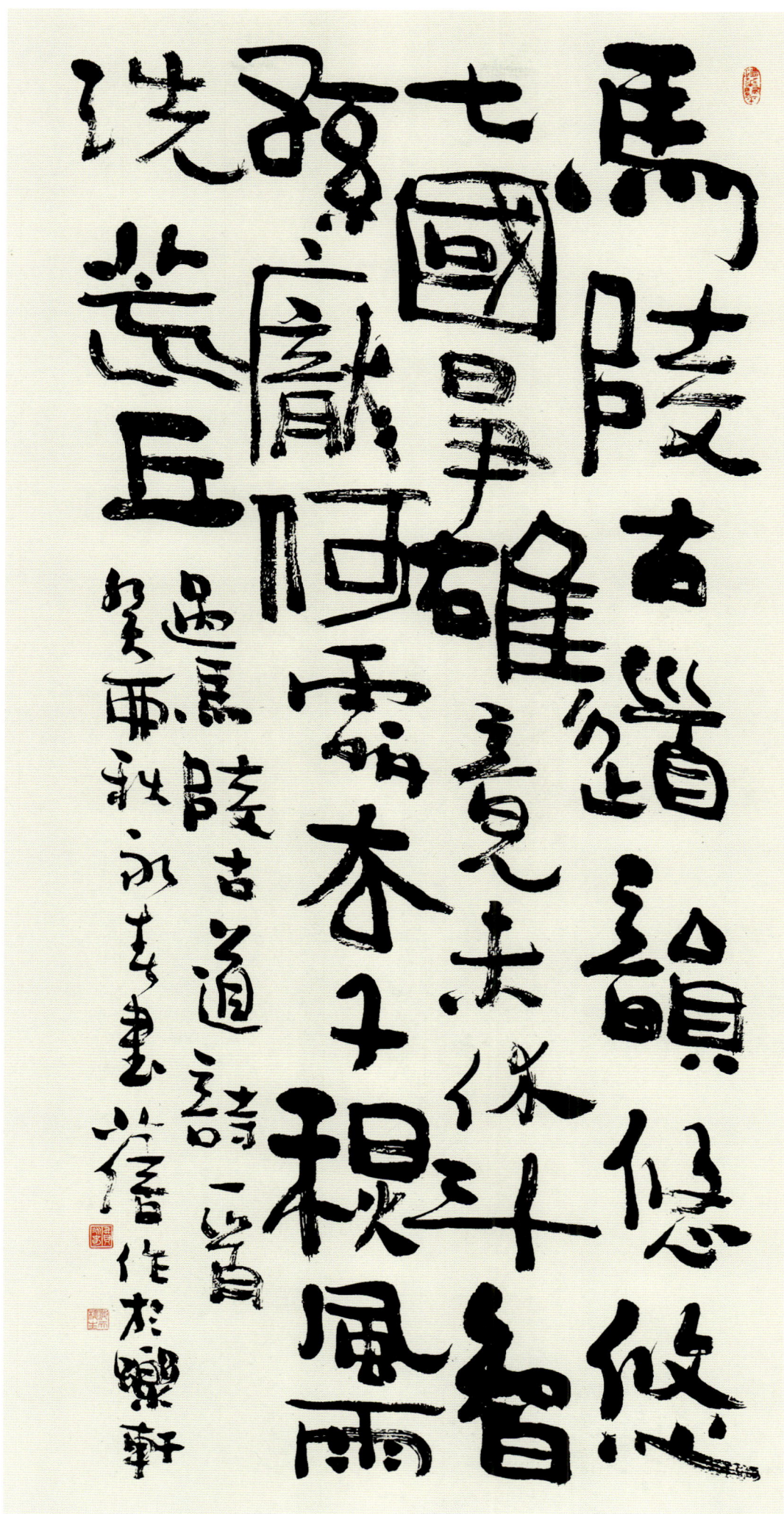

过马陵古道

费永春

马陵古道韵悠悠，七国争雄竟未休。

斗智孙庞何处去？千秋风雨洗荒丘。

行书中堂

136cm×68cm

2023 年 书

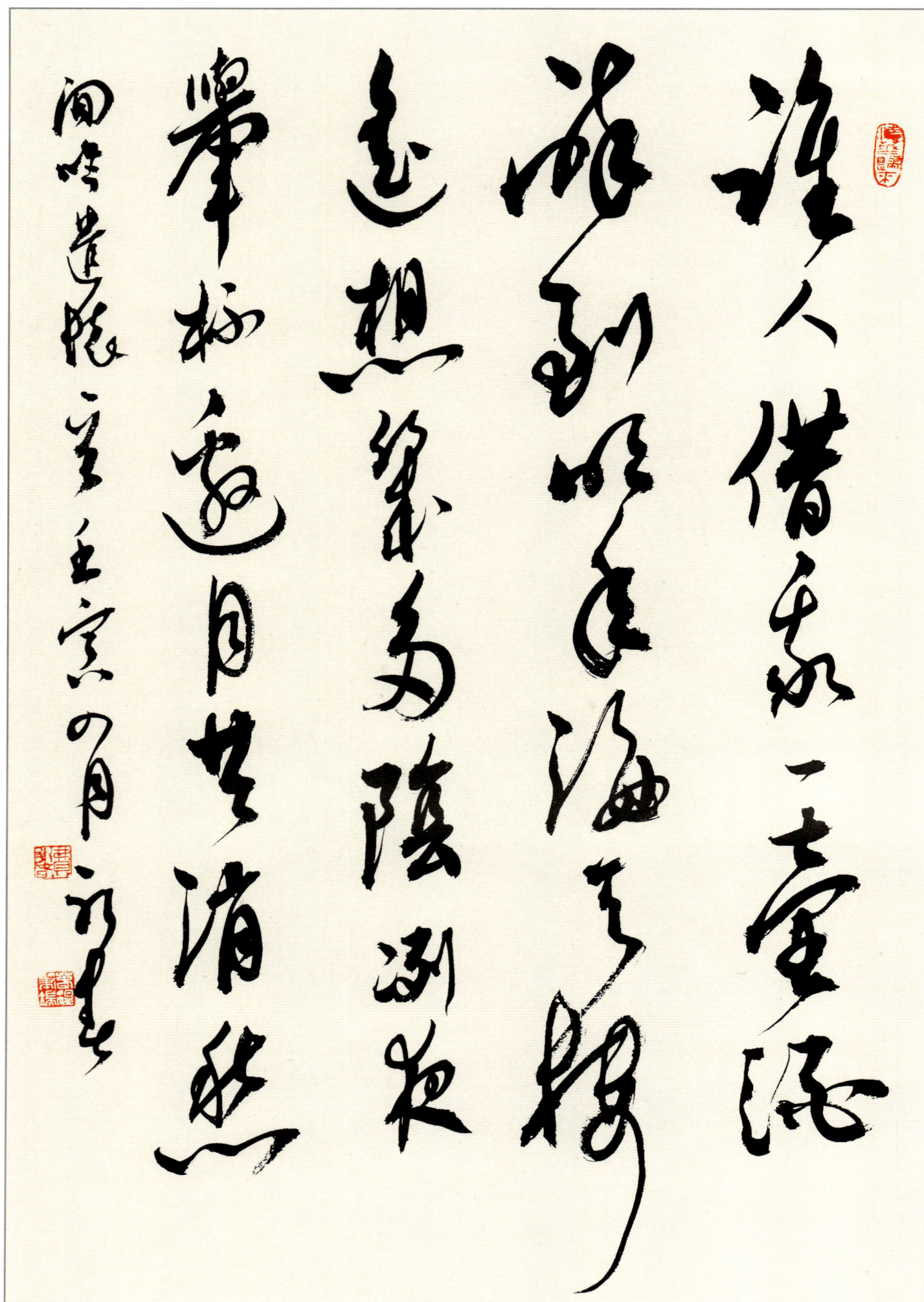

闲吟遣怀

贯永春

谁人借我一壶酒，醉到明年海天楼。

遥想几多阴冽夜，举杯邀月共消愁。

注：海天楼为作者的画室。

行草中堂

116cm×68cm

2022 年 书

观云卷云舒　察花开花落

程学敏

前言

萦春月伴风，
青柳忆河东。
冷雨登高聚，
寒梅妒雪融。

　　一个人在世间行走，总要有所敬畏。当你产生敬畏的感觉时，才会发现，你与敬畏的对象之间，差距是那么明显。如果你想赶上或者超越敬畏的对象，那你就必须要埋头前行，方能缩小与对方之间的差距。或许会暂时错失沿途的风景，或许前行的道路有些寂寞，但这都不是退缩的理由。你总要找些感兴趣的事情来做，做着，做着，兴趣也就变成了动力、能力，你才发现，原来，你已不知不觉站在别人仰望的高度，自己也成了别人敬畏的对象。

　　一个人真正地位的高低，不仅是显现在社会价值中，更是体现在别人的心中。　　　　　　——题记

　　费永春先生在大家眼中是公认的自律勤奋、笔耕不辍且追求艺术完美的大家。在我眼中，他更是一位好大哥，

题画　群鸦图

费永春

落露为霜觉渐凉，群鸦栖息不思翔。

闲悠互叙枝头梦，休与鹦哥论短长。

行书圆扇

30cm×30cm

2023 年 书

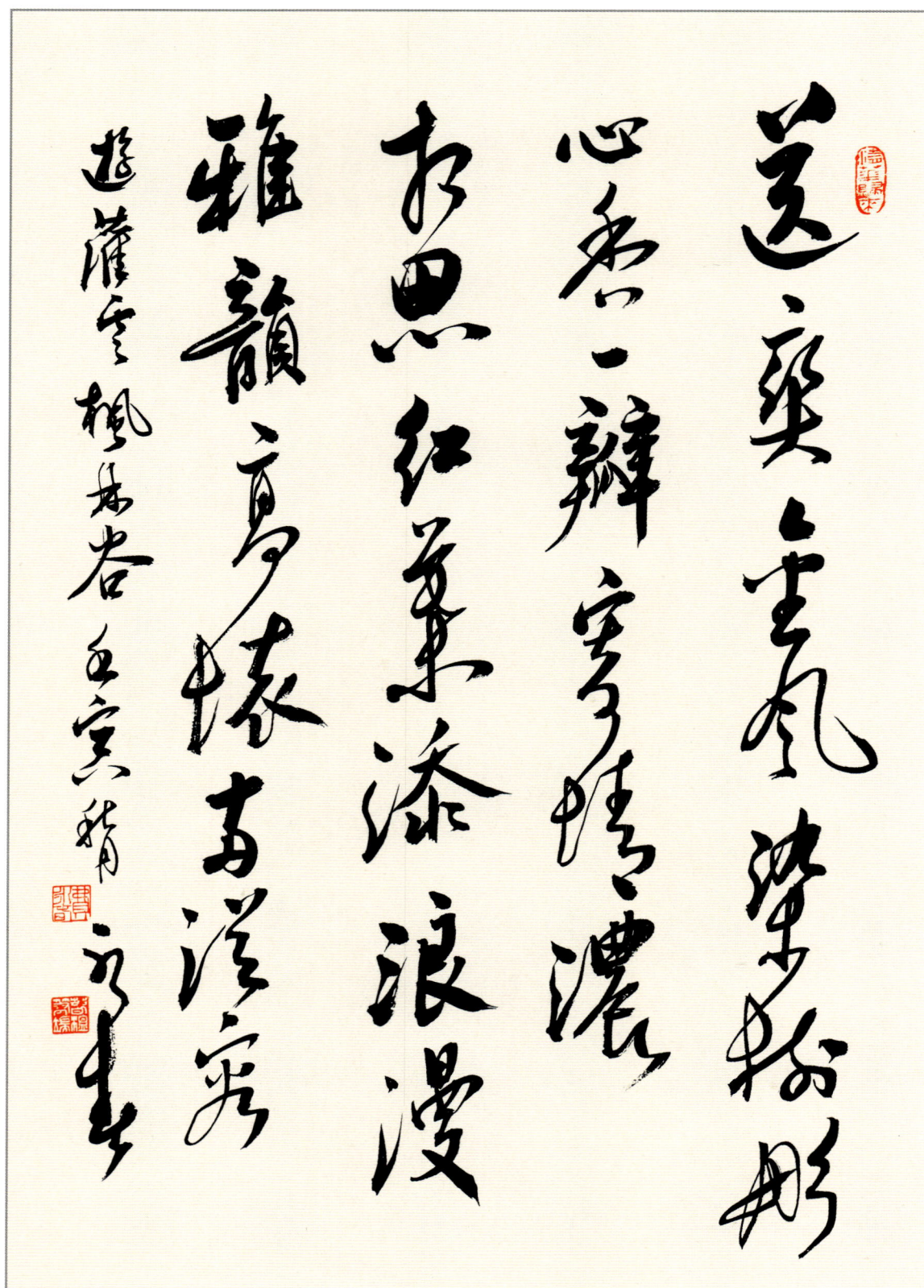

游灌云枫树林

费永春

送爽金风染树彤，心香一瓣寄情浓。

相思红叶添浪漫，雅韵高怀两从容。

行草中堂

100cm×68cm

2022 年 书

为人谦逊随和、质朴简单、热情善良。

与永春先生相识二十余载，每次听他讲话都能有所触动。初识他是在一个冬日的下午，那时，我还是一个对文字懵懂仅限于爱好的初学者，正坐那儿听众人闲谈，一位头发微卷、方脸大耳、身着大衣的中年男士伴着一阵冷风推门而进，他热情地与众人打着招呼，后经文友介绍，方知他就是大名鼎鼎的费永春先生。

永春先生身上的艺术气息很浓，让我忍不住总是看向

他。可能是他察觉到我看向他的目光，便冲我笑了笑，察觉到失礼的我霎时慌张起来，永春先生像是看出我的拘谨，遂转向我，与我拉开了话匣子。永春先生的知识涉猎面颇广，又很会找话题来谈，在不知不觉中，让我放下了心中的不安，与他轻松地交谈起来。他鼓励我多读多写，有空把写好的文章发给他修改。他告诉我，人不能浪费大好的光阴，要有所作为，不能碌碌无为，要不断地去充盈光阴，这样活得才有价值。与他的一番交谈，让我触摸到

了一个新鲜的文学圈子，也让我定下了走近文学的目标。

不久我硬着头皮发了一篇自己认为是写得最好的文章给永春先生。永春先生看完文章后，先是肯定我有一定的文字基础，后又指出我文章中的不足之处，让我修改好后再发给他。就这样，一篇文章在他的指点之下，几经修改，总算是写得似模似样，我发现修改后的文章竟似活了一般具有了灵性。之后他把这篇文章推荐给两家报刊发表，以此来鼓励我继续写作。可以说，如果没有永春先生的鼓励与指导，也许我的文字还是仅仅停留在爱好文学的层面，局限在自己的小框框里，不会有勇气走上写作之路。

永春先生不光谦和儒雅、温润大气，而且幽默风趣，与他交谈，不经意间就能有所感悟，学到很多专业方面的知识，以及他的许多做人做事的方法。与永春先生交流，他常说的一句话就是"人到无求品自高"。他钟爱自己追求的艺术，坚持走寂寞之道，逐步完善自己的诗书画作品。

"当官有钱一阵子，为人做事一辈子""书需今生读，名宜后世称""无事闲处乐，有书静中观""常有诗书乐，而无宠辱惊""习书在临古，处事应厚今"，这些出自他口的语句，应是他在人生历练中的体会。看似浅显易懂，又让人在这些文字中悟到生活中的哲理，回味无穷。

时间好比一架天平，它对任何人都不倾斜；时间如同一把火炬，它专门为勤奋刻苦的人们照亮通往成功的途径。永春先生的时间安排得很紧凑，除了干好本职工作，还要抽出时间到高校进修，不断地拜师求学，在学习中壮

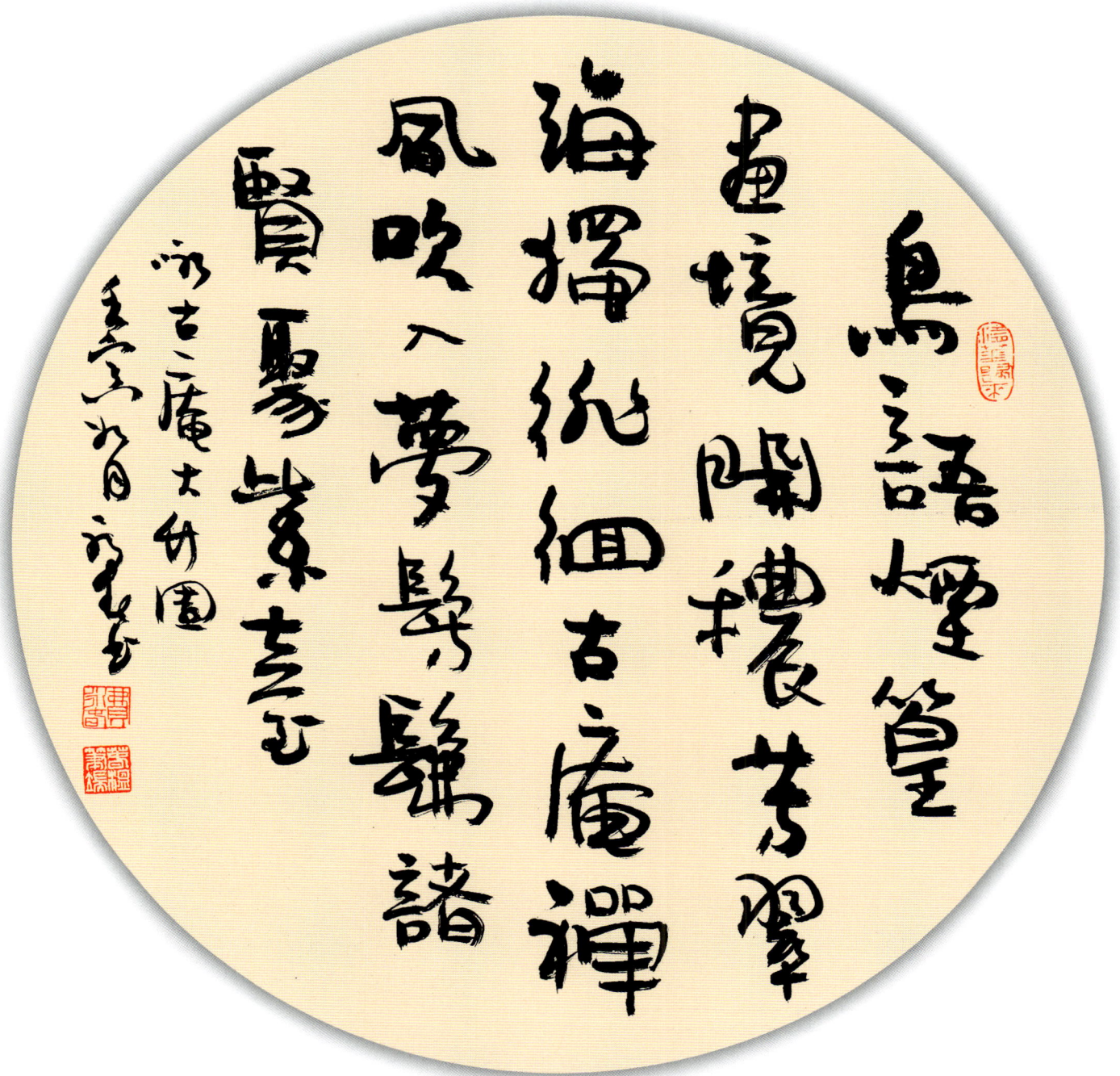

古庵大竹园

费永春

鸟语烟篁画境开，秾芳翠海独徘徊。

古庵禅风吹入梦，仿佛诸贤聚紫台。

行书圆扇

30cm×30cm

2023 年 书

大自己，徜徉在艺术的海洋之中。

越接触永春先生，越觉得他身上有很多优点值得我们学习。永春先生是国家注册书画鉴定师、书法家、当代艺术家、作家、杂文家、诗人。永春先生曾言他的癖好唯有书画文字，他以写杂文起家，在全国相关报刊发表文学作品一百余万字，撰文六千余篇，其撰写的四十余篇新闻、文学作品曾获得各类奖项，并著有杂文集《七日谈》、散文集《寒水不易》等。

永春先生不光散文、杂文写得好，他的诗也是一绝。永春先生尤其擅长临场发挥，往往是每到一个地方，看见不同的景致，当时就能酝酿出一首诗来。如他的《云台山石林》：

叠秀千峰云洗心，松涛竹海石成林。
又闻喜鹊枝头唱，闲坐浓荫听素琴。

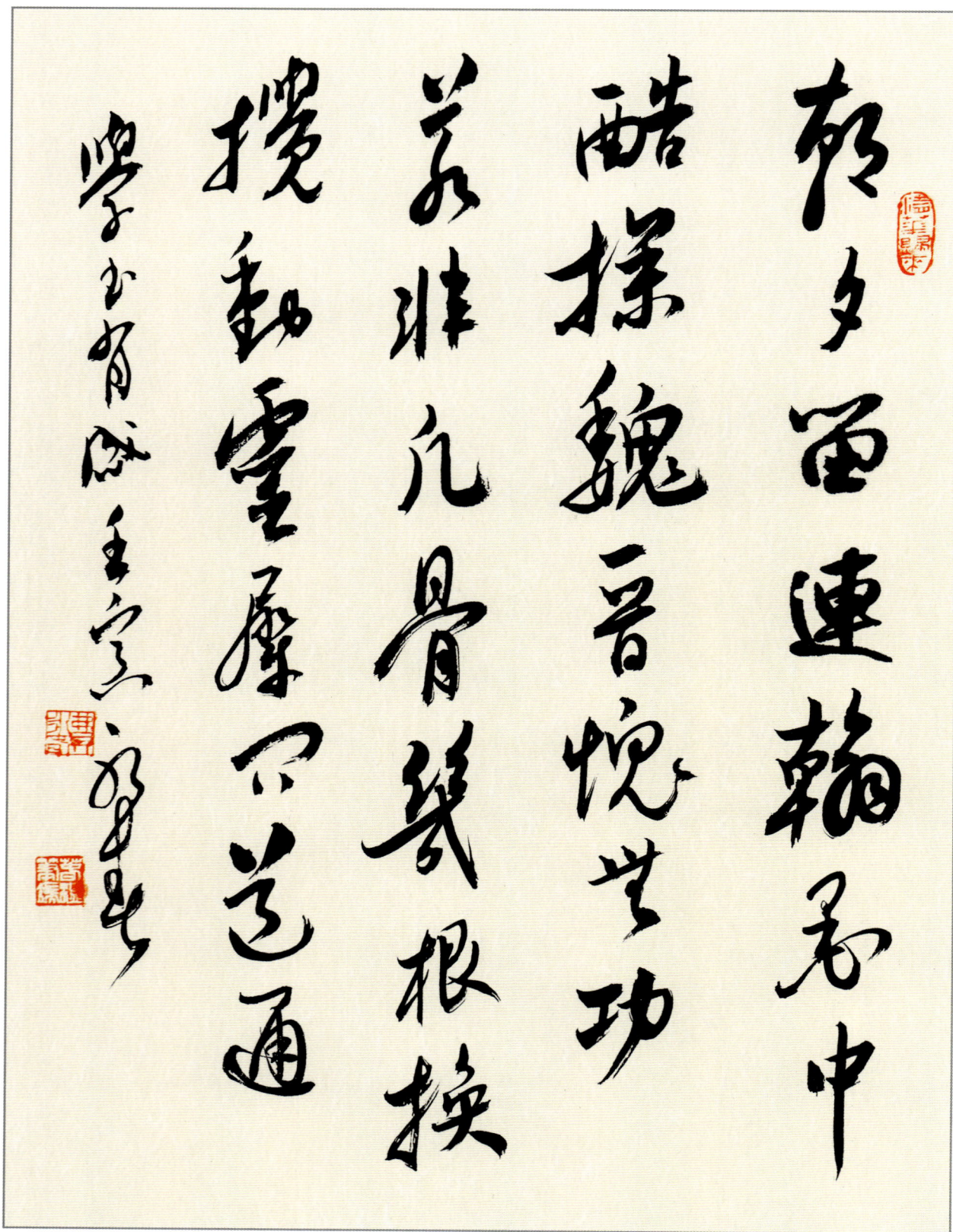

学书有感

费永春

朝夕留连翰墨中，酷探魏晋愧无功。
若非凡骨几根换？搅动灵犀问道通。

行草中堂

88cm×68cm

2022 年 书

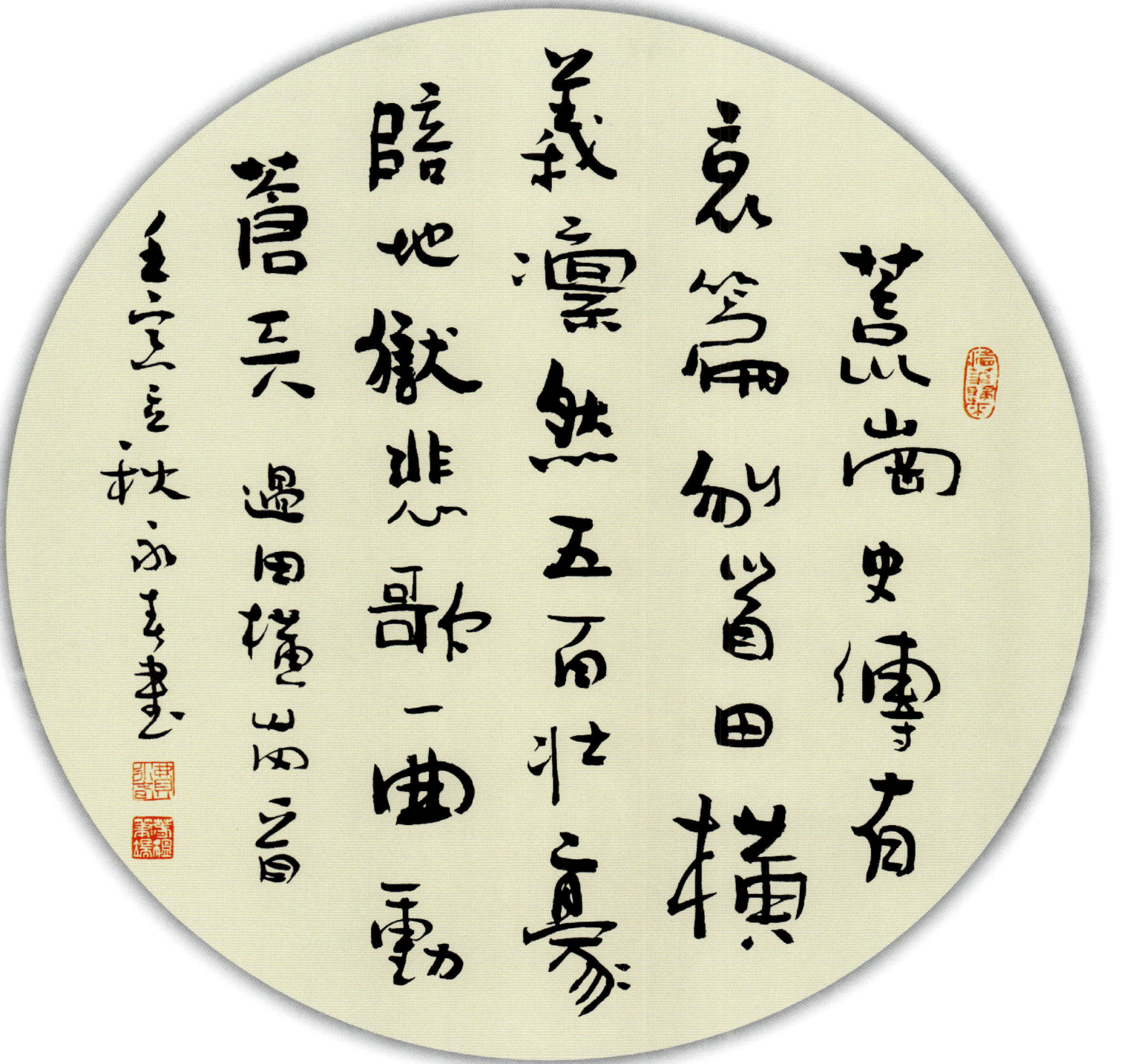

过田横岗

费永春

荒岗史传有哀篇，刎首田横义凛然。
五百壮豪陪地狱，悲歌一曲动苍天。

行书圆扇

30cm×30cm

2022 年 书

　　这首古体诗文字简练大气、浅显易懂。一个"叠"字，就把大桅尖众多的石头形状刻画得入木三分。先生把大自然的石头比喻成林，重峦叠嶂的群山、满山的松涛竹海可以洗涤心灵，用来隐喻自己远离尘嚣之心。其中的"洗"字更是点睛之笔，使整首诗活了起来，让人读了爱罢不休，久久不能忘怀。如他的《早春吟》：

　　　万物苏萌春未迟，繁花翘盼欲先知。
　　　黄鹂欢唱枝头闹，撩动心弦有好诗。

　　看似平常的句子，在诗人的组合下，充满了无穷的生

命力，在饱满的诗句里，连同永生的灵魂都跳动了起来。春是万物复苏，是希望的开始，更是先生此刻心情的写照，雀跃的、欢喜的、满足的。如他的题画诗《雨夜》：

　　　夜雨瞒人润八方，氤氲画稿发奇光。
　　　已臻春咏苍梧美，不欠新诗墨色香。

　　这样一首好诗，一个"瞒"字，把夜雨偷偷洒落人间的俏皮写了出来。因为雨丝润泽八方，使得桌案上的书稿变得氤氲起来，作品也像发出了光芒，让诗人忍不住作诗一首，咏叹美景。他的作品往往是只谱就了一段旋律，就能让

你想象出美妙的交响乐来。再看他的另一首《金秋赏菊》：

> 金风送爽改颜妆，尽染层林镀菊黄。
> 人杰四时舒画卷，地灵八节写华章。

第一句诗就把秋天的景致自然地送到大家眼前，给人眼前一亮的感觉。先生把金秋送爽四时美景，隐喻在这金秋时节，歌颂了华夏大地的美好，表达了先生对美好生活的赞誉之情。又如他的《学书有感》：

> 晨拈毫管题诗咏，夜伴禅音枕月眠。
> 唯有寂寥勤悟道，高人大德隐林泉。

先生是自律的，每日晨起练字，从不间断。这首诗是他每日生活的写照，更是他勤学参悟、自勉修身的感悟。

仰观云卷云舒，俯察花开花落，这是永春先生诠释心意的写照，也是他豪放不羁的性格写照。

永春先生醉心于书法，作品厚重而不失灵性、洒脱且不拘泥于传统。书法就像他的为人之道，融入了儒家的执着与进取，蕴含了道家的虚淡与闲适，作品根据书法形式、意境内容展现出不同的变化，或放达或执着，在运笔中省去尘世浮华以求空远真味的意境。

他师从黄惇先生，潜心学艺。黄惇先生是国内现代书法（书中有画，画中有书，或书加画，画加书）早期的探索者之一。永春先生所书的现代书法融合了传统国画的神韵和书法的变化而成，具有画的意境、诗的朦胧，作品讲究墨色变化和现代构成等元素，似画似书也似诗，给人一种行云流水、豪放不羁的感觉。

二十多年前，他曾应邀赴韩国、日本等国办展讲学，举办书法展览，其中，他的现代书法尤受欢迎，作品被抢购一空。先后出版有《费永春书法艺术》《当代艺术名家费永春》《费永春书法作品集》等多部著作。

永春先生能够在书法这一领域独树一帜，是他夜以继日专研书法的成果，他恪守着自己的本心，在艺术的道路上一路前行。他满怀着一颗对万物山水的珍爱之心，用笔墨书法情怀，始终徜徉在艺术殿堂之中。

程学敏　江苏省作家协会会员，连云港市散文学会理事。作品散见于国家级、省级期刊。作品曾获得过国内征文一、二、三等奖。

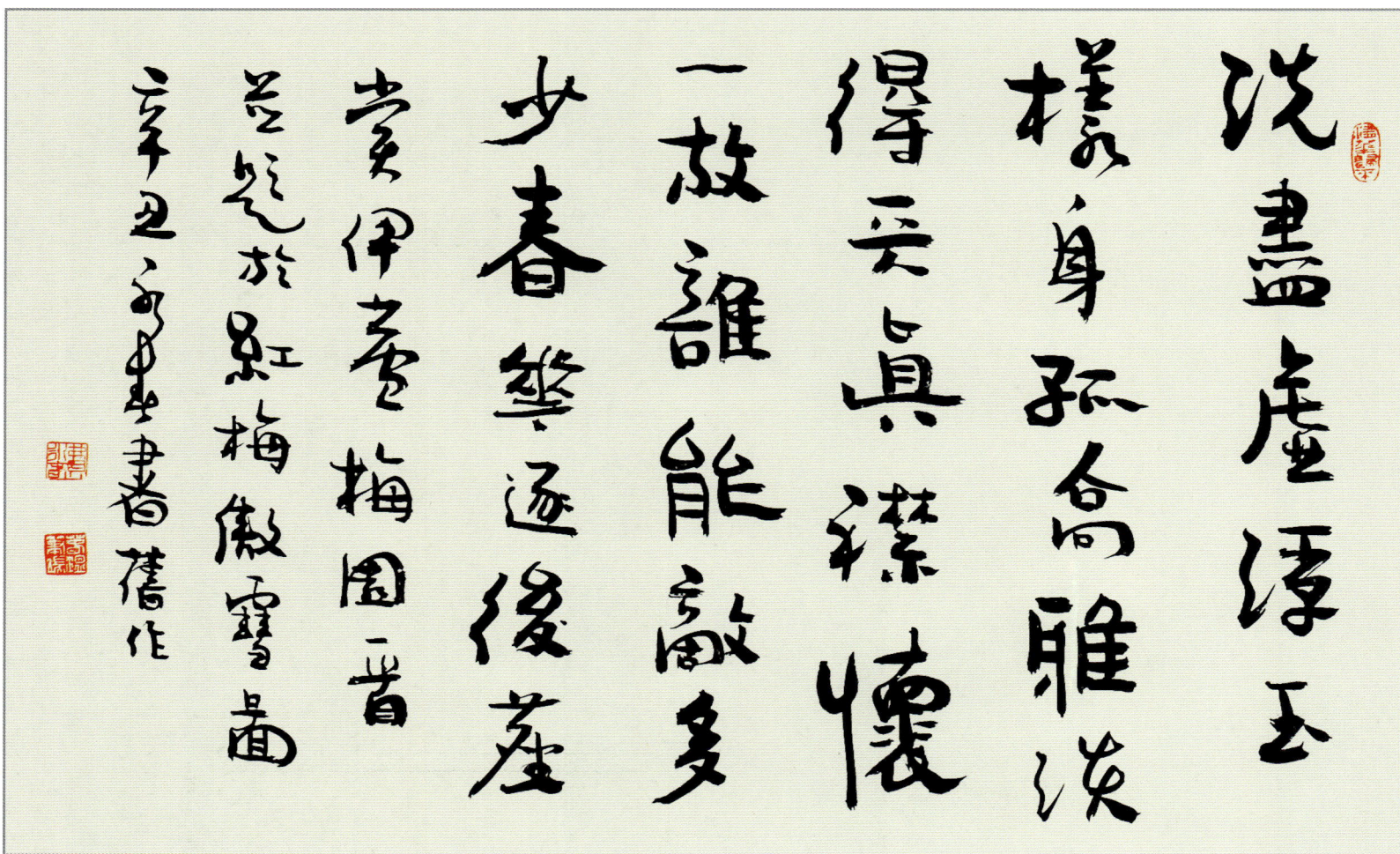

伊芦梅园

费永春

洗尽虚浮玉样身，孤高雅淡得天真。
襟怀一放谁能敌？多少春花逐后尘。

行草条幅

136cm×68cm

2021 年 书

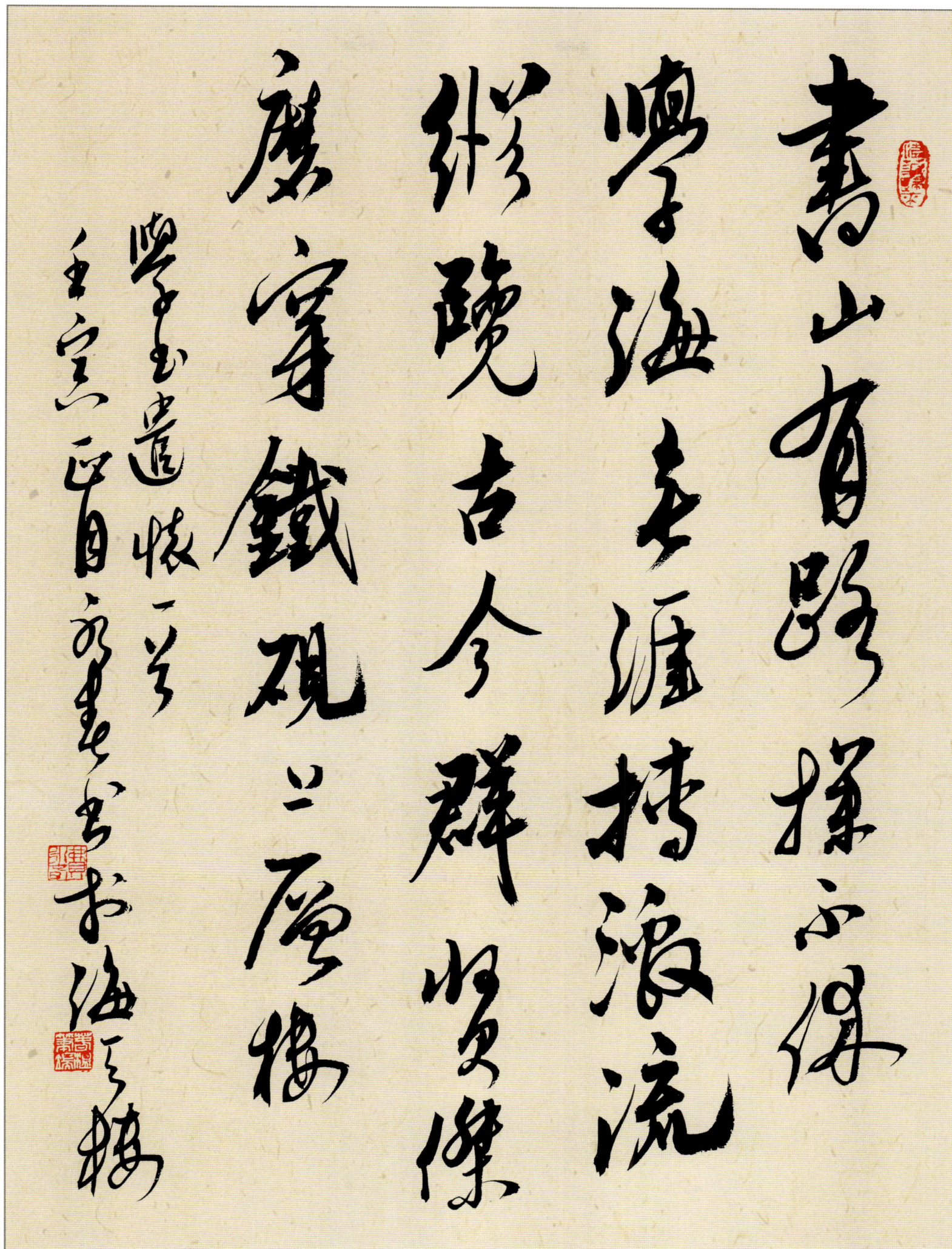

书山有路探不休，学海无涯搏激流。纵览古今群贤杰，磨穿铁砚上层楼。

学书闲吟遣怀一首 壬寅正月吉日书海之楼

学书闲吟

费永春

书山有路探不休，学海无涯搏激流。

纵览古今群贤杰，磨穿铁砚上层楼。

行草中堂

118cm×68cm

2022 年 书

畅意自在　神韵飘逸

——小记费永春先生

陈　武

希腊有位哲学家，叫亚里士多德，他的名言是"不断重复去做一件事，才能让自己变得优秀。优秀不是一种行为，而是一种习惯"。这句话用在费永春先生身上最恰当不过了。费永春先生的书法艺术，之所以能达到今天的境界，和他持之以恒地在艺术的海洋里畅游、探索、实践有着密切的关联。作为优秀艺术家的费永春先生，从清华大学硕士研究生毕业归来，同时也带来了其间研习的数幅

优秀作品。

我和费先生交往有数年，也曾做过多年同事，对于他在多个艺术领域的造诣早有体会，但是，当他拿出近期准备个展的书法作品，还是让我大为惊异。有的人去学习是为了镀金，有的人是为了文凭，很少有人像费先生这样，真正去学东西。所以，他的书法作品，才能在气势上有着逼人的魅力，有着独特的个性和特殊的才华。可以说，从

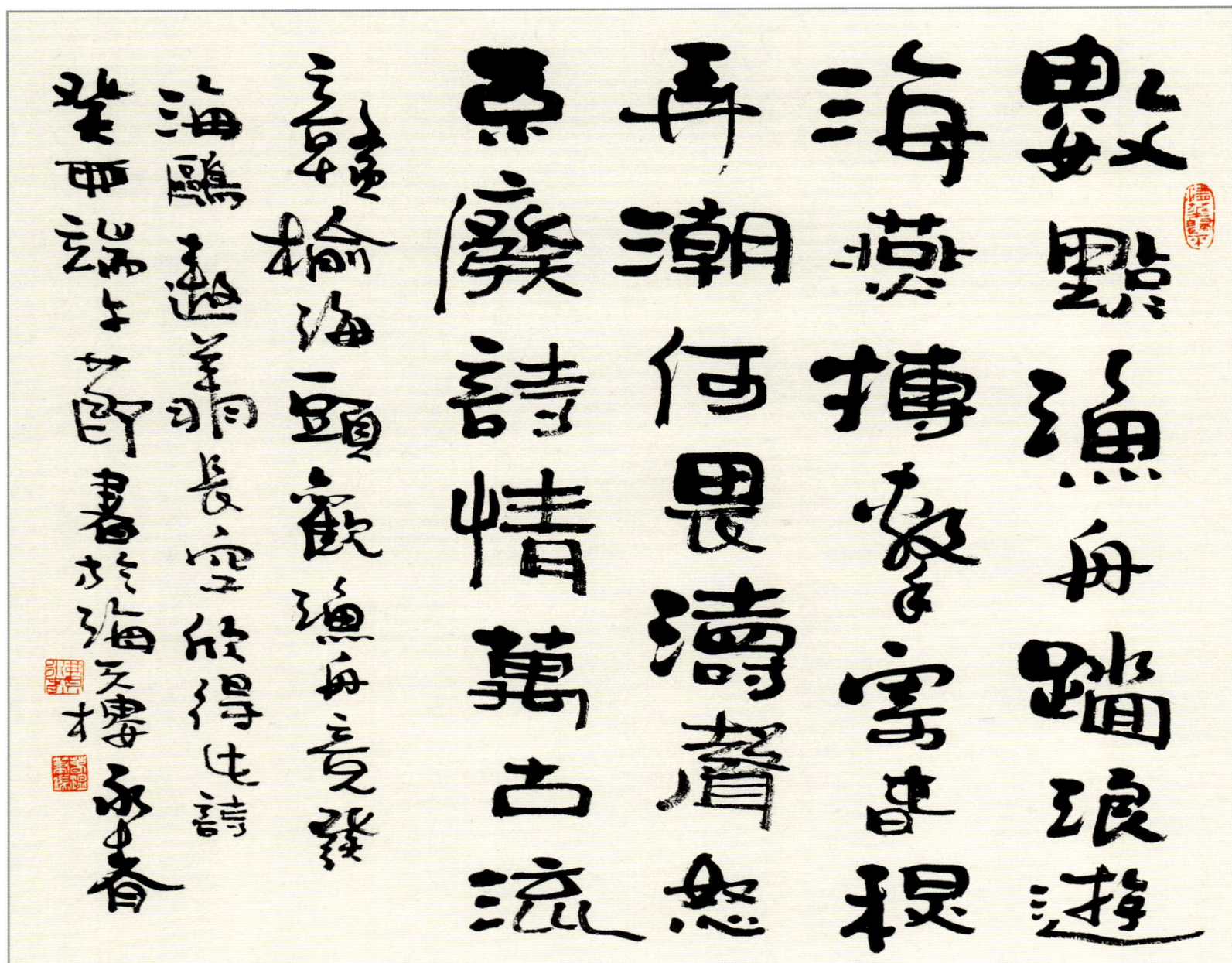

赣榆海头临风望海

费永春

数点渔舟踏浪游，海燕搏击寄春秋。
弄潮何畏涛声怒？不废诗情万古流。

行书条幅

88cm×68cm

2023 年 书

他的书艺中，我们能真正体会出，什么叫情趣，什么叫情境，什么叫情怀；体会出，艺术空间究竟有多宽阔，艺术的海洋究竟有多浩瀚。

不久前，和费先生有过一次东海之行，我们对当下的书法艺术有了一次交流。费先生的谈吐，和多年前一样，依然是真诚的、率直的，对艺术有着独到见解的同时，更多的是对艺术生命的体察和探究。从他的谈吐中，我感觉到，有了对生命至诚的感悟，有了对心灵深切的体验，有了对艺术日甚一日的专注的投入和如饥的渴望，有了对当下这个喧嚣世界的冷对和质疑，才能真正地成为一个有个性和特质的艺术家。

我不是书法家，对费先生的书法作品也评不到点子上，我只是用一个写作者的姿态，来谈一谈我对费先生简略的印象，这就是费先生的"三绝"。

三绝诗书画，是说清代"怪杰"郑板桥的。费永春先生也有"三绝"：书法、摄影、杂文（散文）。

关于书法，费永春先生最勤、最专，他师从高人，又潜心独运。南京艺术学院书法博士生导师黄惇的言传身教和个人天赋加后天努力，使费永春先生的书法艺术既吸收了古人精华又融入了自我创新，奔流时如滔滔长江，一泻千里，浩瀚苍茫，在自己醉心的传统中畅游。他细致地领会着我国书法传统的旨趣和自己对这种旨趣的特有的亲和力，热情地呼唤着传统精神的回归，坚定地守望着"天人合一"的法则和立场。

当年我在《苍梧晚报》专副刊部的时候，有幸欣赏过他大量的书法作品：高古、浑朴的隶书；呼应相顾、血脉相通、气势如万马奔腾的草书；精细调节、温文沉着、笔畅墨润、拙中有姿、淡中有神的行草。他各类书体的灵动和坦诚让我深深地感动着，真可谓手热笔精，飞舞无滞。

更让我感动的是，他的现代书法。

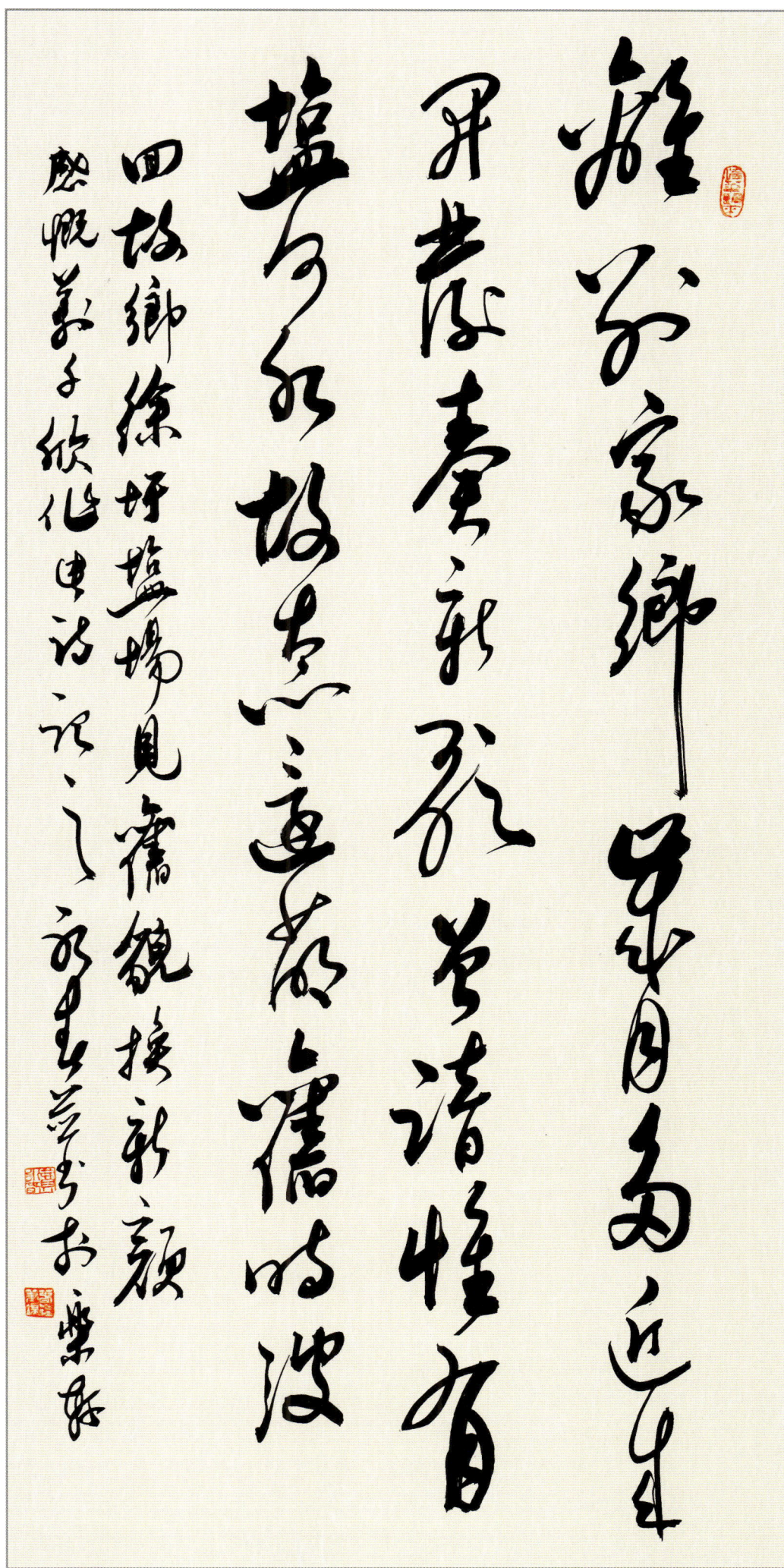

故乡徐圩行

费永春

离别家乡岁月多，近来开发奏新歌。
曾谙惟有盐河水，故态还萌旧时波。

行草中堂
136cm×68cm
2023 年书

所谓"现代书法"，就是书中有画，画中有书，或书如画，画如书。我不知道此种书法是不是他的首创，但至少是我见过的最具特质和意味的作品——既有我国传统国画的神韵，又有书法的笔姿，敷色清幽，水墨洇化，充满空豪气息。正因为现代书法的别具一格，才使他在韩国一炮走红。在他赴韩的艺术交流期间，他带去的作品被抢购一空。韩国同行意犹未尽，又追至连云港，高价求得数十幅。

是啊，只有把自己的创作和生命相融会、相对应，才能浑然天地，才能融合苍茫宇宙，才能得到回报。

多才才能多艺，也只有多种兴趣和爱好相叠加，才能自如地在艺术的海洋里搏风击浪。费永春先生的艺术摄影，不显山不露水，不去刻意追求，也不去突兀张扬，无意间就能拿出艺术水准颇高的佳作来，这也是和他的气质、秉性相匹配的。生命的山水精神和山水的生命意蕴充分灌注着他，也潮动着他。真正的高人，站在自己生命的诉说里会有一种真正的随意，他不用高声展读自己的宣言，他不用卑微或羞怯地偷偷瞥视别人的脸色以暗估自己出手的分量。事实上，他对摄影艺术早就情有所钟，只不过是他的书艺名头太大，反而遮掩了他的摄影技术。如前所述，摄影和书法我都是外行。内行看门道，我是站在江湖外看热闹。我觉得，他对光与影的运用，是有他独到之处的，是融入他自己的构思和意象的，这在他发表在报纸上的几个摄影专版中可见一斑，大色块的反差、立体的透视、人文精神的体现、历史质感的交错，都体现了他对影

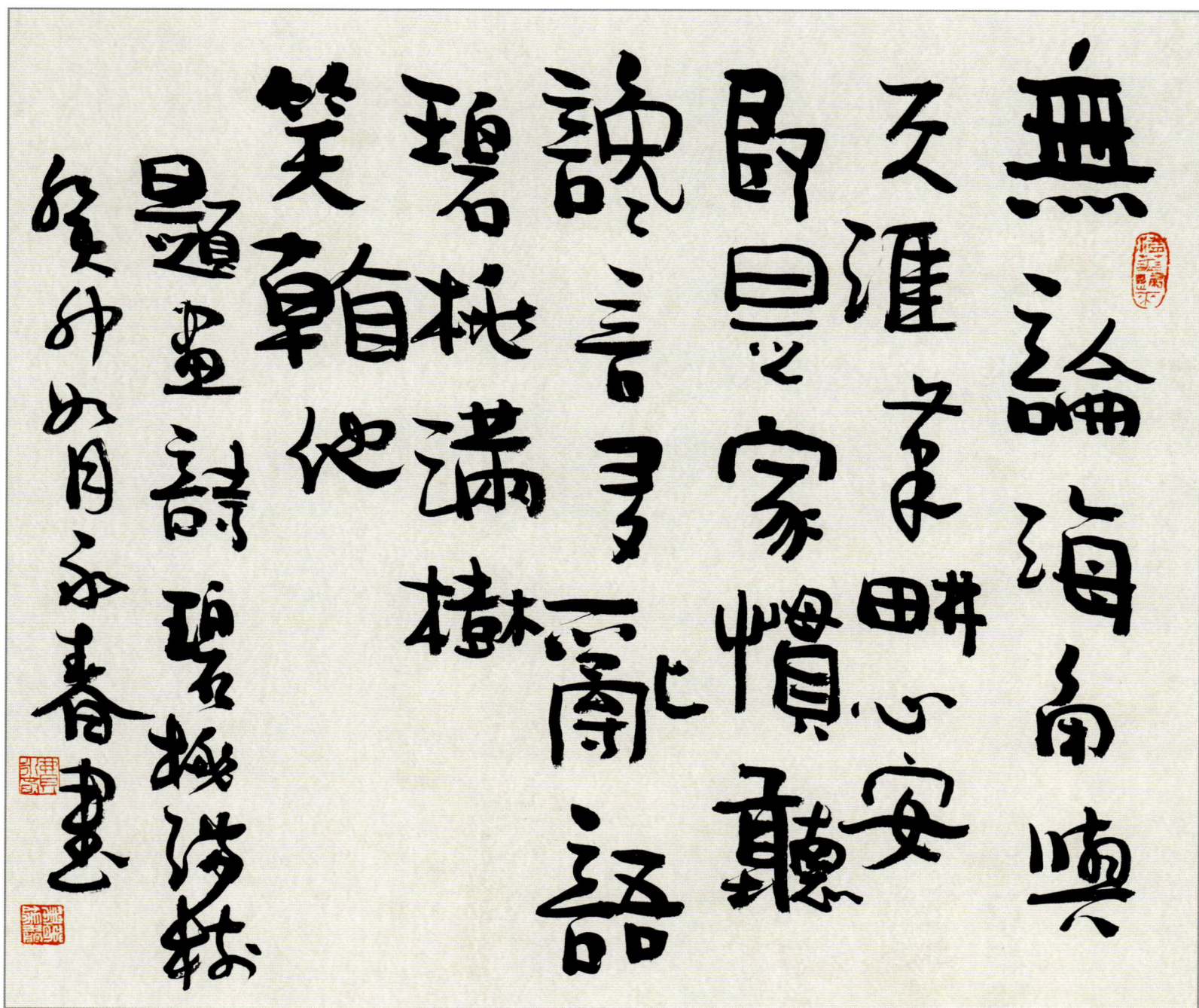

题画诗　碧桃满树

费永春

无论海角与天涯，笔耕心安即是家。

惯听逸言多乱语，碧桃满树笑看他。

行书条幅

116cm×68cm

2023 年 书

像的理解和光色的运用。他是用心灵去体悟大自然特有的灵性，用智慧去塑造并引领当代人的审美情趣，更主要的是他心中蕴藏着对艺术的虔诚和朝圣。2004 年"五一"期间，报社组织去西部老区参观学习，一路经山西、河北等地，他在平遥、乔家大院、晋祠等地拍摄了一大批艺术照片，回来后在《苍梧晚报——星期天》发了一整版，不仅让摄影界朋友啧啧称奇，更使书画界、读书界朋友赞不绝口。

多年以前，我对费永春先生的理解，仅仅停留在书艺上，偶尔读到他的报章文字，虽被他华丽的美文所感动，但不太留心去咀嚼。近年来，读得多了，才发觉费先生的文采，原来也是让人大为惊异的。他一篇篇精美的散文（杂文）频频见诸报端，直达人的心灵。这让我想起古代那些深藏不露的武林圣徒，轻易不与人交手，一旦出手，必置敌于死地。我作为一个多年和文字打交道的人，在费永春先生那些抒情散文面前，是真的气馁了。相比那些专写散文的作家，费永春先生的散文多了些自然和清新，少了些刻意和雕琢，像一股清清的小溪，流过了山冈，穿过了草地，滋润人的心田，让人倍感温情和妥帖。而他那些辛辣的杂文，更是引经据典，说理透彻，有根有节。特别是开设在《苍梧晚报》星期刊上的"七日谈"，在相当长的一段时间里，成为晚报的品牌和亮点。不只在一个地方和场合有人向我打听易水寒是谁，说这家伙的杂文真是成精了，一连几十篇下来，笔意从容，无所不谈，从贪官到平民，从人造美女到杂交水稻。真不知道他哪来那么多点子，看似平常的一件事，经他画龙点睛，就表现了不一般的品质，让人顿悟、惊叹、击掌。

费永春先生的多才多艺不是偶然获得的，多年来，他心中只有一条路——艺术之路。他是属于艺术的，他心中有一块艺术的净土，他坚定而寂寞地行走在艺术的路上，心无旁骛，孜孜以求，对外界的风吹草动充耳不闻，始终迈着执着之履，满怀体恤之心，对人、对己、对山山水水、对周遭的世界。他虔守着自己的真愿，在许多前贤圣哲的目光中，沉着地推进着自己的艺术之车……

2004 年 8 月 10 日写于新浦河南庄
2012 年 4 月 26 日改于掏云居

陈武　中国作家协会会员、江苏省作家协会理事，国家一级作家。

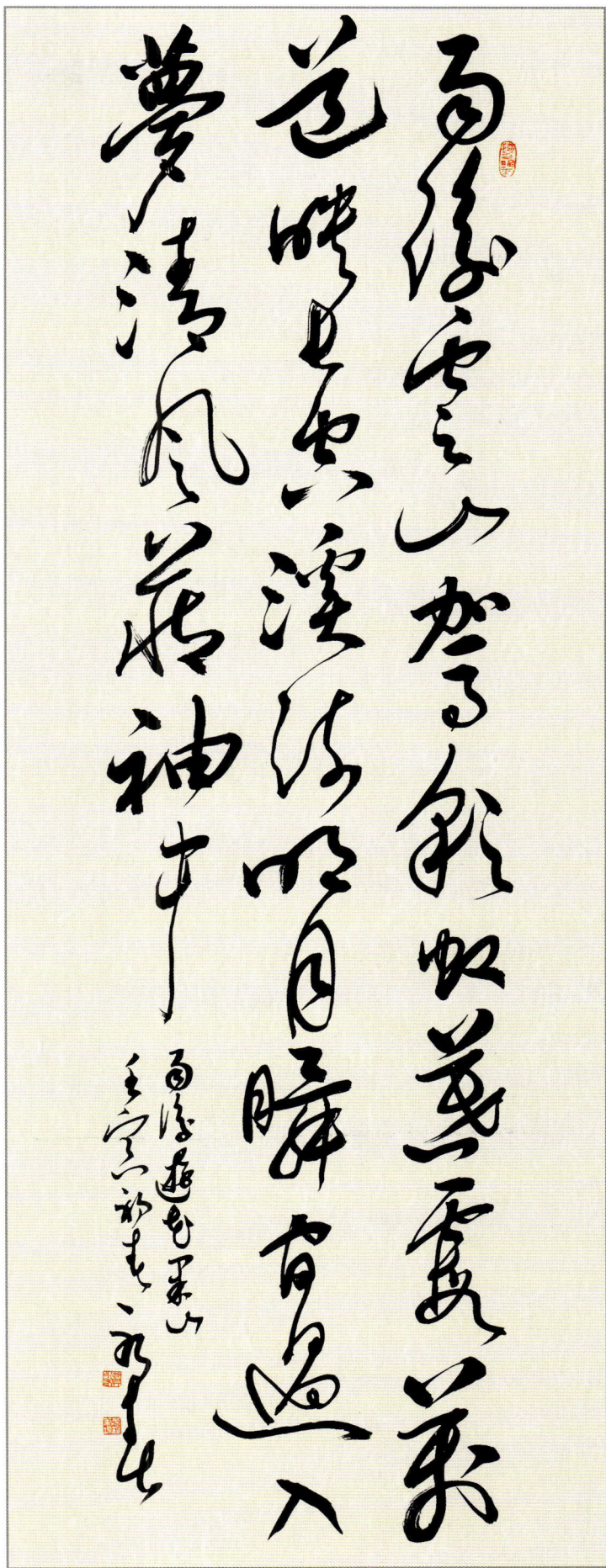

雨后游云台山

费永春

雨后云山驾彩虹，暮霞万道映长空。
溪流明月瞬间过，入梦清风藏袖中。

行草书

180cm×48cm

2022 年 书

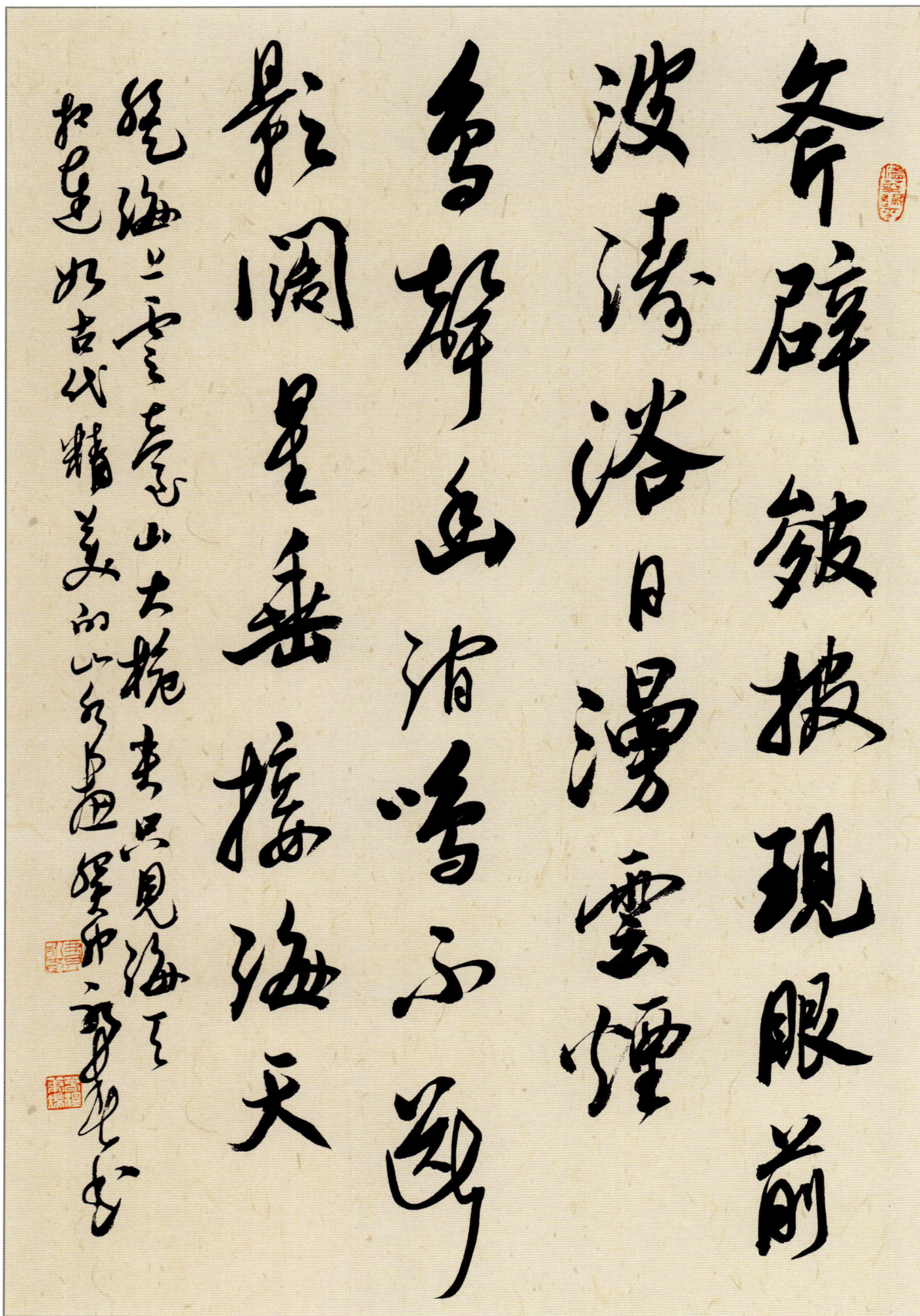

斧辟皴披现眼前，波涛浴日漫云烟。

鸟声幽涧鸣不断，影阔星垂接海天。

乾坤之灵气，山水之精美，只见海之辽远，如吉代精美的山水画。壬寅年费永春书

大桅尖望海

费永春

斧辟皴披现眼前，波涛浴日漫云烟。

鸟声幽涧鸣不断，影阔星垂接海天。

注：斧辟皴，为中国山水画中的一种技法。

行书中堂

126cm×68cm

2023 年 书

風卷瓊華遍地開
崇山峻嶺白皚皚
枝頭倦鳥頻張望
猜想騷人踏雪來

踏雪尋梅 癸卯春費永春書

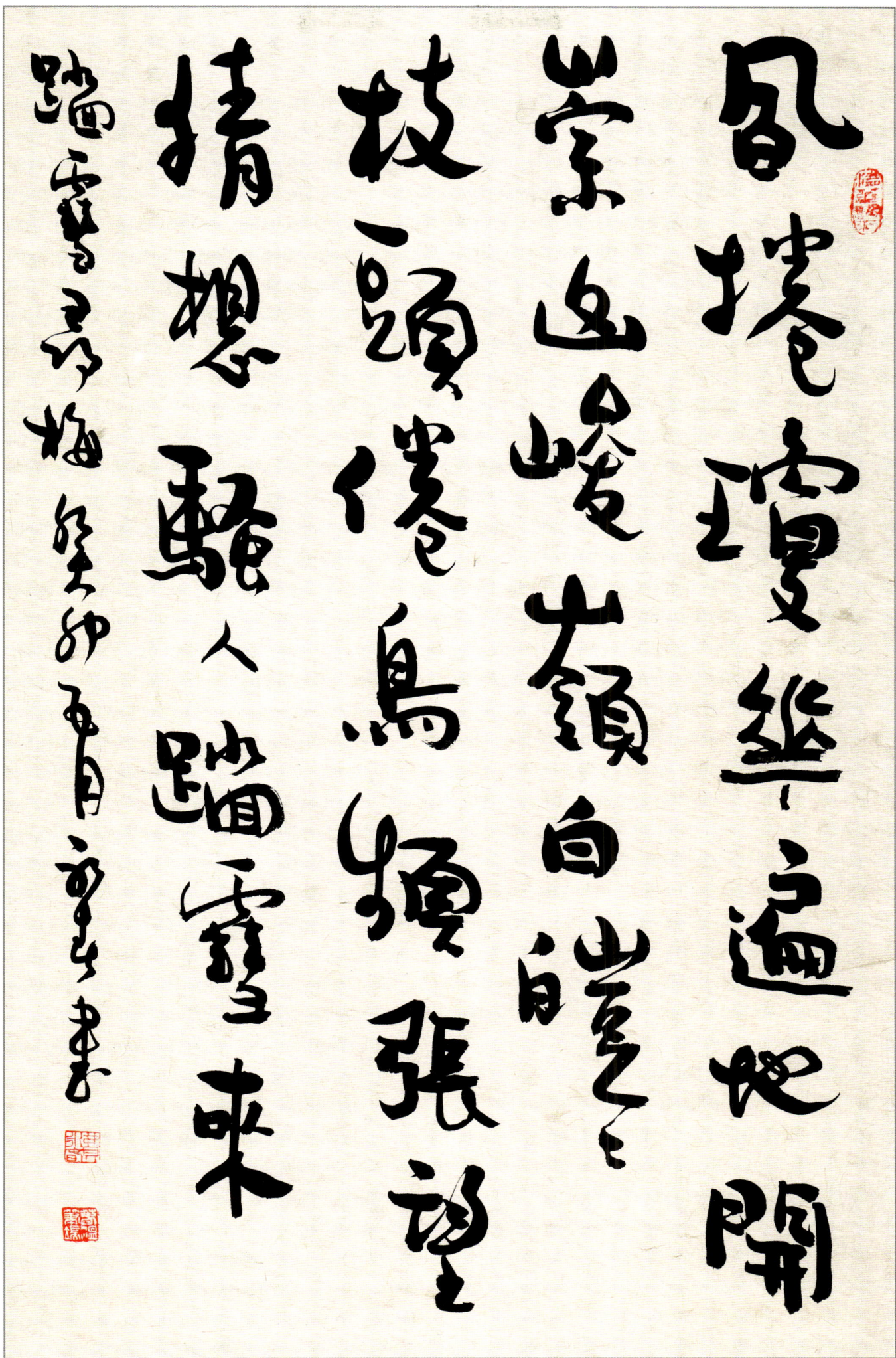

题画诗　踏雪寻梅

费永春

风卷琼花遍地开，崇山峻岭白皑皑。
枝头倦鸟频张望，猜想骚人踏雪来。

行书中堂

126cm×68cm

2023 年 书

线条艺术世界里的舞者

——费永春先生书法艺术管窥

周永刚

　　我曾在周总理故居看见过一棵上百年的关公柳，长得并不挺拔，也不伟岸，但却鲜活和蓬勃，那种生命力的茁壮，让你有无言的感慨和敬畏，时空里的坚强、坚韧、坚挺、坚持给人以启迪，仿佛得道的高僧给人以开悟。从此，我对这种植物有了特别的记忆，有了特别的关注，有了特别的怀想。它长在贫瘠的盐滩上，浸泡在苦涩的大海边，仍然这般的从容与淡定，像是生命里的守望。爱在心间，根在辽阔滩涂的深处，潇洒是它青葱淡疏枝条上跳动的乐音，传递人间普世的永恒价值追求和亘古未变的情怀。它的美，是内蕴深沉的；它的美，是无言寂寥的；它的美，是历久弥新的；它的美，是经典永恒的。

　　我曾在无意中看了别人忘在沙发上的一本画册，不经

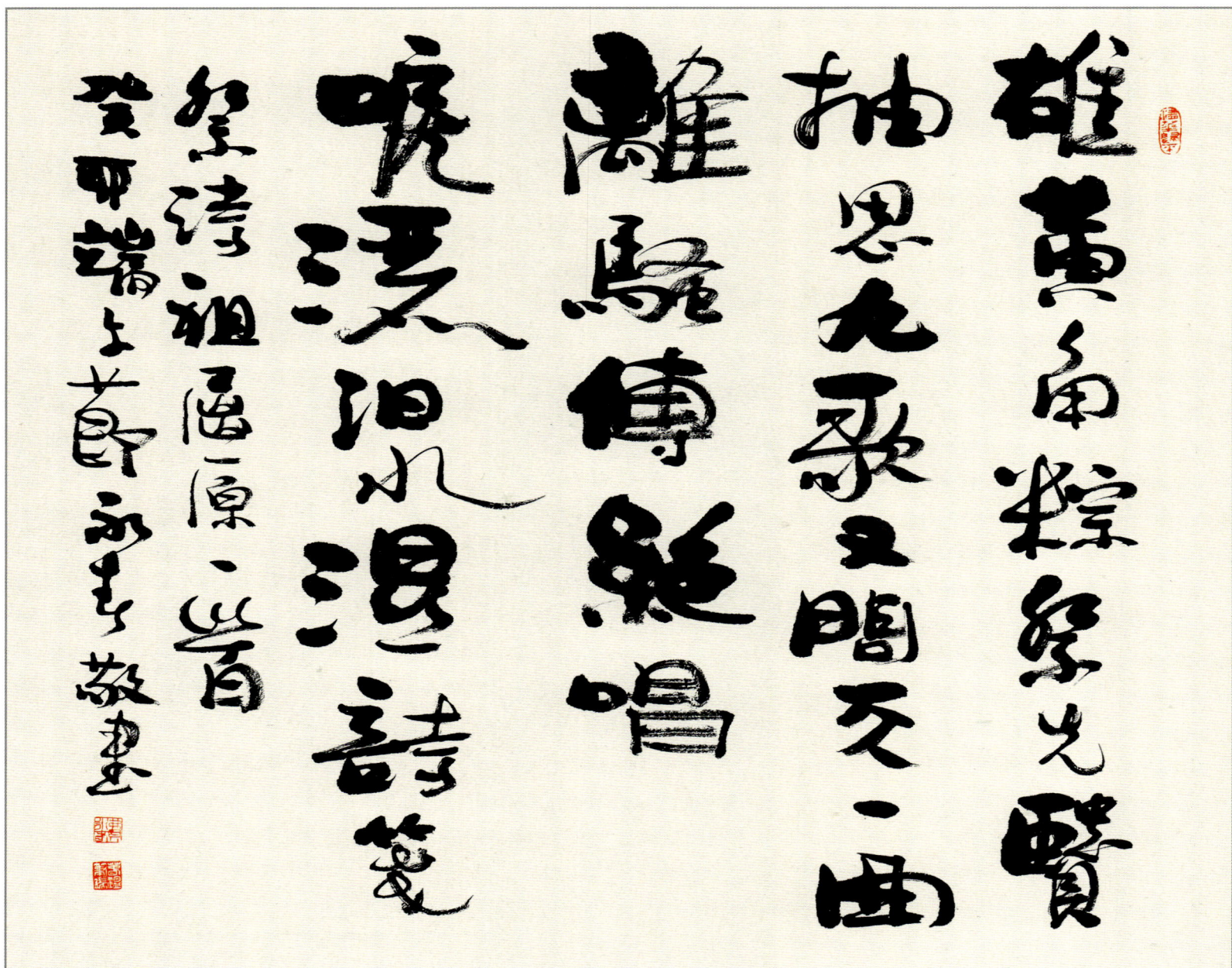

祭诗祖屈原

费永春

雄黄角粽祭先贤，抽思九歌又问天。

一曲离骚传绝唱，泪洒汨水湿诗笺。

注：抽思、九歌、天问都是诗主屈原的辞篇。

行书条幅

116cm×68cm

2023 年 书

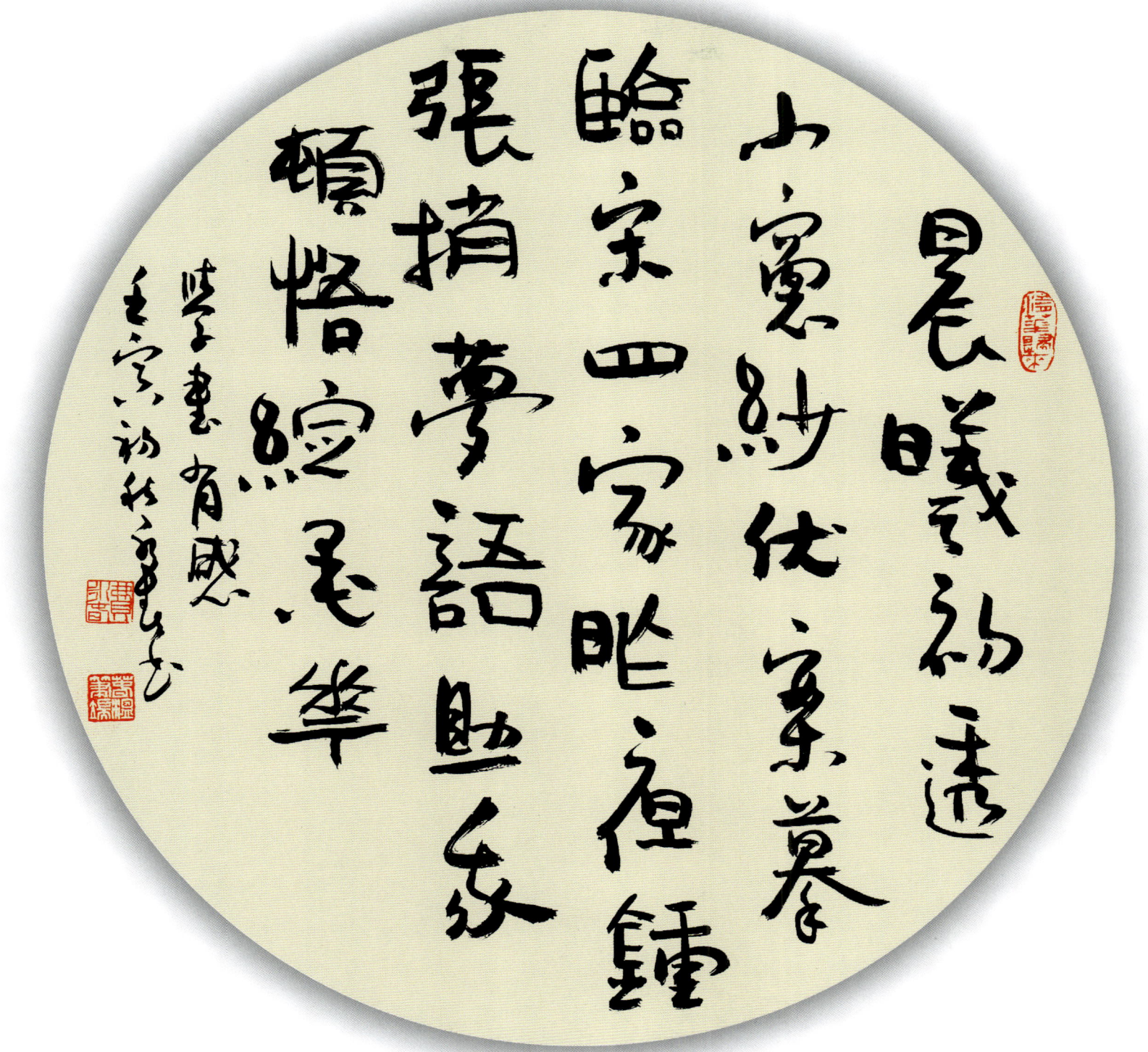

临池偶拾

费永春

晨曦初透小窗纱，伏案摹临宋四家。
昨夜钟张捎梦语，助我顿悟绽墨花。

行书圆扇

30cm×30cm

2022 年 书

意间目光定在了后面的跋上，泪水滴落在了我的衣衫，因为我又一次读到作者母亲用关公柳教育儿子的一番唠叨。其实在百姓的嘴里这就是我们家乡滩涂上最普通的沙柳，它太普通、太平凡，像海边生活的一代又一代渔民、灶民，生活的苦涩没有改变他们乐天的性情，生活的波澜反而让他们坚信人就是为了受苦才来到世间的，不需要羡慕他人的生活方式，人生本苦，生下来要先喝一匙黄连水，然后，你才懂得对生命的感恩，才懂得甜的源头是苦，由苦到甜才是你要走的人生之路。作者母亲的话也是天下所有最普通的母亲都会教育孩子的一句话："妈这辈子，不

巴望你做什么人上人，只想你能像这沙柳一样，坦坦然然过一生，健健康康过一生，活着是岸边的一处风景，死了是故乡的一粒沙。"看透命运的人，必须承受命运的折磨。头顶一片青天，浑身洋溢着生命活力，带着使命，也带着责任，他就这样一路走来。

作者真实地述说了母亲对自己的关爱、对自己人生的影响，真实地反映了自己心路的历程，真实地诉说着自己的人生追求，真情充沛，感人至深，像我最初读到的朱德《母亲的回忆》一样，那所写的是世间最平凡的母亲，却影响了孩子的做人、做事，影响了孩子的品格。文章的作

者我认识，却并不了解，但从此我记住了他，像记住关公柳一样记住了他。

我曾经非常仰慕一位女性，为她的气质和浩然，为她的真诚与和蔼，为她的勤奋和忘我，为她的牺牲与奉献。她的话语掷地有声、振聋发聩、穿透时空。她说"国家强大，是实干出来的，不是空想出来的""人前的潇洒是用人后的艰辛劳动换来的"。人世间没有比脚更长的路，没有比人更高的山峰。有志人搬山，无志山压人。这种坚韧挺拔，这种内在强大，这种内心真实又多么像关公柳。那种气吞山河、力能扛鼎的大丈夫形象，实乃"巾帼不让

须眉"的真实写照。因而我也就常常咀嚼她说的真理"一叶孤舟在人生的汪洋大海里漂浮，要善于找到自己心里的平衡点，一旦找到了，别人就不能动摇我。密涅瓦的猫头鹰总是在黄昏时飞起，我思故我在"。

我曾经因为敬仰关公的忠义情结，而爱上真实活着的一些朋友，在这个少情寡义的社会转型期，在这个口袋鼓鼓人却六神无主的迷蒙时代，在历史的颠簸和时代的躁狂的震动期，我爱着这些朋友，爱称呼他们兄弟姊妹，他们活得真实，活得酣畅淋漓，累并快乐着。他们不拼爹，他们自己就是爷，自己就是自己灵魂的主宰，头顶的星空和

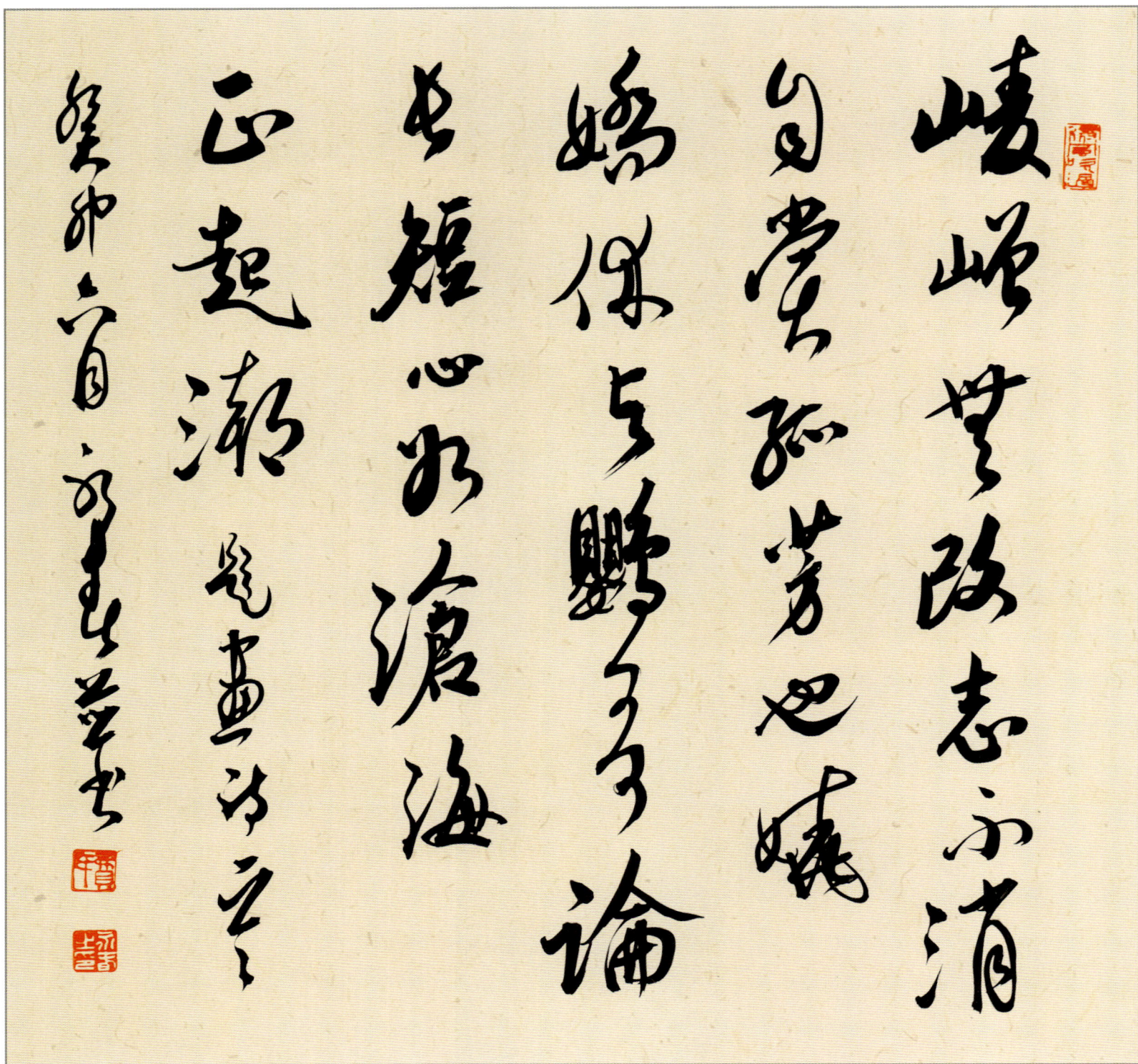

题画诗 鹦鹉群戏图

费永春

峻嶒无改志不消，自赏孤芳也娆娇。
休与鹦哥论长短，心如沧海正起潮。

行书斗方
68cm×68cm
2023 年 书

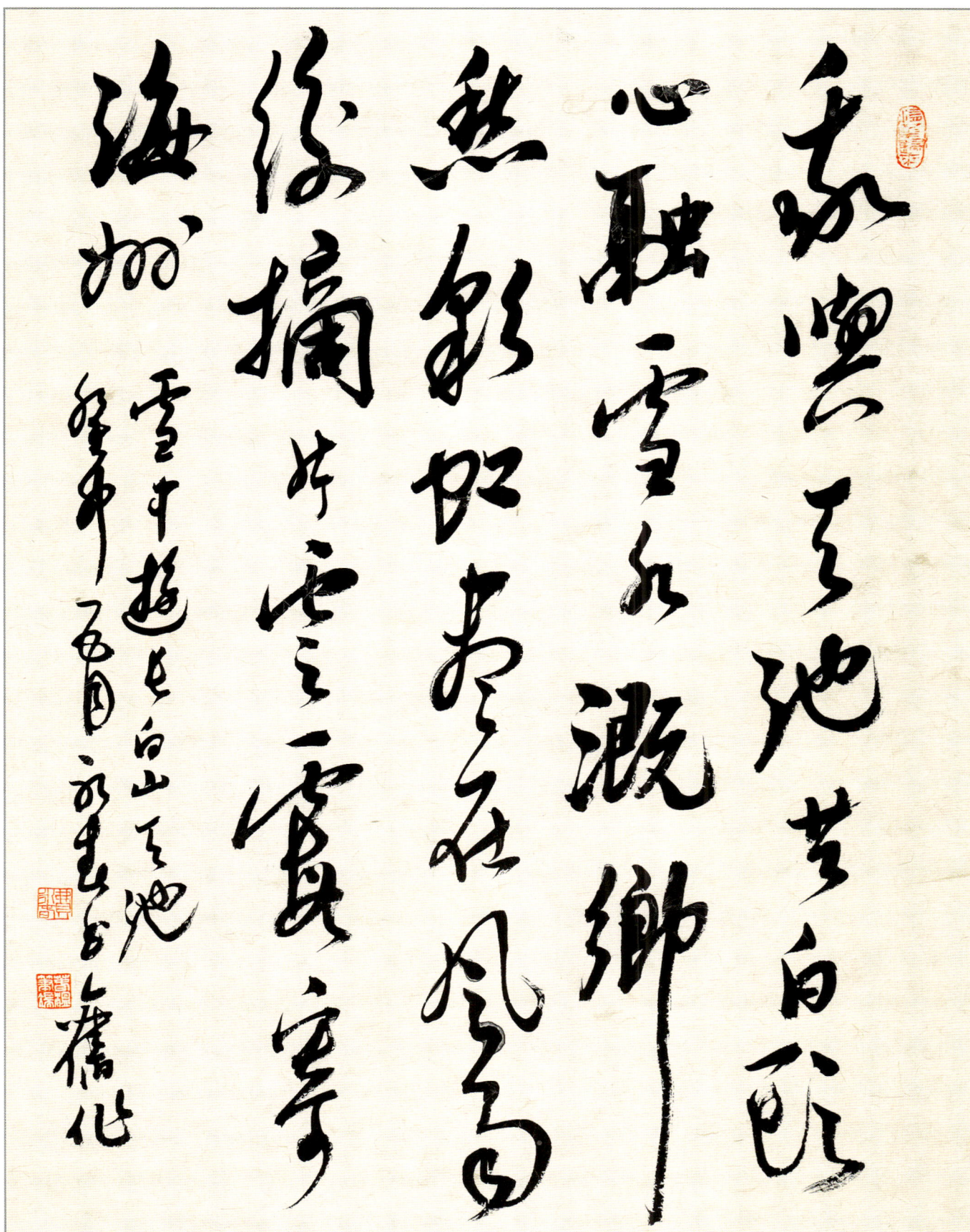

雪中游长白山天池

费永春

我与天池共白头，心融雪水溉乡愁。
彩虹尽在风雨后，摘片云霞寄海州。

行草中堂
98cm×68cm
2023 年 书

内在的道德就是他们仰望和内省的人间密码。我走近他们，他们让我觉得有更妙的迷人之处，像旭日东升，像海上明月，像人间四月天，像春风沉醉的晚上，像霜叶醉人的金秋，像千里冰封、原驰蜡象的雪冬。万千气象，让人眼花缭乱；真实精神，让人心向往之。

我曾经为仓颉造字的传说而感动，"天雨粟，鬼夜哭"。我喜爱文字，也喜欢中国的书法，那是中华文明的符号。线条世界里的乾坤让无数人如痴如醉；黑白世界里的律动让时空定格成永恒的记忆。"此情可待成追忆，只是当时已惘然。"那是飞天瞬间，那是满山开遍红杜鹃时分。行走在人世间，人可以如神附体，仙风道骨。

我曾经在西泠印社徘徊和踯躅，因为看不懂为什么有这样的一群人，会终身在这种雕虫小技中求索度过一生。后来读懂了，也就懂得了江南士大夫的人生情怀，小处不可随便，善小为之，恶小莫为，一个民族才有浩大气象，才会离开源头越远，越奔腾浩荡。一个社会的文化品位和精神气质都与文化追求有关，对于纯正文化审美趣味的追求，不知不觉间改变着人的审美，整个社会又因人整体审美素质的提升而得到不断的推进，因而社会发展必将被推向更高的精神文明层次。从这个意义上来说，所谓的"雕虫小技"，也可以成为信仰，成为开阔自我胸襟、开拓人生眼界的悟道之旅。因为是信仰，是人格的表达，人的高度就是艺术的高度。用眼睛看世界，世界才会缤纷绚烂；用思想利剑去开拓世界，文明才会走向新生。

我曾经在人群里遇到这样一位大哥，他的思想、胸怀、品格、精神、血性、成就都让我忽然感到一惊，如五陵人误入桃花源，豁然开朗。他算得上是一个通才似的人物，因为作为一个报人，本身就是综合性的，"单打一"成不了一个好报人，他在涉足的各个领域都有着不俗的业绩，可谓是全能选手。但我更爱用"琴棋书画诗酒茶"

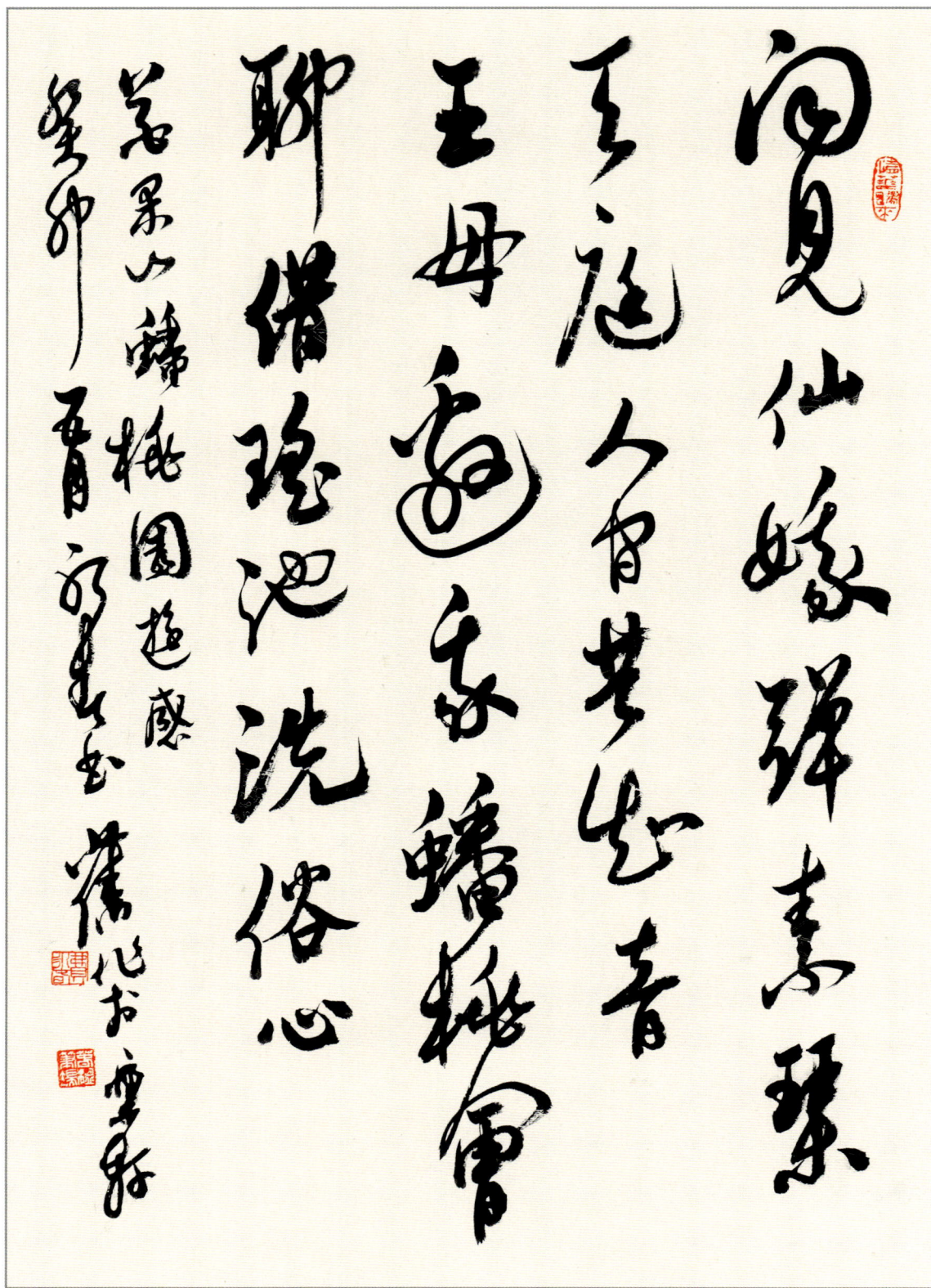

花果山蟠桃园

费永春

闻见仙娥弹素琴，天庭人间共知音。
王母邀我蟠桃会，聊借瑶池洗俗心。

行草中堂
98cm×68cm
2023 年 书

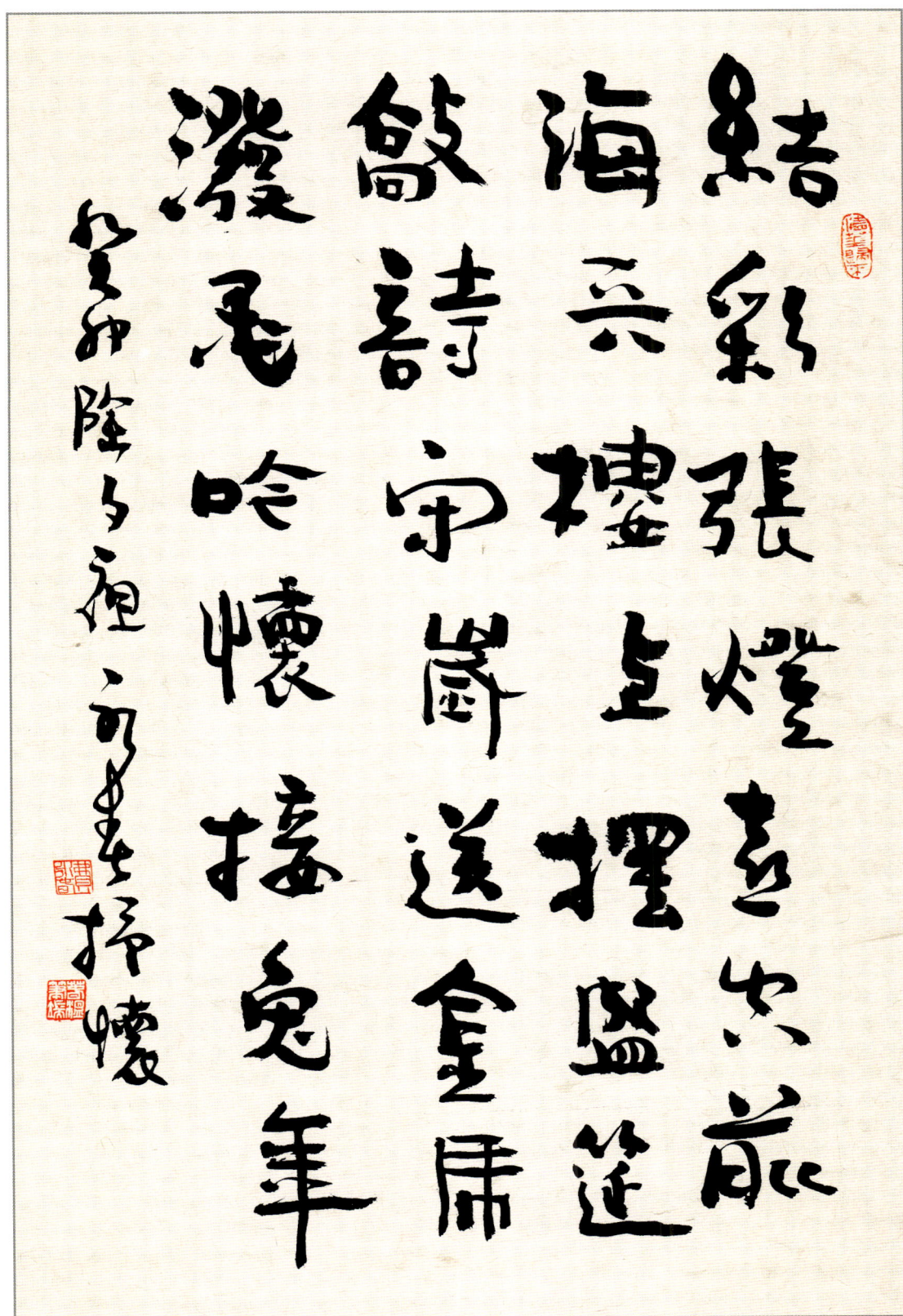

除夕夜抒怀

费永春

结彩张灯喜空前，海天楼上摆盛筵。

敲诗守岁送金虎，泼墨吟怀接兔年。

注：海天楼是作者住所。

行书中堂

98cm×68cm

2023 年 书

来形容他的儒雅飘逸洒脱。他就是永春大哥，姓费，提到费姓会让人立马想到书界的费新我。我不知道大哥的书法是家传还是师承，但想来无论怎样，没有个人的孜孜以求、坚持不懈，就不会有今天的戛戛独造、面目一新。

诗有别才，非关诗也。真正成为书家，那需要多方面的修养，绝不会一蹴而就，即使得大奖再多，也未必能成为青史留名者，先前的大师，似乎没有被评过什么奖，但他们在时间的检验中证明了自己存在的价值。时间穿透整个历史，经得起时间的考验才不至于如同过眼云烟，仅喧嚣一阵。

当下，鸦鸣蝉噪，令人喷饭的这大师、那大师实在太多，说着说着连自己是谁都不知道了，上嘴唇着天，下嘴唇着地。而永春大哥，始终以"在路上"的姿态，不管永远有多远，他永远以直立者的心态、状态一路向前。他很清醒地知道，最终的胜利，离不开正确的价值观和方法论，方向和方法非常重要，那是人生成功的基石。方向要正确，方法要科学，除此以外就是一以贯之的坚持，焚膏继晷，恒兀兀以穷年。生命的伦理是向死而生，人生的价值在于不断地求索奋斗。一生向阳，终身成长。人从出生到死，都要学习，这是作为万物之灵长、天地之精英的人类的神圣使命。一路走来，三人行，必有我师，转益多师是吾师，内涵越丰富，外延才会越广大。他师承黄惇先生，虚心听取教诲，耳食之学，耳濡目染，心领神会，大受教益。一个人要想有所成就必须站在巨人的肩上——欲穷千里目，更上一层楼。他深知读万卷书、行万里路、交万个友、学万个师的道理。黄惇老师反复告诫，人生离不开"两高"：自由在高处，要高瞻远瞩、高屋建瓴。为了开拓眼界，他抽出时间全身心地到清华大学全脱产学习，在两年时间内与众多志同道合的同仁切磋，在大师们的开悟之下，昼夜兼行。没有艺术创作更长的路，山登绝顶我为峰。这是一群为理想而艰难跋涉的孤勇者、求道者，既然选择了地平线，便无惧风雨。进，吾进也；精进，"苟日新，又日新，日日新"。功夫不负有心人，他顺利通过

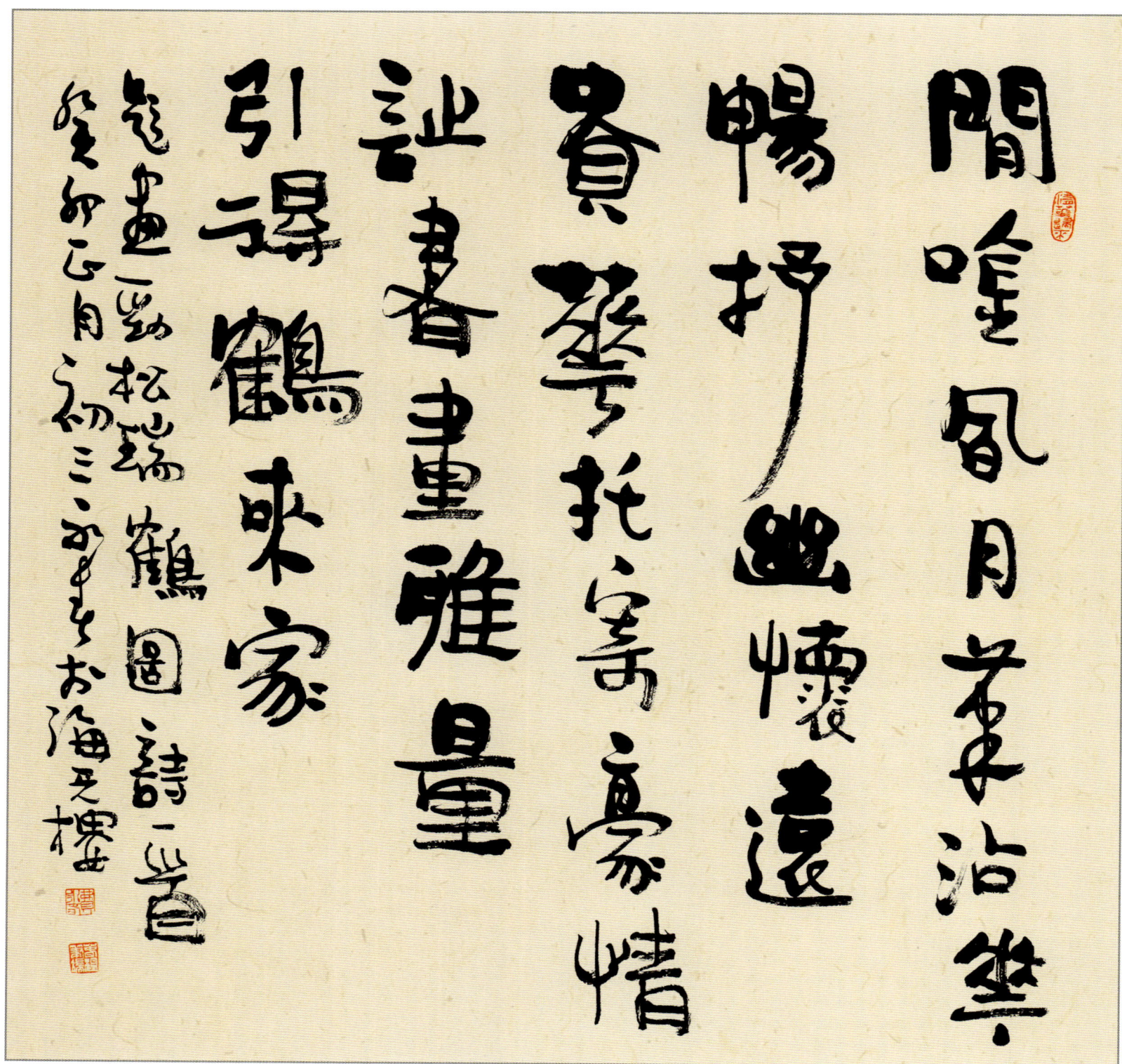

题画诗　劲松瑞鹤图

费永春

闲吟风月笔沾花，畅抒幽怀远贵华。

托寄豪情诗书画，雅量引得鹤来家。

隶书斗方

68cm×68cm

2023 年 书

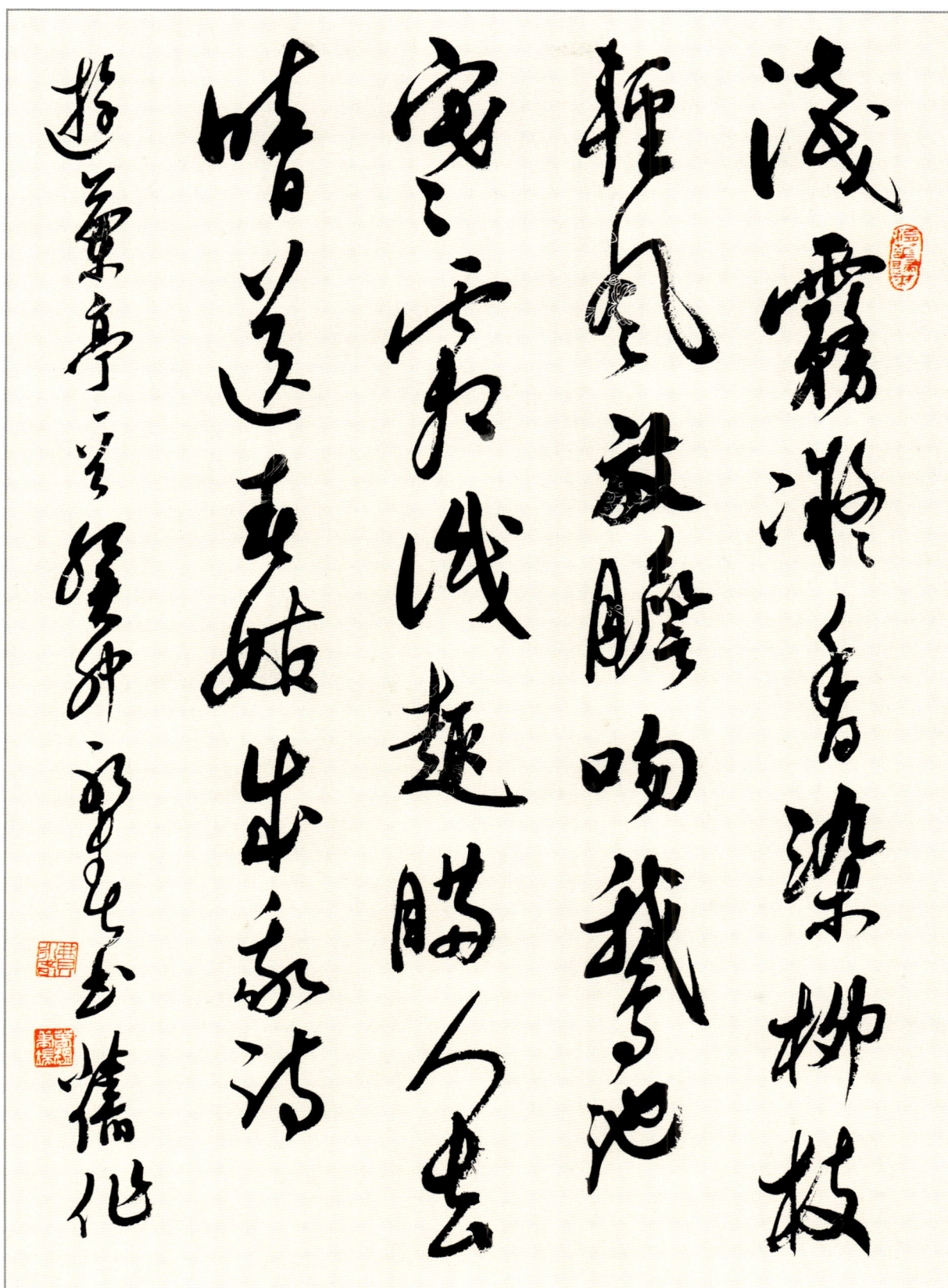

游兰亭观鹅池

费永春

浅雾凝香染柳枝，轻风放胆吻鹅池。
寒霜识趣瞒人去，暗送春姑成我诗。

行草中堂
118cm×68cm
2023 年 书

严格的考试，成为国家书画注册鉴定师。继承中的扬弃，是艺术创作之路的不二法门。只有看准了前人，才能守正创新。世间万物，知其所来，知其所在，方能知其所往。万事不离因缘。眼界即为世界。永春大哥是见过大世面的，他深知艺术不会有终极的定格，但会存在于变化之中，艺术之路是一条创新求变之路。毕加索和文艺复兴的三杰究竟谁更突出？这是没法比的，是伪命题。因为艺术就是艺术，登峰造极了，就会出现另外的高峰。因而他在现代书法的道路上做了有益的探索，并且继续前行。

万里江山，百年人生。用什么来安顿我们的心，我想只有精神。书法是中国文化的精粹，传递着高贵的人文精神。风雨江山之外，那书者的世界激荡着精神的洪波涌起，那书者的笔墨飞舞世界一定有一个大心脏。"日月之行，若出其中；星汉灿烂，若出其里。""恍兮忽兮，仿佛有光，忽兮恍兮，似乎有道。"在这黑白世界里，他在寻求精神的寄托和心灵的安顿。永春大哥，在这世界里搏击风云，胜似闲庭信步。线条的艺术世界里有他的最爱，有他涤胸荡腹、性灵挥洒、驰骋天外的大一统精神，因而我常在观他作品看他作书时感到心灵震撼。

他的隶书师法《石门颂》《好太王》《西狭颂》等诸汉碑，功底深厚，用笔简净、刚健，方圆兼施，笔势开张，奔放飘逸，结体多变，寓欹侧于平正中，含疏秀合严密内，线条奇拙飘逸，俊挺宽博，铁画银钩，坚挺有力，章法和谐。他注重墨法，润枯有度，气韵生动，厚重与轻灵并重，运用之妙，存乎一心，格调自然朴拙，高古雅致，天真烂漫，苍茫遒劲。看他作书，气定神闲，沉稳古雅，笔墨仿佛从心间流淌，规整与变化俱合法度，功在诗外，信然信然。

近年来，永春大哥似又对行书多有所得。他的行草取法"二王"，但对诸代书家行草风格多有钻研，对自米芾以来的宋元明清大师经典以及近现代大家作品都有领会，悟心得道，强调内美外射，真情融注，观山则情满于山，登海则意溢于海，强调厚重空灵，真性情，不做作，不乖张，不油滑，注重技法，法度严谨，作品血肉饱满，线条质感，率真潇洒，总体风格追求清雅温润，浪漫天成。

艺术要走创新之路，在现代书法实践中，永春大哥从未停止过探寻的脚步。他的现代书法讲究诗情画意，在书画同源中做到合二为一。他用多种元素、符号来传递信息，讲究美感，注重以美纠丑，强化墨法推陈出新，注重信息社会、融媒体时代特征，把握传媒变革时代特点，融通碑帖，以情掣笔，奔腾恣肆，操控全局，谋划在心，成竹在胸，点画有致，自成一家，从有限向无限拓展，如天女散花，浪漫着人间诗意真情。

"心定则道纯，道纯则充于中者实，中充实则发为文者光辉。"咏春，永春。"笼天地于形内，挫万物于笔端"，他依然行走在路上，站立在潮头，像关公柳。

人是会思想的芦苇，在时代前行中，在路上唁吭吭唁的行者中，我看见有那么一秆越来越沉重的思想的芦苇，带着他遥远的渴望，摇曳不停。我看见故园家中，有那么一株关公柳，站立成母亲的形象，那无数的曾经，原来是对母亲最深沉的回报，即使平凡也要高举做人的大旗——人在路上，梦在心中，行走无疆，像故乡神话里的夸父和精卫，怀揣着一种永不泯灭的精神和理想……

周永刚　著名作家，连云港市作家协会副主席，评论家协会副主席。

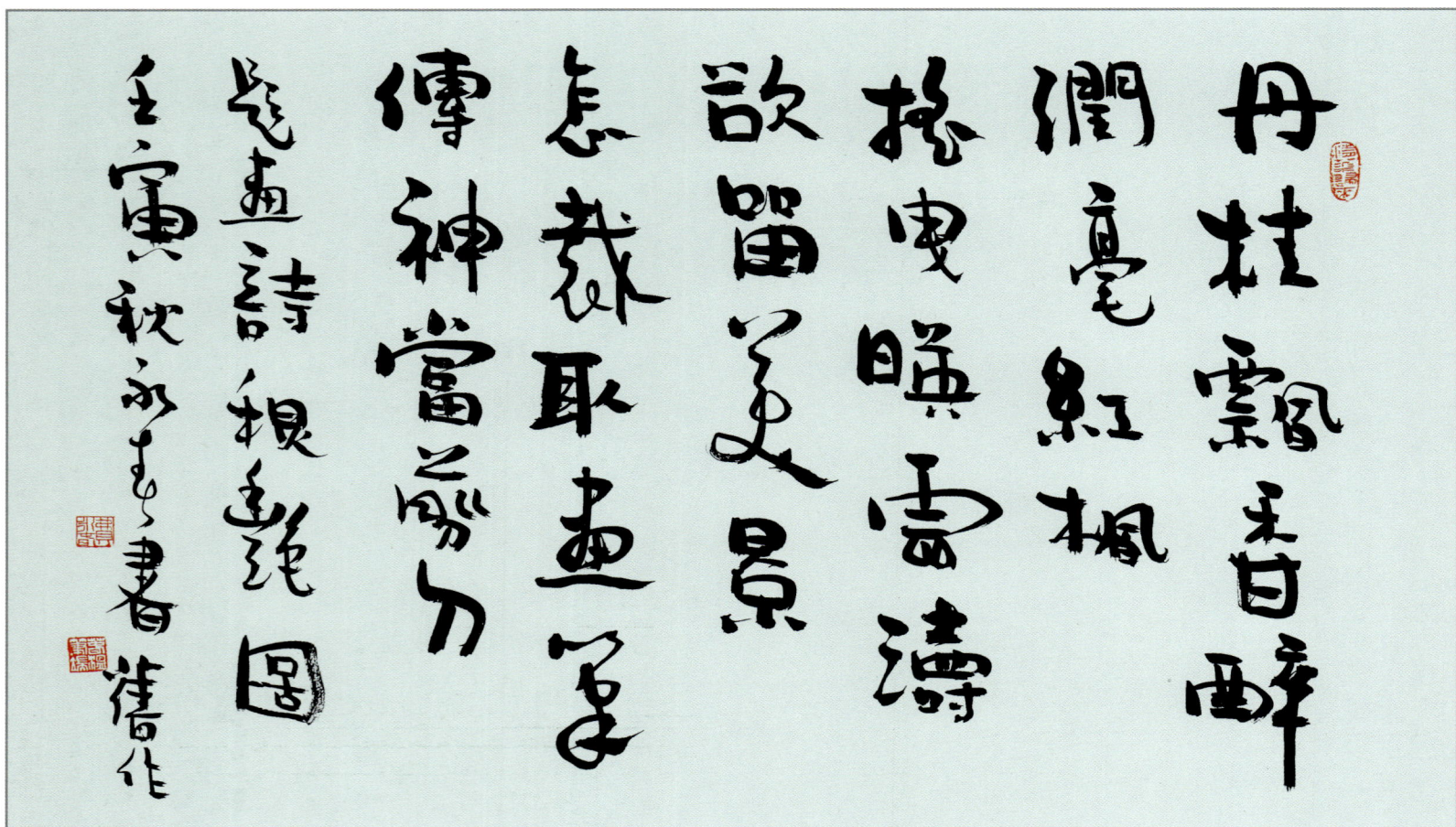

题画诗　秋艳

费永春

丹桂飘香醉润毫，红枫摇曳映云涛。

欲留美量怎裁取，画笔传神当剪刀。

行书条幅

136cm×68cm

2022 年 书

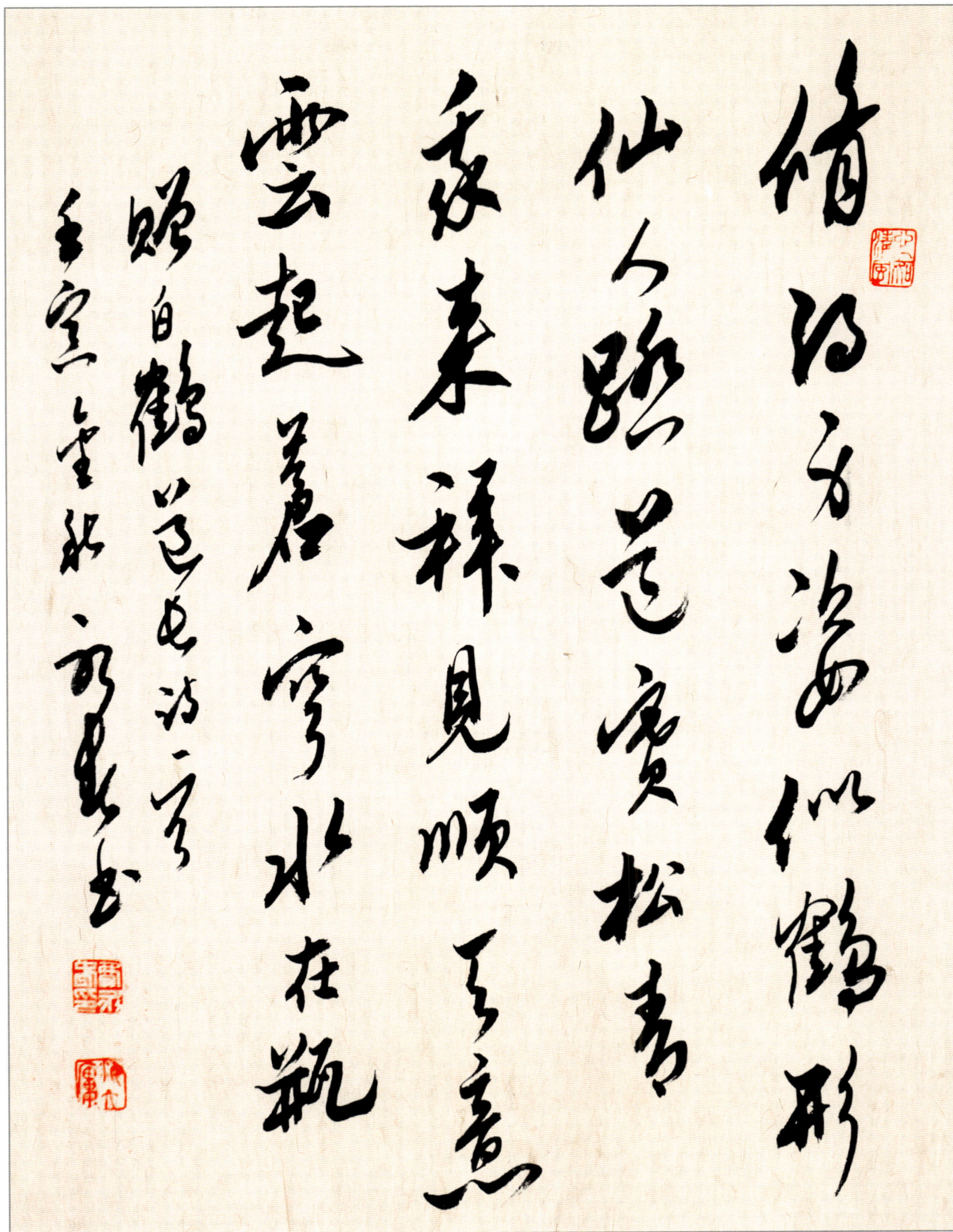

修得身姿似鹤形

仙人踏道赛松青

我来拜见顺天意

云起苍穹水在瓶

照白鹤花也为作一首
壬寅年秋 贵永春书

赠白鹤道长

贵永春

修得身姿是鹤形，仙人踏道赛松青。

我来拜见顺天意，云起苍穹水在瓶。

行书中堂

98cm×68cm

2022 年 书

中秋望月

费永春

圆镜空明瑞象多，临窗望月听笙歌。

嫦娥不嫁流连我，独守寒宫枉自蹉。

爽爽有风气

——费永春其人其书

李洪智

永春先生年长我一轮，同属猪，或许是这个缘故，我们都有一种与生俱来的憨态，恰恰是这种憨态让我们彼此很容易认同对方。在清华大学西门那家闻名遐迩的烤鸡翅小店里，我们一见如故。

永春先生有一个可贵之处，熟谙人情世故却不庸俗。在他心里，始终为他所热衷的书法艺术留有最重要的位置，言谈之间，书法一直是他离不开的话题。尽管他早年已经在南京师范大学、南京艺术学院就教于数位大方之家门下，有着非常好的技法水平和理论素养，他仍然在工作繁忙之余到清华大学继续深造学习两载。

我记得大约一年前的一个下午，永春先生邀我去欣赏他的新作。在宾馆深红色的地毯上，随着卷轴的缓缓铺展，一卷行草书《方旸谷小传》逐渐将它的全貌呈现出来，董香光之古澹隽永与米襄阳之振迅天真浑然一体，令人称奇。"奇"从何来？由于工作的缘故，永春先生非常繁忙，所以只能利用业余时间从事书法的学习和创作，这种情况下尚能达到如此之境界，怎能不令我辈所谓专业人士汗颜！

愚以为，永春先生在书法艺术上能取得这样的成绩，主要得益于几个方面的因素：天分、性情、学养和胆识。

杨守敬《学书迩言》开篇援引梁山舟的话，谓"学书有三要，首要便是天分"。我认识永春先生的一些至交好友，大家都说，尽管他酷爱书法，而只能用余暇研究和临习古帖，所以，如果连行内人都非常认可他的书法的话，那一定是天分和得法的缘故。

古人云："书者，抒也。"永春先生的书法抒发了他的真性情。每逢友人相聚，总能听到永春先生爽朗的笑声，无论是熟识的老友还是初次见面的新朋，只要谈论艺术，他总是有说不完的话题。谈笑风生、觥筹交错之余，每一个人都能感受到他的热情好客。所以，细审永春先生的书作就会发现，他的字率意、自在而不乏细腻。

2000 年与著名书法大家沙曼翁、华人德先生合影　摄影　骆晓玲

熟悉永春先生的朋友都知道，他是位知名的作家，并且早先是省市作家协会组织的领导，百万字的散文、杂文频频见诸报端，风格自然清新，读来引人入胜。他还酷爱摄影，其作品所反映出来的对光与影的运用，体现了他对影像理解的独到之处。所以，人言永春先生多才多艺，绝非过誉之词。而艺术的精神是相通的，这些字外的学养和见识反过来又滋养了他的书法作品，并使其爽爽富有风气。

据说，早在十几年前永春先生便在书法艺术领域有过大胆的探索，并且得到很多国内外同行的赞誉。我先前并未得见永春先生这样的作品，所以一直很好奇，觉得他的作品有一种神秘感。终于，在永春先生的《清华大学当代艺术创作研究生毕业展作品集》中见到了庐山真面目。那幅题为《柳阴》的现代书法，可谓亦书亦画。透过作品中各种形态的点画、线条、块面，我仿佛看到了永春先生在精神领域的自由驰骋。这种勇于突破的精神正符合永春先生在我心目中留下的印象，而且我相信，这种精神必将使得永春先生更上层楼，早日形成自家面目。

祝愿永春先生在书法艺术之路上越走越好！更希望他所钟爱的书法艺术给他带来越来越多的快乐！

2012 年 3 月于北京

李洪智　著名学者，北京师范大学艺术与传媒学院书法系教授、博士研究生导师。

深秋观大圣湖

费永春

秋水含烟映夕阳，湖波风拂闪粼光。

寒凄叶落花憔悴，只待春来化艳妆。

行书圆扇

30cm × 30cm

2022 年 书

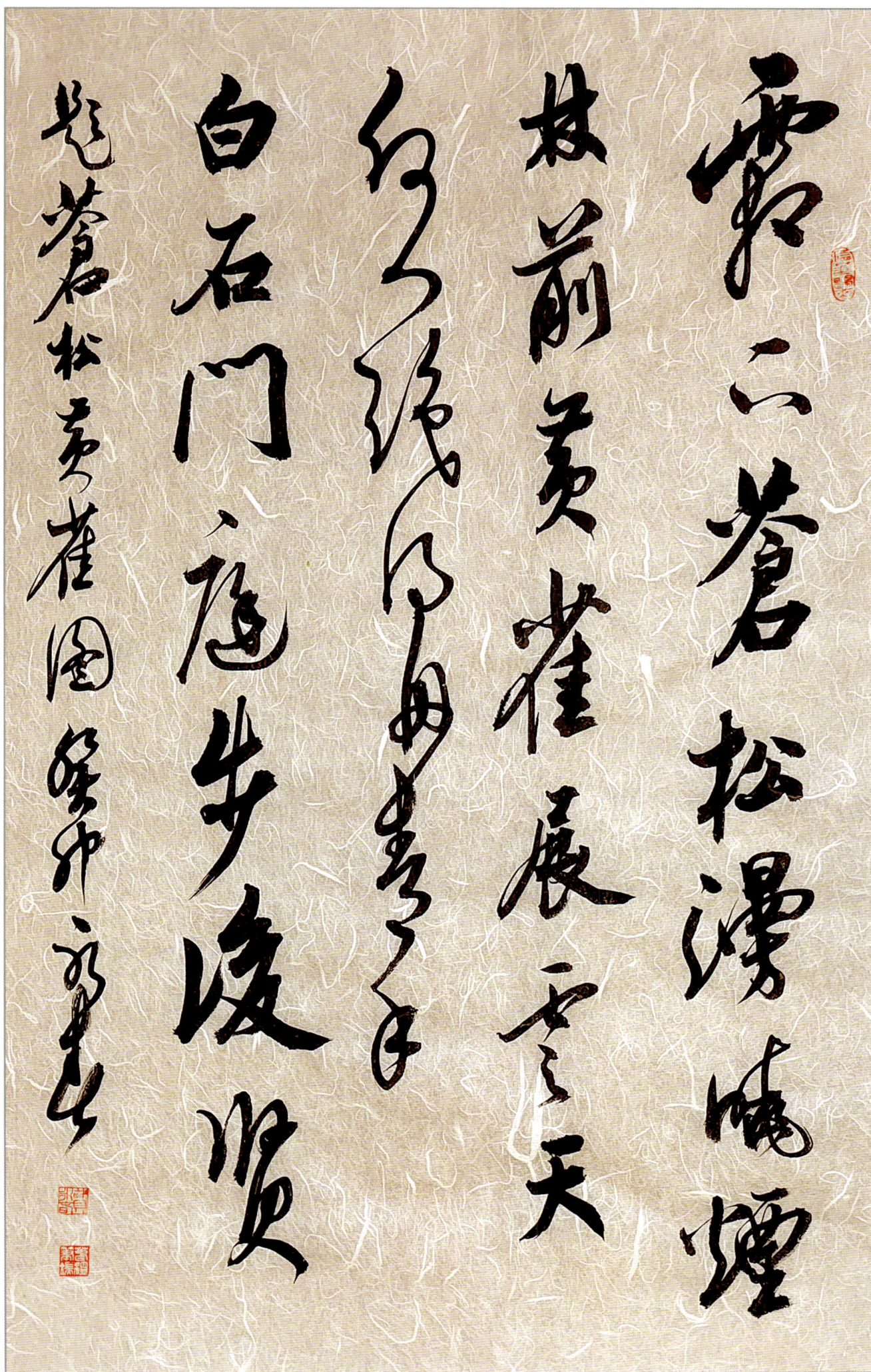

题画诗 苍松黄雀图

费永春

霜下苍松漫晓烟，林前黄雀展云天。

何人识得丹青手，白石门庭步俊贤。

行草中堂

118cm×68cm

2023 年 书

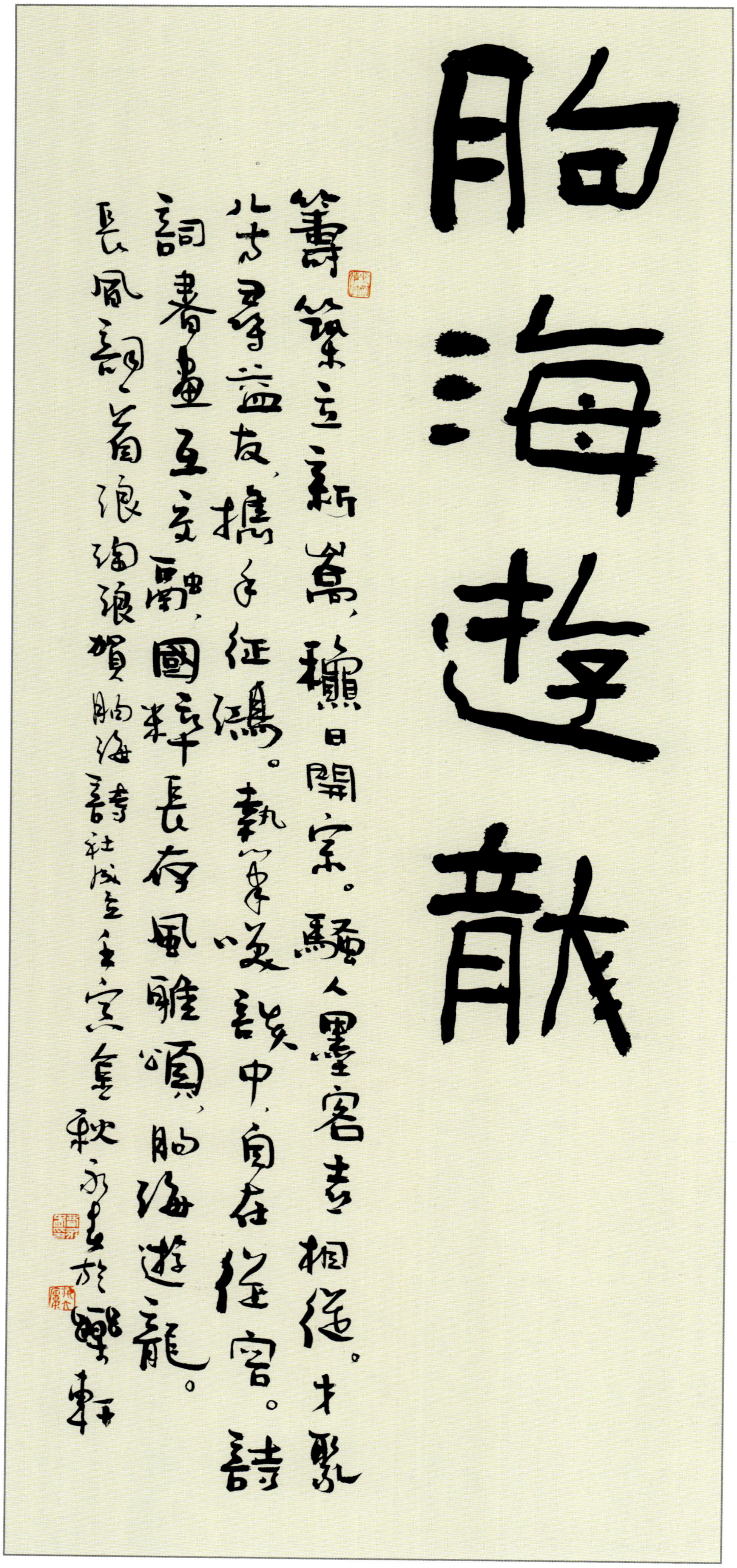

胸海遊龍

筹筑立新嵩，撷日开宗。骚人墨客喜相从。才聚
北方寻益友，携手征鸿。

执笔笑谈中，自在从容。诗
词书画互交融，国粹长存风雅颂，胸
海游龙。

长风词首浪淘浪贺胸海诗社成立至辛
寅仲秋于鹏东轩

浪淘沙·贺胸海诗社成立

王建美

　　筹筑立新嵩，秋日开宗。骚人墨客喜相从，才聚八方寻益友，携手征鸿。

　　执笔笑谈中，自在从容。诗词书画互交融，国粹长存风雅颂，胸海游龙。

行书中堂

136cm×68cm

2022 年 书

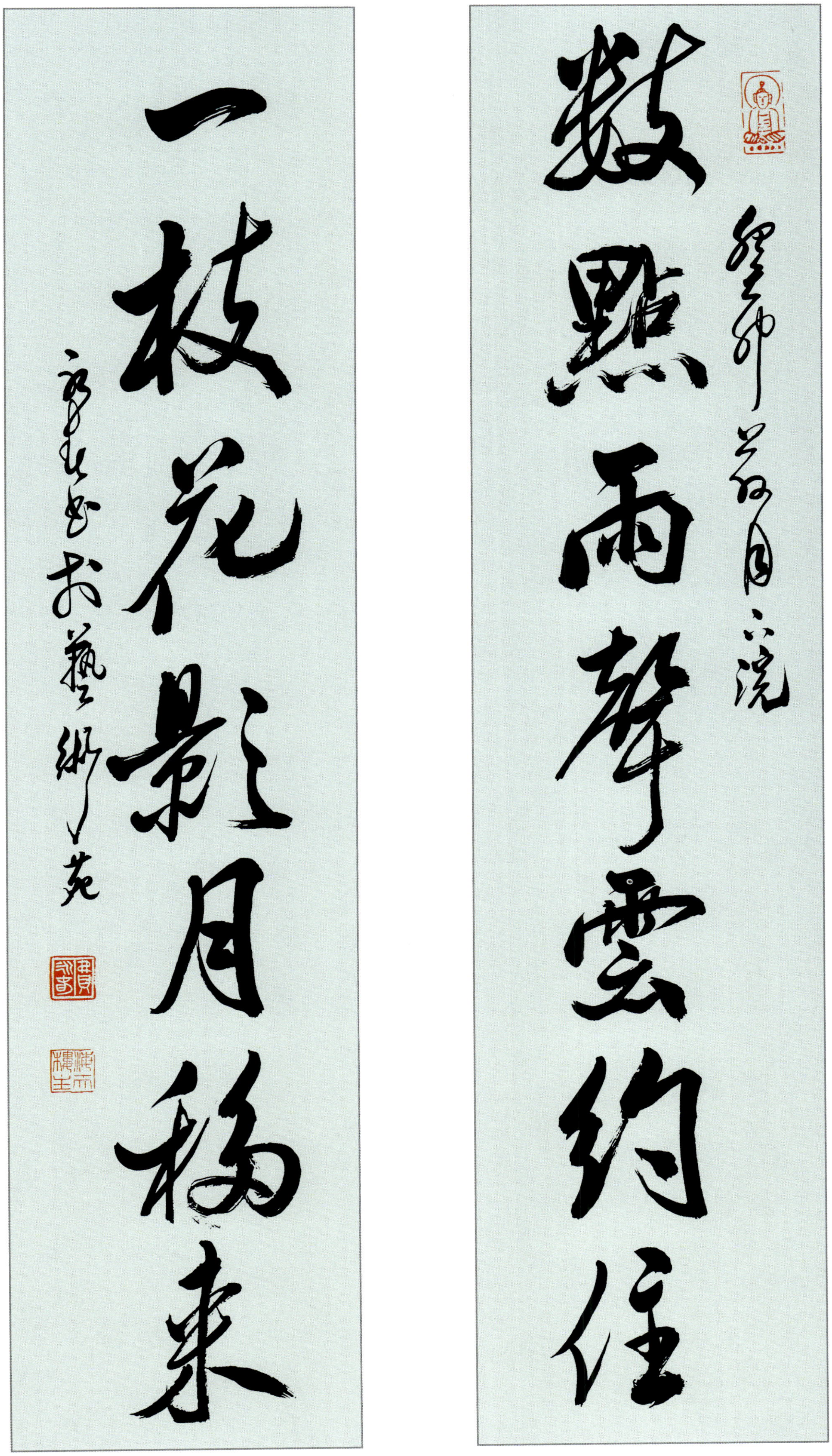

数

黙
雨
声
云
约
住

一
枝
花
影
月
稿
来

行书对联　**数点雨声云约住　一枝花影月移来**　180cm×48cm×2　2023 年 书

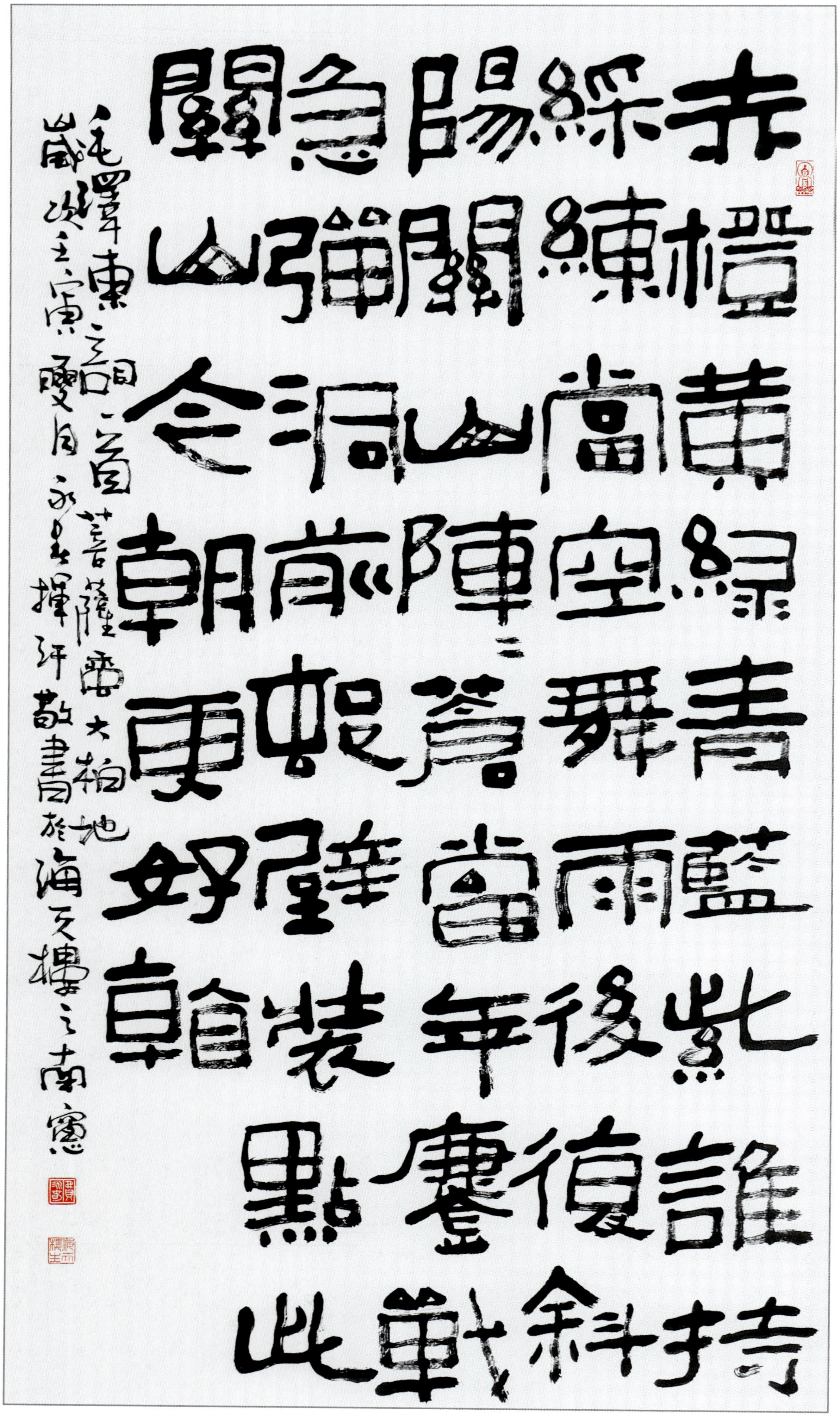

关急阳綵赤
山弹闖練橙
令洞山當黄
朝崭陣空緑
更蛇苍舞青
好壁當雨藍
看装年後紫
點鏖復誰
此战斜持

隶书中堂　**毛泽东主席词一首**　180cm×97cm　2022年书

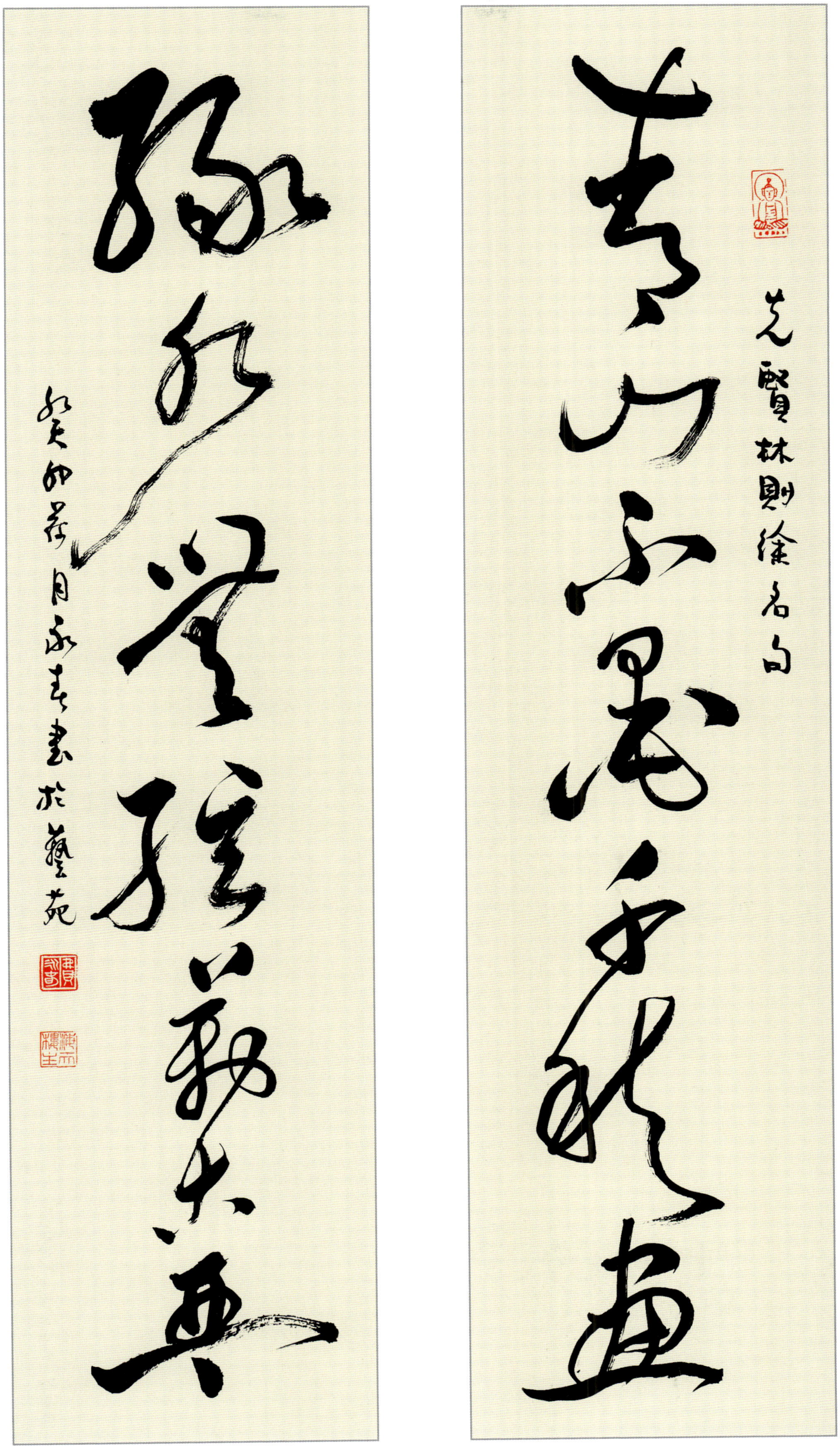

青山不墨千秋画

绿水无弦万古琴

先贤林则徐名句

癸卯岁自恰春书于艺墨苑

草书对联　青山不墨千秋画　绿水无弦万古琴　180cm×48cm　2023 年书

江南好，风景旧曾谙。日出江花红胜火，春来江水绿如蓝。能不忆江南。

白居易忆江南之一，己卯金秋鑫尧书于海上楼

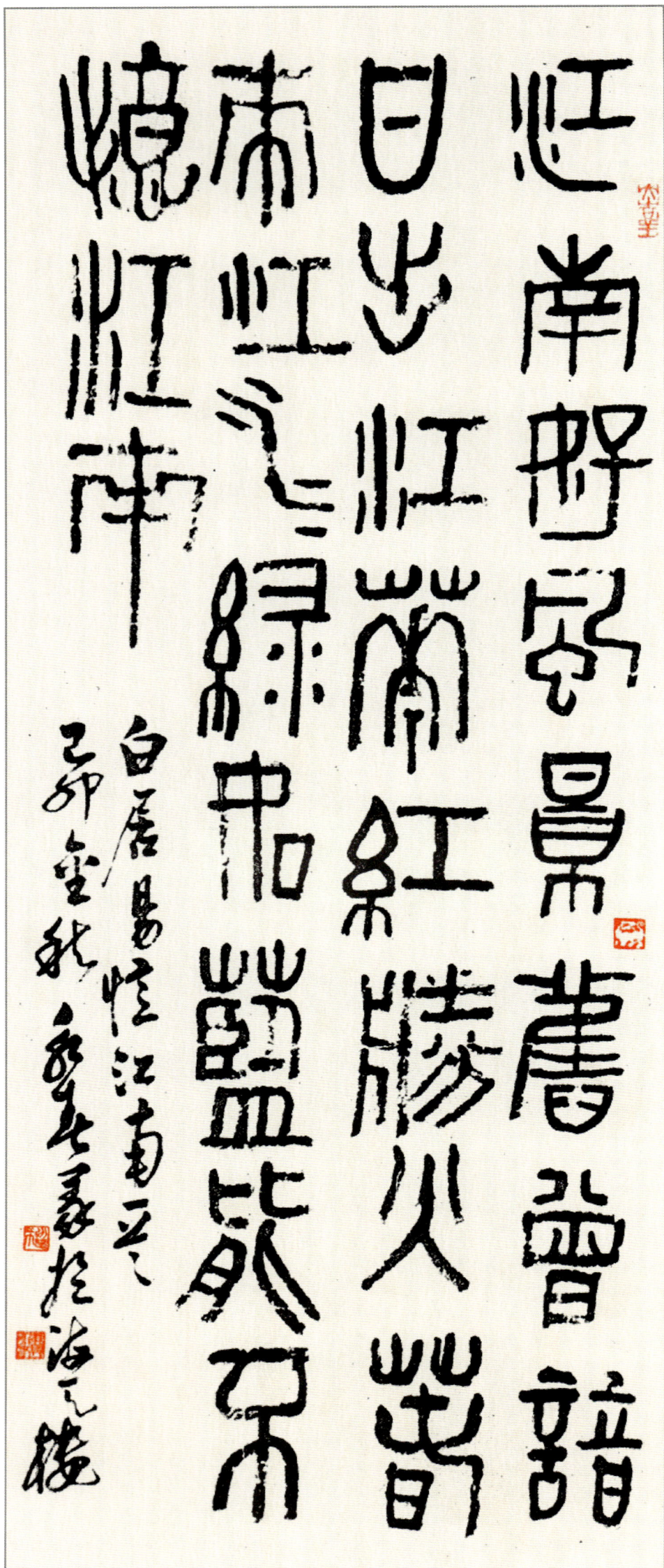

篆书　**忆江南**　40cm×100cm　1999 年书

乐耽丘壑远纷华，明月长松竹里家。

石寿延年栖隐处，吟诗作赋种梅花。

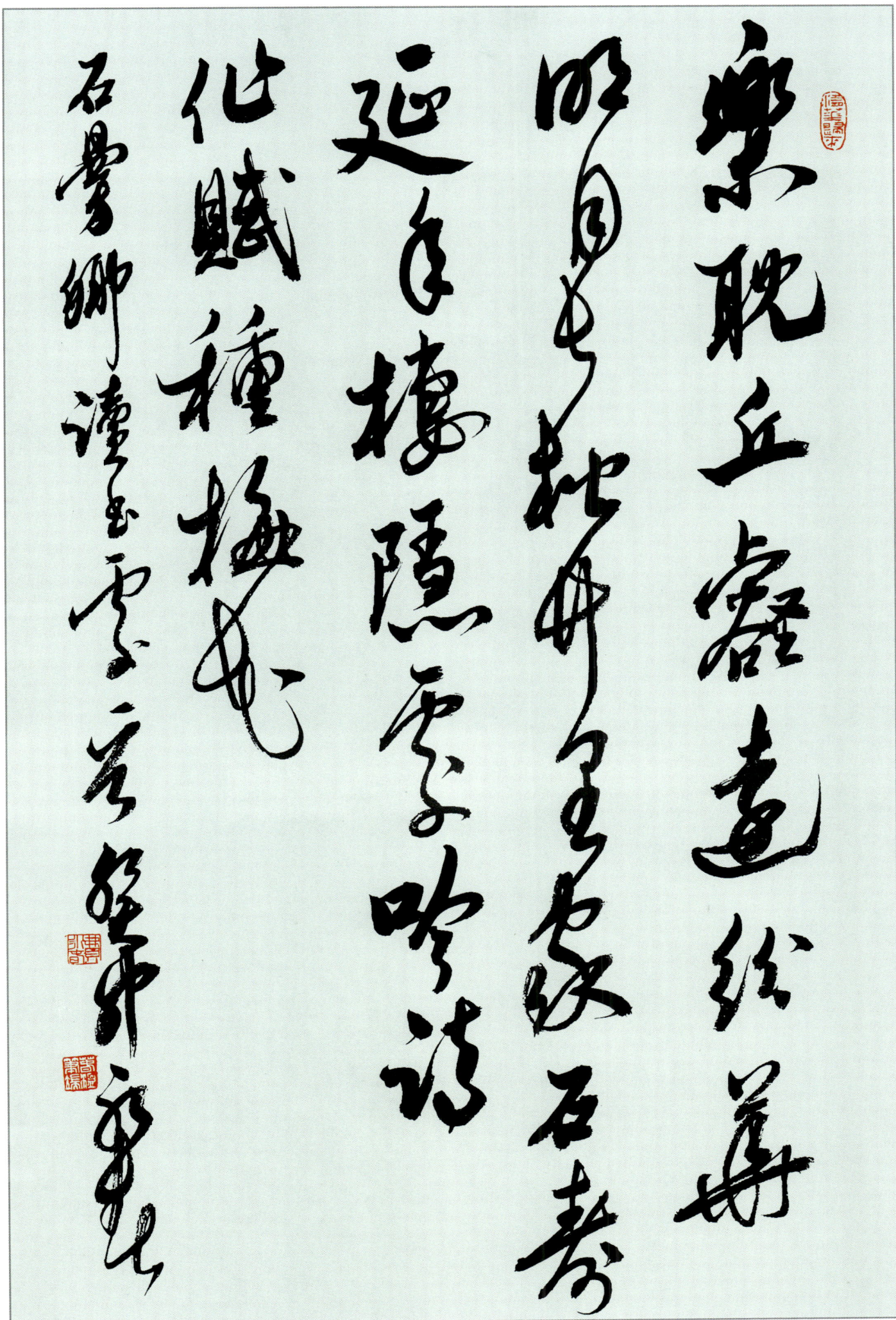

咏石曼卿读书处

费永春

乐耽丘壑远纷华，明月长松竹里家。
石寿延年栖隐处，吟诗作赋种梅花。

行草中堂

136cm×68cm

2023 年 书

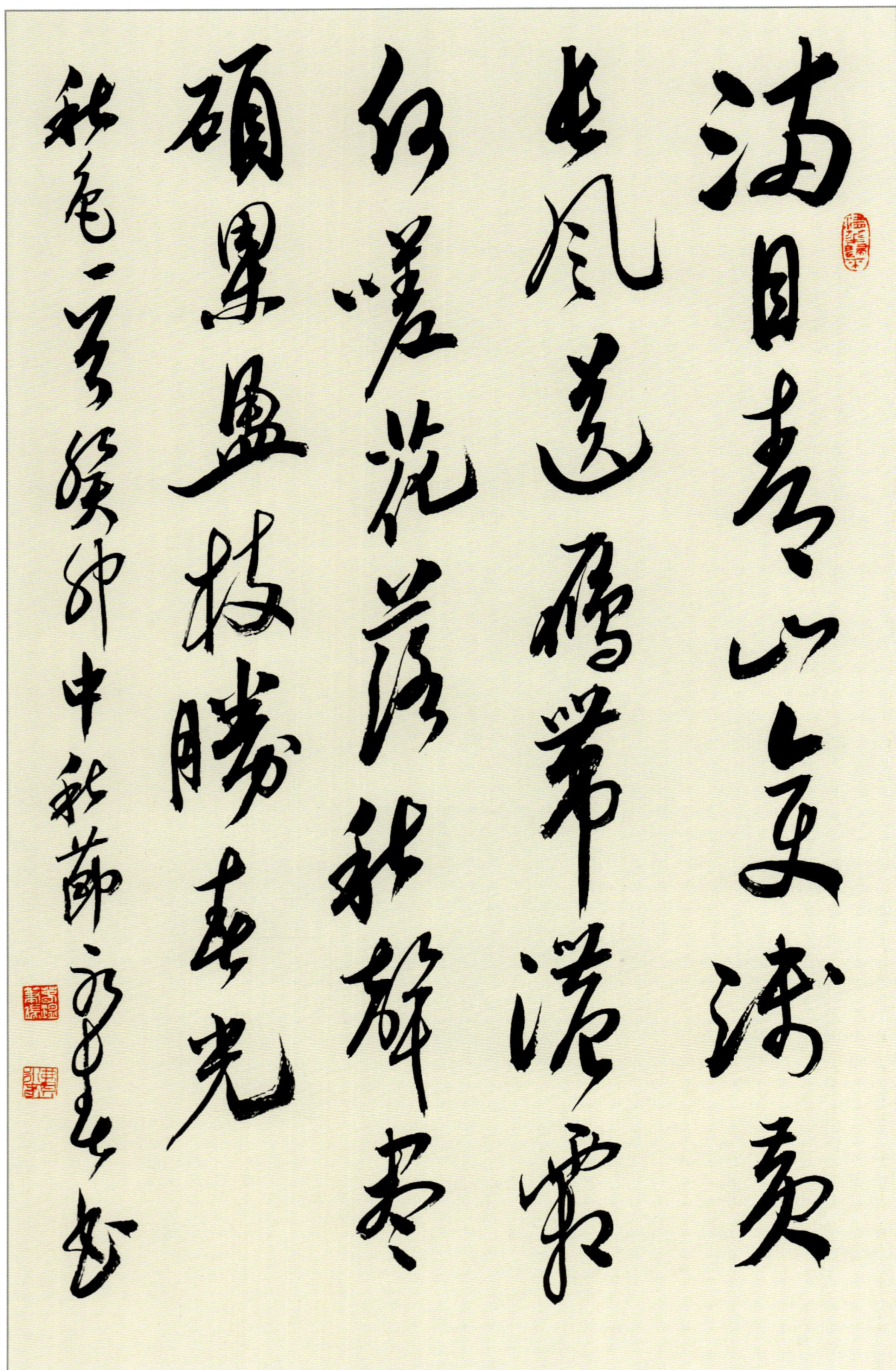

满目青山变浅黄，长风送雁带浓霜。
何嗟花落秋声尽，硕果盈枝胜春光。

癸卯中秋节 贾永春

观秋色感怀

贾永春

满目青山变浅黄，长风送雁带浓霜。

何嗟花落秋声尽，硕果盈枝胜春光。

行书中堂

136cm×68cm

2023 年 书

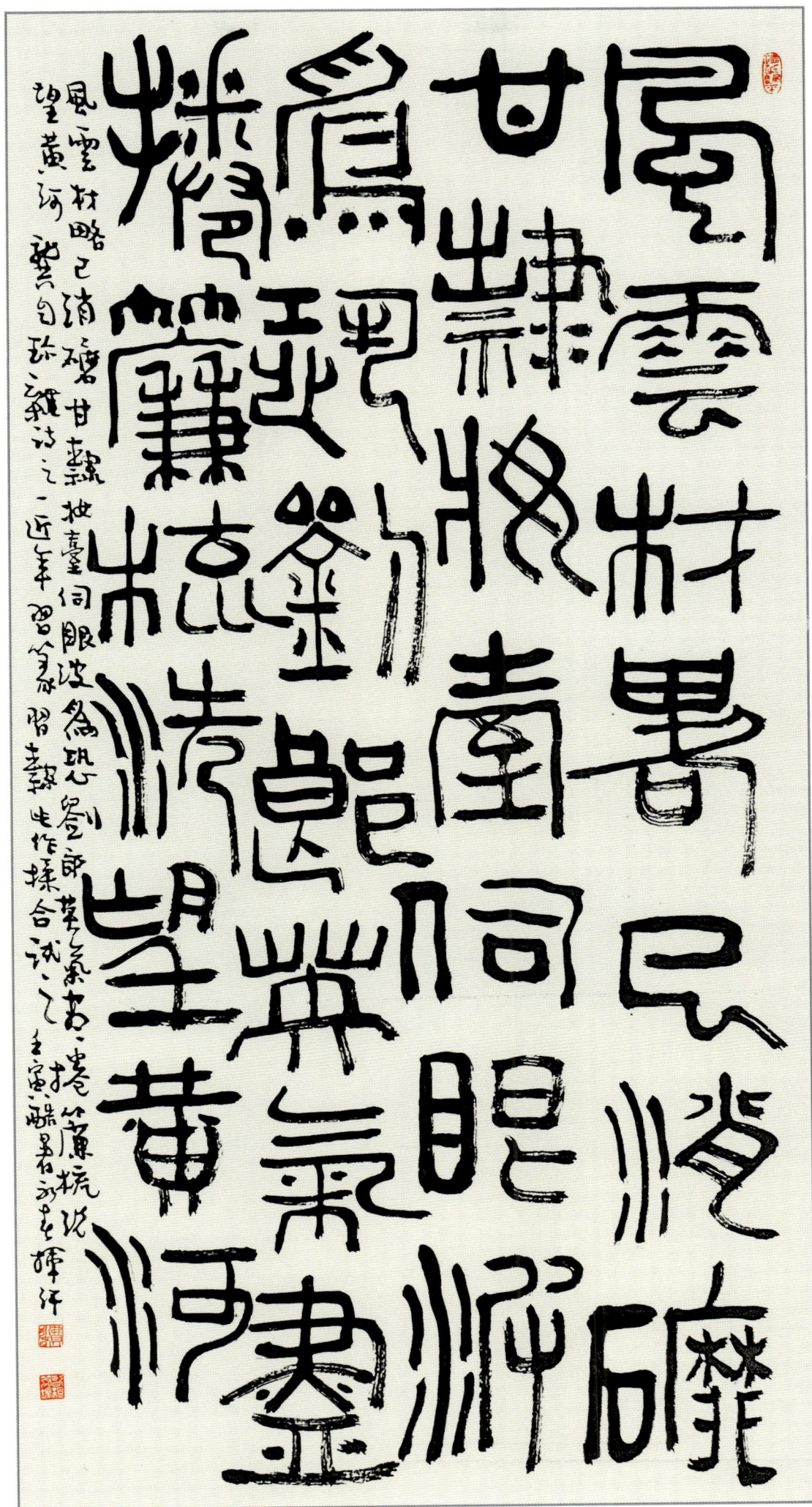

己亥杂诗（其二五二）

龚自珍

风云才略已消磨，甘隶妆台伺眼波。

为恐刘郎英气尽，卷帘梳洗望黄河。

篆书中堂

180cm×97cm

2022 年 书

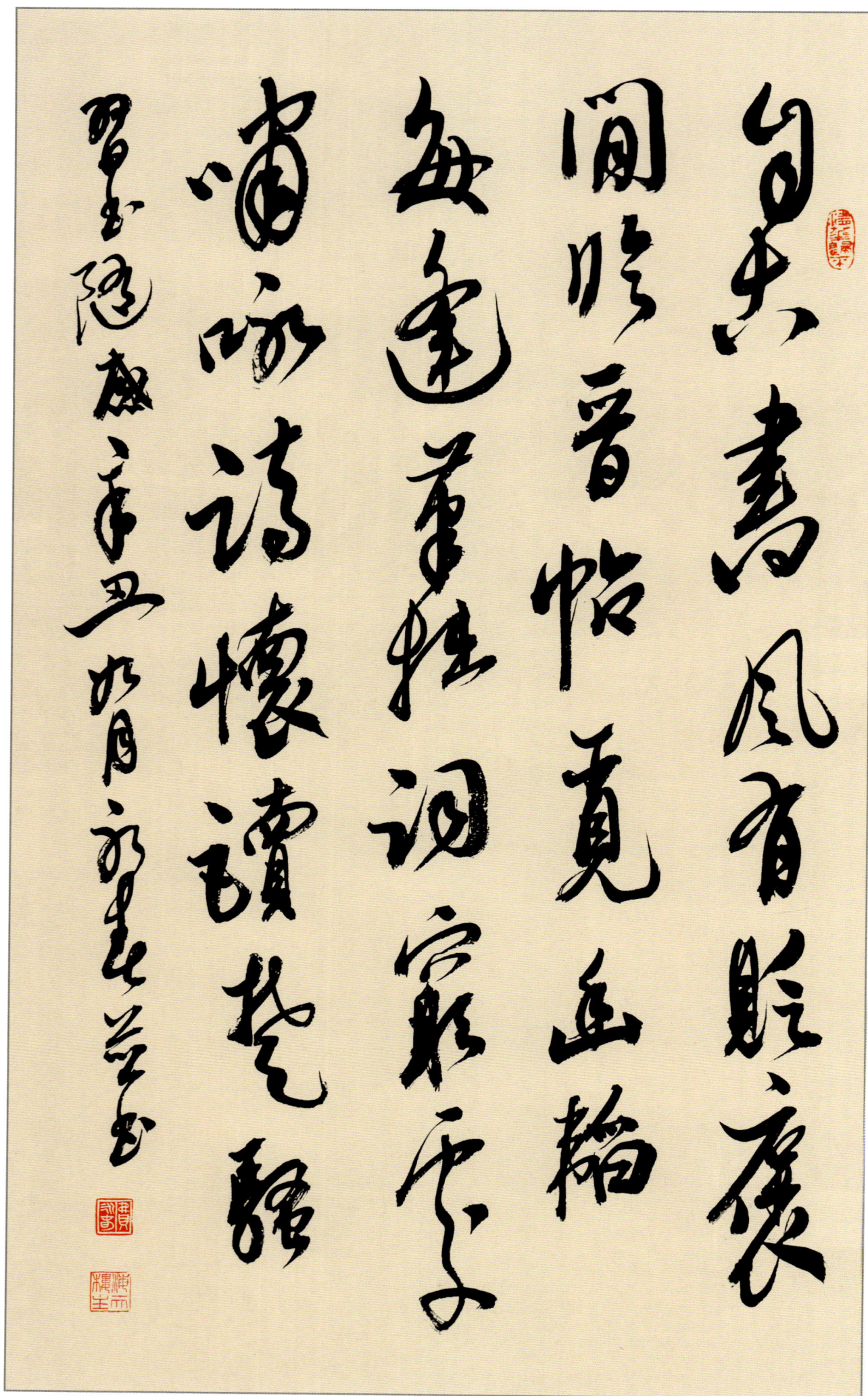

习书随感

费永春

自古书风有贬褒，闲临晋帖觅幽韬。

每逢笔拙词穷处，啸咏诗怀读楚骚。

行书中堂

136cm×68cm

2021 年 书

巍峨双峰一线开，天龙过此瑞云来。
谁能识得其中妙，明月清风任剪裁。

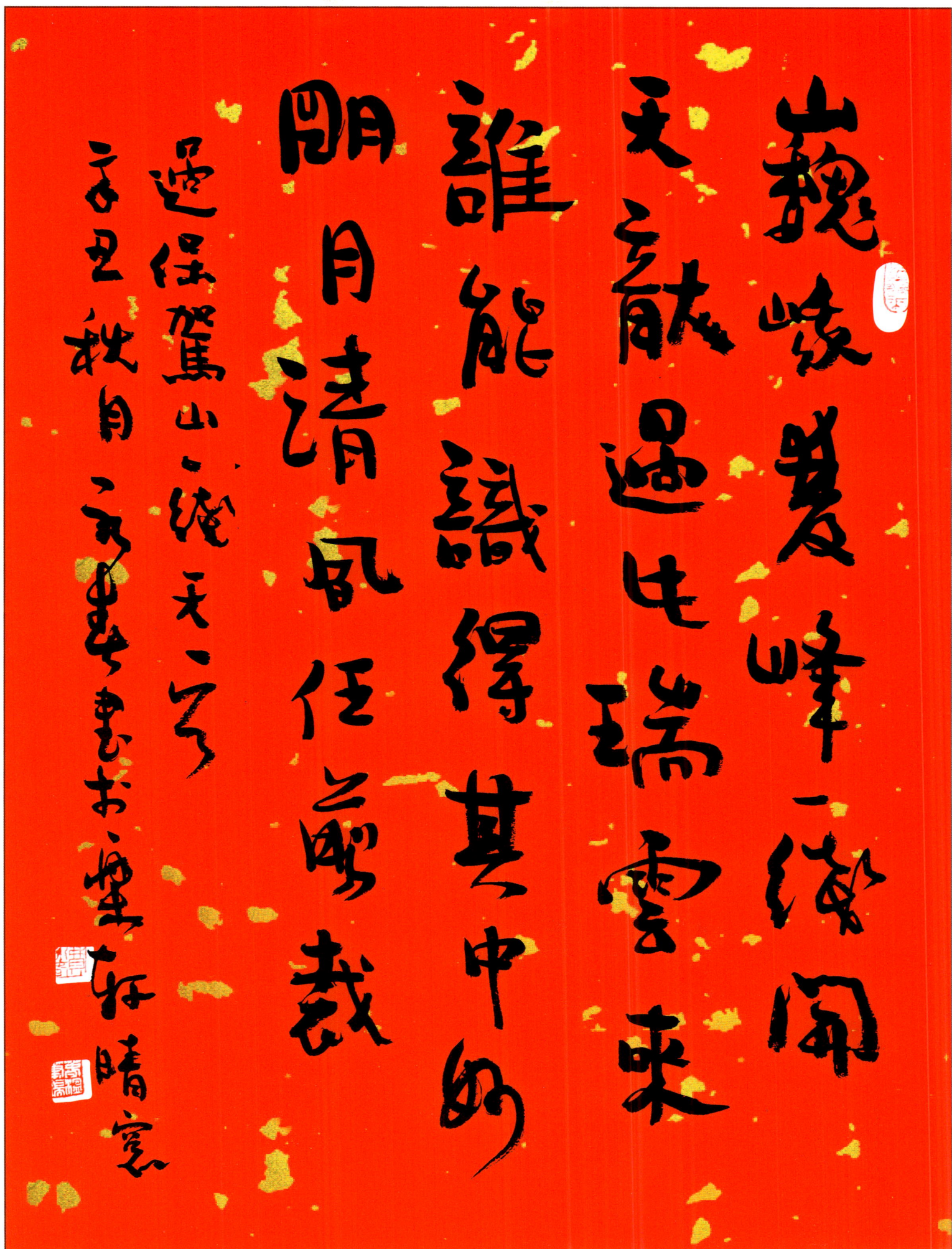

遥过保驾山一线天，辛丑秋月……费永春书

过保驾山一线天

费永春

巍峨双峰一线开，天龙过此瑞云来。

谁能识得其中妙，明月清风任剪裁。

注：天龙，相传唐王李世民过此。

行书中堂

88cm×68cm

2021 年 书

墨池傳舊　畫壁補新

不隨古俗任狂心，落墨寫到靈魂里。書者最難求不似，世人共歎絕句奇。先生論畫繩句主旨。壬寅四月　一宏

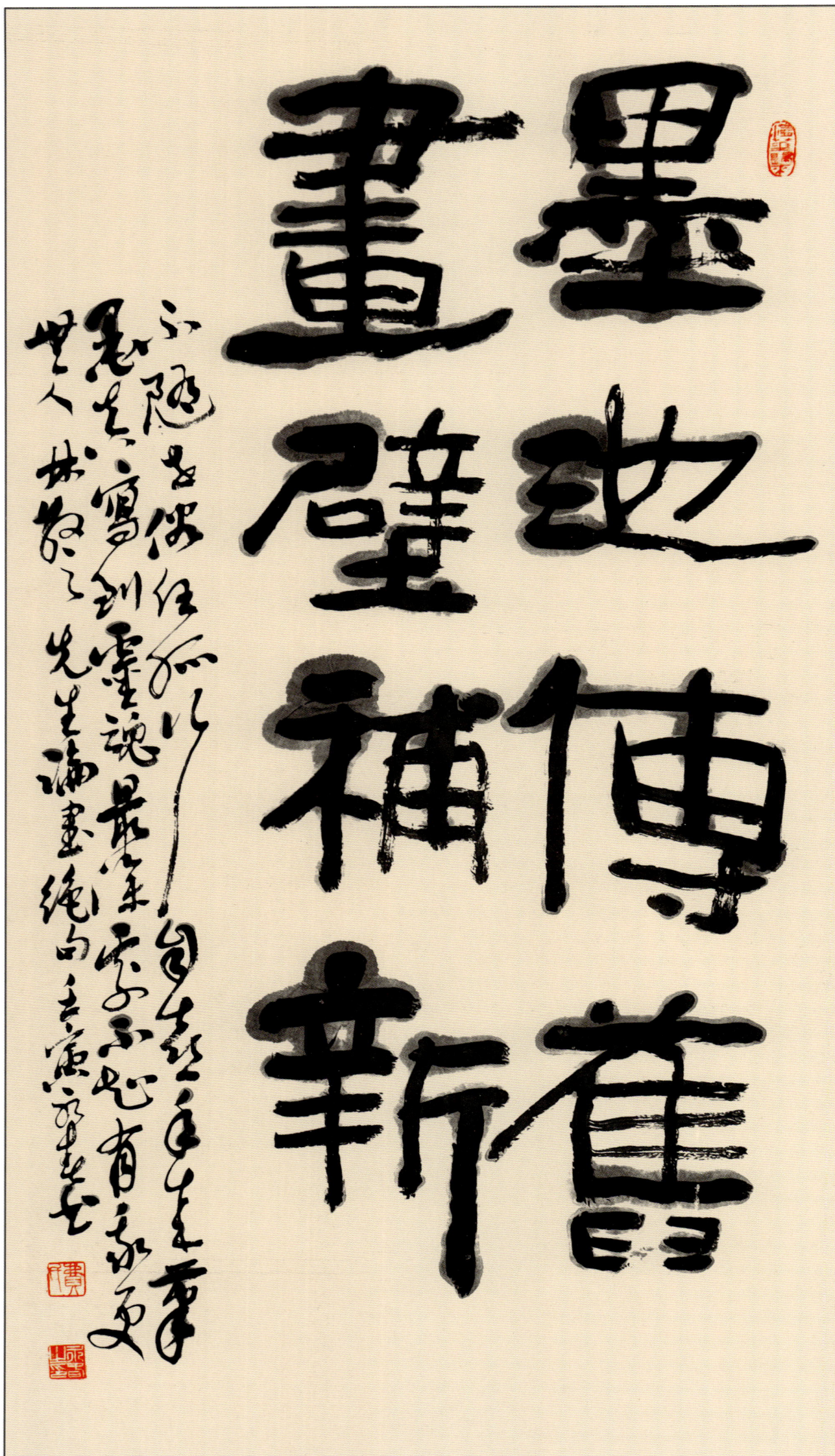

隶书中堂　**墨池传旧　画壁补新**　248cm×129cm　2022 年书

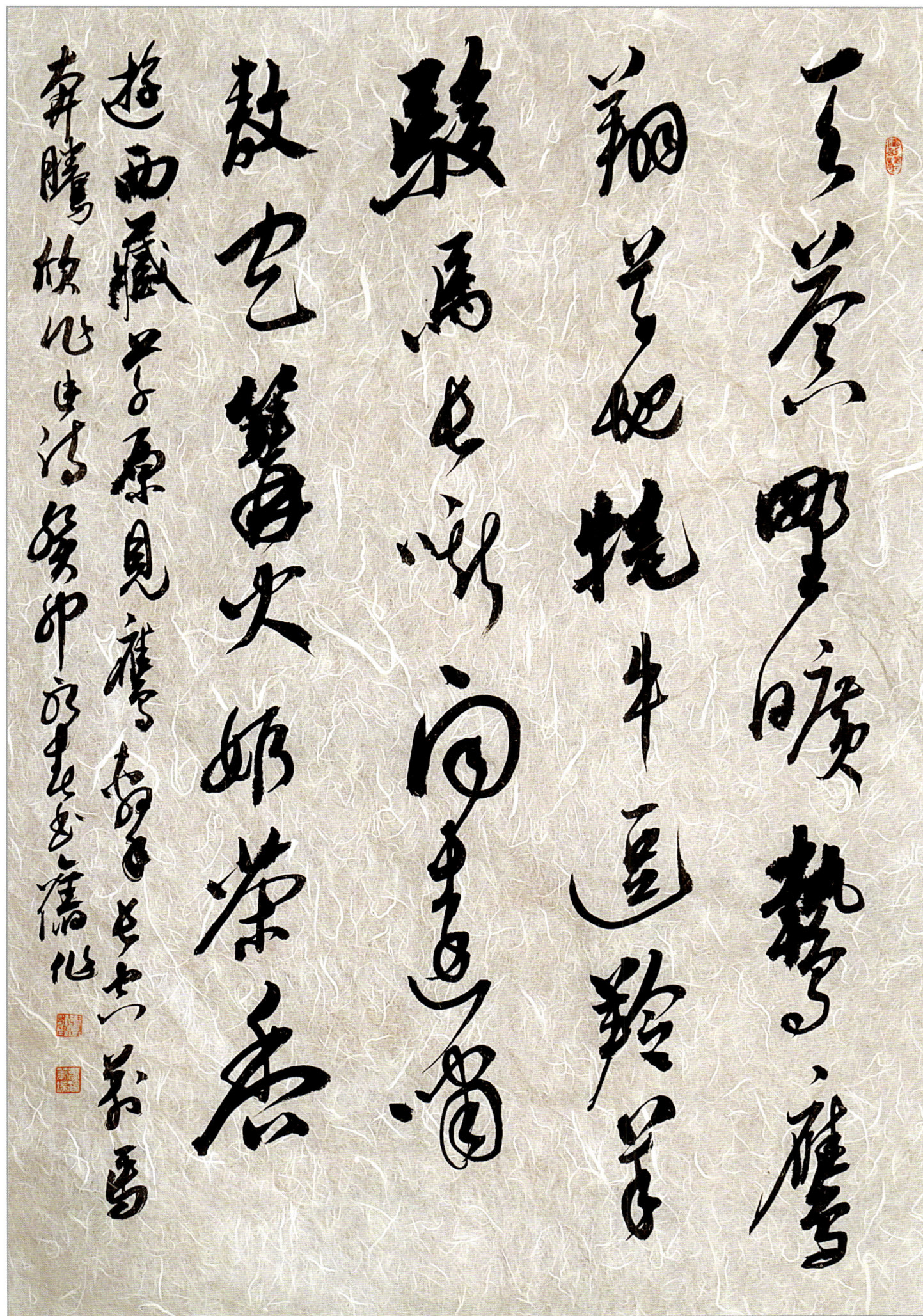

游西藏草原

贵永春

天苍野旷鹜鹰翔，草地牦牛逗羚羊。
骏马长嘶闻远啸，敖包篝火奶茶香。

行草中堂

128cm×68cm

2023 年 书

亦狂亦侠亦温文

——费永春其人其书

颜廷军

永春兄与我同乡，长我十岁，我因学习、工作在外，一年也难得与他相聚几次，然彼此一直心照不宣，诚为挚友。他为人豪爽、豁达，上自达官显贵，下至黎民百姓，都乐于与之交往。他的文章辛辣、犀利，读来荡气回肠、启迪心智；他的书法大气、文雅，令我钦佩、景仰。

记得二十多年前，连云港市工人文化宫举办"'云山小溪'十人书法展"的文化活动，永春兄大名赫然在列；后连云港市著名书法群体"苍梧七君"（连云港古称"苍梧"），永春兄为领军人物，在港城家喻户晓。此后，他于书法之道一发不可收拾，于是走出家门，广拜名师，虚心请教，得益愈多，书坛前辈也对他厚爱有加、多有提携。陈大羽先生曾为其题"海天楼"匾额，寓"海阔凭鱼跃，天高任鸟飞"之意，沙曼翁、萧娴等先生也均有勉励墨迹相赠。

学然后知不足，孜孜汲汲于书法的永春兄，对"学书之道，非口传心授不得其精"深有感触，认为学习书法必须系统方能大进，于是 1998 年春负笈金陵，随风斋（黄惇）先生研习古代书法经典。黄瓜园乃当代书画重镇，风斋先生是集书法篆刻创作、艺术理论研究和书法教育于一身的大家，培养了众多书法创作和研究人才。他的弟子遍布于大江南北，以至于广至于日本和韩国，其弟子之众、成就之高、影响之大，几近有"黄门学派"之势。得名师亲自指教乃后学之梦想，永春兄徜徉于艺术的海洋，如鱼得水，左右逢源。风斋先生授之以渔，教之笔法，晓其源流，永春兄心有灵犀，云雾渐开，技道双修。于篆、隶、楷、行、草诸体无不心摹手追，常常通宵达旦，夜以继日。小至一点一画，大到章法气韵，无不殚精竭虑，凝神冥思。于书论、画论乃至文论，永春兄亦涵泳其中，潜心悟道。他极为珍惜那段学习时光，其时乃翁仙逝，回乡赴丧都未能久留，丧父之痛藏于心底，清明祭拜也只能遥叩桑梓，泪洒秦淮。此非不义之举，实乃痴心翰墨所致。目睹此情此景，深为感佩。经过跟随风斋先生多年的潜心

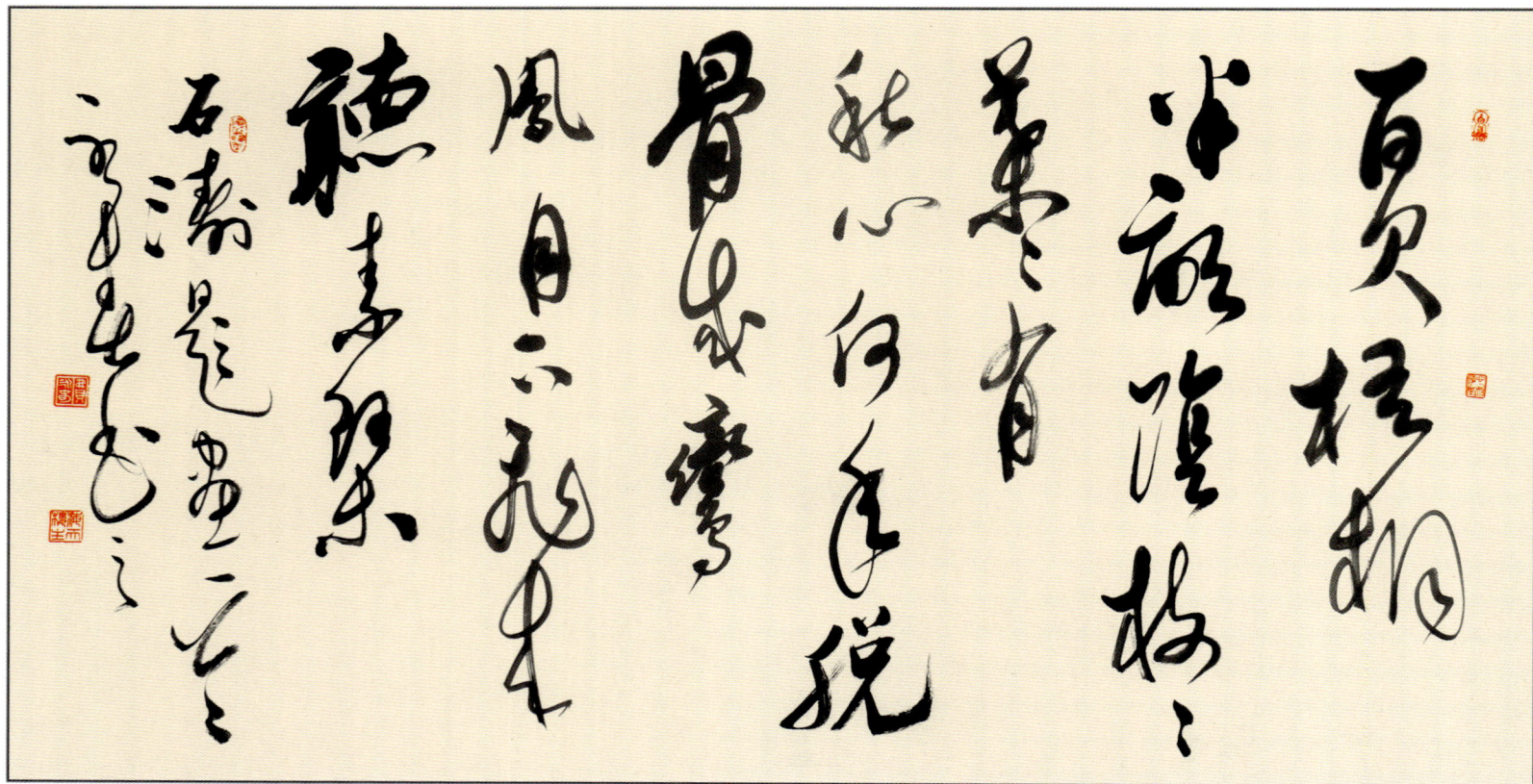

石涛题画诗

百尺梧桐半亩阴，枝枝叶叶有秋心。
何年脱骨乘鸾凤？月下飞来听素琴。

行草条幅

136cm×68cm

2019 年 书

修炼，永春兄的书法无论在技法还是在意境上都有了新的提升。对于这段时光，他常常留恋不已。"墨海泛舟三十载，池边真谛妙难寻。微风吹过梦方觉，黄瓜园里又耕耘"，这是他于清华大学美术学院学习时常写的内容。

艺海无涯，学无止境，2010 年春，永春兄又北上至清华大学美术学院，研修艺术创作与书画鉴赏，结交同窗好友、当代名流，在经历了"奇文共欣赏，疑义相与析"的濡染之后，他对于"善鉴者不写，善写者不鉴"也有了别样的理解。而他对于艺术的继承与创新、书家综合修养的意义认识得更为清晰，他在隶书"一卷、数行"联中跋云："陆放翁有诗'一卷楚骚细读，数行晋帖闲临'，唐寅也有诗'百年障眼书千卷，四海资身笔一枝'，诚哉斯言，书法是古人历练的组成部分，琴棋书画、诗词歌赋，皆与他们的生活密切相关。苏东坡诗'非人磨墨墨磨人'，今天的书法家只能继承传统而又创新，在自然和社会中把握自身发展的平衡与和谐，躬身内求，博览群书，调节自我修养以得圆满。"永春兄之所以有此洞见，是其长期"游艺三唐两宋，追踪诸子百家"的结果。

南、北二京，历来人文荟萃，书家辈出。在经过黄瓜园的洗礼与清华大学美术学院的历练之后，永春兄的书法"日新又新"。篆书"吞舟之鱼"立轴，一改以往循规蹈矩的做派，用笔大胆泼辣，任情恣肆；结体不落陈规，字形各尽其态，得《散氏盘》开张之势；墨色干湿、浓淡、燥润变化丰富，章法参差错落，极具写意之趣。大篆的笔法妙在拙朴生动，介于规范与自由之间。但若一味地规范，只有功力美而缺少生气；而完全地自由，又显得没有法度。在这二者之间，他似乎找到了自己的位置。

在五体书法中，隶书和行草应为永春兄用功最勤也最能代表他的书法水平的两种书体。其隶书植根汉碑，又参以清人笔意，亦似有近人趣味。无论是"名画法书"立轴、"一卷、数行"对联，还是"神龟虽寿"八条屏，或得《石门颂》之萧散飘逸，或有《张迁碑》之拙朴厚重，或具《西狭颂》之宽博雄伟，抑或有近代沙公波挑飞动之姿。然而在他的笔下，更多的则是兼取诸碑妙趣，熔为一炉，体现出他博观约取的贯通能力。

行草书历来为书家所钟爱，张怀瓘称其"有若风行雨散，润色开花，笔法体势之中，最为风流者也"。永春兄作为性情中人，自然乐此不疲。早在黄瓜园时，他就对宋四家的"尚意"书风甚为心仪，尤其对米芾"风樯阵马，沉着痛快"的行书更是神往不已，然而他很清楚，宋人虽多己意，却少了些许令人"濠濮间想"的韵致，于是转学"二王"，汲取晋韵。因而他的行书中既有米芾笔法的痛快淋漓，又有魏晋风流的蕴藉散淡。永春兄的草书取法甚广，羲献父子、孙过庭、怀素、黄庭坚、祝允明、董其昌、王铎等，无不兼收并蓄，然而自由挥洒之际，笔下流露出来

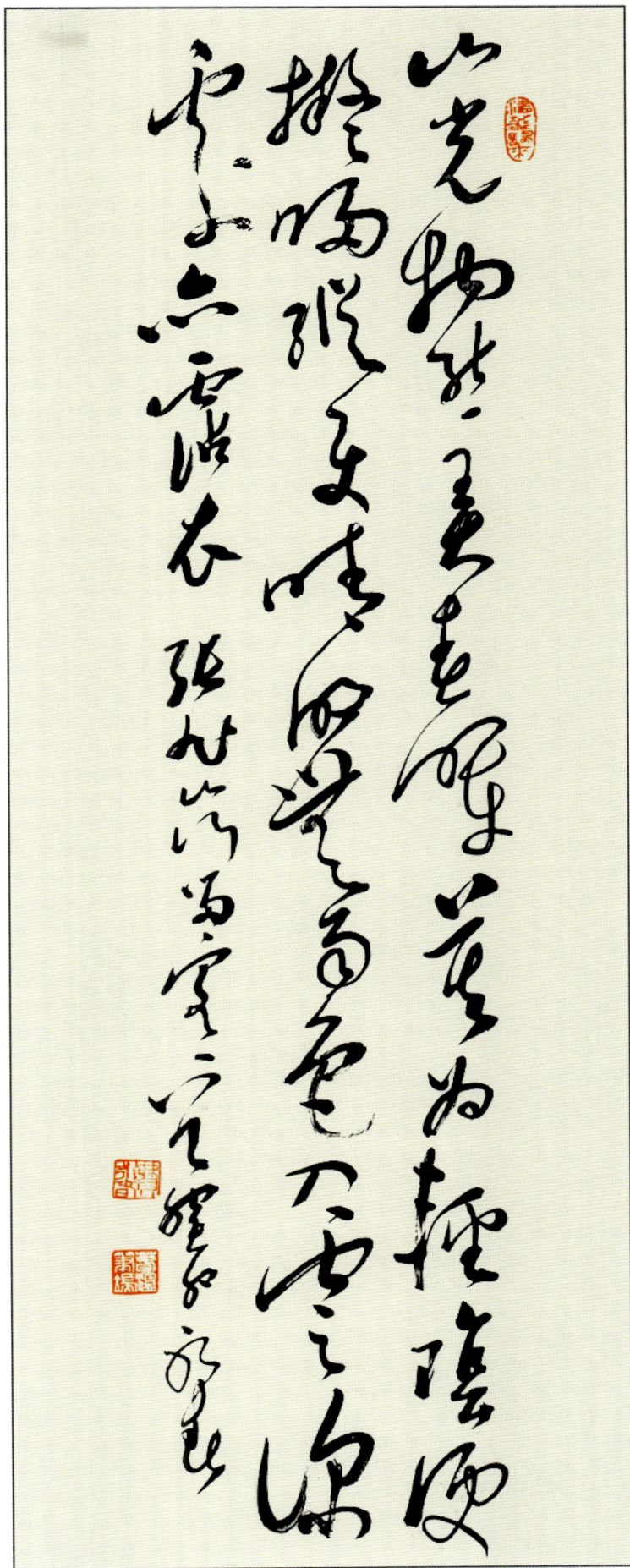

山行留客

张旭

山光物态弄春晖，莫为轻阴便拟归。

纵使晴明无雨色，入云深处亦沾衣。

草书

170cm×68cm

2023 年书

的则多为晚明气象，这当与他的浪漫情怀相契合。

　　除了传统意义上的五体书法以外，他还有似书似画的现代书法，或以古文字的形象为基础，或以借用、夸张、变形的手法来架构，或以枯、湿、浓、淡的笔墨来营造朦胧之美，或以颇具哲理的题诗来发人深思。如《雨中情》题旧作："一声惊雷落万丝，跳珠溅玉任参差。春雨自恨无情水，夏云独惜迎风枝。"这些都体现出永春兄深邃的思想，以及他在诗、书、画等多方面的通识，而这恰恰又是一位优秀书法家所必备的人文素养。

　　"有功无性，神彩不生；有性无功，神彩不实。"无论是传统意义上的书法作品，还是亦书亦画的现代书法，都见证了永春兄的功力与才情。其书法不事雕琢的清新格调，正是他旷达情怀的自然流露。"洗尽铅华不求奇，画梅何妨合时宜。忽见一树清香发，赏心只写三两枝。"（永春题梅诗）已届知天命之年的永春兄，铅华洗尽，展现于我们面前的作品，也仅仅是他丰硕成果中的三两枝而已，却散发出诱人的清香。

2012 年 5 月 5 日于镇江

颜廷军　江苏大学教授书法硕士研究生导师。

题画诗　咏菊

费永春

诗余戏墨画幽葩，最爱清芬厌贵华。
与我香融常结伴，陶家近处是吾家。

行书圆扇

30cm×3Ocm

2022 年 书

乱石嶙峋满绿苔，白云飞渡洞门开。
仙人返往无踪迹，俗子风骚有赋来。

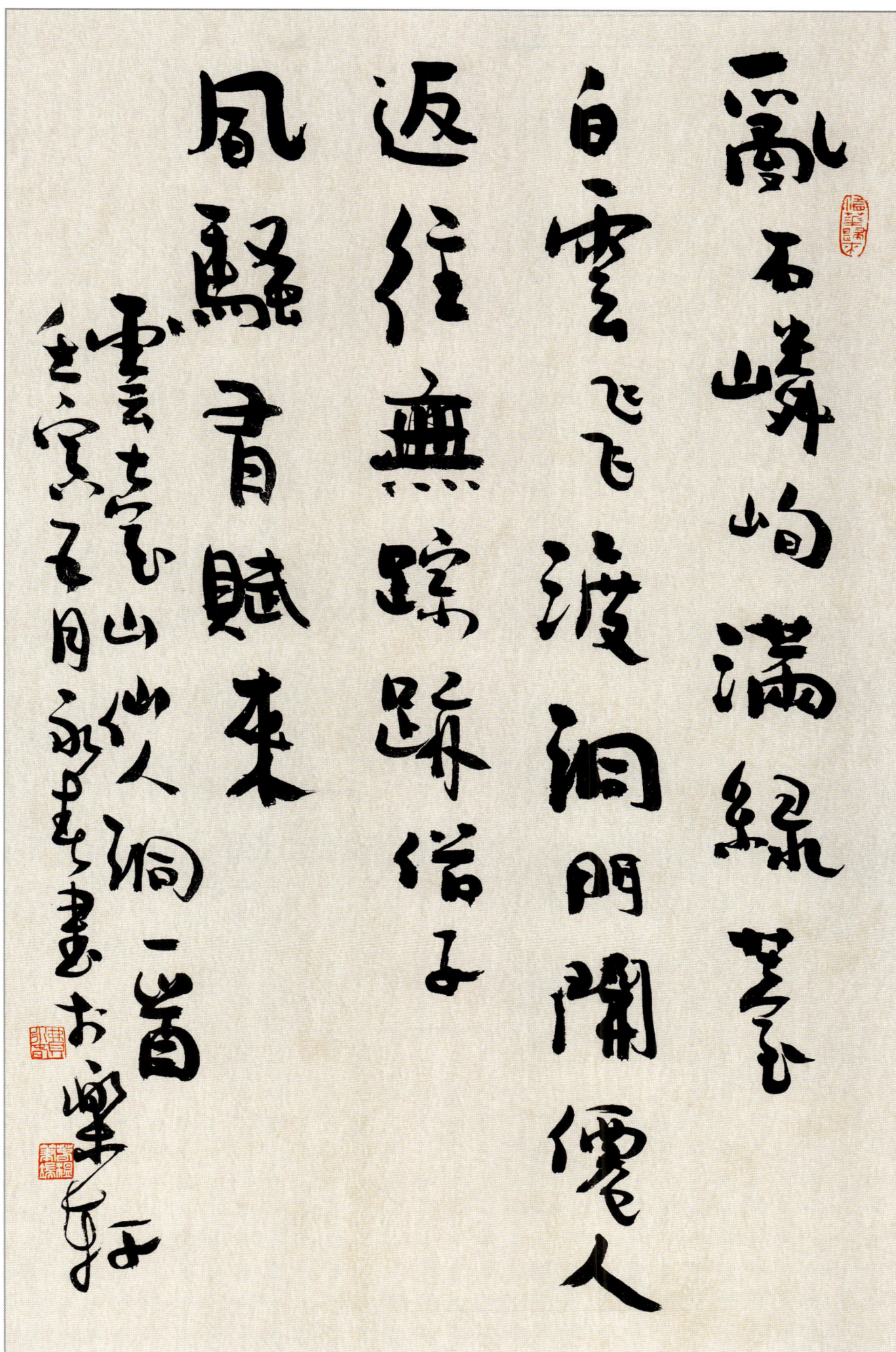

云台山仙人洞一首
壬寅之月贾永春书

云台山仙人洞

费永春

乱石嶙峋满绿苔，白云飞渡洞门开。
仙人返往无踪迹，俗子风骚有赋来。

行书中堂

68cm×45cm

2022 年 书

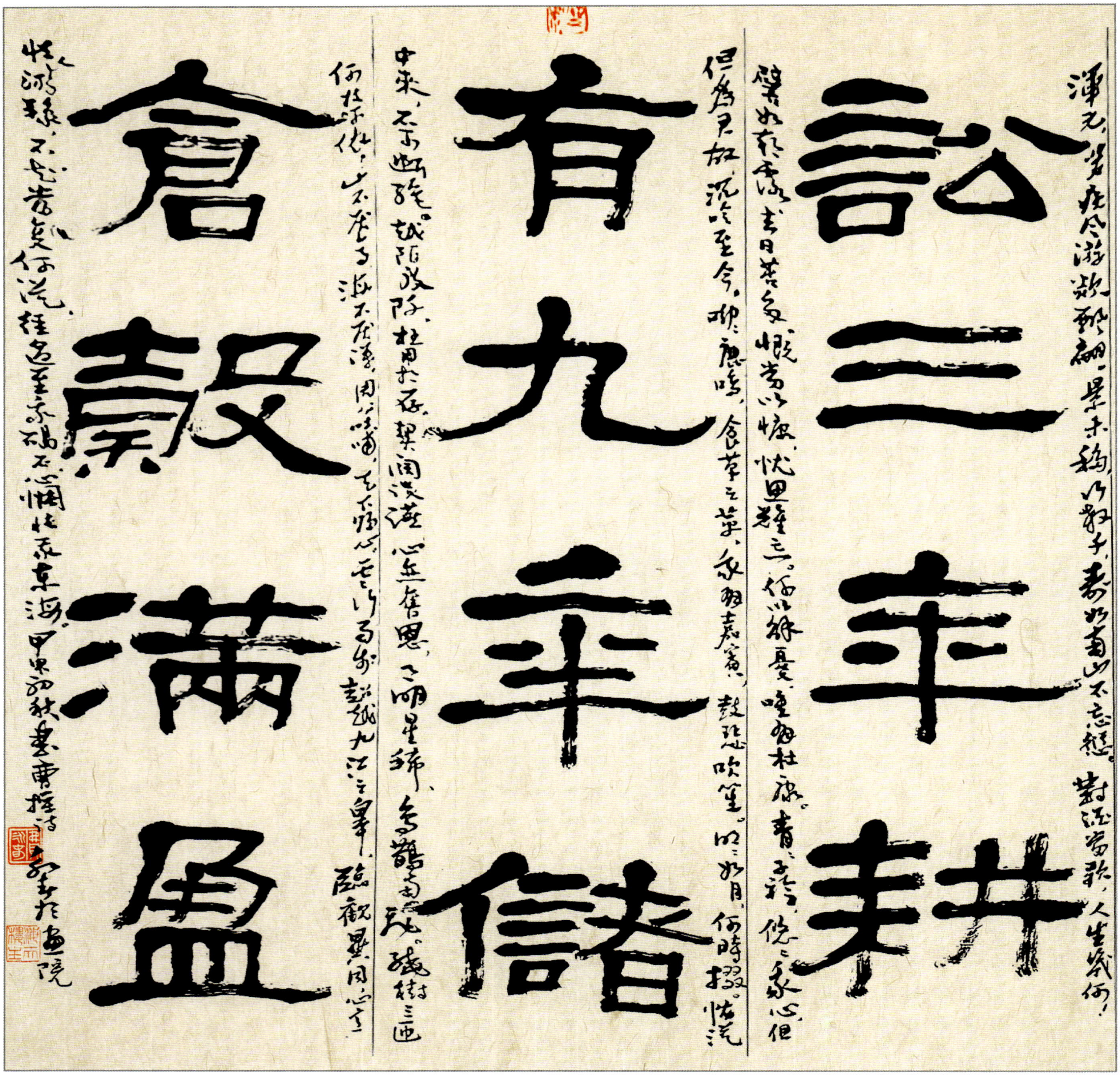
有九年儲
倉穀滿盈

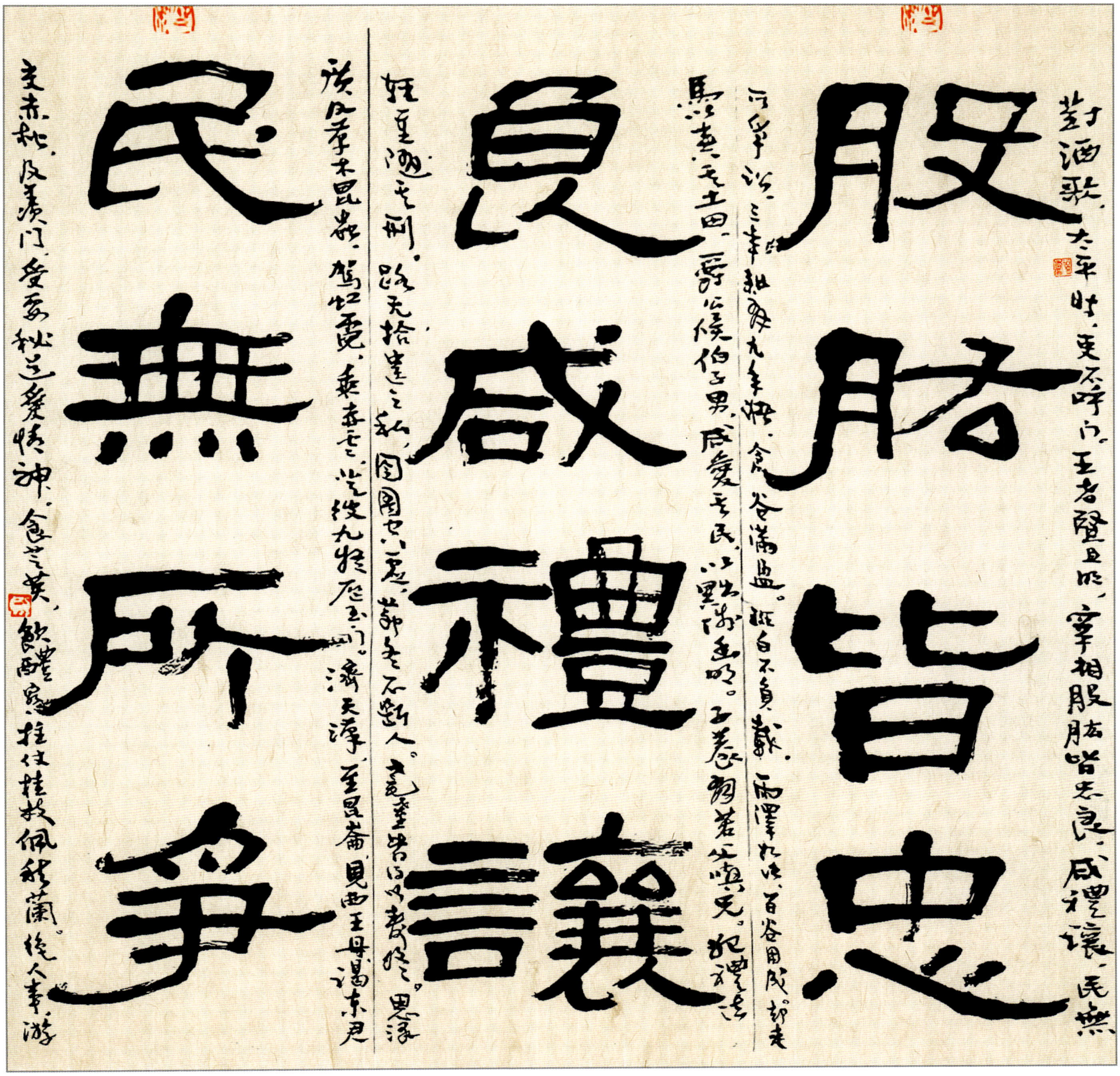

隶书六屏　380cm × 160cm × 6　2004 年 书

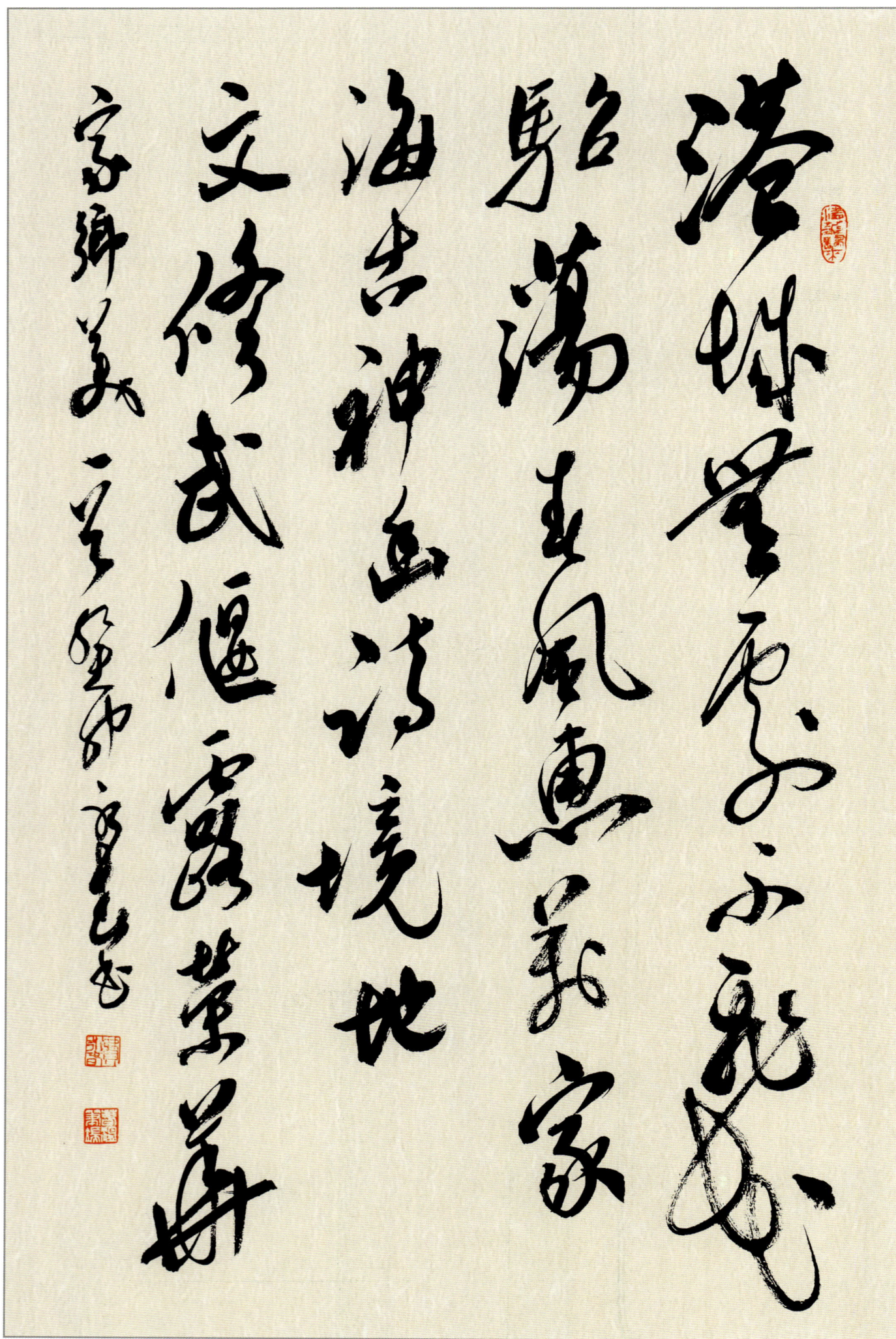

家乡美

费永春

港城无处不飞花，骀荡春风惠万家。
海古神幽诗境地，文修武偃露荣华。

行草中堂
126cm×68cm
2023 年 书

巖泉翠嶺孕珍藏峭壁
佳章日月長石徑無塵風自
掃唐碑宋篆墨留香

武明星詩郁林觀

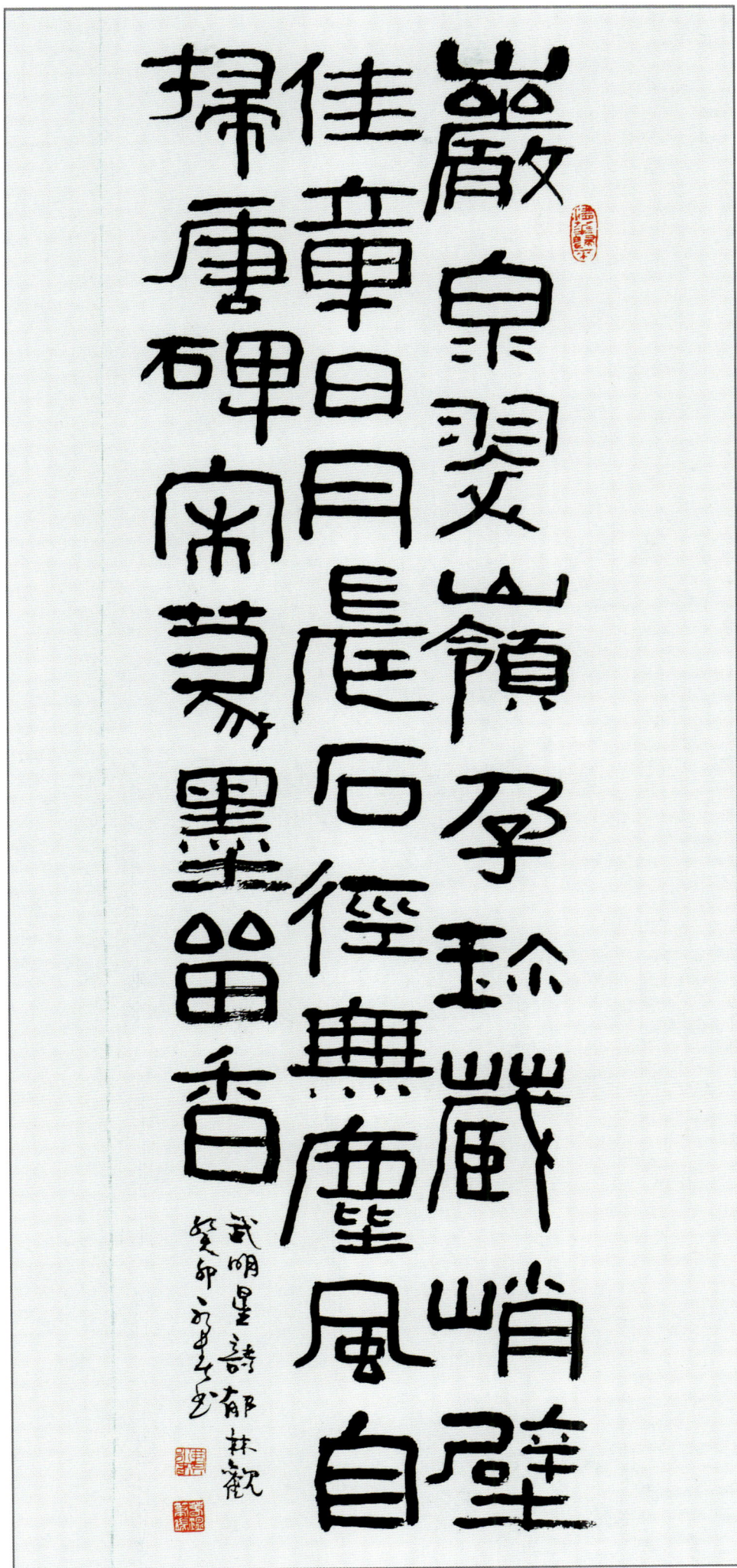

花果山郁林观

武明星

岩泉翠岭孕珍藏，峭壁佳章日月长。

石径无尘风自扫，唐碑宋篆墨留香。

隶书条幅

180cm×48cm

2023 年 书

清照梳妆百脉泉
文波墨浪思梦源
珠玑万串皆珍品
寻觅词宗结善缘

释李清照故居贾永春句癸卯春书于广化

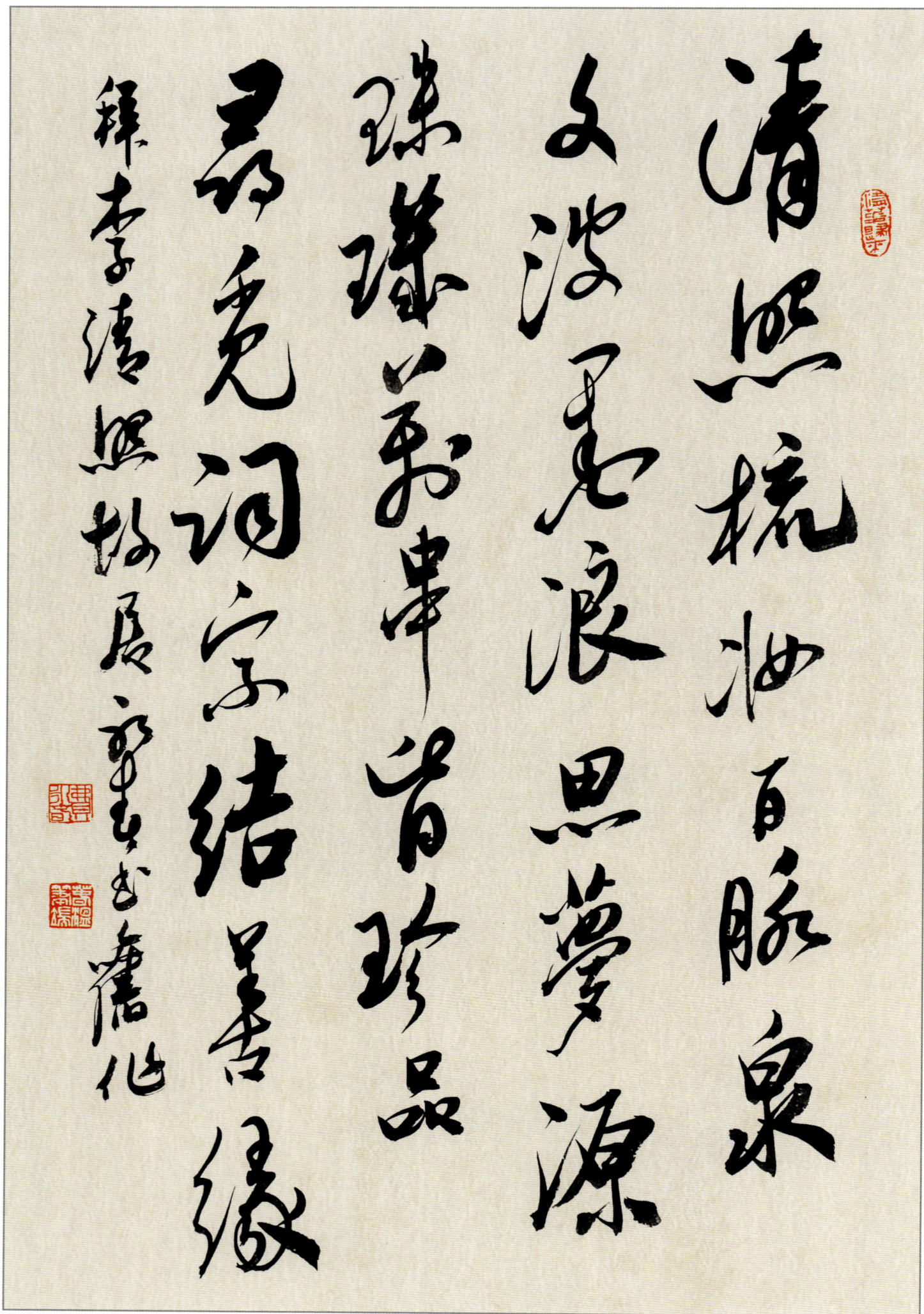

拜观李清照故居

贾永春

清照梳妆百脉泉，文波墨浪思梦源。
珠玑万串皆珍品，寻觅词宗结善缘。

行草中堂

68cm×45cm

2023 年 书

篆书对联　**读书清馨处**　**听雨暮钟时**　136cm×34cm×2　2023 年书

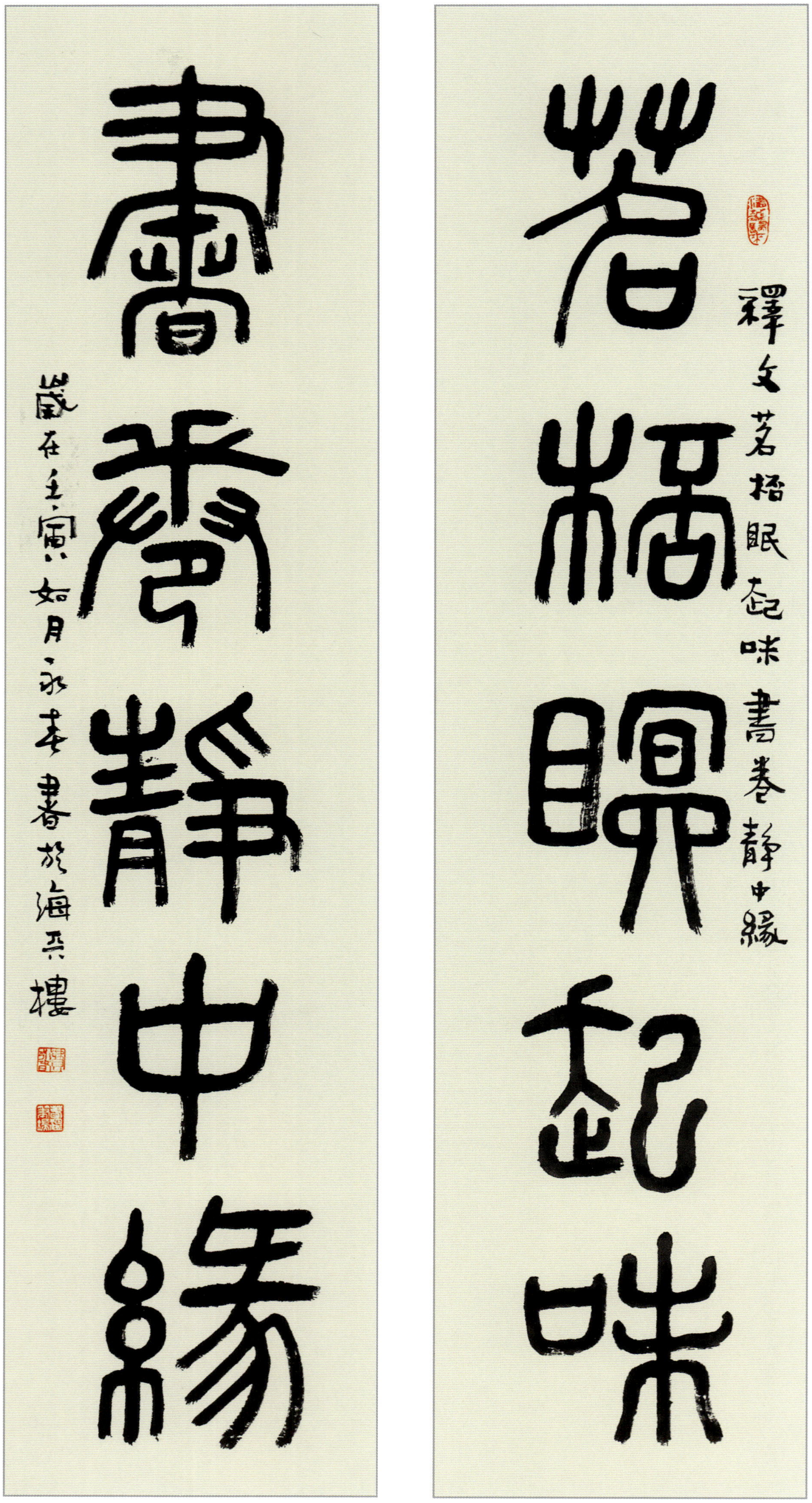

篆书对联　茗杯瞑起味　书卷静中缘　180cm×48cm×2　2022 年 书

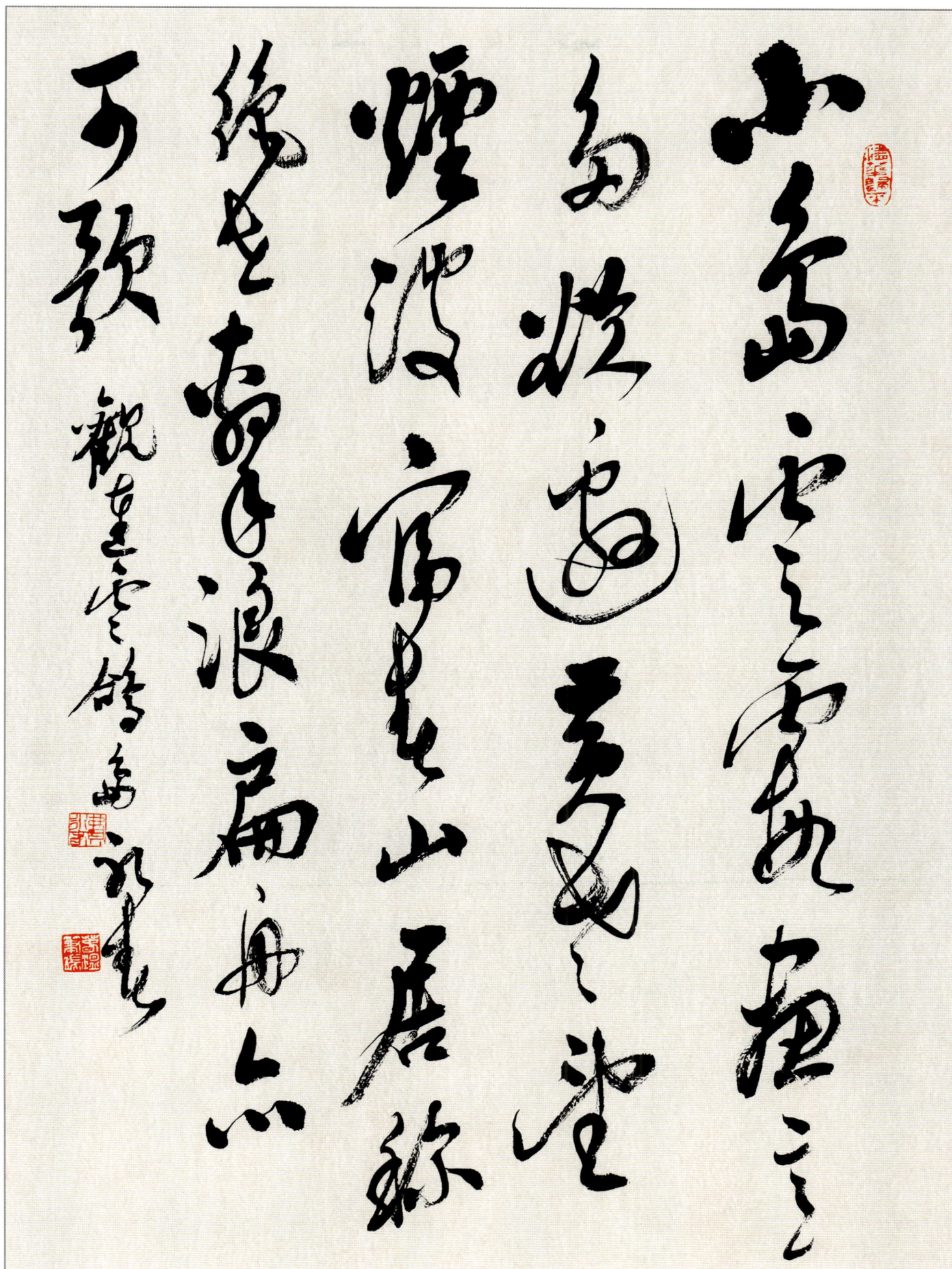

观鸽岛

费永春

小岛云霞画意多，欲邀黄老望烟波。
富春山居称绝世，击浪扁舟亦可歌。

注：黄老指元代画坛宗师黄公望。他的
《富春山居图》名冠古今。

行草中堂

120cm×68cm

2023 年 书

煙霞深處繪山圖，樹稠密路崎嶇玉峰飄蕩浮雲裏任捲舒山崎林寂靜結茅廬

張成傑先生讀書
辛卯年永志書

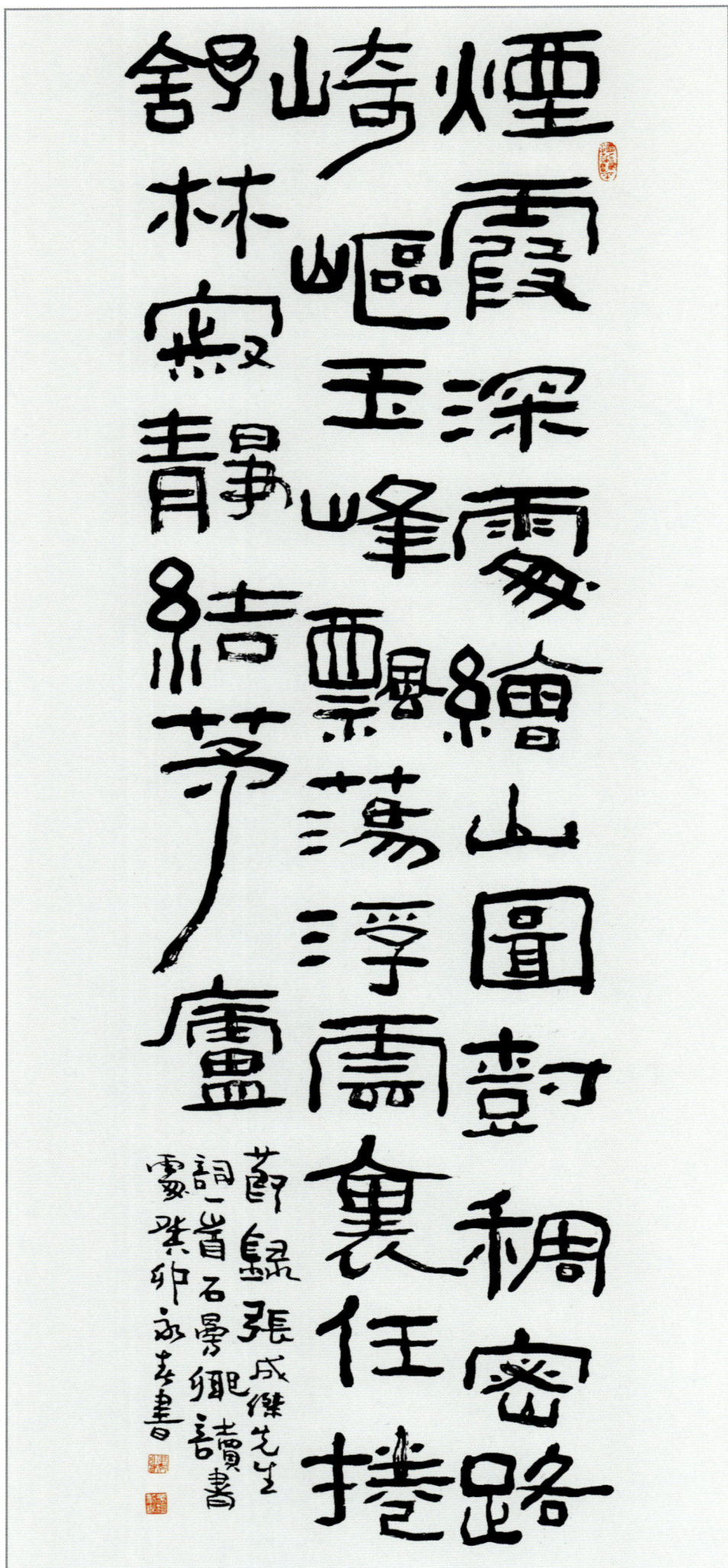

花上月令·访石曼卿读书处

白水

烟霞深处绘山图。树稠密，路崎岖。
玉峰飘荡浮云里，向天舒。林寂静，结茅庐。

隶书条屏

180cm×48cm

2023 年 书

鶴影幽妆逐俗埃

春风料峭上云台

冰心玉洁何能见

易水寒来必盛开

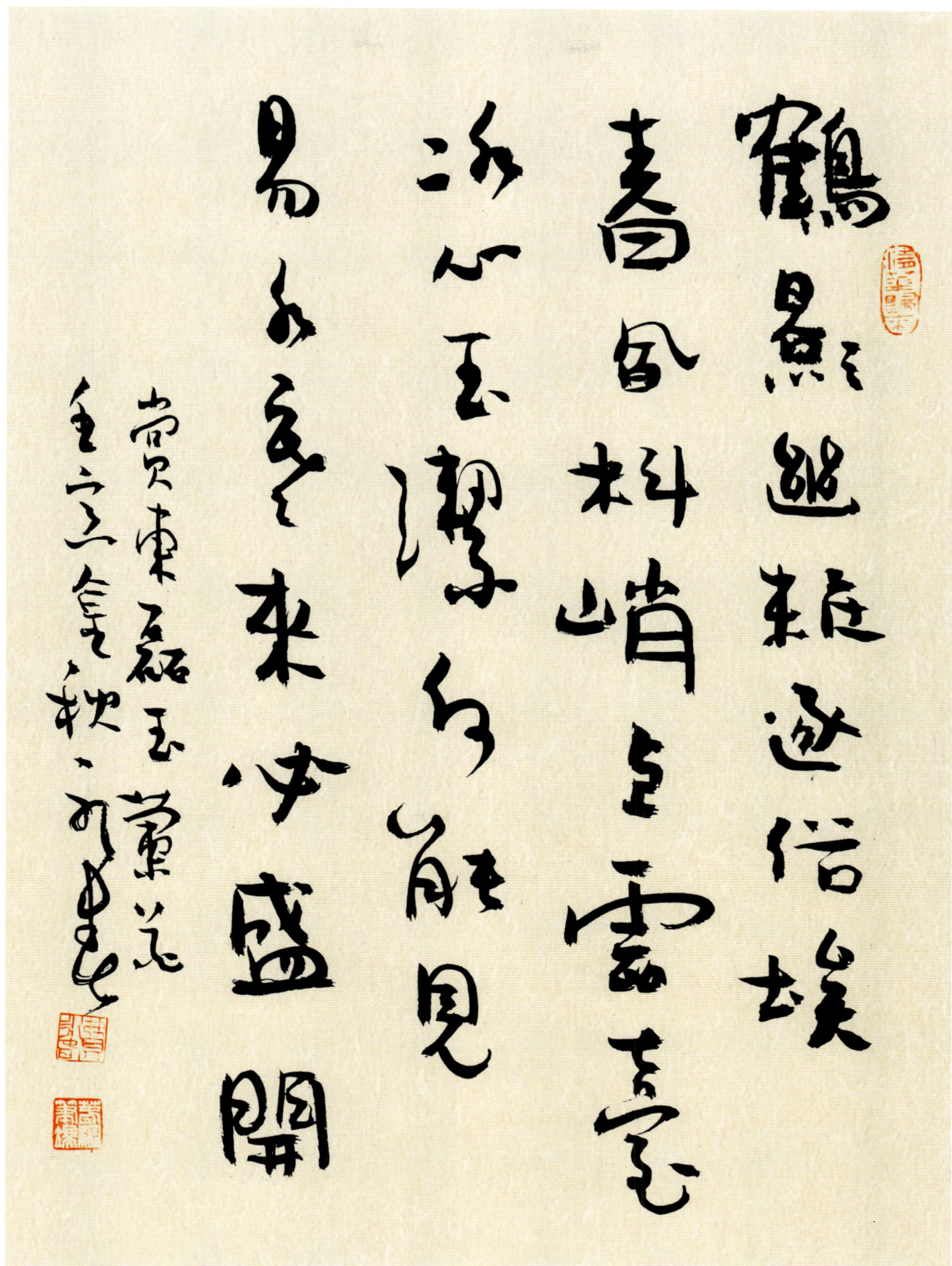

赏东磊玉兰花
壬寅冬月 何建

赏东磊玉兰花

费永春

鹤影幽妆逐俗埃，春风料峭上云台。

冰心玉洁何能见？易水寒来必胜开。

行书中堂

126cm×68cm

2022 年 书

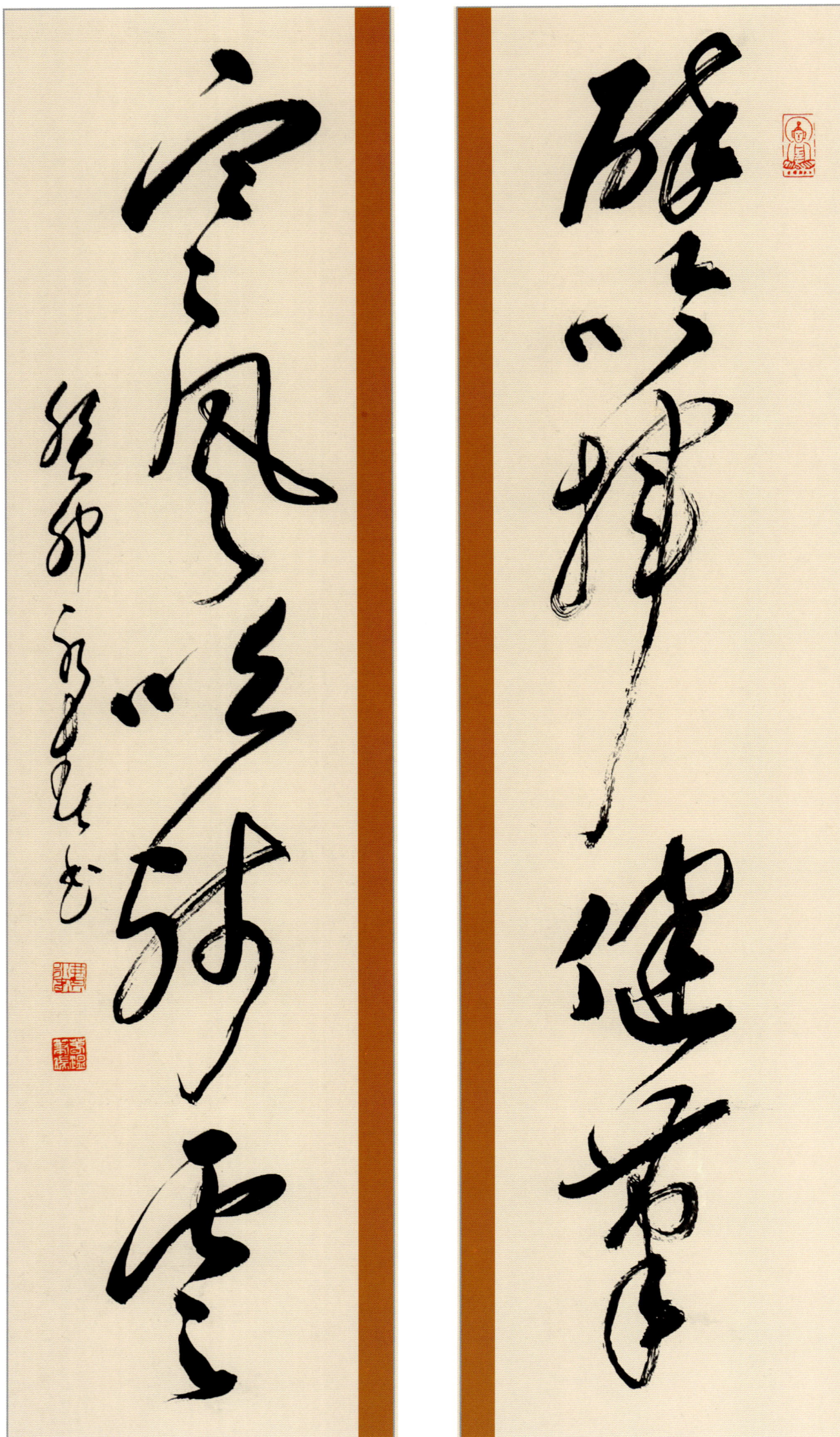

草书对联　醉吟挥健笔　寒风吹残云　180cm×48cm×2　2023 年书

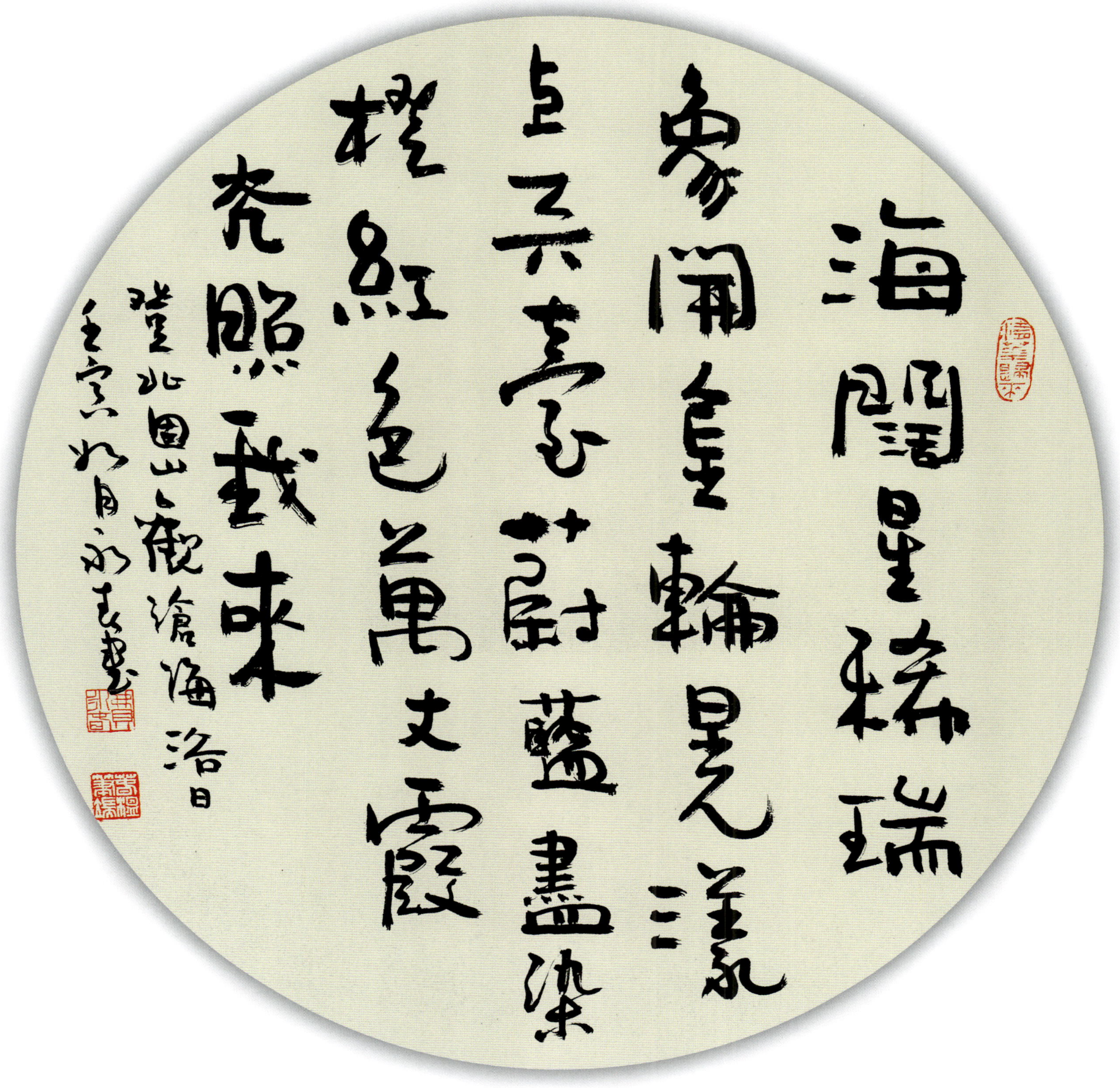

北固山观沧海浴日

费永春

海阔星稀瑞象开，金轮晃漾上天台。
蔚蓝尽染橙红色，万丈霞光照我来。

行草圆扇

30cm×30cm

2022 年 书

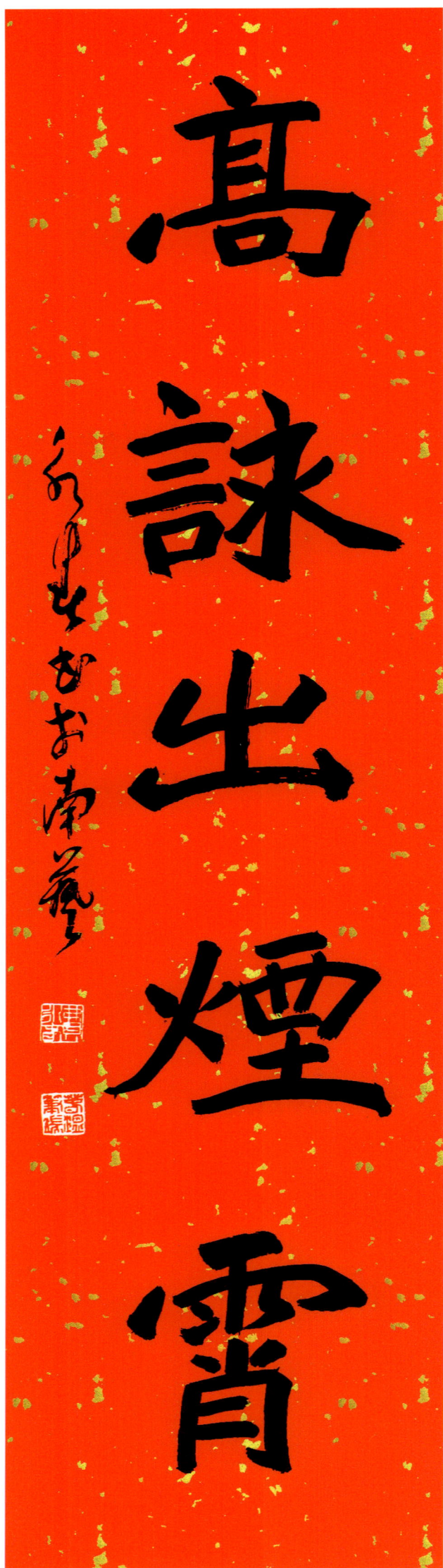

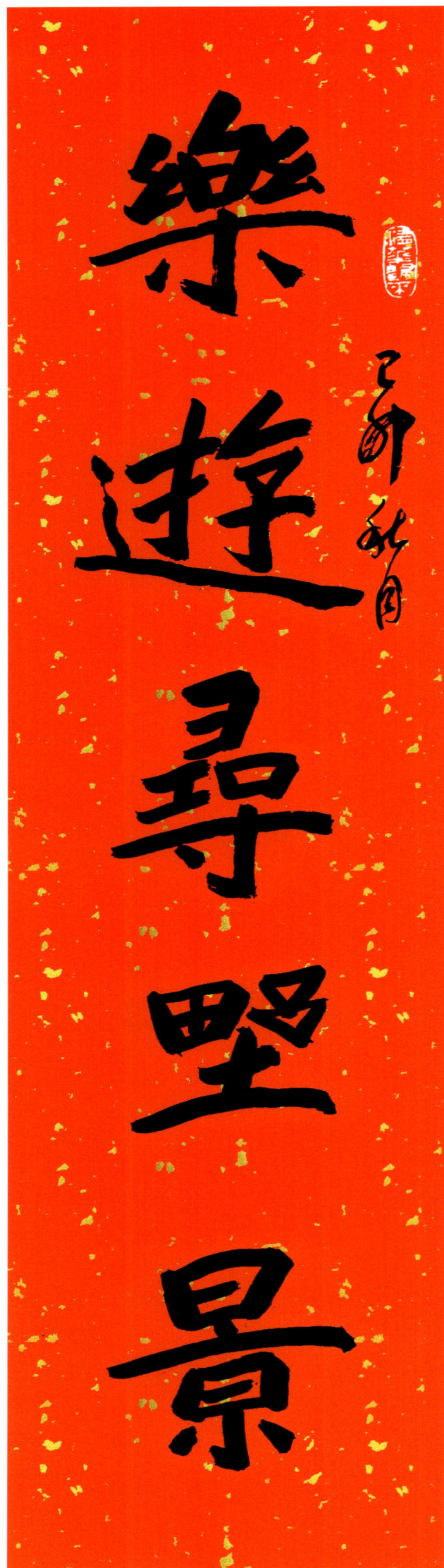

楷书对联　**乐游寻野景**　**高咏出烟霄**　180cm×48cm×2　1999 年书

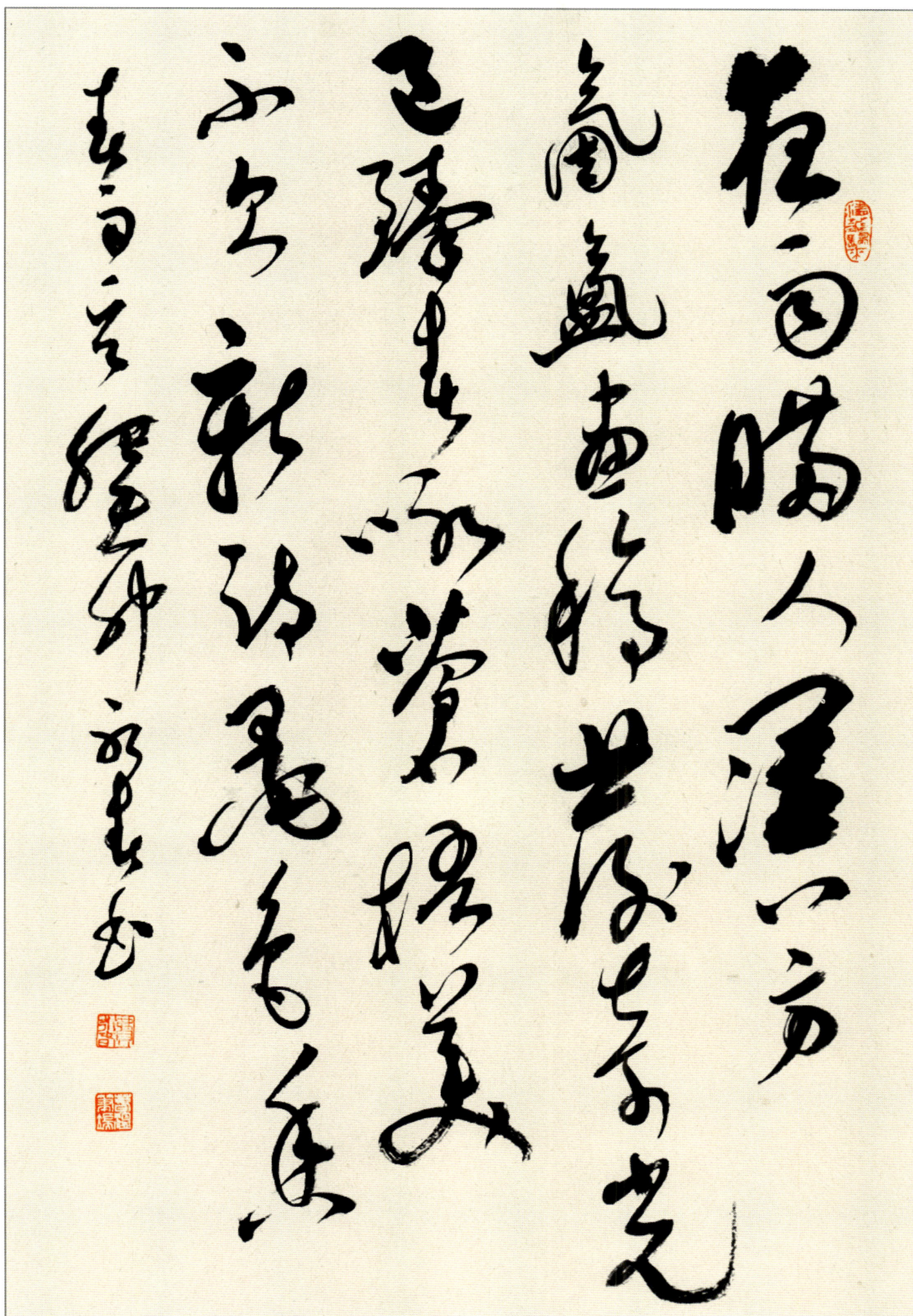

雨夜题画

费永春

夜雨瞒人润八方，氤氲画稿发奇光。

已臻春咏苍梧美，不欠新诗墨色香。

行草中堂

126cm×68cm

2023 年 书

朝陽方秀出

嘉樹又鮮花

釋文 朝陽方秀出 嘉樹又鮮花

壬寅九月下浣 邵秉仁書於海天樓

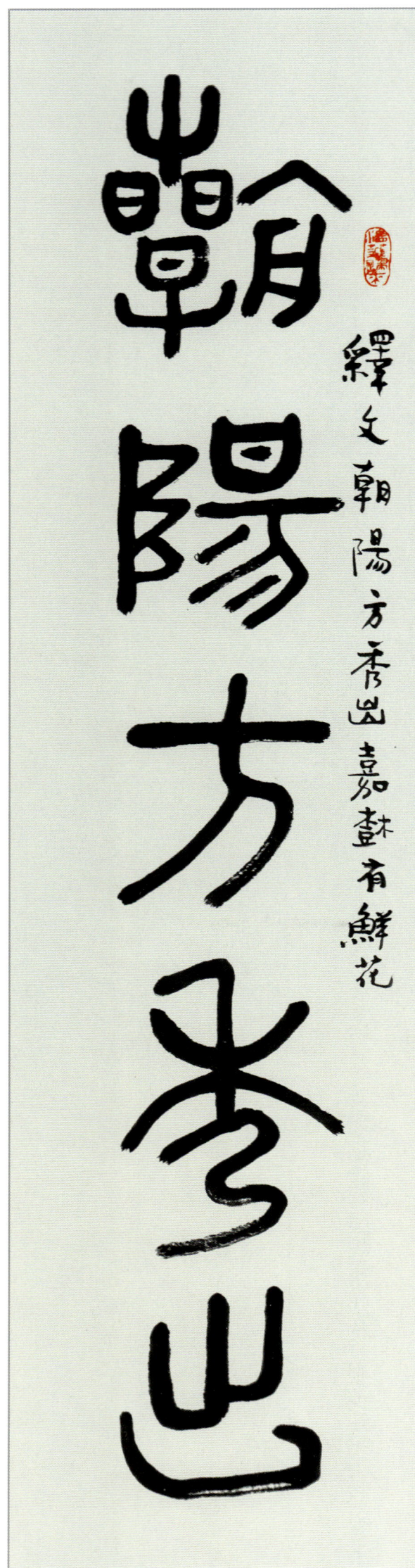

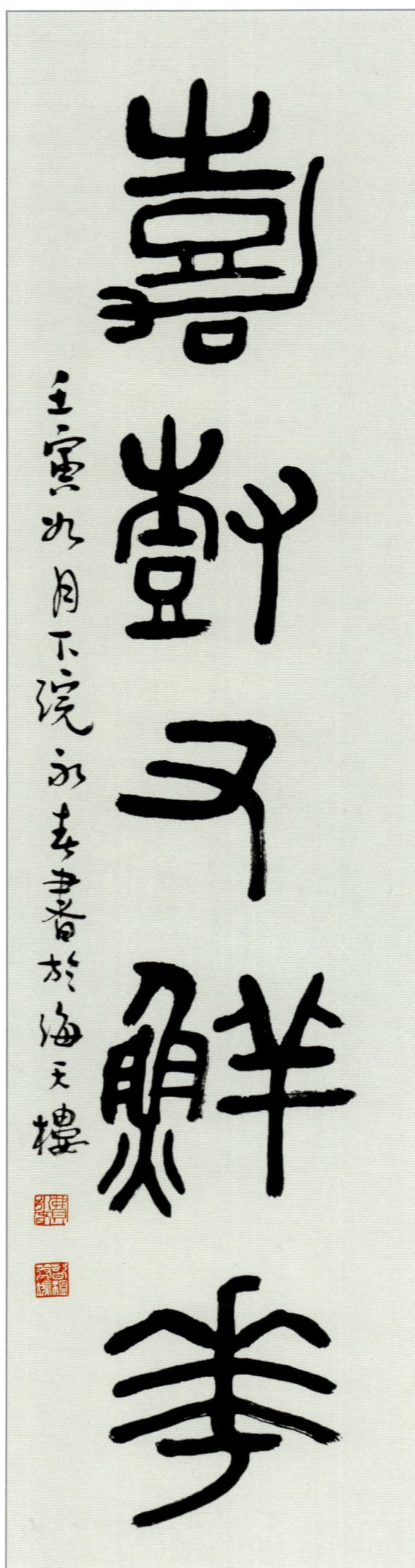

篆书对联 **朝阳方秀出 嘉树又鲜花** 136cm×68cm×2 2002 年 书

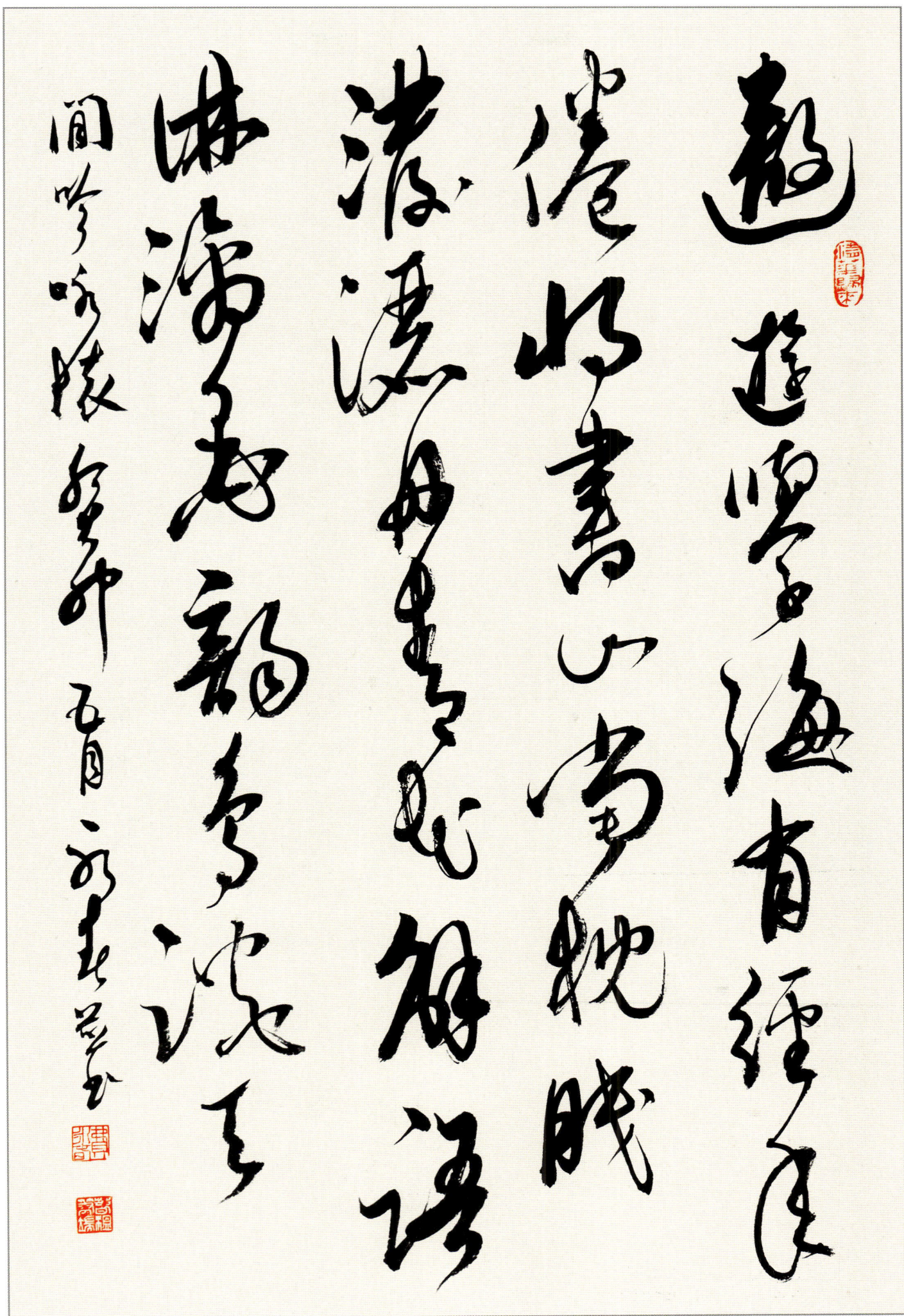

闲吟咏怀

费永春

遨游学海有经年，倦将书山当枕眠。

泼洒丹青花解语，淋漓墨润鸟谈天。

行草中堂

126cm×68cm

2023 年 书

荷戏鸳鸯两相宜

微风吹拂漾涟漪

花开并蒂胜红豆

入骨相思谁不知

花戏鸳鸯二首 经师 永春 书

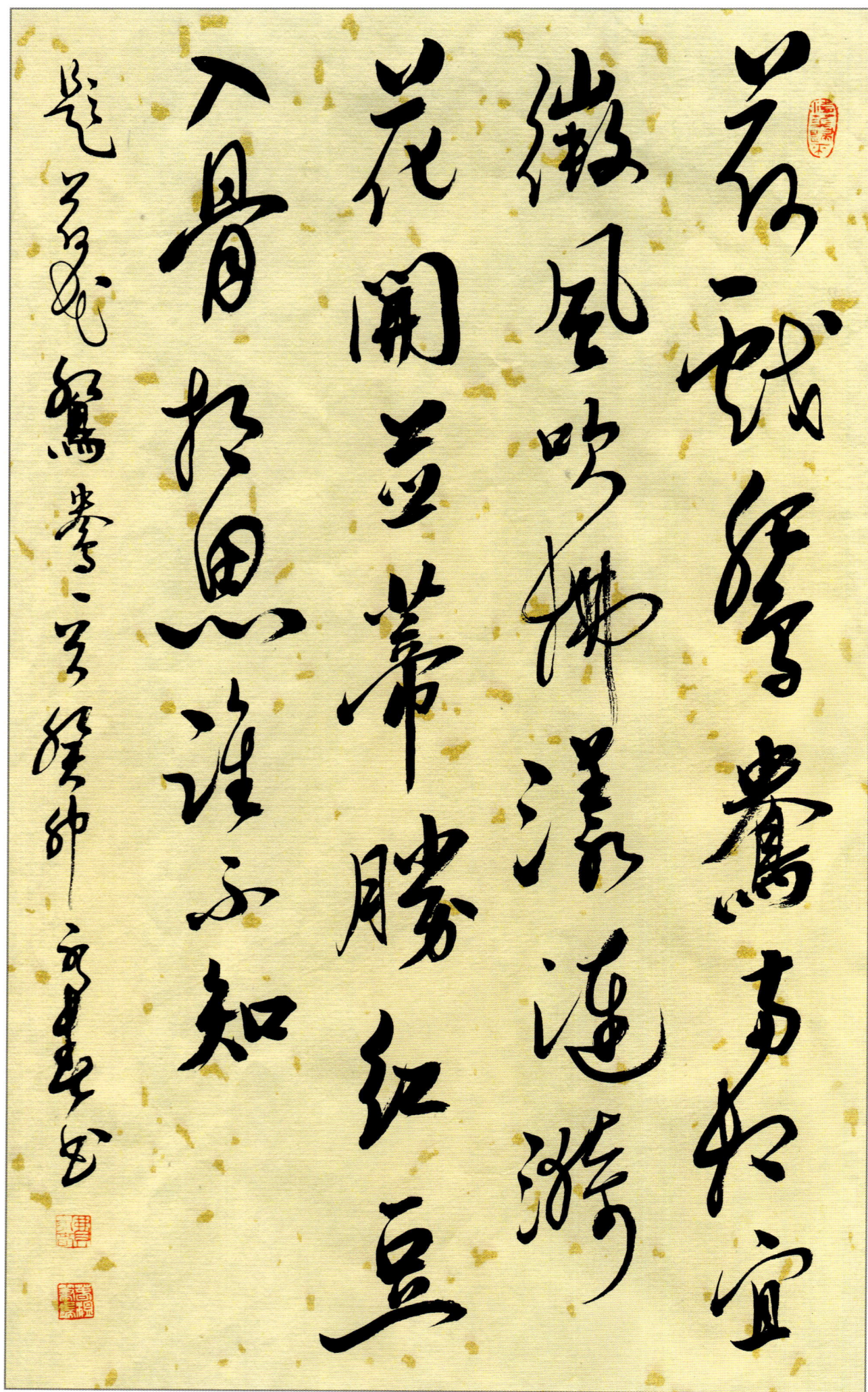

题画诗　荷花鸳鸯图

费永春

荷戏鸳鸯两相宜，微风吹拂漾涟漪。

花开并蒂胜红豆，入骨相思谁不知。

行草中堂

136cm×68cm

2023 年 书

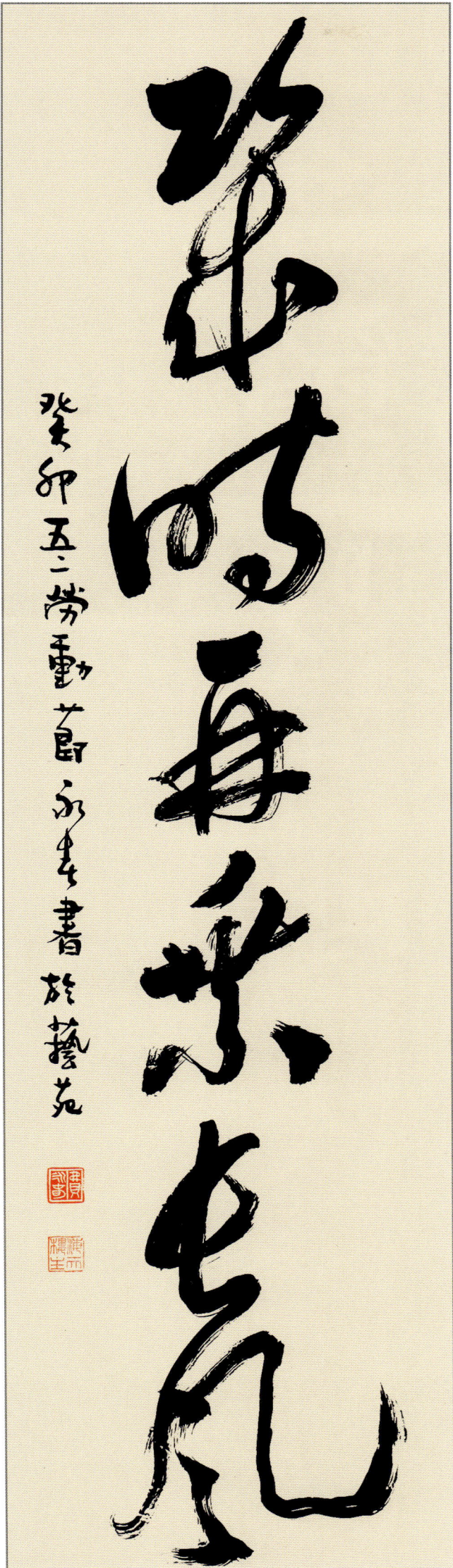

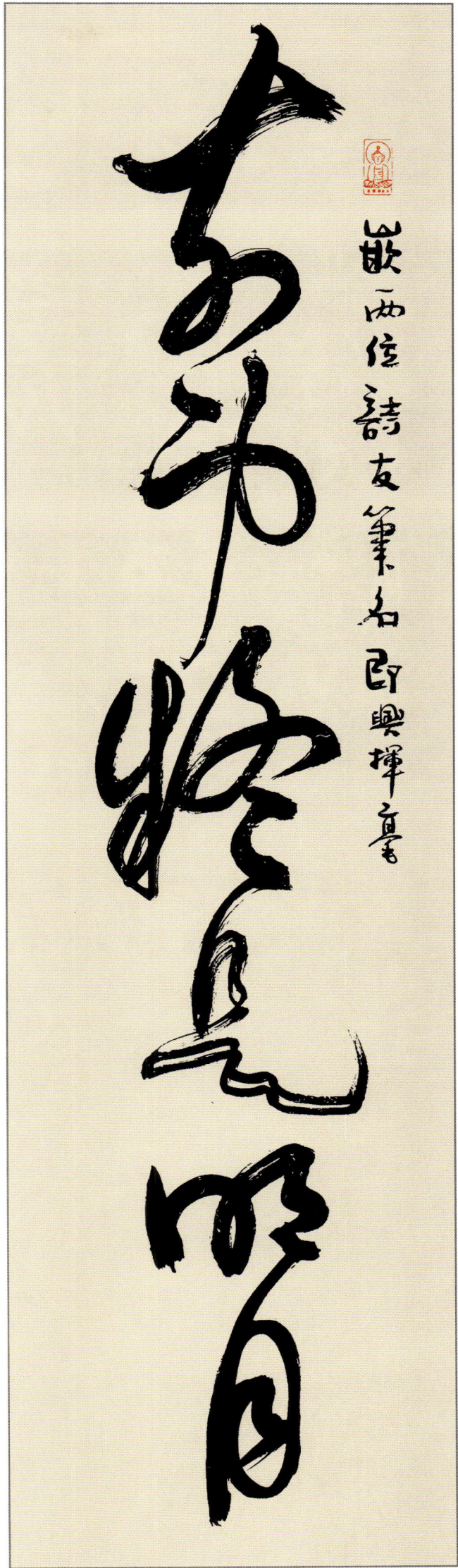

草书对联　前身疑是明月　几时再乘长风　180cm×48cm×2　2023年书

墙角田边随意挂 喜看晓日开晨花

吸之颜采对迟起者

祇向勤奋奏喇叭

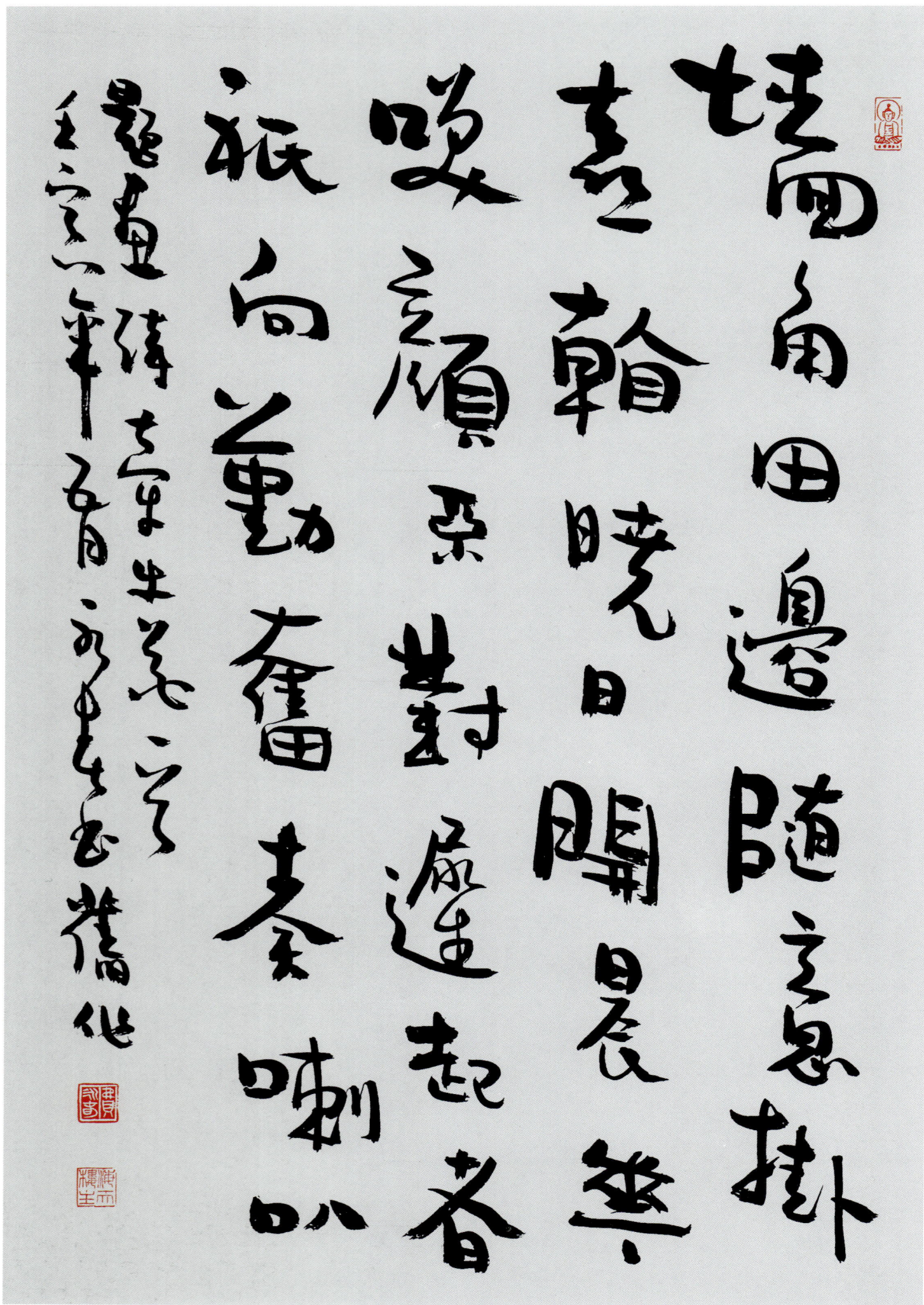

题画诗　牵牛花

费永春

墙角田边随意挂，喜看晓日开晨花。

笑颜不对迟起者，只向勤奋奏喇叭。

行书中堂

126cm×68cm

2022 年 书

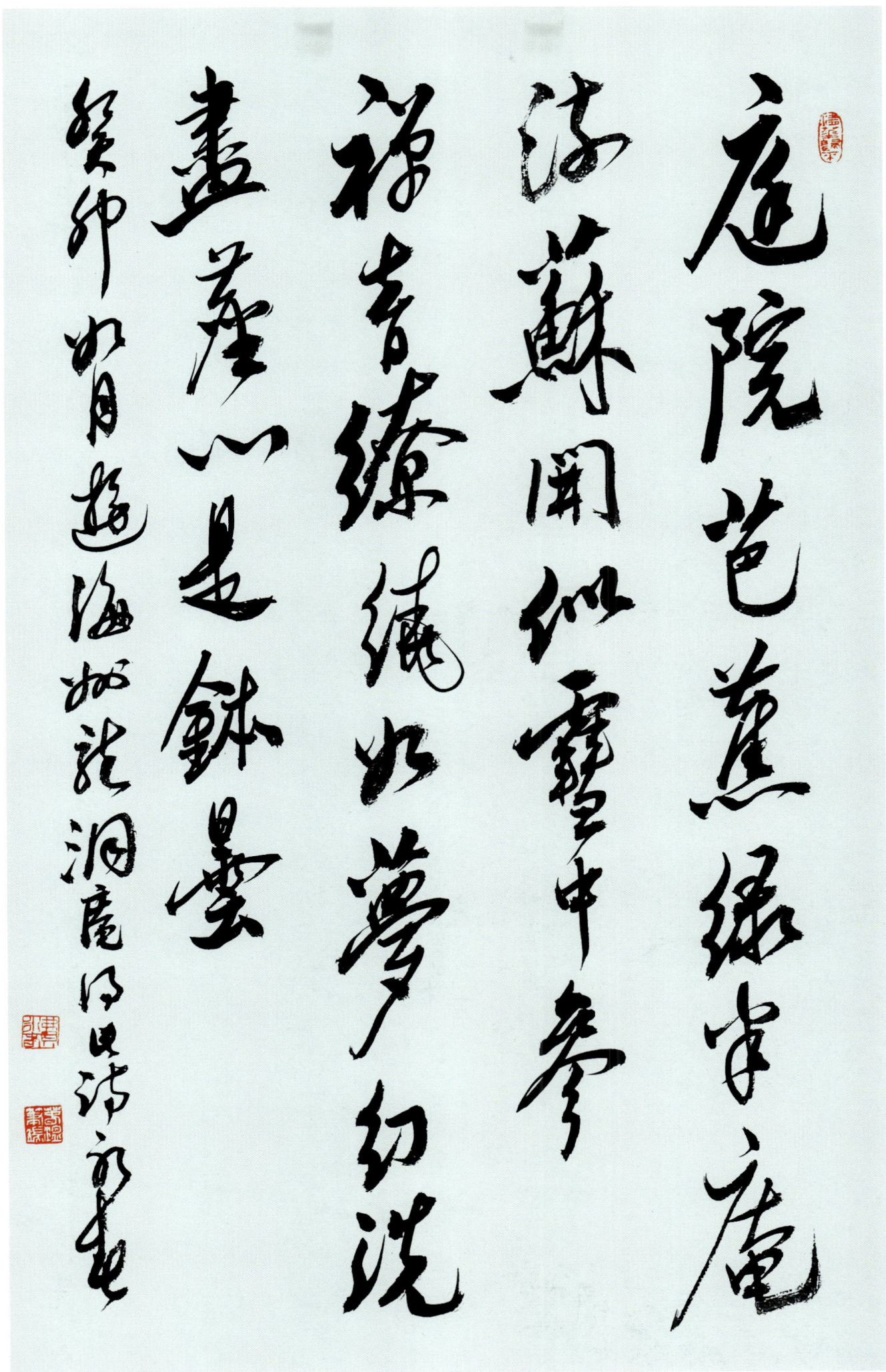

海州龙洞庵

费永春

庭院芭蕉绿半庵，流苏开似雪中参。

禅音缭绕如梦幻，洗尽尘心是钵昙。

行书中堂

126cm×60cm

2023 年 书

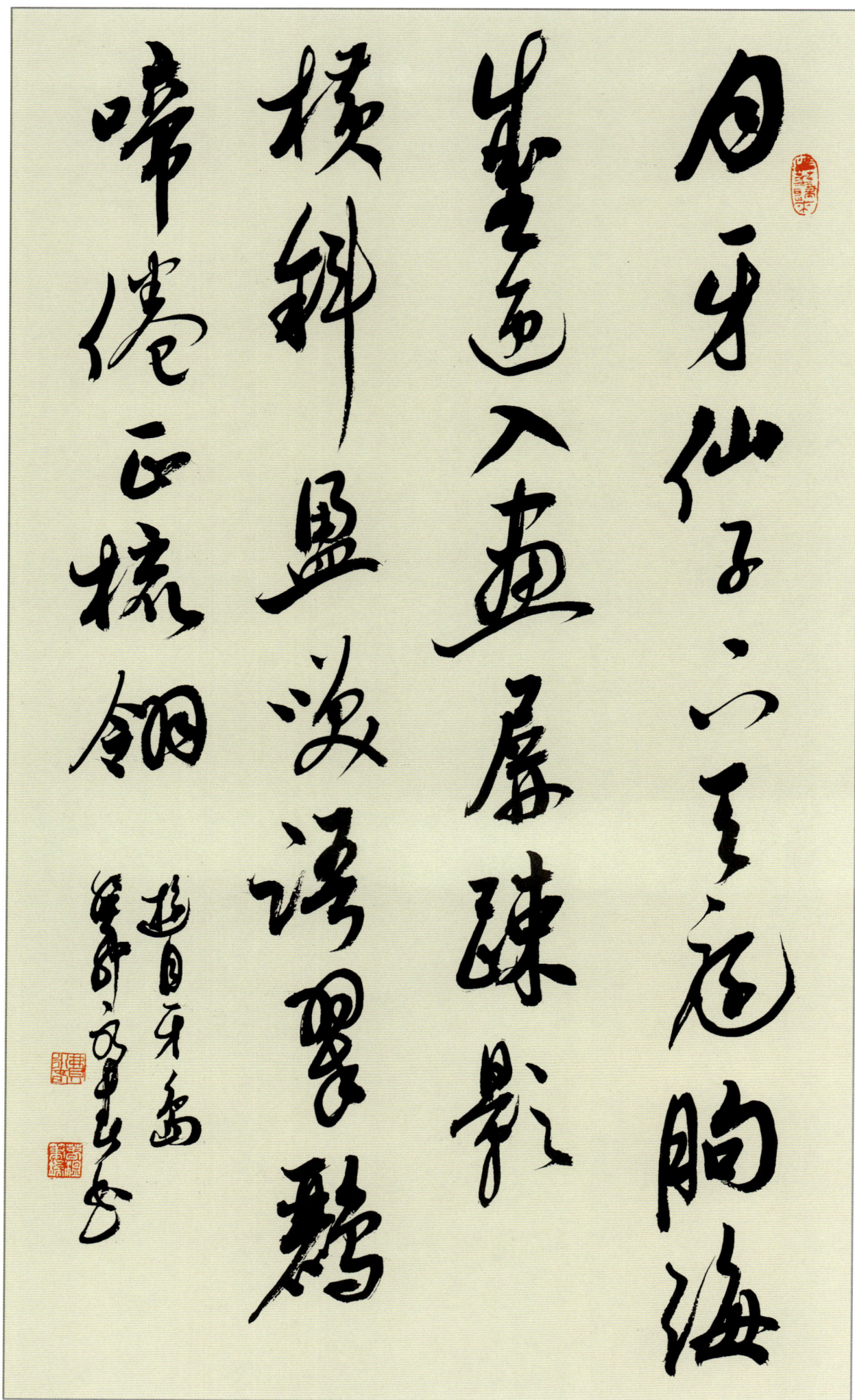

游月牙岛

费永春

月牙仙子下天庭，胸海盛迎入画屏。
疏影横斜盈笑语，翠鹂啼倦正梳翎。

行草中堂

136cm×68cm

2023 年 书

星火长耀　浚潭写春

王雪峰

礼赞党的百年华诞，借隶书形式，源艺术初心。多少长夜，永春先生执笔如炬，用墨色点化黎明，赋辞歌书写热爱。

"笼天地于形内，挫万物于笔端。"在连云港的土地上，有三件事为山川铭记——鲧禹治水、煮海为盐、海上丝路。一为心系苍生，一为富庶民生，一为长明信仰。

每到羽山，看到"三变石"，鲧狮王一般的形象，便跃在心间，四千多年前的先民，离我们并不遥远，你听那旷野中吹来的风，夹杂着洪水的呼啸，滥觞成一个民族的信念。

两千两百多年前的西汉，炙热的阳光蒸腾海水，赤裸的先民从淤泥里捧起盐花，他们没有想过，这盐花给予土地的文化滋养，那般丰厚，那么绵长。无论是《红楼梦》《西游记》等古典"四大名著"，还是"五大宫调"，都有海风的味道，直到今天，还在博物馆、图书馆、大学的实验室、报纸的版面上层层弥散。

"海上丝绸路早开，阙文史实证摩崖。"孔望山的摩崖造像，诠释着信仰的力量。两千年前的孔望山，是一座码头，经卷、香料、丝绸漂泊而来，潮起潮落，众神听涛，石象远望，征帆御风，不知彼岸。

掌握文字的官员和读书人，用细小的毛笔，在竹简上写下春和秋、祀与戎。他们还出奇地记下一个关于神乌的故事——《神乌赋》，用六百余字的禽鸟寓言，折射社会现实。1993年，在东海尹湾出土后，考古界、文学界、书法界为之震惊，这是我国现存最古老的汉赋实物。今日读来，故事依然直抵人心，更让人震撼的是草隶的高古秀美，沉睡了两千多年，在某一个黎明醒来，依然能看见瞳底的波澜，听见热切的歌。

岁月漫长，黄海苦涩的风，并没有给这方土地带来富庶。洪水和战乱，不仅加

隶书对联　中华崛起迎盛业　巨龙腾飞颂党恩
180cm×40cm×2　2021年书

剧了这片土地的贫瘠，也桎梏着人们的思想。是的，站在海边看不见风景，直到朝阳驱散点缀黑暗的星辉。

1921 年，嘉兴南湖的波浪摇曳着红船。1928 年，海属地区第一个正式党组织在白虎山成立。铁锤砸碎了黑暗，镰刀收割着光明。

作为党的新闻工作者，永春先生擎举赤诚，书写光荣。2003 年，我刚到他部门工作不久，"非典"肆虐。他带队前往一线采访，蜗居海州，深入医院，几乎用一昼夜的时间，写出两万余字的报告文学作品《较量》。如今"新冠"此起彼伏，我时常想起那次采访的经历和经验，而永春先生也在那次采访中体现出了记者的智慧、勇气和担当，其策划和创意，张扬着新闻理想的旗帜，表达出对民生的关切、对土地的深沉热爱。

从新闻到文艺副刊，从汉文化、淮盐文化研究到现代书法、大写意中国画的探索，永春先生笔耕不辍，临池不辍。一支笔用来写作，消息评论杂文诗词，彰记者之责任；一支笔用以书作，真草隶篆，显艺术之神采。耕读黄瓜园，流连清华园，从盐碱地走入象牙塔，从故纸堆漫步桃花源。"越阡度陌，枉用相存"，永春先生，求学若渴；"我有嘉宾，鼓瑟吹笙"，永春先生，交友甚广。为文为书，身边同道者众。朋友虽多，书作却取法乎上。唐代李邕说："似我者俗，学我者死。"宋代黄庭坚言："随人作计终后人，自成一家始逼真。"

永春先生正是"以古人之规矩，开自己之生面"。在诸书体中，他投之以隶书意深时长情浓，可谓引袖拂寒星，古意苍茫；抚琴浚秋潭，予怀浩渺。永春先生观石门野鹤闲鸥，乙瑛冠裳佩玉；叹史晨沈古遒厚，西狭雄迈静穆；慕曹全秀美飞动、张迁方整尔雅……钟情隶书，是视野更是野心，是新闻工作者的博观约取的审美，更是艺术家"不知有我更无人"的境界。文艺创作是观念和手段相结合、内容和形式相融合的深度创新，是各种艺术要素和技术要素的集成，是胸怀和创意的对接。

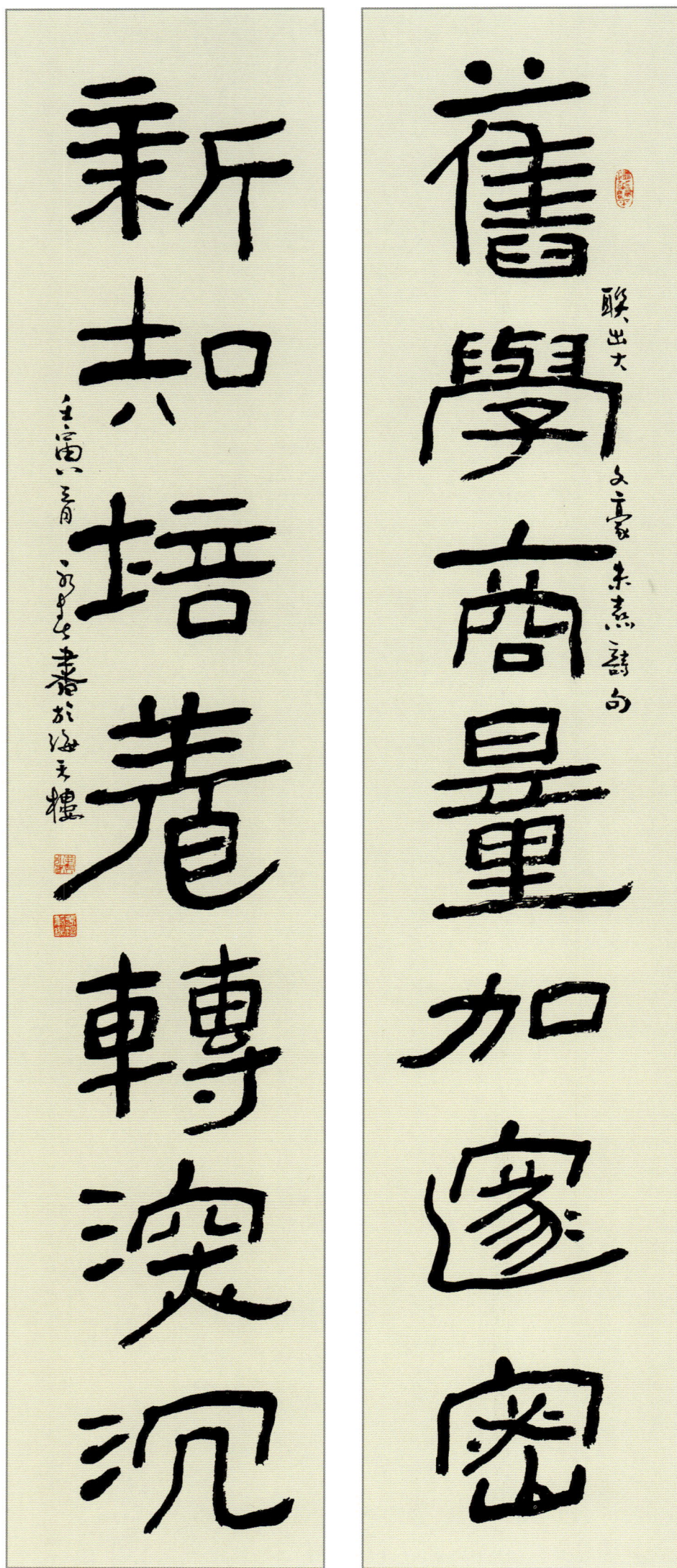

隶书对联　旧学商量加邃密　新知培养转深沉
180cm×40cm×2　2022 年书

正是在视野和境界的驱动中，永春先生的隶书，腾蛟起凤，百花争春，时有精品。精品之"精"，在于思想精深、艺术精湛、制作精良。他不念虚名，唯看作品，没有优秀作品，其他事情搞得再热闹、再花哨，也只是表面文章。

"文章合为时而著，歌诗合为事而作。"文艺事业是党和人民的重要事业，文艺是民族精神的火炬，是人民奋进的号角。百幅隶作，是永春先生的阶段性总结，也是一位新闻工作者、文艺工作者的火热情怀、赤诚初心的体现。

礼赞百年，星火长耀；浚潭写春，走向复兴。

2021 年荷月

王雪峰　著名作家，连云港报业传媒集团全媒体指挥中心副主任、连云港市硬笔书法协会副主席。

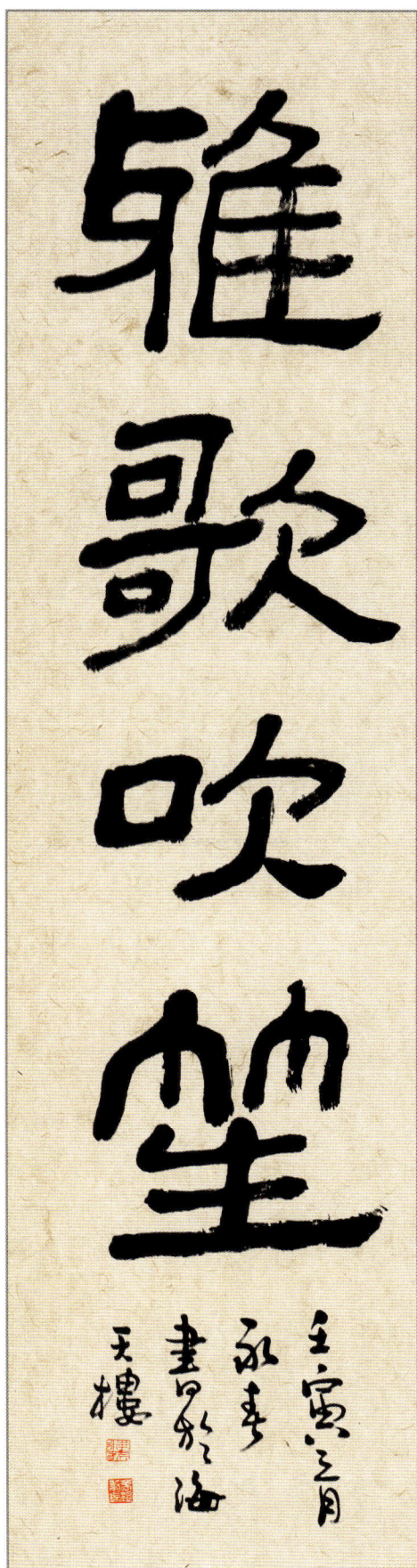

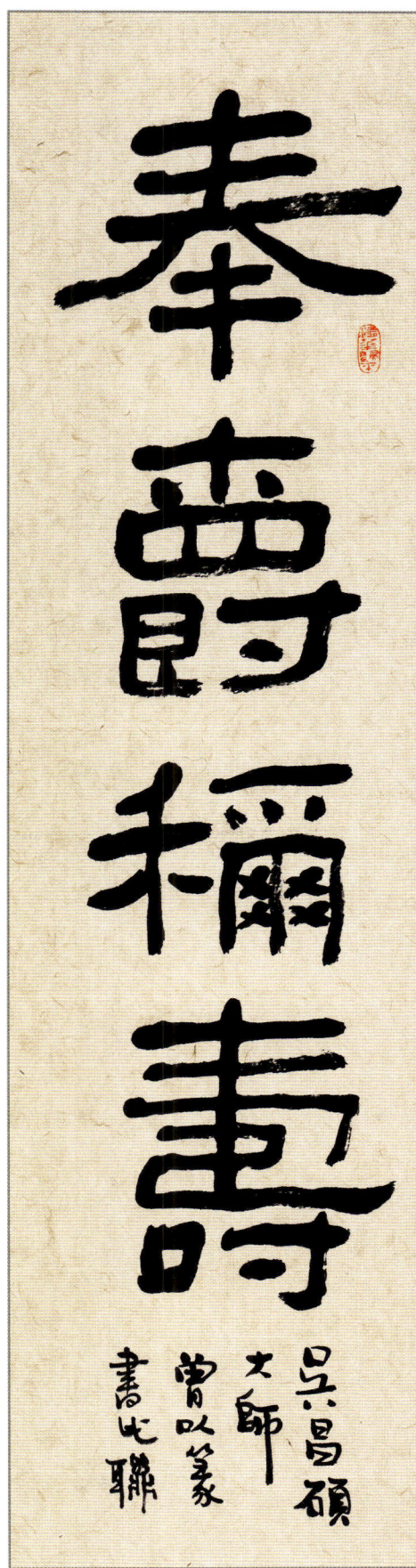

隶书对联　**奉爵称寿　雅歌吹笙**

136cm×34cm×2　2022 年书

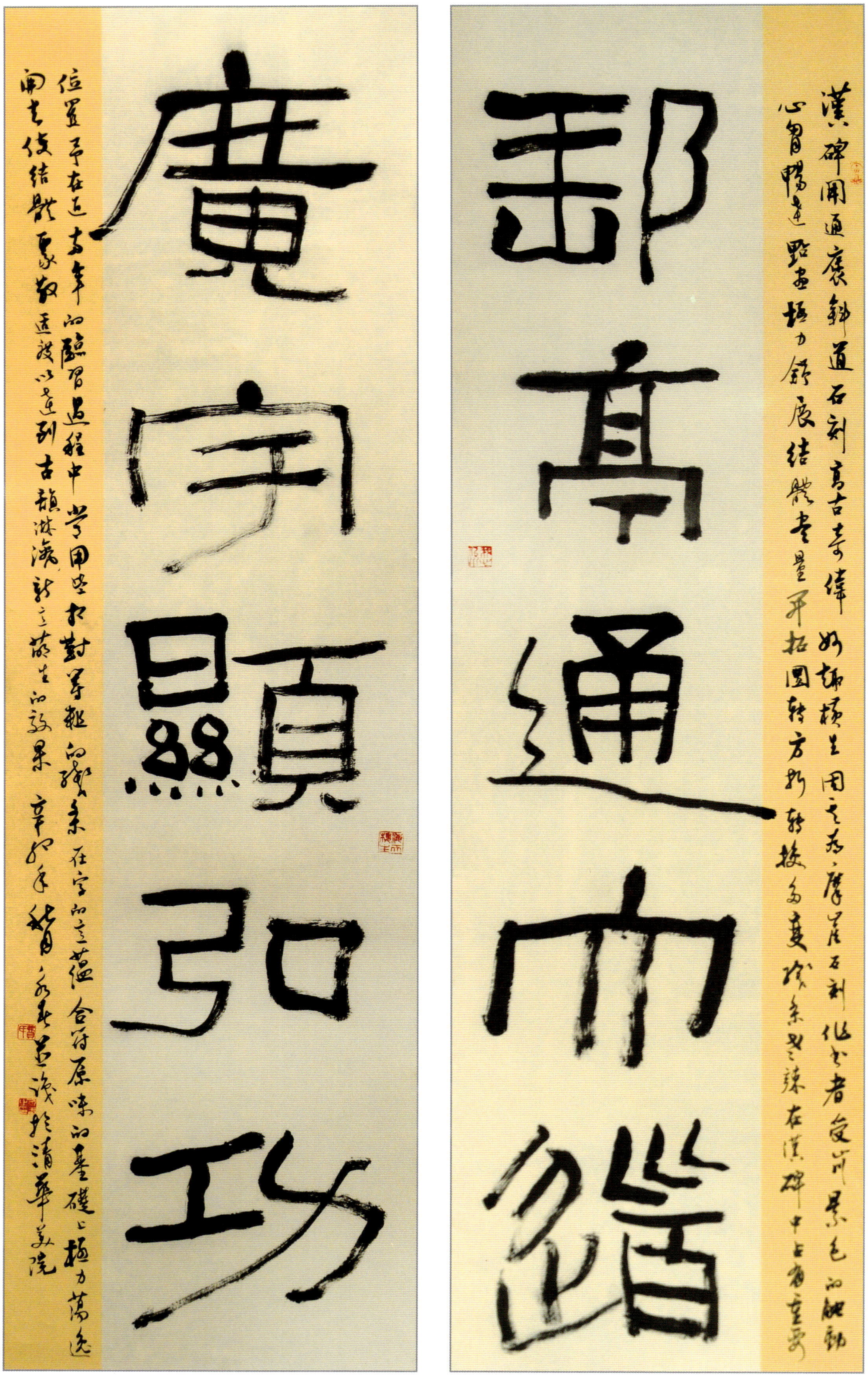

郵亭通大道

廣宇顯弘功

隶书对联　**邮亭通大道　广宇显弘功**　180cm×48cm×2　2011 年书

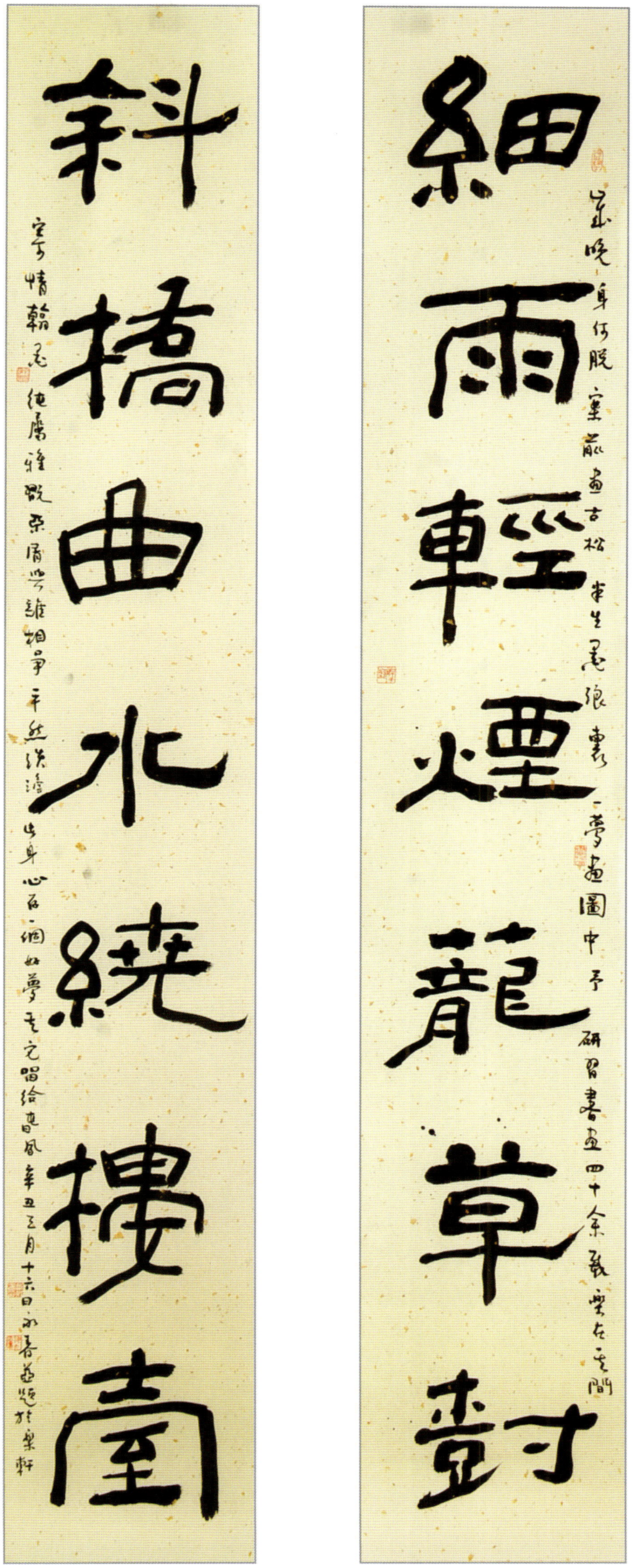

斜橋曲水繞樓臺

細雨輕煙籠草對

隸書對聯　细雨轻烟笼草树　斜桥曲水绕楼台　180cm×40cm×2　2021 年 书

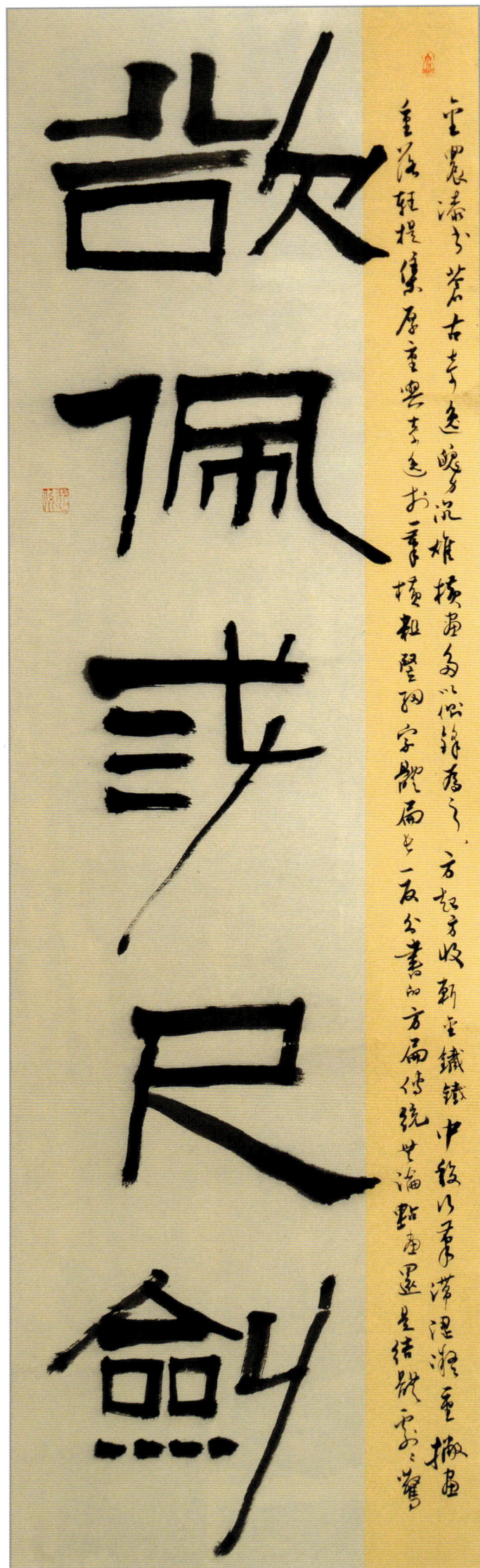

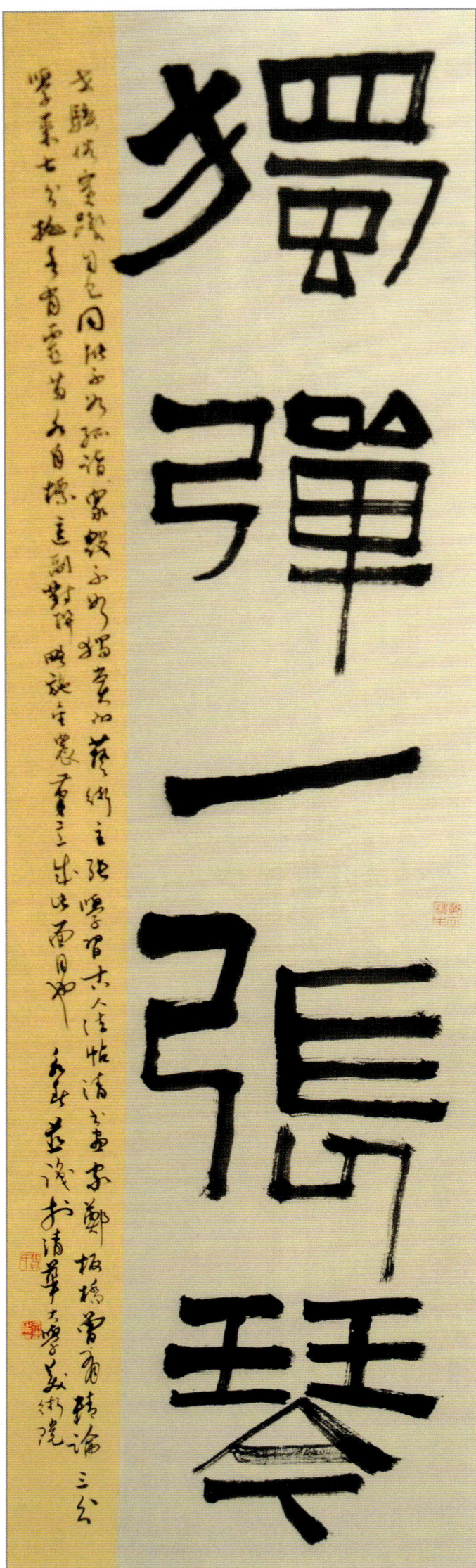

隶书对联　欲佩三尺剑　独弹一张琴　180cm×42cm×2　2011 年 书

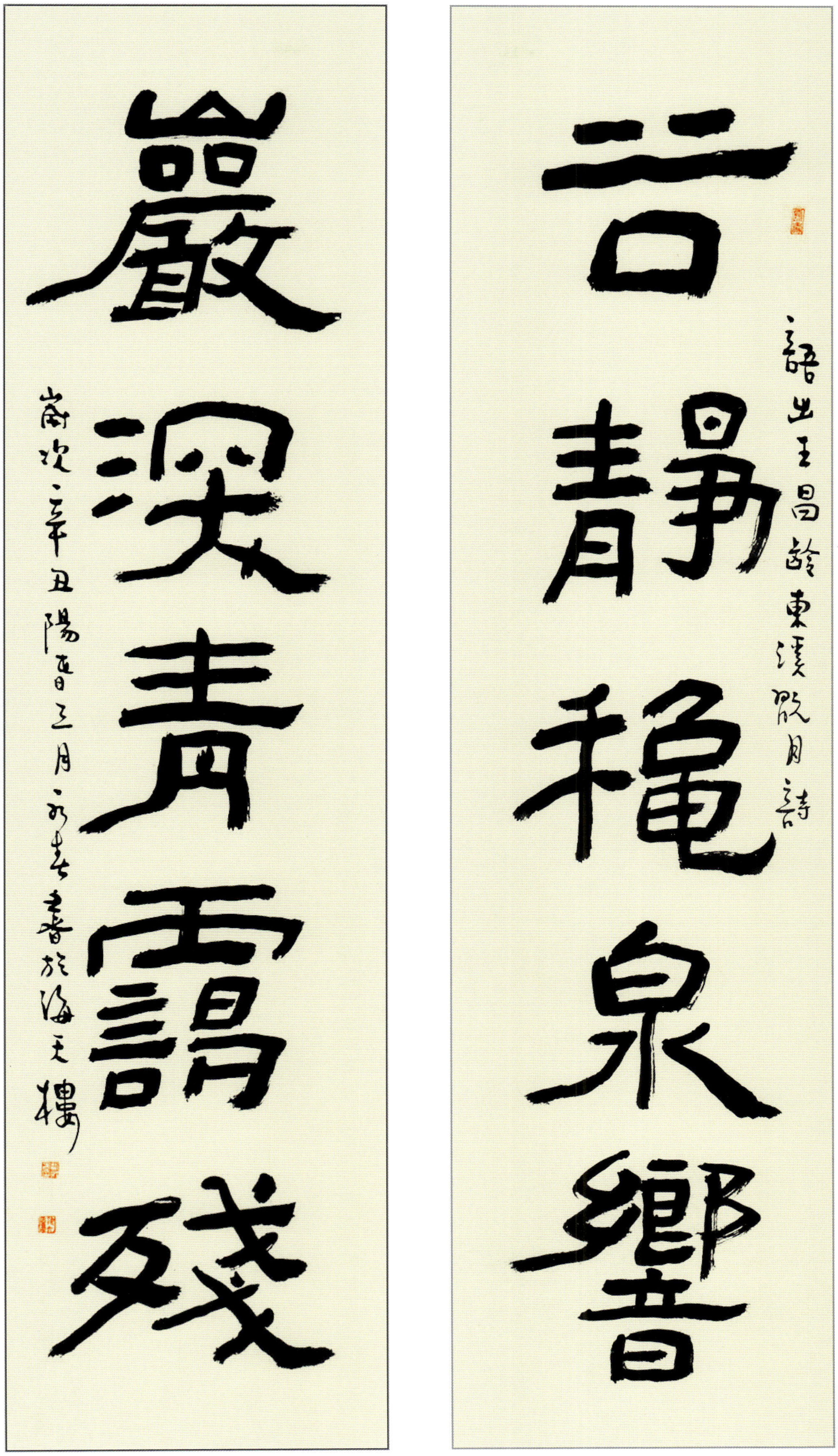

谷静秋泉響

巖深青靄殘

語出王昌龄東溪翫月詩

崗次辛丑陽春三月於書春於海天樓

隸书对联　谷静秋泉响　岩深青霭残　180cm×48cm×2　2021 年书

詩接謝宣城

禮如徐孺子

學書薰也學之史樂哉壬寅桃月永春於海天樓南憲

聯出杜甫詩句徐孺子為東漢豫章人徐稚謝宣城為南齊詩人謝朓

隶书对联　礼加徐儒子　诗接谢宣城　136cm×34cm×2　2022 年书

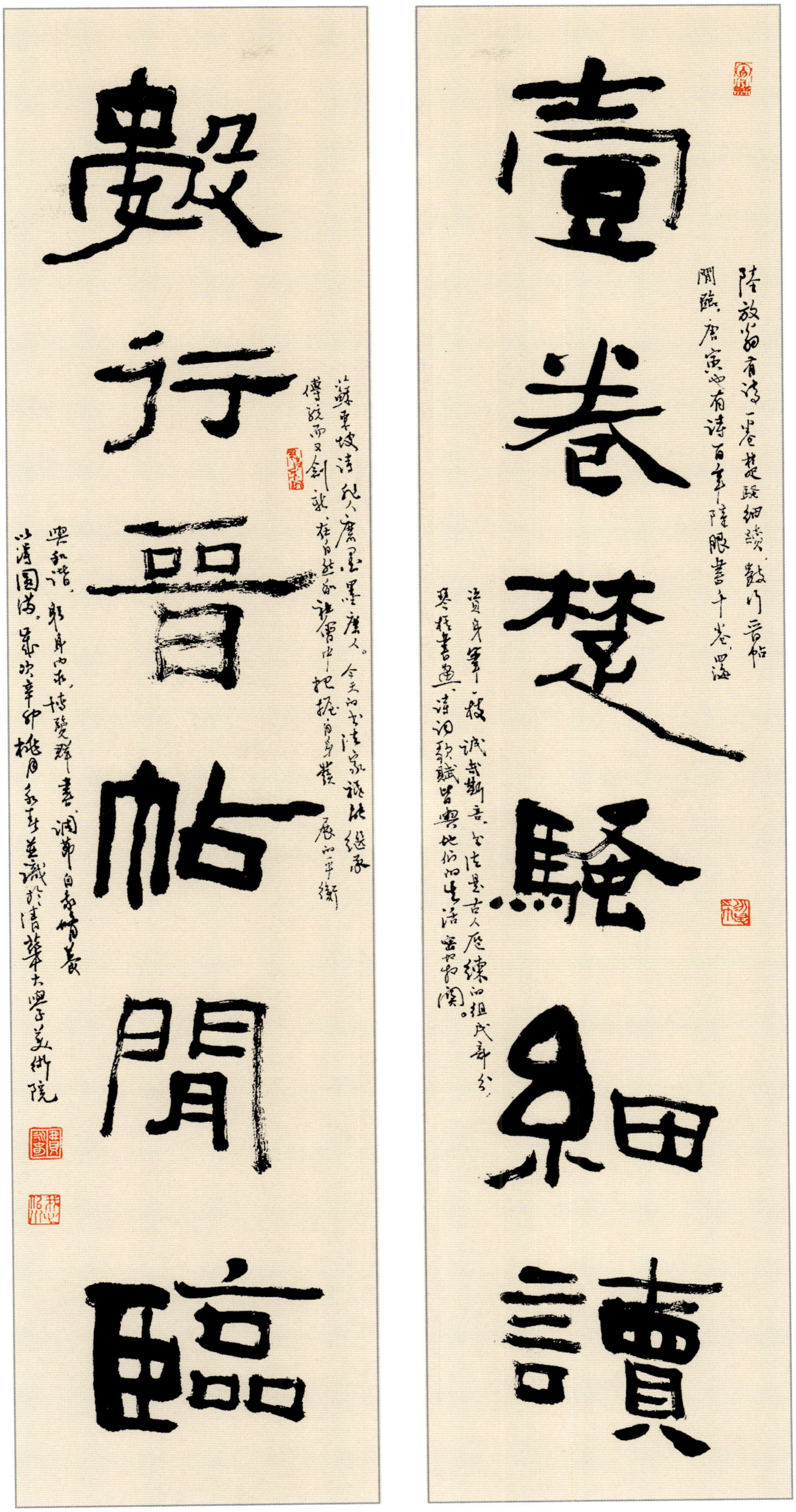

壹卷楚騷細讀

數行晉帖閒臨

隶书对联　一卷楚骚细读　数行晋帖闲临　180cm×42cm×2　2011 年书

瀹茗夸阳羡

論詩到建安

明末詩人吳偉業句

壬寅梅月永春書於海天樓

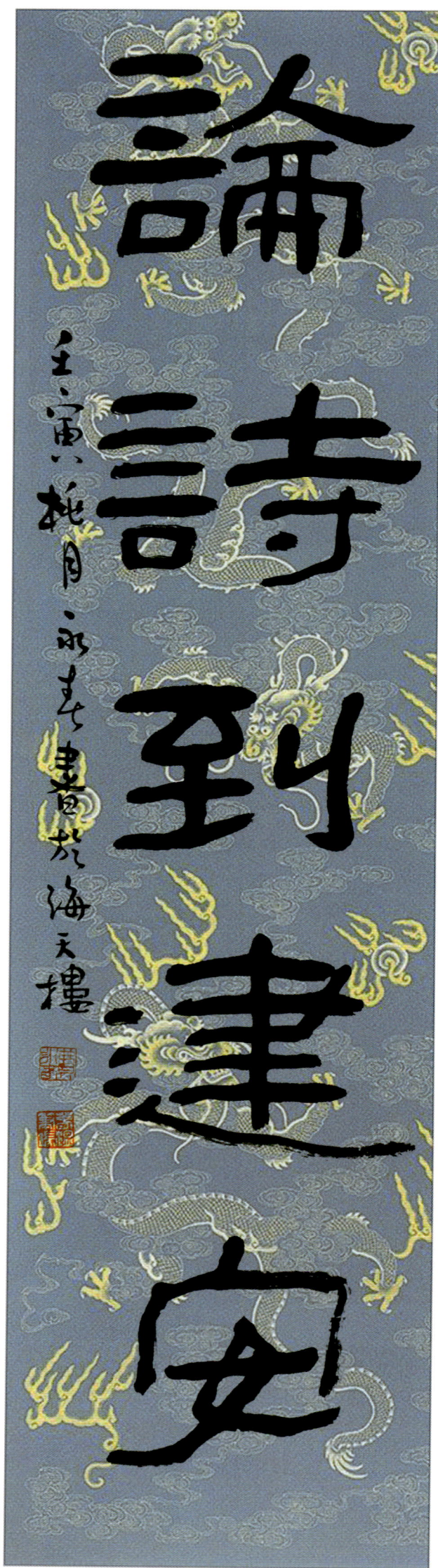

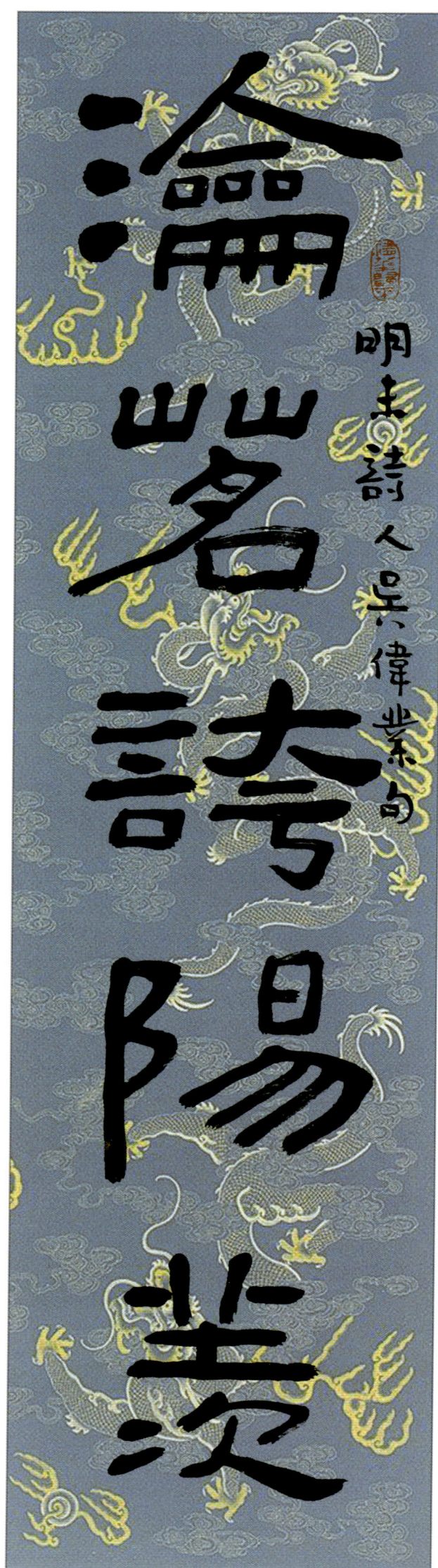

隶书对联　瀹茗夸阳羡　论诗到建安　180cm×48cm×2　2022 年书

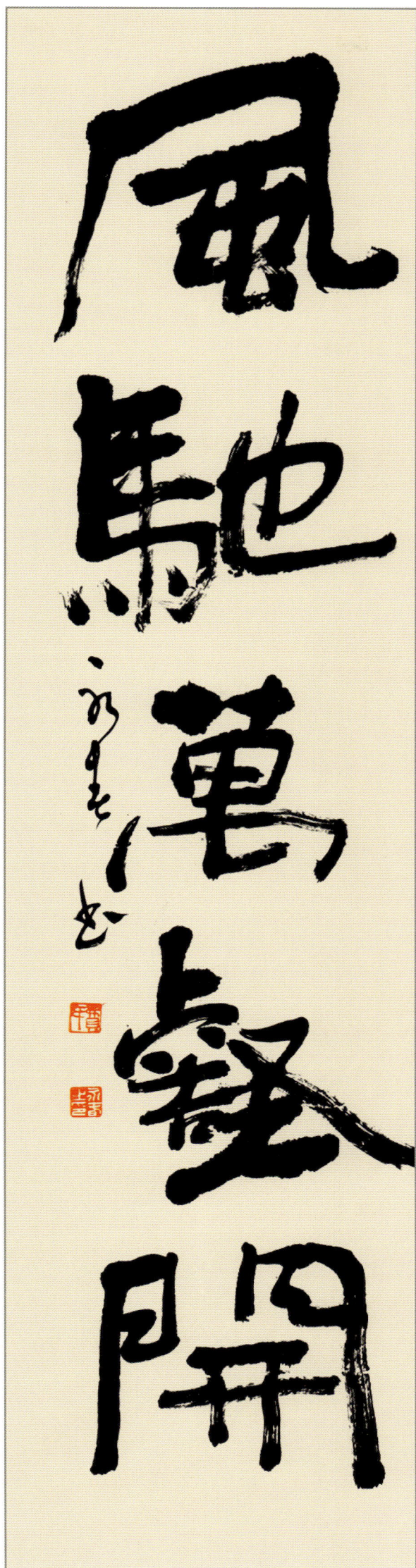

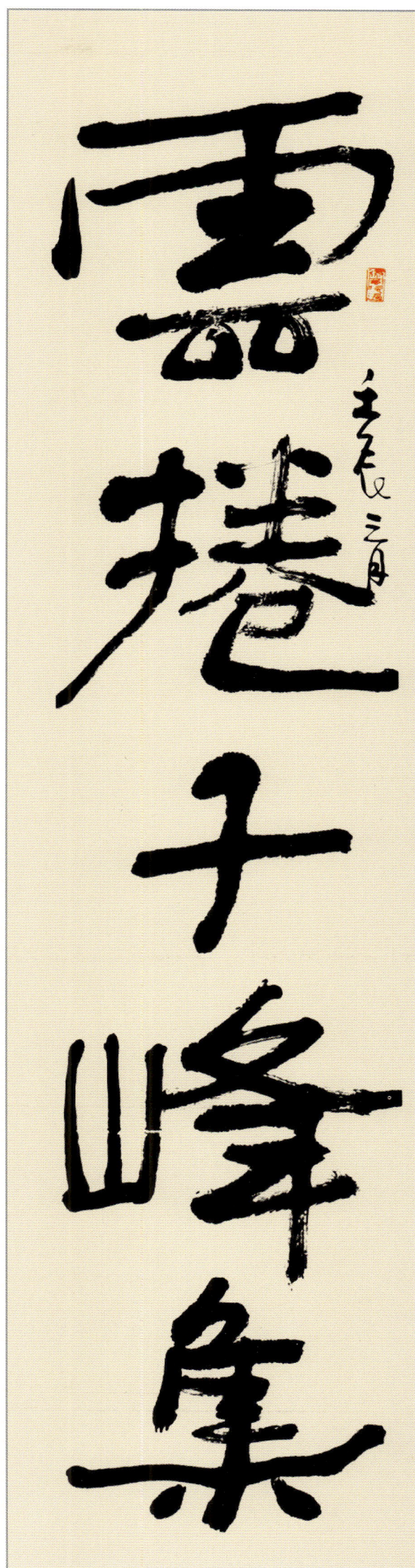

隶书对联　**云捲千峰集　风驰万壑开**　180cm×48cm×2　2012 年书

乱華迷人眼

淺草尋馬蹄

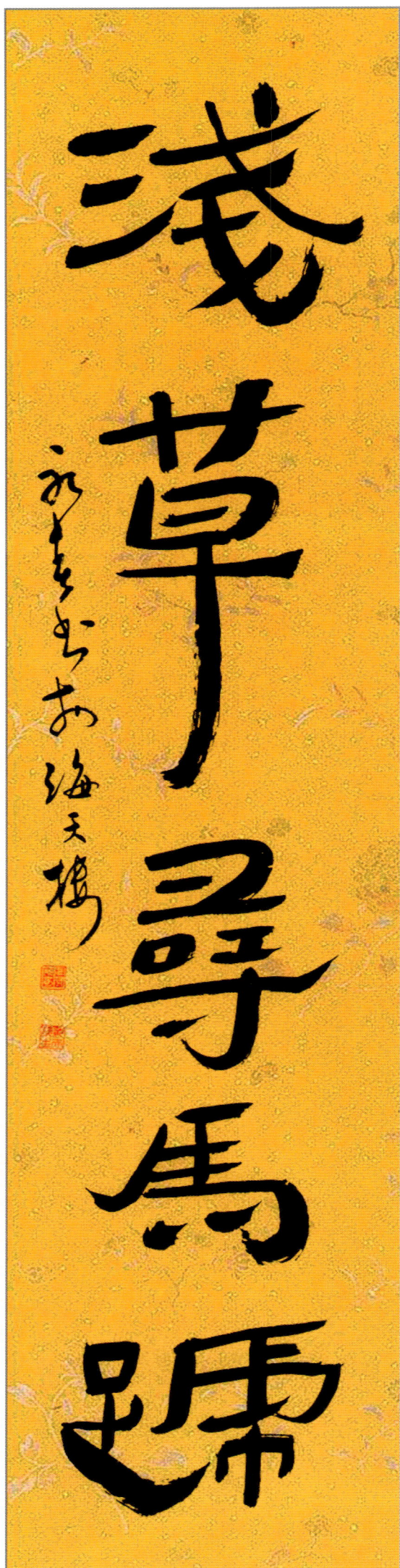

隶书对联　乱花迷人眼　浅草寻马蹄　180cm×48cm×2　2021 年 书

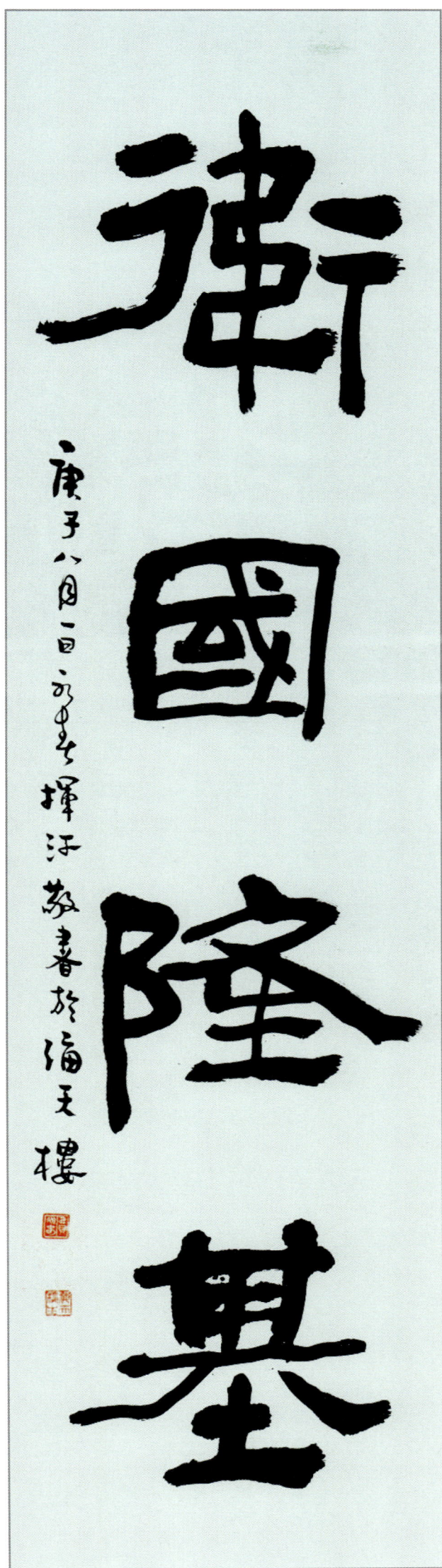

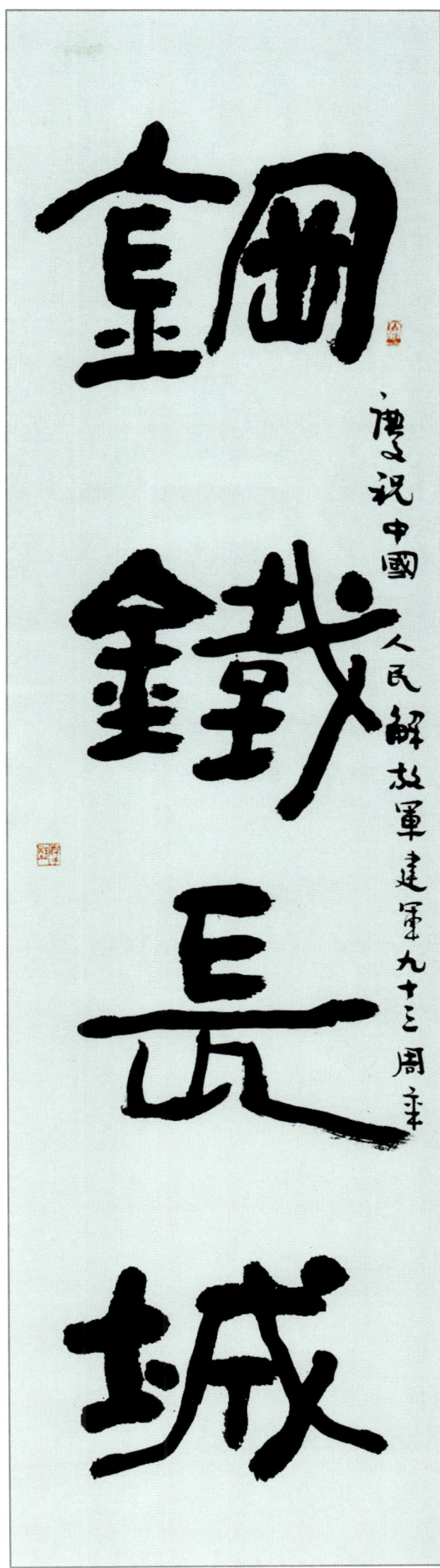

钢铁长城

卫国隆基

传说中国人民解放军建军九十三周年

庚子八月一日时年七十挥汗荔春于海天楼

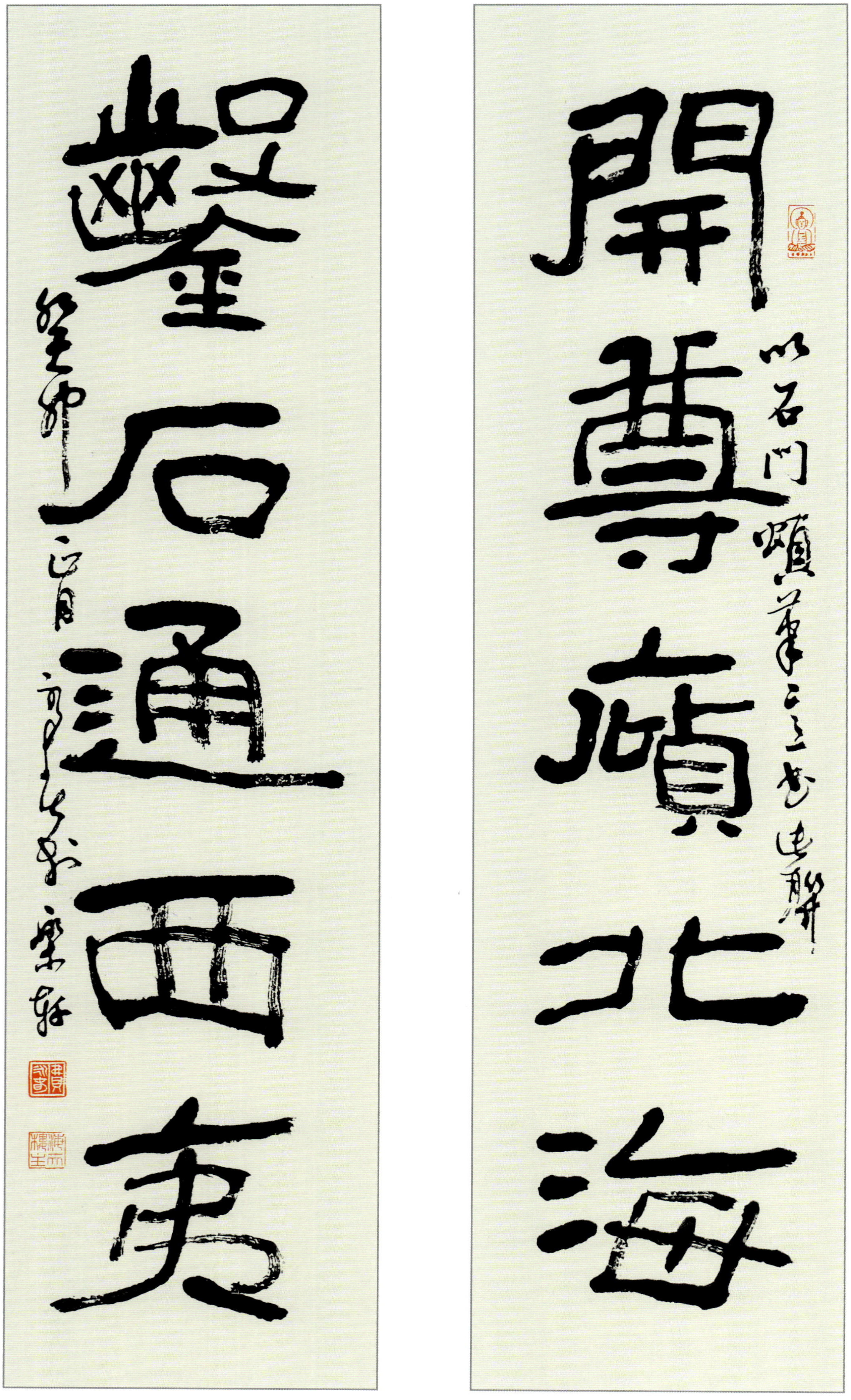

隶书对联　**开尊倾北海　凿石通西夷**　180cm×48cm×2　2023 年书

樂廣懷披霧

周瑜勝飲醇

隶书对联　乐广怀披雾　周瑜胜饮醇　180cm×48cm×2　2023 年书

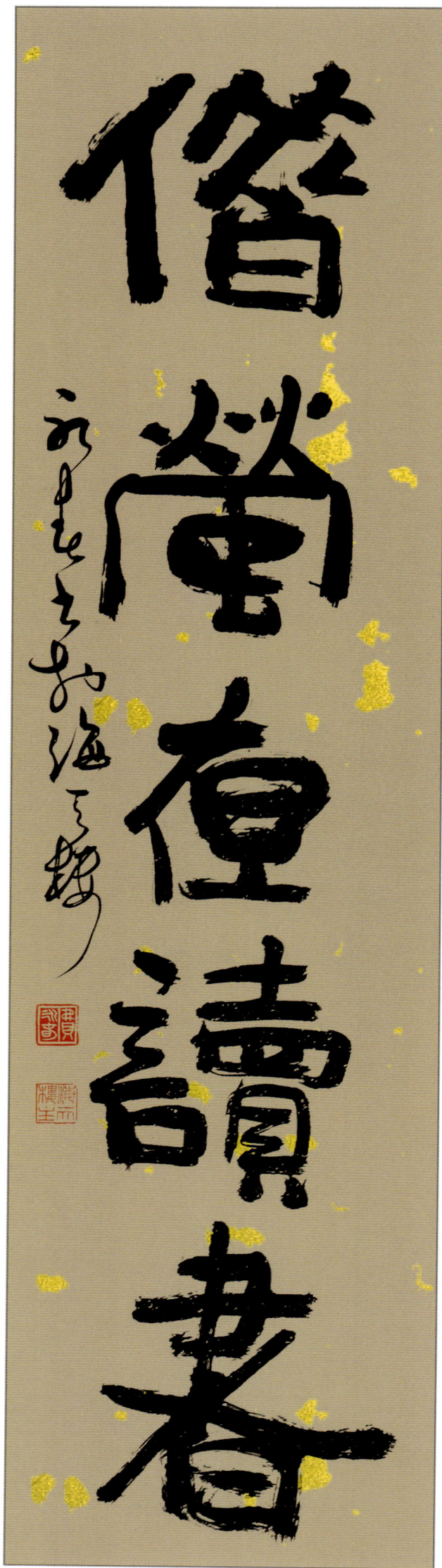

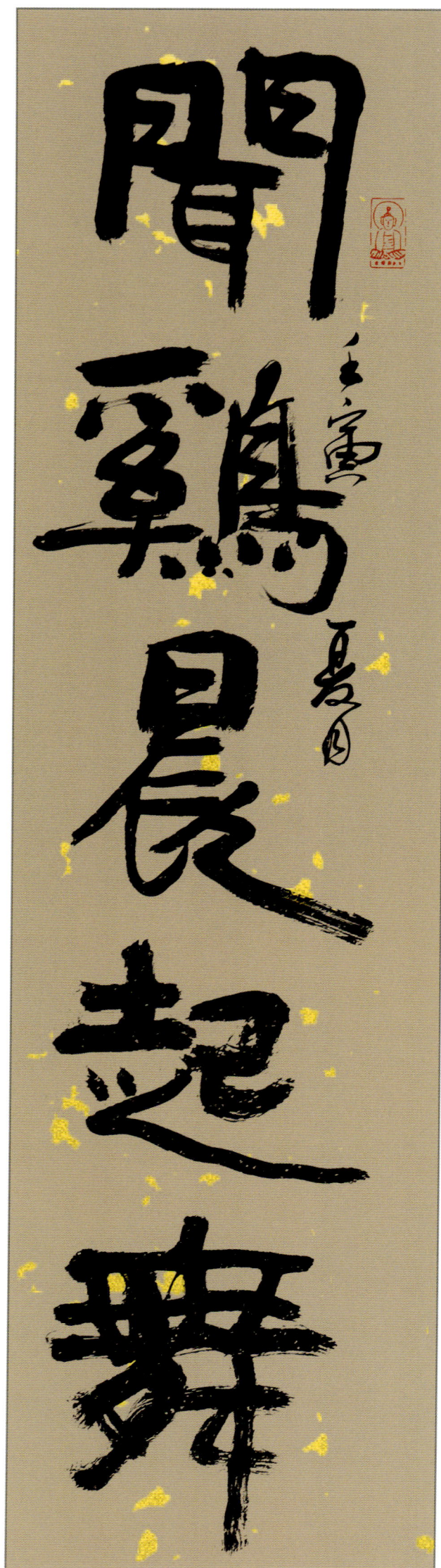

闻鸡晨起舞　借萤夜读书

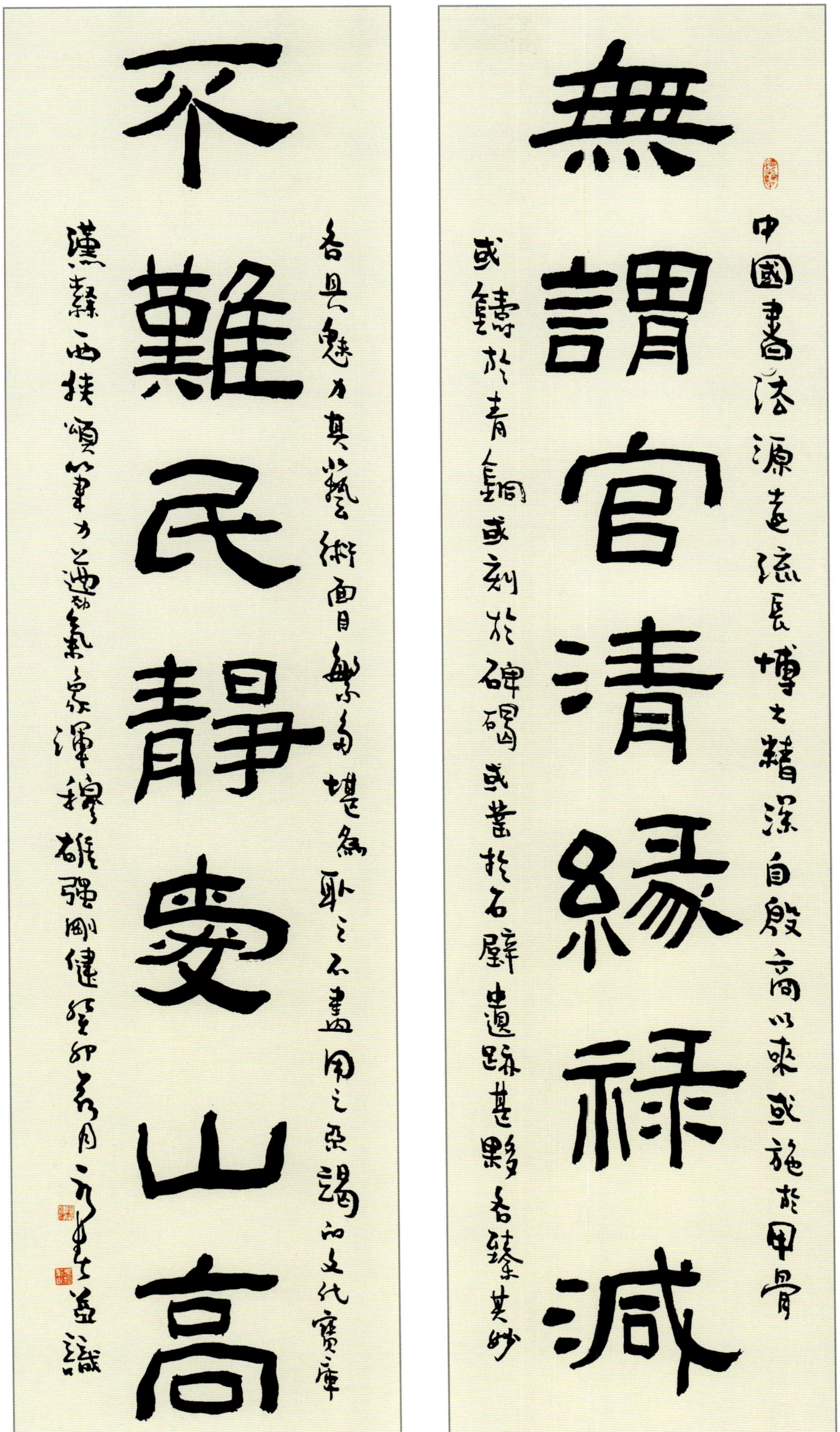

無謂官清緣禄減

不難民靜愛山高

中國書法源遠流長博大精深自殷商以來或施於甲骨或鑄於青銅或刻於碑碣或業於石壁遺跡甚夥吾臻其妙

吾具魅力其藝術面目斯不為堪為耻之不盡用之不竭而文化寶庫

漢蘇西狹頌筆方之遒勁氣象渾穆雄強剛健癸卯春月永丰志識

隸书对联　无谓官清缘禄减　不难民静爱山高　180cm×48cm×2　2023 年书

高风雅韵　潇洒出尘

——费永春题字艺术漫谈

阿　迪

　　牌匾文化是中华民族文化中一道独特的风景，自秦汉以来延绵两千多年。牌匾最初用于帝王的宫殿，后来发展到文人士大夫居所，今天则被广泛置于殿堂、牌坊、寺庙、商号、园林、名胜、民宅等建筑的显赫位置。或彰显功德，福佑后昆；或寄托理想，激励壮志；或宣传引领，昭示后人。一块精美的牌匾，既是一幅美妙的书法作品，更是一个标志性文化符号。

　　费永春便是一位写市招的高手，题招两百余帧遍布大江南北。他是书法家、作家、诗人、记者和书画鉴定家，文化艺术涵养深厚，而且他擅长大字榜书。他早年求学于南京师范大学，聆听尉天池教授的教诲。壮年负笈投入南京艺术学院黄惇教授门下，书艺大进。再后来入清华大学美术学院研修书学，更上层楼。牌匾书法要求端庄大气，易识可人。费永春的牌匾书法风格是高风雅韵、潇洒出尘。他的书法一方面气象雍容，体态开张，另一方面又兼顾婉丽妍润，笔墨酣畅。他的牌匾书法主要是行楷，还有

2018 年为连云港城雕题写

篆隶。其行书题字行笔巧妙，笔道畅快，而又真力弥满，清秀俊雅。而其隶书题字则古朴拙正，浑厚古雅，但又灵动飘逸，锋芒毕露。其题字艺术是内容与形式的完美统一，倾注了丰富的文化内涵，使题字艺术成为一种复合文化形式，即通过牌匾书法艺术表现酒文化、茶文化、企业文化、旅游文化、历史文化、社会文化……也正是他深厚的书法功力提升了文化品位，所以，他书写的牌匾常被誉为"咏春招牌"。

费永春用行书题写匾额和展标时，多取法于宋代大书家米芾、明代浪漫主义书家陈献章。他俩的书法，风樯阵马，沉着痛快，潇洒超然，暗合其"亦狂亦侠亦温文"的性情。米芾、陈献章的艺术观，都是"道心合一"。费永春在题写牌匾时，下笔之前多考虑书者与观者之间的互动，从不恶、拙、狂、怪，尽可能做到书体既合古法又易辨认，雅俗共赏，兼顾阳春白雪和下里巴人。因其对米、陈二家情有独钟，平时临习尤勤，写起来得心应手。如灌云地标性建筑"江苏恒驰"、刻石神龟、谈锦山书画集等。"江苏恒驰"四字巍巍壮观，单字做成百余平方米，最大一字做成一百二十六平方米，堪称连云港乃至苏北最大字了。字放大若干倍仍中规中矩，神完气足，非高人弗能为之也。"连云港报史馆"题字，苍劲洒脱，翰逸神飞，特别是"报史"二字异常精彩，"报"取纵势，"史"取横势，"报史"的纵横古今跃然纸上，可谓构思奇妙。

费永春说："题写牌匾时，是内容与心灵的文化撞

2017 年为河北省天下粮仓酒业题写

2010 年为江苏恒驰大厦题写

击。"所以，意在笔先尤为重要。用什么书体，用什么形式，需要深思熟虑，反复推敲。要找到情、境、物的最佳切入点，才能心外无物，下笔有神。他在为河北天下粮仓酒业题写"向阳春"时，就取法《石门颂》，厚重而不失灵动，苍茫又蕴含轻盈，且有"向阳花木早逢春"的烂漫天真。在为四川泸州老窖酒业题写"将军令"时，他取法米芾，将有些笔画刻意夸张加重，使之纯厚有力，遒劲洒脱，好似指挥千军万马的将军，威风凛凛，气势夺人。

费永春题写牌匾的另一书体常用隶书，这是他个人符号十分明显的书体。他的隶书出自《石门颂》《西峡颂》《张迁碑》《礼器碑》及汉简帛书，静穆大气，高古苍厚。"老粮票大食堂"题字就有一种历史的沧桑感，而"高质发展，后发先至"题字则有厚积薄发、蓄势待发的地域时代风貌。两块牌匾书法皆庄重大气、吞吐古今。"纯和缘""春涌云台画展"及为花果山茶场、花果山盆景园题写的对联"树艺流芳传承百载，云雾飘香神贯万年""门临圣湖水波光塔影留雅韵，户绕花果山竹浪松涛发清音"

等，将汉碑作基础，以气象追求为基调，力求正大而不失韵致，畅达而不失意味。着重笔墨变化，用笔沉实而不失轻松活泼，笔墨运行及结体看似平正而时时处处在变，正中有欹，寓欹于正，袭古弥新，一气呵成，在追求金石气的同时兼及书卷气。他是一位热爱生活的文化学人，为文，写得兴致淋漓，有着一种真挚而热烈的感情力量；为书，则笔力遒劲，韵律沉雄，内蕴着一种豪迈气概。

"不耕砚田无乐事，老来情味向诗偏。"近年来，他写了三百多首诗词，杂吟遣兴，随手抄录，喜用隶法写行草，不失古意，不计工拙，方便实用。如"春语苏心""怀远茶楼"等即用此法题写。

把握时代脉搏，传承汉魏遗风。这就是费永春书法艺术的魅力所在。著名学者、历史学家、书法家史树青先生欣然为其题词："篆本周秦草临旭素，隶宗汉魏真法钟王。"谨以此作为费永春牌匾题字书法艺术的写照，信然！

阿迪 著名文艺评论家，连云港市评论家协会副主席。

将军令

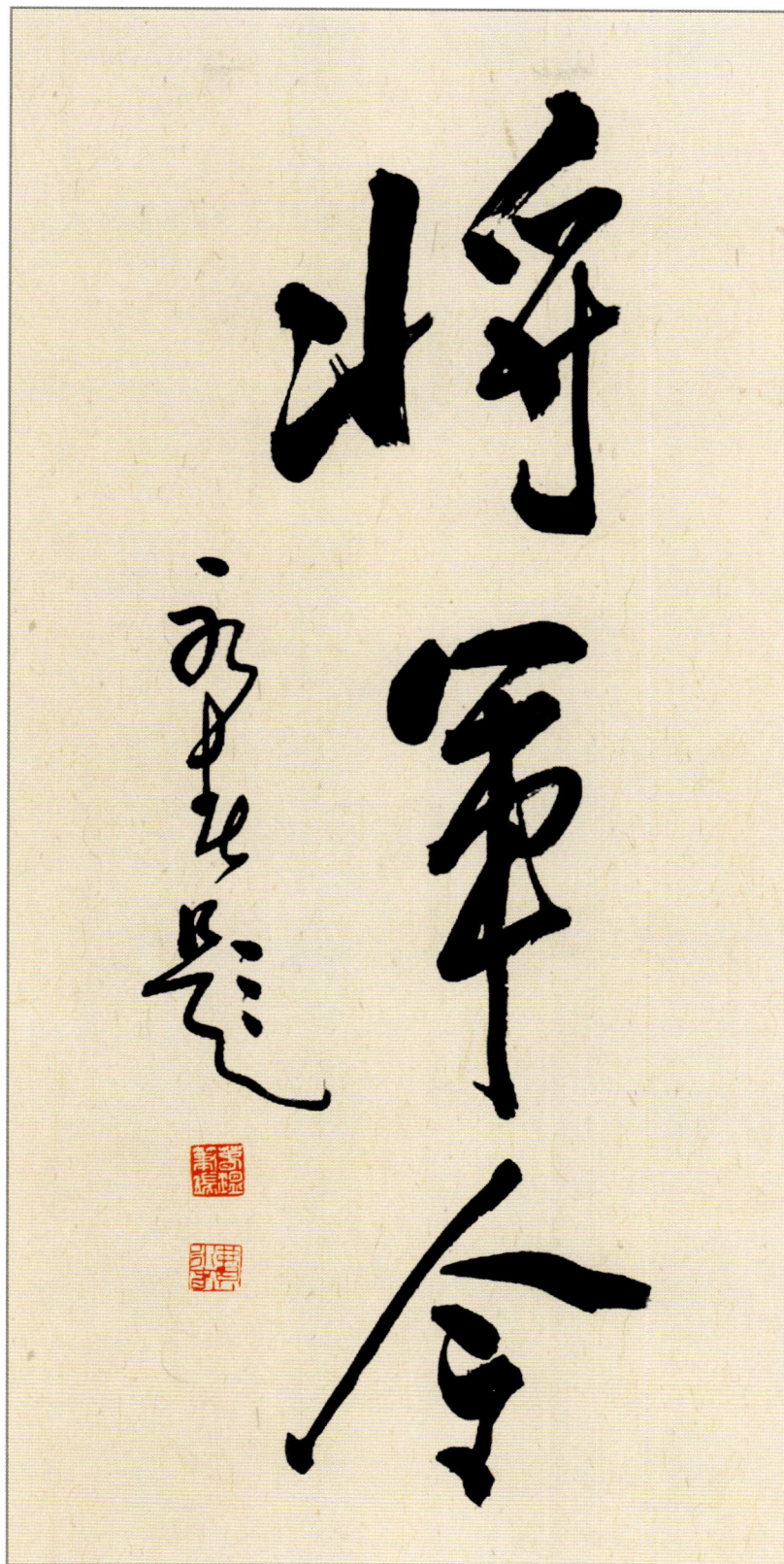

2016 年为四川省泸州老窖酒业题写

圆梦书画院

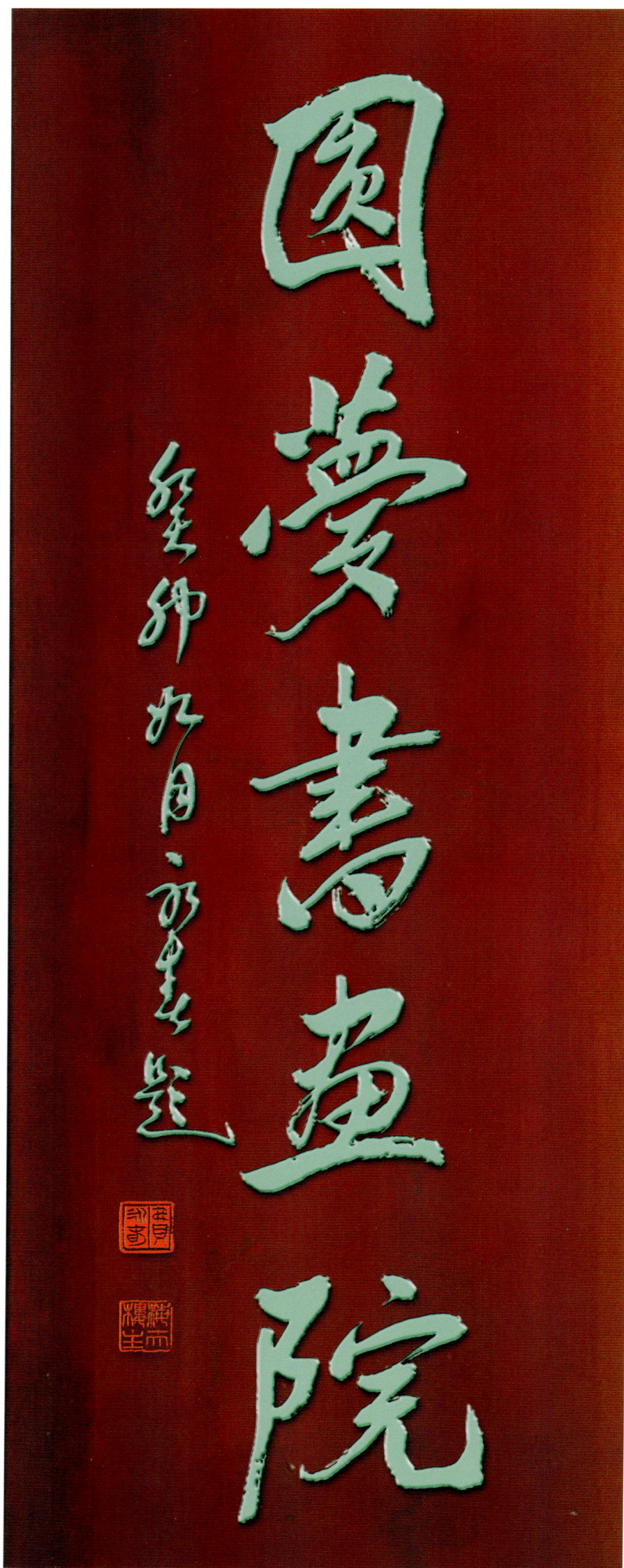

2023 年为圆梦书画院题写

谈锦山书画集 2013 年题写

墨飞艺术作品集 2016 年题写

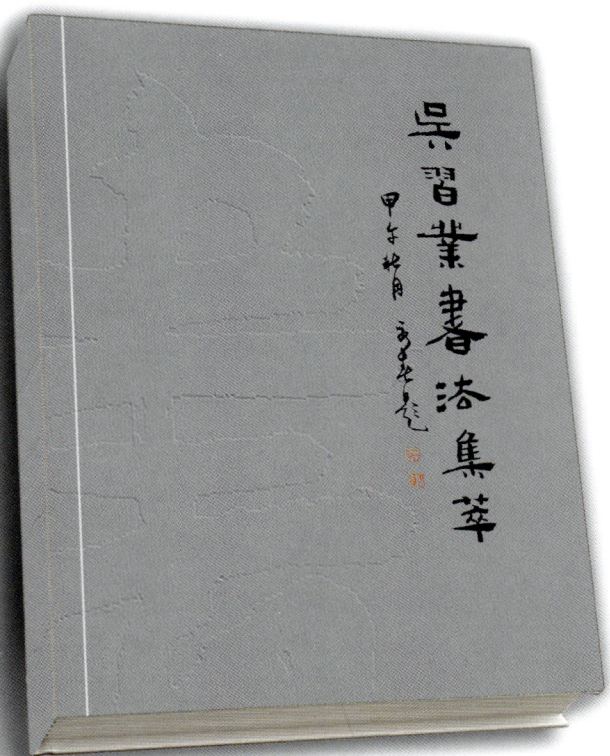

吴习业书法集萃 2014 年题写

费振通艺术集 2023 年题写

胸海诗社

QUHAISHISHE

2022 年为胸海诗社题写

2019 年为贵州茅台镇定制酒题写

道法自然

恭贺任贵书画先生书画
小品集出版 癸卯荷月
柳亦乐

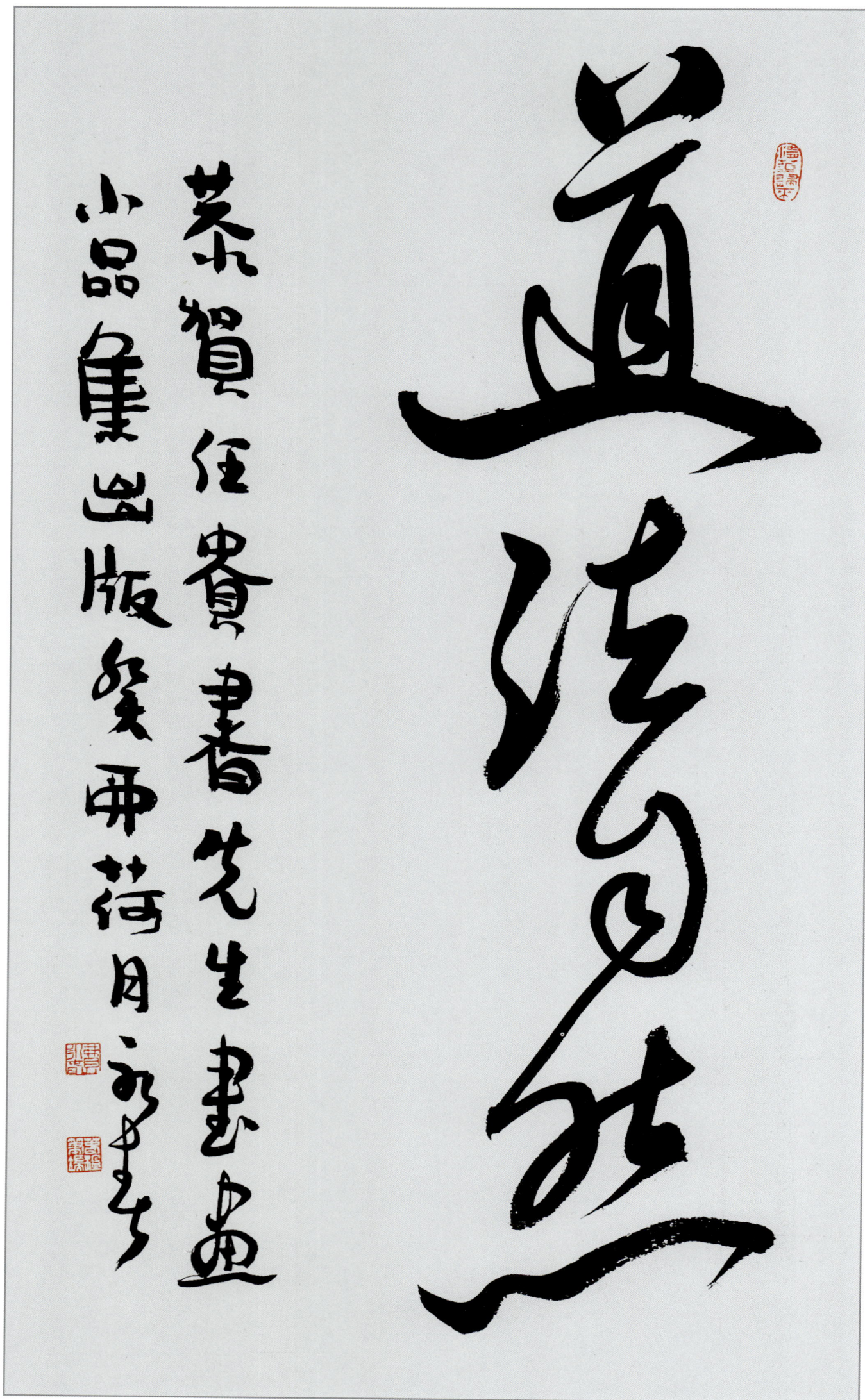

2023 年为任贵书院长书画作品集题写

2019 年为大圣羽毛球馆题写

2019 年为善护禅茶院题写

2023 年为慕圣楼题写

2020 年题写

2023 年题写

YISHUZHOUKAN

苍梧晚报艺术工作室

总策划 费永春

周刊

■港城文化的展示平台

2013 年为《苍梧晚报》题写

咏春艺术苑

癸卯秋月易从画室昌黎

2023年为咏春艺术苑题写

上图均为艺术苑内景

勤劳双手绣锦章

易水寒

　　落花随春去，余香伴夏来。今年的"五一"劳动节，在为四月的春潮写好后记，为五月的夏韵写好序言，以诗的名义、词的婉约、歌的旋律、赋的壮阔，向我们健步走来！

　　以往的"五一"劳动节，对我来说，不是写稿，就是值班。这是我退休后迎来的第一个小长假。我在想，过去忙于工作，践行了初心，却淡化了亲情，便决定五月一日陪家人去花果山我的艺术基地喝茶看景，五月二日与艺术界朋友有约，去锦屏山看看满山盛开的槐树花。

　　艺术基地是2013年启用的。2011年至2012年两年，我在清华大学美术学院进修书画艺术时，得知我的好友武可祝（他是一位老板，小我十余岁，在商界出道很早，完成资金积累后，主要精力用于玩盆景），在花果山上买了几亩地，过上了种花种草种清闲、小酌秋月观云舞、醉卧春风听雨眠的悠雅生活。武总多次对我说："你的杂文和诗书画都很厉害，等你清华大学归来后，在花果山为你建一个艺术基地，你没事就来玩。"我说："谢谢你的好意，不要建了。本人的文章、诗书画，都不成熟，处在学习起步阶段，既无成果更无建树，与古代名贤、现代俊杰相比，只是不起眼的小白点，抽空在家涂鸦玩玩就行了，不需要基地。再说，作品不上档次，不能流之久远，独领风骚没几天，就是把台北故宫博物院给我当基地，又有什么意思呢？"

咏春艺术基地外景　摄影　骆晓玲

2013 年题写　摄影　骆晓玲

　　谁知，等我从清华大学完成学业归来后，武总打电话给我说："基地建好了，你过来看看呀！"盛情难却。一日，我携几位朋友一起过去了。基地建得很漂亮，进门是一株三百余年的菩提树，遮天蔽日，院内小桥流水，曲径通幽，办公室、画室、展厅一应俱全。二楼的茶社，窗临可将阿育王塔、大圣湖全貌尽收眼底，真是一处不可多得的风水宝地。

　　回到海天楼，题写了基地的牌子和大门上的对联，制作安装后，艺术基地就算启用了。启用后，由于工作繁忙，我很少过来，有几次都是陪外地的客人同游花果山，下山

艺术基地展厅一角

后到这里喝喝茶、聊聊天，与好友们一起写写字、画点画。当时心想，待退休后，时间充裕了，也许可以常过来玩玩。

　　2020 年我退休了。海子说："从明天起，做一个幸福的人，喂马劈柴，周游世界；从明天起，关心粮食和蔬菜，面朝大海，春暖花开。"我要说：退休了，做一个幸福的人，没有马喂，没有柴劈，没有钱周游世界，但有一些志同道合的朋友，儿孙绕膝，过上"海天楼上弄翰墨，海棠花下戏子孙"的惬意生活，就很知足了。

　　其实，我对于退休后的生活早就有所预料，退休久了，与外界的接触会越来越少，可能会觉得孤独，睁眼一看，周围都是我需要依靠的人，却很少有人像过去那样依靠我。今非昔比，哪怕是心有快乐，分享错了对象，恐怕别人说我是显摆；哪怕是心有酸楚，分享错了对象，恐怕别人说我是矫情；哪怕是对艺术的认知，分享错了对象，恐怕别人说我是狂傲。因此，时间静走，岁月叠加，萌生了切合实际的念头，三两知己，一杯清茶，与三观不合的人渐远，热闹露面的地方少去。好汉不提当年勇，自度是能力，度人是格局，一切随缘，有缘常聚聚，无缘随他去。

　　说到幸福和知足，都离不开辛勤的劳作。辛勤的劳动，是创造繁荣的灵魂，是进步升华的导航，是不负韶华的硬核。生活，其实对每一个人都很公平，你只有尝尽前面的辛苦，才能享受后面的甘甜。我身边有好几位资

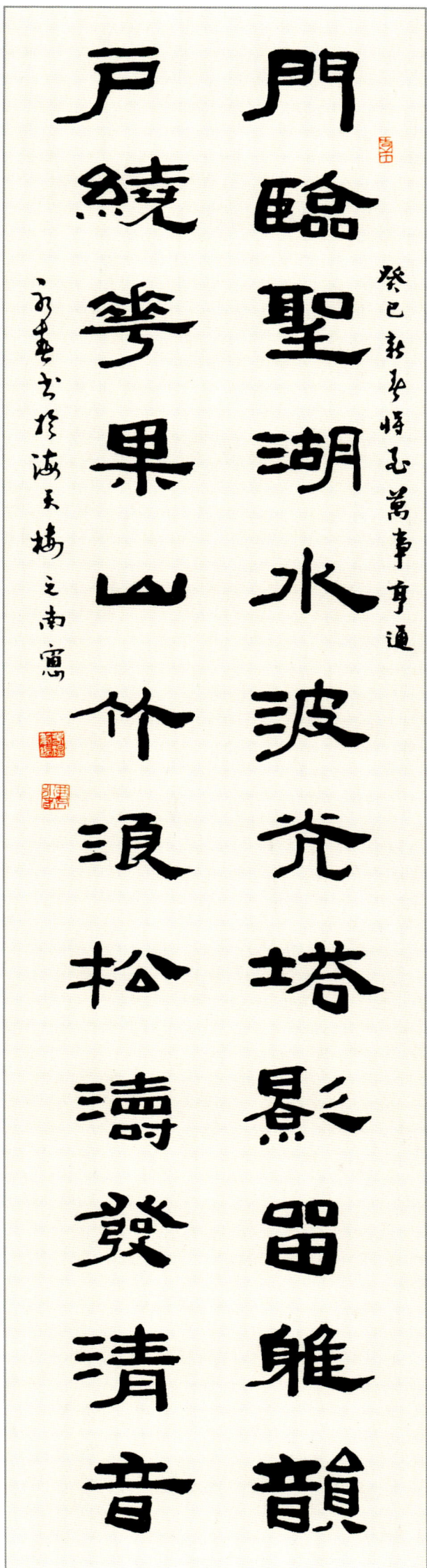

門臨聖湖水波光塔影留雛韻
戶繞莘果山竹浪松濤發清音

癸巳新春將玉萬事亨通
高峯書於海天橋之南窩

2013年题写

艺术基地创作室一角

产过亿的小兄弟，对于他们创业初期的艰辛历程，我是知情人。我南京艺术学院和清华大学的同学中，有很多人笔耕不辍，已成大名，我是见证者，他们都是我引以为荣的榜样。各位成功人士，他们用辛勤的耕耘，对人生的苦尽甘来做出了最好诠释。在同学、朋友小聚时，我会经常跟他们聊三句话，"钢铁是炼出来的，美酒是酿出来的，幸福是苦出来的"。

现实生活中，幸福无处不在，每个人都有自己的幸福。只要你学会摆脱欲望的枷锁，用一颗平常心去拥抱生活，别人拥有的你不必羡慕，只要努力，你也会拥有的；你已经拥有的，也不必炫耀，因为，别人经过奋斗也会拥有，你为采撷幸福之果付出了多少，也就会收获多少。

身在红尘，诱惑很多。人的一生追求的东西也有很多很多，各自都在寻找和补充一种完美的幸福。我们静下心来想一想，完美是不复存在的，金无足赤，花有开谢，人有沉浮，浅释一份欲望，就赢取一份心安。你能够把活着的每一天过好，给自己一份舒畅的心情，给别人一抹阳光的笑意，是对自己和家人、朋友，乃至生命的珍重，也是把幸福时光辐射给他人。

最近，疫情减缓，偶尔与挚友小聚。聊天中，不难看出，通过这

次生离死别的考问，很多人都把权力、地位、金钱、名利相对看淡了许多，选择了淡泊明志，尤其是与其在争斗和攀比中煞费苦心，在追名逐利中不择手段，不如顺其自然地享受生活，并活出自我。

大凡喜欢书法的人，应该都知道天下第一行书《兰亭序》。王右军在书写时，也把生活和生命提到一定高度。序文通篇寥寥三百二十四字，开头是明媚的、轻松的。而后面有几句话，却把东晋文人对生命敬畏的心境，坦然敞开出来了。文中写道："况修短随化，终期于尽。古人云，死生亦大矣，岂不痛哉！"可见，这些旷世奇人，也想在薄情的世界里，深情地活着。

善厚天赐福，德高地养人。我在想，一个人淡泊名利地活着，并不是碌碌无为地混日子，与其在懒散中疗伤，不如在勤劳中奋发。生活如舟，从来不会一帆风顺的，往往生活过得狼狈不堪，一地鸡毛。每当此时，我也在想，如何将一根根零乱的鸡毛小心翼翼地捡起来，梳洗后扎成美丽的鸡毛掸子，或许成了人们喜欢的工艺品，这也不失

为逆境中的一种选择吧？！一个人能够在顺境中豪迈，在逆境中自强，始终向真、向善、向美进发，都是可敬的。只要我们曾经辛勤努力过，无论收获多少，到头来，即使过上清简如素的日子，采撷一份静暖，在一个安静的地方坐下来，品一盏茶的幽香，观一片叶的静谧，赏一阕词的凄美，你也会忘掉一切，心旷神怡。

昨天，我在艺术基地看到八年前栽的树长高了，池塘里的鱼长大了，争奇斗艳的盆景故者未厌，新者已盛，自题的那副隶书对联也老旧了。联曰：

门临圣湖水波光塔影留雅韵
户绕花果山竹浪松涛发清音

寒来暑往，历经风雨，对联虽然有些褪色，却在我浩瀚的心海中，宛如漂荡着的一朵朵耀眼的浪花……

2020 年 5 月 2 日于海天楼

艺术基地茶楼一角　摄影　骆晓玲

删繁就简　领异标新

——费永春现代书法艺术散论

阿　迪

　　"书者，散也。欲书则先散其怀抱，任性恣情，然后书之。"当代艺术家费永春就是这样一位才情至善的书者，他以弘扬传统书法美学为己任，继承古代书法传统的精华，秉承中国书法的骨法用笔，执着于汉字结构的表意性与线条的抒情性，用现代意识和创新理念来诠释现代书法，拓宽了书法的创作领域和意象形式。

　　费永春首先是一位传统型书法家，然后是一位现代书法艺术家。他受业于当代著名学者尉天池、黄惇二位教授，就读于南京艺术学院书法专业，研修于清华大学美术学院。丰厚的传统滋养与高强度的基本功训练，成就了他

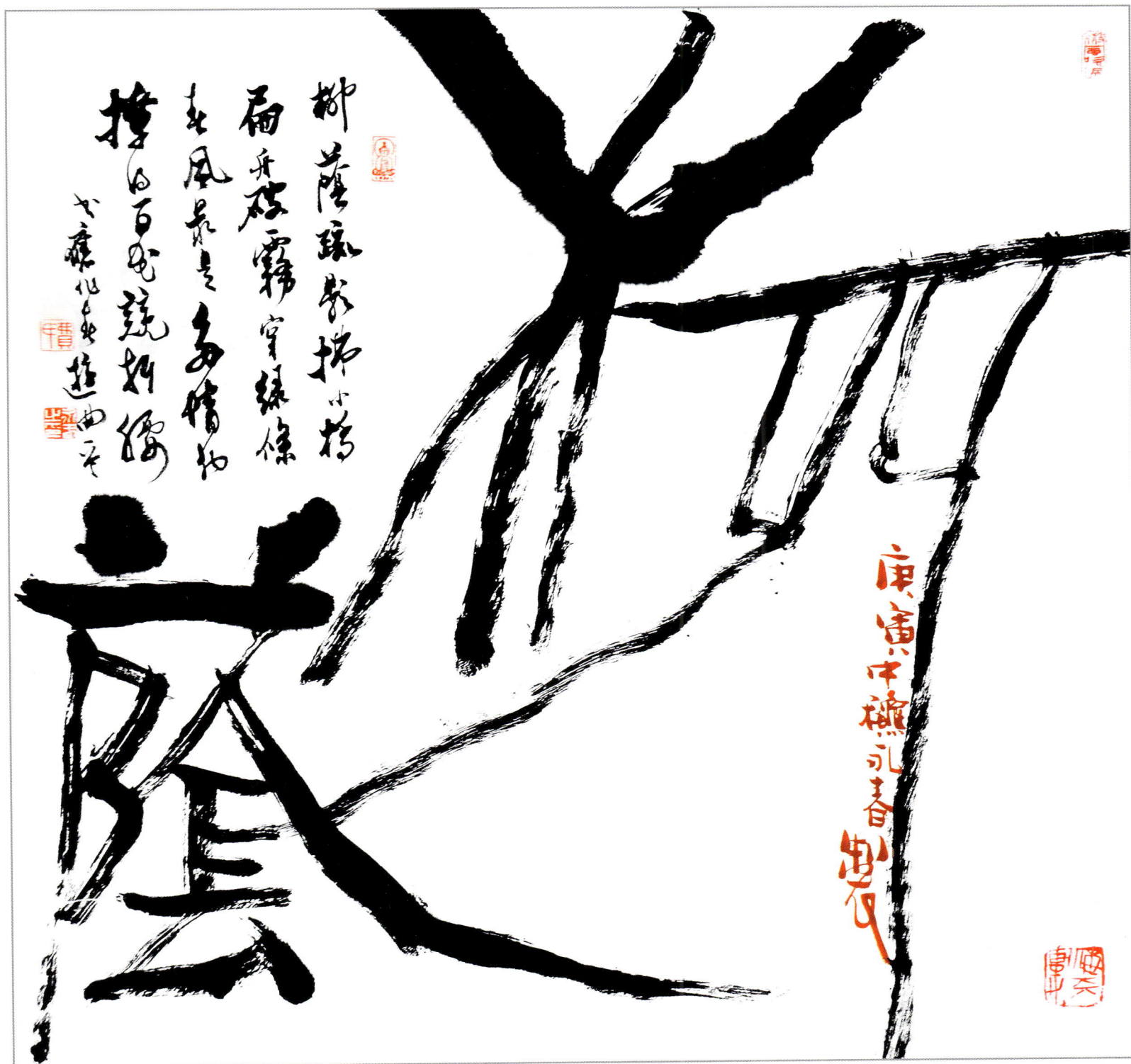

现代书法　**柳阴**　68cm×68cm　2010 年书

那雄浑的隶书与遒劲的行草，且被业内专家首肯，更被藏界追捧。至此，已经功成名就，可他"忙完了秋收忙秋种，学习，学习，再学习"。他是位不知疲倦的思想者。他认为递嬗旧体，代有新书，此书史百验不易之轨迹也。现代书法是书史发展之必然，亦是时代审美使然。

　　费永春现代书法审美特征与艺术特色贯穿于他自己的创作实践。他那独特的审美特征与艺术特色已成为他的现代书法的标签。

　　费永春创作的现代书法审美具有多维性。首先是画意。他将自己掌握的各种艺术语言，尤其是将中国画中的形式美法则和吴冠中先生的美学理念直接倾注于书法笔墨的表象中，展现了中国大写意画的笔情墨妙。其次是境界。费永春现代书法创作得力于他深厚的文学功底，至今他已有上百万字的文学作品发表与获奖，所以，他创作的现代书法作品都具有诗一样的境界美，他所达到的是"心忘其书，手忘其笔，心手达情，书笔相忘"的忘我境界。再者是和谐。他善于造险与破险。疾徐、浓淡、轻重、粗细、欹正、长短、大小、离合、向背……他都能得心应手不逾矩，随意挥洒不矫情，显示出他非凡的创造力与超人的审美情趣。最后是童真。"能婴儿乎？"此乃艺术之至高追求。面对多极化世界，各种文化取向相撞，费永春大智大勇，毅然将现代书法回归人类的童年，表现出一方质朴、天真、烂漫的世外桃源。他的书法由秦汉上追金文、甲骨，悉数祖先造字之意；他的水墨由明清大写意上溯至古老的岩画，洞察古人作画之趣。因此，他体验到原始自由状态的混沌世界。他的现代书法充满了孩子般的顽皮与无邪，亦书亦画，非书非画，创造了一个个童话般的儿童乐园。它能唤醒成年人心灵深处属于过去的童年记忆。

　　艺术家的学识素养越高，其作品内涵越深，意境越高，这也是我们民族文化的精粹。费永春身体力行，将这一美学思想贯穿于其现代书法，使其艺术特征具有时代的鲜明性。首先，他追求作品的空灵和哲理寓意。儒、释、道是中国传统文化美学思想的基石，与西方美学相比，中国美学更讲究空灵、意境和哲理性。古典主义是现代书法的源泉，"惟有源头活水来"，现代书法创作不应脱离传统，更不能离开文字，这是中国书法之所以成为独立和独特艺术的根。费永春知技法，通万物，见本性。他将汉字适度变形，较多地使用篆书、隶书、草书的笔意入书，重视用墨，追求墨韵，但他只用中国传统的笔墨纸砚，表达中国风，书写中国梦。他的现代书法作品一望便知是民族的、现代的、中国的。其次，他追求墨线的质量。费永春现代书法作品具有可读性，并带有幽默感；视觉冲击力强，而具有神秘性。作者感情的奔放与心灵的独白，均借助于他那高质量的墨线。他讲究点画线条的筋骨、神采、

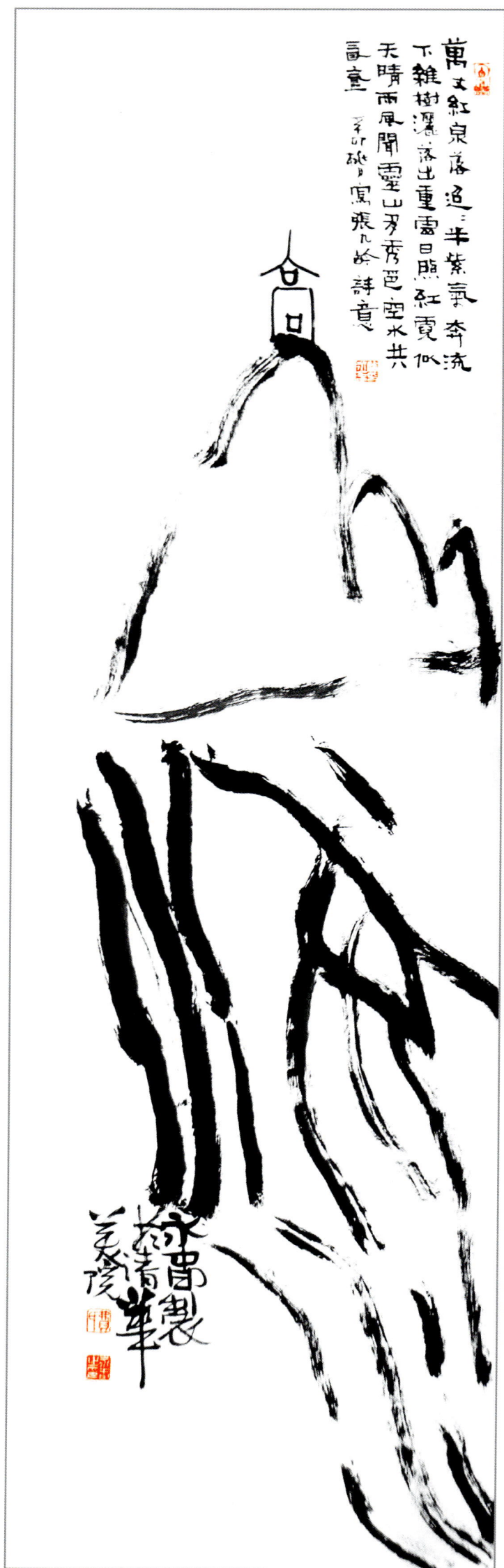

现代书法　高山流水　136cm×48cm　2010 年 书

气息等审美内涵。他的墨线是其深厚的技法功能和经过修炼的才情二者合一的产物。他通过墨线表现出汉字诗文的样式风格，以汉字和既有的诗词、文赋、文句为媒介，写就现代人的审美趣味。此外，也表现出理性观念构成样式风格，费永春通过线条不间断地分割空间，对书法本体元语言艰深探究。它的形式特征是冷抽象中内蕴顽强、勃发的生命志趣。再次，他追求章法构成，疏密黑白对比强烈。受吴冠中彩墨画影响，黑白灰、红黄蓝、点线面，吴家作坊"九大法宝"均被费永春有机地移植到现代书法作品之中，风筝不断线，也算中西融合吧！尽管他也借鉴西方当代艺术，如表现主义、抽象主义、波普艺术，同时他也参阅日本的意象派、少字派书法艺术，且经常与国内同行切磋交流，但他的现代书法不与人同。每个字都有得以自由驰骋的空间，是一个独立的王国，又可以随时服从调遣任意组合而均能做到和谐之美。书法不再是固有观念中的书法，而是通过巧妙地组合与构成，来实现它在视觉图像中的生命。

费永春探索现代书法三十余年而收获颇丰。他的高明之处在于他的现代书法依然是传统书法的延续；他的胜人之处在于他对"书画同源"的敏悟，将中国大写意绘画的精髓引用到书法创作中。他的现代书法作品既是本土的、原生态的，又是现代的、开放的，雅俗共赏。因为他的现代书法是古典与现代同步、高雅与时尚并存，每一双眼睛都能从中找到自己的审美。

2018 年 3 月于墨梨园

阿迪 *著名文艺评论家。*

现代书法　**一叶知秋**　68cm×58cm　2011 年 书

爱荷　藏荷　画荷

易水寒

　　过去一滴思绿泪，而今刚流到腮边。我对绿色的酷爱和眷恋，缘于孩提时把荒芜的盐碱地看腻了。

　　遥想当年，我出生在徐圩盐场的一个圩子里。从记事起，放眼望去，堤外是滔滔的黄海水，堤内是广袤的盐格子，显得孤峭又冷寂。

　　想看绿色，只有去附近的东陬山。这座山不大，光秃秃的，山上唯有马尾松林子，稀稀拉拉的松树，点缀着绿色的痕迹。每逢夏季缺雨，只见树林里，热浪裹着白雾，袅袅升腾。可怜的松树早已煎熬得失去了神采和韵姿。孩提时对绿色的渴望，零零碎碎储藏在记忆的角落里。

　　还记得，盐滩上、大堆旁、河岸边的盐蒿子，算是常年陪伴我的红红绿绿了。它顶着苦涩的海风，忍着寂寞与平凡，任咸水浸泡，烈日烘烤，霜打雪压，却总是从容而大气，顽强坚韧地生长着。它还将平淡化为神奇，春夏时，以绿色馈赠，秋冬季，它又悄悄由绿变红，似燃起的一簇簇火焰，鼓舞了多少盐场人，在崎岖的前进路上，不停攀缘。盐蒿子，可敬可亲的名字，你在我心目中，是印度丛林中的名贵紫檀，是戈壁滩上的神话红柳，是大漠孤烟里的白桦林。我将永远为你骄傲，永远为你而礼赞和自豪。

　　时光荏苒。到了二十世纪八十年代中期，《连云港报》增刊扩版，需要人手。彼时，人才相对匮乏，报社党委觉得我年纪轻轻，文字、摄影、书画多方面都颇有成果，是个全面手。在不符合调进条件的情况下，便以人才引进的方式，将我从徐圩盐场工会调到《连云港报》，从此我当了一名记者。

　　到报社后，节假日除了写稿，总会忙里抽闲去花果山饱览绿色。特别

现代书法　**荷塘月色**　136cm×68cm　2011 年 书

是我老婆骆晓玲，她是一位摄影记者，出道很早。在八十年代，整个江苏省，仅有三位女摄影记者。除了她，就是《新华日报》的刘栖梅，还有《苏州日报》的沈锡锡。

晓玲除了新闻摄影外，还经常拍些艺术照片。当她拍的荷花系列在权威报刊发表后，荷花的千姿百态、高洁素雅，深深地打动了我，从那时起我便开始收藏荷花专题画作。

在全国书画界相处很近的一批朋友，得知我收藏荷花作品，百余位师友、同学有作品相赠，其中有很多大家名家之作，如陈大羽、崔子范、鲁慕迅、喻继高、盖茂森、贺成、周京新、徐怀华等，均有荷花入藏海天楼。特别是山水画大家卢星堂先生，人民大会堂、中南海紫光阁、怀仁堂等重要场馆，都悬挂他的巨幅山水。他的画以诗意美而名世。当卢先生，得知我收藏荷花作品时，竟在百忙中，画了一张四尺整纸的荷花赠予，让我难以忘怀，视为珍宝。

连云港籍在外地的著名画家王宏喜、叶烂、贾俊春、左希文都有作品相赠。连云港市的美术协会主席周明亮、海州画院院长张子文，都分别为我画过荷花。值得一提的是，连云港市著名书画家韩秉华是我的同道好友，他把他在全国获奖并发表在《美术报》报眼上的巨幅荷花送给了我。专题收藏荷花近三十年了，藏品一百六十余幅，有鸿篇巨制，也有尺余小品，我都十分珍爱。最小的一张，是吴昌硕的，不足两平尺；最大一张是我南京艺术学院同学现任青岛画院副院长高登舟的，他为我画了一张丈二整纸的，蔚为大观。

荷风送香气　68cm×68cm　2011年作

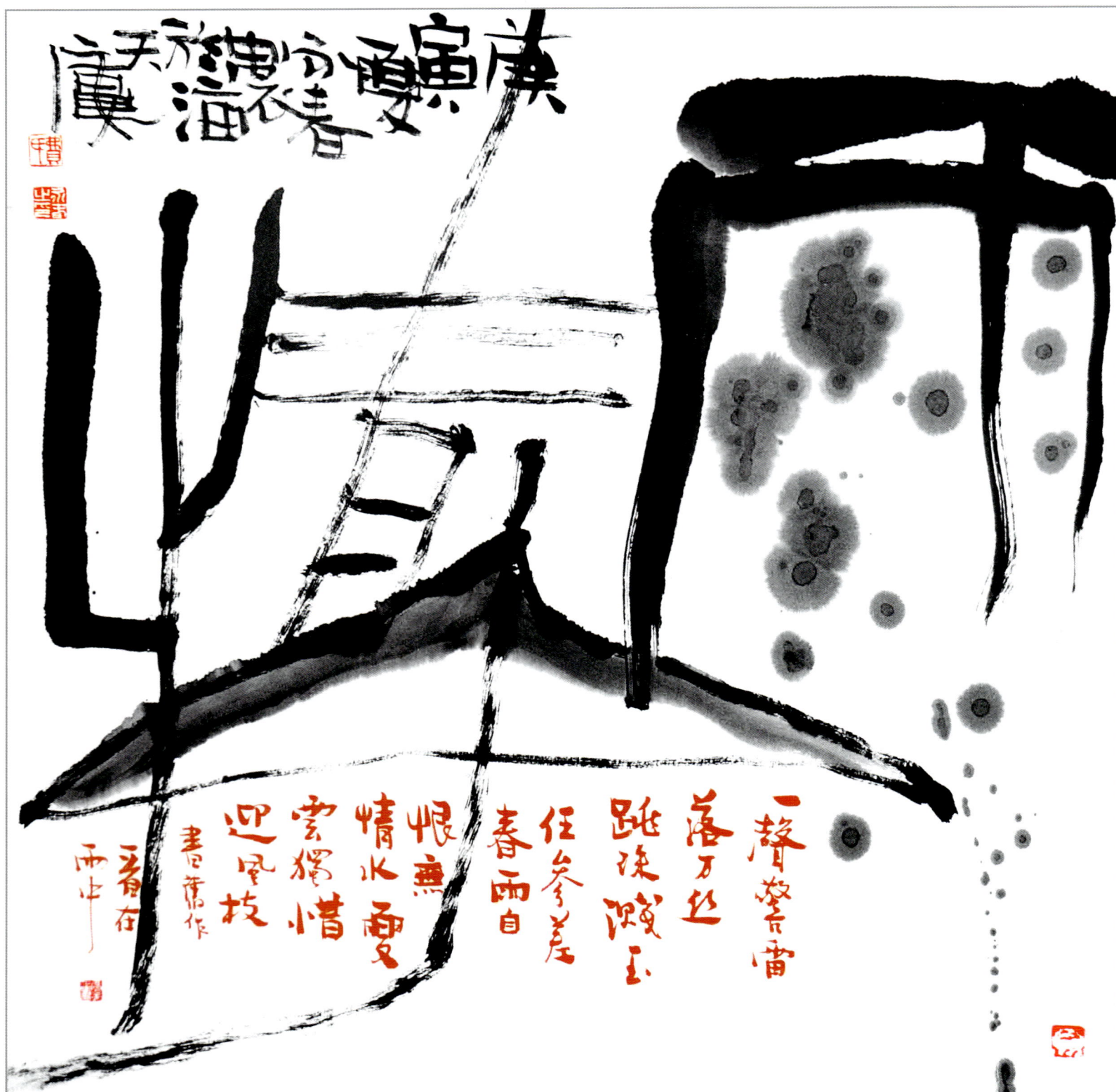

现代书法　**雨中情**　68cm×68cm　2010 年书

时下，正是荷花盛开的季节。漫步荷塘，总被她特有的韵致撩得心怀遐想。在"接天莲叶无穷碧"的渲染下，白色花朵，一身素装，高贵而典雅；粉色的，略施粉黛，富贵而不娇；红色的，灿烂夺目，浓烈又喜气；含苞待放的，羞涩地藏在绿荫中，多像我家牙牙学语的小孙女，可爱极了。

荷花的百看不厌，与她"风光不与四时同"相关。无风时，她们都静谧地徜徉，享受阳光的温情。有风时，便摇曳多姿，翩翩起舞。下雨后，荷叶和花蕾上的一颗颗露珠，晶莹剔透，宛如镶嵌了昂贵的钻石，愈加妩媚动人。时有翠鸟来访，她只是友好地点点头，倾听一下来客的呢喃后，又恢复她的自然与自在。

当你雨后走向荷塘，整个世界像刚刚洗过似的，特别清爽，空气也十分新鲜，深深地呼吸后，香幽幽、甜丝丝的，仿佛喝了高端葡萄酒一样，回味无穷。

当然，我去得最多的要数清华园里朱自清先生笔下的荷塘了。初次阅读《荷塘月色》，还是在上初中时的一节语文课上。尽管老师讲解分析了课文，但当时只是觉得文章写得很美很美，但不谙其中精髓，就在模模糊糊中渐渐淡忘了。

说来也巧，也许我与清华园的这片荷塘有不解之缘。2010 年，有机缘去清华大学美术学院进修两年。到校的第二天便迫不及待地去观看了这片荷塘。开学后繁重的学习任务压得我喘不过气来，星期一临摹古帖、星期二书画鉴赏、星期三艺术史论、星期四……课程排得满满的。寒暑假还要回连云港看看老婆孩子，见见各界朋友。

我是一个爱热闹也爱清静、爱群居也爱独处的人。在校两年，周末大多与同学一起去中国美术馆看看展览，去荣宝斋买点文房四宝，去潘家园讨点心仪的古玩。晚上回校后，约上几位要好的同学喝酒谈艺，基本是不醉不休。

很多次，酒场散去，我独自一人，乘着月色，来到校园内的荷塘边，吹吹风，醒醒酒。常常沉醉于那幽静、神秘的荷塘月色之中。回到宿舍后，再反复翻阅朱自清先生于 1927 年在清华大学任教时写的这一名篇，每每总有新的收获。去得多了，读得多了，加之身临其境，才慢慢领悟到朱自清笔下的《荷塘月色》充盈着一种淡淡的喜悦和淡淡的哀愁。从这些喜悦和哀愁中，能清晰地看出朱先生对美的憧憬和对黑暗现实的失望与无助。

我喜欢荷花，当我读懂了《荷塘月色》，我对荷花更是难以割舍了。这些年，我画了很多荷花，有才露尖尖角的，有婀娜多姿的，有残荷听雨的。我喜欢她寂寥中的明澈、感伤中的静美、萧瑟中所蕴含的况味还有她的成熟和饱满。

于是，我多次构思，想在心手双畅时，搞一幅有关荷花的现代书法。记得，那是一个周日的下午，饮酒微醉，花半开之后，铺纸挥毫，写下这幅"荷塘月色"。当时，看着满纸云烟氤氲、枯湿浓淡并济、似画似书的作品时，有了些许快慰。随手又在右上方的大块留白处，即兴题诗：

月映荷塘更袅娉，
无垠碧浪接群星。
梦里遐思尖尖角，
悄送清音给我听。

2022 年 8 月于海天楼

现代书法　**三思而行**　68cm×68cm　2010 年 书

现代书法　**明灯**　68cm×98cm　2022 年 书

现代书法　**明月梅花**　68cm×68cm　2012 年 书

画

题画诗 苍松黄雀图

费永春

霜下苍松漫晓烟，林前黄雀展云天。
何人识得丹青手，白石门庭步俊贤。

迁思妙得翰墨意

——赏费永春先生写意花鸟画

贾俊春

　　喜闻费永春先生诗书画集即将付梓成册。在此之际他嘱我为他花鸟画这方面撰写几句，深感欣慰与忐忑，欣慰的是为费永春先生多年笔耕即将成册而感到高兴，忐忑的是我恐不能把费永春先生的画尽善尽美地表达到位。

　　人格即画格，南宋郭若虚说："人品既已高矣，气韵不得不高；气韵既已高矣，生动不得不至。"艺术作品源于生活而高于生活，"气韵生动"是"心画合一"表现出来的境界，表达的意境也是画家的心境，是画家的精神写照。优秀画家的作品始终体现真、善、美，精、气、神，体现画家先有人格，方有画格的博大胸怀。元代赵孟頫

秋风劲　68cm×68cm　2022 年作

霜下苍松漫晓烟 136cm×68cm 2022 年作

主张以书入画，提出"书画同源"，倪瓒逸笔草草不求形似，引领了写意花鸟画的方向，使大写意花鸟画体格确立。到明代，林良、吕纪开创了花鸟画的新面貌。明中期，以徐谓为代表的大写意花鸟画笔墨大胆豪放，"不求形似，但求生韵"，个性鲜明，可称为大写意花鸟画的鼻祖。到清代，写意花鸟画高速发展，呈现出八大山人、石涛等一批大师级人物，朱耷的花鸟画笔情恣纵，苍劲润秀，逸气横生，如画鱼鸟曾做"白眼向人"之状，抒发愤世嫉俗之情。近现代的吴昌硕、齐白石、潘天寿等大师在继承传统花鸟画的基础上又迈上一个新的高峰。

费永春先生乃真性情之人，其人多才多艺，书法作品洒脱。他从事书法创作多年，篆、草、隶样样精通，其书法作品气韵通达，虚实相生，字体造型或奇或正，行笔迅捷，铿锵有力，功力修养深厚，气度爽朗，既有传统的学养功夫，又有极其广博的人生阅历，难能可贵的是其秉赋胸襟，以及勤勉善思，将最细腻的情感编织在字里行间。他的题画诗，余味悠长，字字珠玑，在此基础上他又研习中国传统大写意花鸟画，他具备的这些基础是许多画家望尘莫及的。画作也是真性情的抒发，画面一笔一画无不洋溢着他思想的光辉。他豁达、理性地看待人生，以强烈的个性、劲健的笔法、新颖的形式、缤纷的意境与色彩交融，丰富多彩，既充满豪迈的气概、活泼生机，又蕴涵丰富的生命灿烂与精神自在，难能可贵，令读者产生浓厚的兴趣。以书法入画，色彩艳而不俗，豪放粗犷之中，妙趣横生。费永春先生在艺术方面的成就得益于他多年来对艺术的执着追求，在南京艺术学院求学期间，曾得陈大羽先生悉心指导，此外，他还是著名书法家黄惇先生的亲传弟子，后来又赴清华大学美术学院、北京画院进修多年。他的作品深受近现代花鸟画大家齐白石、李苦禅、崔子范等前辈的影响，画面趣味浓，构成形式独特。不断汲取艺术精华，使他的绘画作品日臻成熟。

费永春先生的花鸟画非常像他的人，气息酣畅，看他的画底气十足，这和他平时做人气派是一脉相承的。他的画意趣横生，笔墨老辣，或大气磅礴或拙朴可爱，章法各异，骨体苍劲，逸远疏澹，萧然物外。譬如他的作品《苍松凝晚烟》采用竖式构图，呈现松的霸气挺拔，顶天立地，一高一低如母子松，由下向上生长，树干苍茫虬劲，笔墨结构突出，用笔极简，从整体看画面协调，矮树松叶蓬勃，松针峻挺峭拔，高大的松树立于画面天地之间，上方的松叶采用概念化处理，与下方松叶形成呼应，避免了头重脚轻之感，左上方空白处四只橙色飞鸟，采用意念写出，不求形似，但求神似，寓意为吉祥，与墨色松树又形成对比，既是点睛之笔，又与苍松融为一体，不失为一件佳作。这不由得让人联想到岑参《感遇》中"君不见拂云百丈青松柯，纵使秋风无奈何"的感叹。画中诗意流溢而出，意在笔先，墨沛淋漓，潇洒清新，配以诗词，书法笔墨浑厚，相映成趣，堪称一家，看似平常的题材，却创作出人民喜闻乐见的作品。

天真、自然、稚拙，是费永春先生作品的精髓。费永春先生的作品有浓厚的乡土气息，配以极具个人书法风格的书体和富有诗意的题跋，营造出一幅幅富有诗情画意的作品。又譬如另外一幅作品，鹤可以一飞冲天，鹅却只能与鸭为伍，费永春先生根据唐代白居易《鹅赠鹤》的诗意，巧妙构思而作《君因风送入青云》，此幅作品构图

请看何处不如君　68cm×68cm　2022 年 作

· 177 ·

静观皆自得　68cm×68cm　2022 年 作

饱满，满而不塞，极具动感。荷叶与莲蓬自上而下垂于水面，右上角采用泼墨重写荷叶，而莲蓬用枯笔、泼辣的线条写成，与荷叶形成点、线、面的对比，极具艺术性。水面鹅用重墨，线条流畅洒脱，逸笔草草，把鹅力争向上迎首张望的神态展于纸上。鹅的嘴巴与红掌两个点的色彩恰到好处地布局于画面，可谓耀眼之笔，格调高古。这件作品不失为一件优秀的大写意花鸟画作品。费永春先生的画大红大绿，黑白分明，大笔触、大块面，浓重而又质朴，平中取奇，极具形式感。再譬如《秋风劲》这幅作品采用方式构图，画如其人，与费永春先生热情、豪爽、奔放的性情是一致的。该作品打破中国传统花鸟画构成形式，现代符号性很强，大面积采用色彩浓烈的红色，鲜艳而不俗，与右边双勾线条的小秋菊形成强烈的视觉对比。重墨写就的篱笆围栏撑起画面的框架，这笔重墨镇住红色，使红色艳而不飘，配以黄色花蕊，中国传统的红黑色相运用得恰到好处，绿色叶子点缀其中，增加画中生机。左上角两只蓝色飞鸟憨态可掬，嘴巴上的红色与花的主色调形成

呼应，给人强烈的视觉冲击力，可以看出费永春先生的匠心独具。他的作品取材多是人们喜闻乐见的花卉鱼虫、禽鸟蔬果，充满着对大自然浓厚的情感。一草一木、一事一物，都展现出憨厚、稚气、可爱的生命力，拙中藏巧而不呆板。

美学大师宗白华说："艺术之美是自然的，犹如秋叶在微波中颤动，好似白云蓝天在水波中荡漾，让你有一种说不出的快感。"作为一名书画家，真本事来自真学问和真性情，这些离不开乡土地域文化对他的滋养，将有特色的地域文化注入他个人艺术修为中，"外师造化""中得心源"。艺无止境，愿费永春先生持续地去探索实践，深挖和拓宽其维度，我相信他会创作出更多具有划时代意义的精品力作。

贾俊春　中央文史馆书画院研究员，中国美术家协会会员，苏州画院专职画家。

春江水暖鳜鱼肥　136cm×68cm　2023 年 作

落霞為霜天氣涼蘑菇遲歸蕊思蕭翛
紅衣漸盡盈抱春杏
短歌微吟豈能長
東坡辛丑雨相降二千年夏藍題於海天樓南寧

红衣渐尽报春去　136cm×68cm　2021年作

为荷而醉意朦胧　136cm×68cm　2022 年 作

隔行通气

——漫话费永春的诗书画艺术

陈　武

1

"隔行通气"是书法美学的术语，原指书法作品中字与字、行与行之间的互相照应，虽每字独立，每行独立，但书法大师们在创作时自然会形成一种气韵相通的联系。

我这里的"隔行"是指行当，用在费永春身上十分恰当，他本业是报社的编辑记者，却在诗、书、画方面取得了傲人的成绩。而这三种艺术创作形式以及编辑记者，虽都可各自独立、自成体系，实则互相关联，气韵相融，隔行通气。

众所周知，同时精通诗、书、画艺术的人，被称为"三绝"。"三绝"原是特指郑板桥，后扩展为对这三方面成就突出的艺术家的泛称。郑板桥自创的"六分半书"是他书法艺术的特殊符号（用隶体掺入行楷，形成独家风格）；他的题画诗摆脱传统的以诗就画或以画就诗的窠臼，每画必题诗，每题必佳作，诗画映照，拓展了中国画的广度和意味；他的画以兰、竹、石为主，构思、布局十分巧妙，以墨的浓淡衬出立体感，技法独树一帜，自称"四时不谢之兰，百节长青之竹，万古不败之石，千秋不

变之人"。费永春在本职工作之余，对诗、书、画也展开了全方位的研究和创作，同样特立独行，自成气象，是当代连云港难得一见的艺术通才。

所以，在很多批评家对费永春的艺术成果做过评论之后，我也有话要说，来表达我对费永春这些年的了解和印象。

我不太写得来高头讲章式的艺术评论，关于这方面的文字，还是习惯于通过印象加评述的方式进行评论，并立求自然、自如、随意和随心，如果能让人读出点亲切感来那当然更好。所以，写艺术家费永春，我还是遵从习惯。

2

我和费永春的认识，始于新世纪初——2000 年 5、6 月间，我到《苍梧晚报》工作，费永春是文艺副刊部主任。当时的《苍梧晚报》还在筹备阶段，人不多，都是从《连云港日报》那边转过来的骨干。记得丁心昂是总编，谈虹是副总编之一，分管副刊部。另外有印象的还有钱春媛和文字风格颇有个性的一些编辑记者，办公地点在报社

俯首不为美名留　136cm×68cm　2020 年 作

办公楼外的几间平房里。我报到那天，谈虹把我介绍给了费永春（我是谈虹找来的。谈虹少女时代是诗人，对连云港文坛十分了解也颇多关注），并和他在一间小办公室里办公。彼时，费永春正准备赴韩国参加中韩书法艺术交流展，忙于创作书画作品，就把副刊的办刊思想和他的一些颇具副刊风格的理念跟我做了介绍，并委托我把试刊阶段的两期副刊编好。副刊叫《海州湾》，是晚报创刊筹备阶段就确定的。《海州湾》这个刊名非常好，有地域概念，说明连云港市所处的地理位置，即太平洋畔一个小海湾里的城市（连云港前身叫海州）。"湾"的另外意义，有《苍梧晚报》一个独具个性的版面的特指或暗示（当然，如果能叫《太平洋》那就更牛了，法国有个《大西洋月刊》，我们再来个《太平洋副刊》，形成东西呼应，那么引领世界的趋势或潮流也未可知）。

费永春对我国现代报纸副刊的沿革非常了解，临出国的前几天，他跟我交流很多，还提到二十世纪二三十年代许多名家都和副刊有着不解之缘，有的还是副刊的编辑，比如鲁迅的学生孙伏园，就于1920年接手了《晨报副刊》，鲁迅早期的许多作品就是在该副刊上发表的，如《智识即罪恶》《事实胜于雄辩》《为"俄国歌剧团"》《所谓"国学"》等，还有《一件小事》《不周山》《肥皂》等小说，著名的《阿Q正传》也是在《晨报副刊》上连载的。据统计，鲁迅在《晨报副刊》发表有五十多篇文章，杂文集《热风》所收的文章大都出自《晨报副刊》，《晨报副刊》还转载过《狂人日记》和《故乡》等名篇。连云港籍著名教授、作家朱自清北大毕业前夕也在《晨报副刊》发表过诗文，其他"五四"以后的名作家就更多了，瞿秋白、叶圣陶、俞平伯、周作人、胡适、冰心、林语堂

燕子携春归　68cm×68cm　2022年 作

瑞兔献寿　136cm×68cm　2022 年 作

等名家都在《晨报副刊》发表过作品。二十世纪二三十年代，吴宓、杨振声、沈从文先后编辑天津《大公报》的《文艺副刊》，都专门邀请朱自清为撰稿人，朱自清也在该副刊发表多篇书评和随笔。正是费永春对副刊如数家珍式的了解，《苍梧晚报》副刊的几个主要栏目，如"名家手记""苍梧片影""他山石"等，才在他的主导下确定。此外，"海州湾"三字也是费永春请他南京艺术学院的导师、著名书法家黄惇先生题写。费永春能把《苍梧晚报》副刊试刊号这么一个重要的工作交由我来办，我感到压力不小，同时也感谢他的放手和信任。不久后，他从韩国载誉归来，看到新试刊的两期《海州湾》基本上围绕他的思路出刊时，才放下心来并表达了欣慰之意。此后不少年，《海州湾》副刊都是在费永春的指导下，由我来主持、编辑的，一直到 2006 年年末，我离开晚报才由别人接手。

话说在我编辑《海州湾》两期试刊号时，在韩国参加中韩书画交流的费永春在韩国艺术界引起了不小的反响，特别是几次现场艺术交流时，费永春大展才艺，创作了多幅现代书法作品，据和他一起参加这次交流活动的几位艺术家说，费永春的作品，很受现场观摩的韩国艺术家们的喜欢，特别是表演时的洒脱、书法功力的深厚，加上把书法和中国绘画艺术进行巧妙的融合，让现场韩国同行大开了眼界，惊叹之余也纷纷赞赏，不少人还现场求购。当地的媒体更是适时对其进行了采访。可以说，费永春的现代书法，给这次赴韩国的连云港书画代表团争得了荣誉。

3

在费永春主持下的《苍梧晚报》文艺副刊部，除文学版《海州湾》外，还有其他几个版块，一时间，副刊部会集了晚报不少办报好手和青年才俊，各个副刊办得有声有色，影响力逐渐扩大。不久后文艺副刊部又扩展为专副刊部，内容扩展了，版面增加了，栏目也大幅度增多，工作量也水涨船高，不仅保留原有的文学、艺术等版面，还涉及教育、法制、摄影、服饰、影视、婚恋家庭和社会生活等诸多方面的内容，费永春面临的挑战也增大很多，但他都能排布有序，应对得当。在他的设置下各版呈现出不同的风格特色，有的甚至是别出心裁，成为时尚版面，比如婚恋家庭版上的"情感驿站"栏目，就成为当时的热点，受到了许多读者的追踪，每期甫一出版，就引来了读者的争相阅读。我记得有一次，还在电脑房排版时，就听印厂的校对员和排版人员之间的对话，大致是说这期的"情感驿站"上的某篇文章真是感人，校对时只顾看内容，只顾被内容所吸引所感动了，怕自己忽略了纠错，就不放心地多校了一遍。排版的工作人员也附和着说，她在打字录入时也是因为被内容所吸引，怕差错率太高而自己先校了一遍。连工作人员都被内容所吸引，这是不多见的。还有一次，是在和朋友的聚餐上，大家都在热烈地谈论刚拿到手的晚报时，有一位诗人情绪不高且满脸遗憾。问其原因，他说是因为他每次拿到晚报，都是先跳过其他版面，迫不及待地直接来到"情感驿站"，但这一期却没有这个版，因此特别失望。在当时，这种情况常有，因为版面

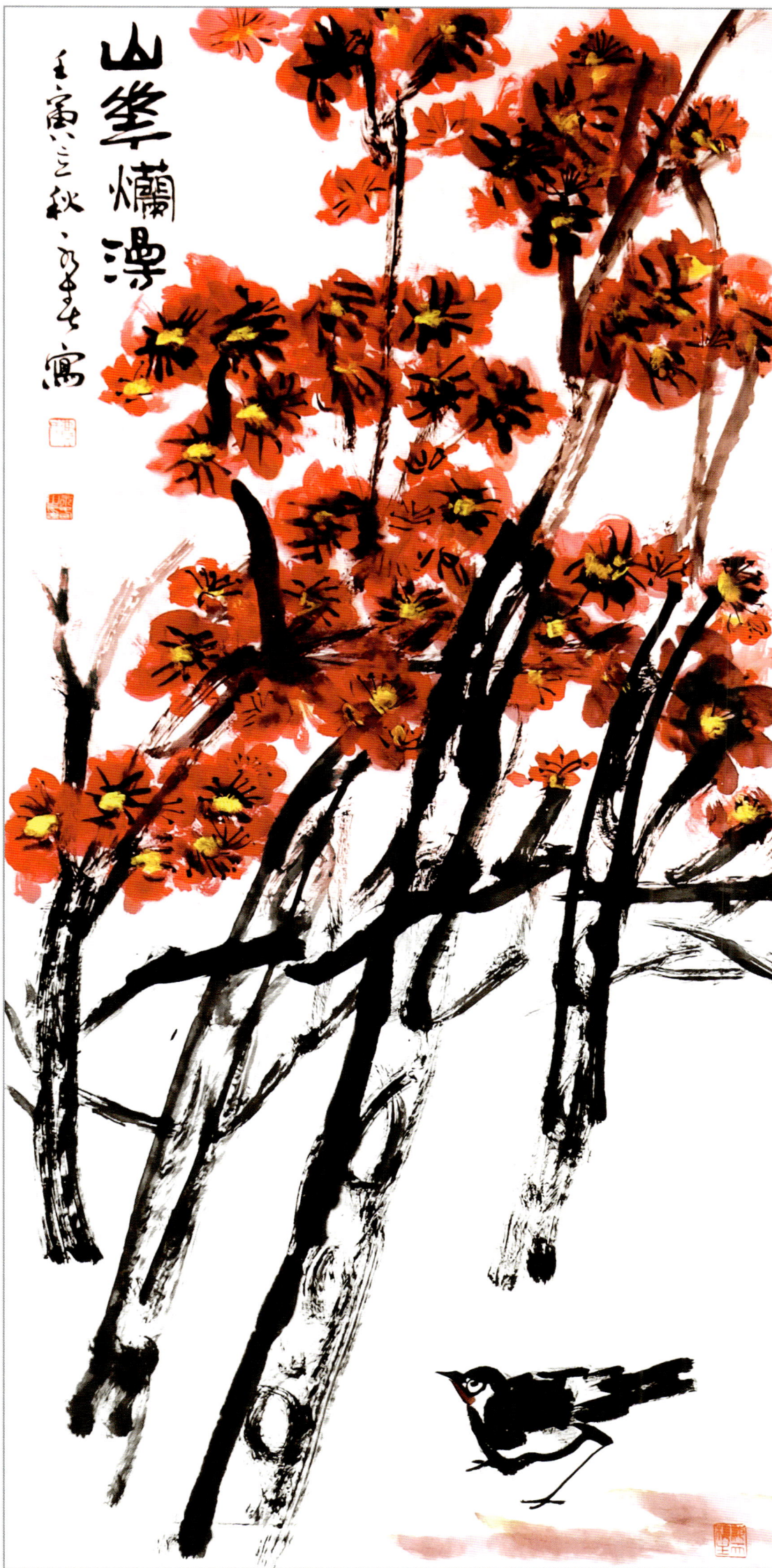

山花烂漫　136cm×68cm　2022 年作

常常被整版广告占领，报纸这样做，也是出于无奈，毕竟经济效益才是根本，但却让这位诗人大失所望。

艺术版面是费永春自己组稿、编辑的一个名牌版面。这个版面会聚的都是本市艺术界的名家高手，他们在不同的艺术门类中都取得了不俗的成就。介绍哪一种艺术门类、上哪些人、发哪些稿，每期都颇费思量，不太好办，弄不好会产生争议，甚至引起艺术界的混乱。费永春每期都事先做好各种预案，力求把那个时段表现最好、最活跃、最有代表性的艺术家介绍给广大读者。记得费永春在推出灌云县画家贾俊春的专辑时，他就下了不少功夫。当时，贾俊春还没有崭露头角，还藏在深闺人未识，至多在灌云县稍稍有点小名气。费永春是在一次规模不大的画展上，看到贾俊春的画的。对中国传统绘画艺术有相当了解的费永春，第一眼就觉得贾俊春的画功底扎实，特色鲜明，颇具潜力。为了进一步了解贾俊春，摸清他的创作实力，费永春还专门去了一趟灌云，几经周折找到了贾俊春，和他在画室里攀谈，看他所读的书、所临摹的古代画家的作品和艺术风格，还听他对传统中国画的了解和习艺体会，并观摩他现场作画。通过这些了解，费永春回来后，写了一篇长文，并配上贾俊春的几幅作品，用两个整版发表了出来。这个举措对当时的艺术界冲击很大，贾俊春像一匹画坛黑马，横空出世，震荡了连云港画坛。同样的，这对贾俊春本人也产生了很大的影响，不仅使他坚定了自己的习画路径，还使他接受了费永春的合理建议，拜师中国画名家何水发等当代大家，有效地提高了自己的绘画技艺，为他后

来的成长并成为国内一流画家打下了坚实的基础。二十多年后，贾俊春已经作为高级人才被苏州画院引进为专业画家，在北京的中国美术馆举行的一次苏州画派的展览上，我见到了作为主要参展画家的贾俊春，他说起当年费永春发现他并提携他向《苍梧晚报》重点推介时，颇有感叹地表示，那是他在画坛上一次宣言式的重装亮相，正是那次激励，提升了他对传统中国工笔画的认知，同时在对中国传统艺术的传承和创新方面，也让他找到了抓手，为他走向一条正确的艺术之路指明了方向。

此外，费永春还经常组织不同形式的艺术专版，以书法专刊、美术专刊、雕塑专刊等形式，整体推出艺术人才。每一期，他都先有策划，再组织专人撰写，体现出了不同艺术门类的个性和风格，不同程度地促进了当代艺术的发展，也推出了一批批文艺人才。

在拓展办报思路和发展方向上，费永春几次率领本部门的编辑、记者，到青岛、南京等地学习，和《青岛都市报》《金陵晚报》《东方文化周刊》的同行们进行多方位的交流，大大提升了办报思想，使那一时期专副刊的

尘心洗尽露倩影　180cm×97cm　2021年 作

诸多专版、专栏成了报社的名片，同时也培养了一批办报人才。这里可以多说一句，报社年轻编辑夏勇，当时在别的部门担任一线记者，由于采访思路、写作风格和其他记者有所不同，他的稿子上版率比较低，这影响了他的考核和部门的业绩，因此而产生的一些流言，让他很苦恼，甚至产生了离职的想法。当费永春知道夏勇在摄影方面有着独到的艺术理念和追求时，克服不少困难，把他要到了专副刊部，利用他的专长，不定期地出版反映民生和市民日常情态的摄影专版，而且每期都有一个主题。经过几期的尝试，该专版特色鲜明，渐渐在报社产生了影响。费永春干脆放手让他独立完成，从策划到拍摄再到上版编校，全由他一人承担，摄影专版的名声迅速在同行业中叫响。而夏勇本人也通过这些版面，被北京某大报发现，并聘用成为骨干，多次获得全国性的奖项。所以，可以毫不夸张地说，不是费永春的慧眼识珠，夏勇的人生轨迹很可能就转入到另一条道路上。有一次我在去往北京的旅途中，在火车上巧遇夏勇，他在说到这一段经历时，也由衷地感谢费永春对他的知遇之恩。

和平万岁　68cm×68cm　2022 年 作

4

　　费永春一直是报社的名编、名记，其策划、采编、撰写的许多版面和稿件，数次获得华东地区和江苏省副刊好稿评比的各种奖项，仅一等奖就有十余次。他在书法方面也取得了很高的成就。或者说，名编、名记只是他的工作职务，是谋生的手段，由于职业特性，他在这方面取得了很高的成绩。而他的突出成就和贡献，还是对书法艺术的钻研和创新。如前所述，在《苍梧晚报》初创时的那次韩国之行，在引起了一波风暴潮之后，给了他更多的启发，一方面要坚持传统，另一方面还要坚持创新。从古至今，没有一位书法家不是有自己独特的个性和风格迥异的面目，用时髦话说，就是要有清晰的辨识度。千人一面

的书体，即便是和"二王"惟妙惟肖，和米芾一模一样，那也不是艺术创作，而是模仿，是匠人的技术操作。尽管匠人的技术操作也未必不好——君不见这样的所谓书法家不是遍地皆是吗？但费永春不是这样认为的，他要创造独立于任何人的有清晰面目的书体。这个野心他虽然没有说过，没有公开宣布过，但是从他的言谈举止和我对他多年的了解，还是能够感受得到他一直都在孜孜以求地追求和别人不一样的艺术风格。

　　早在二十一世纪初期，我住在新浦河南庄，费永春住在繁荣路时，我们的相距可以用"近在咫尺"来形容，只有几分钟的路程，同时到一个菜市场买菜，同时在某个区域吃早餐，在假期或双休日里，我会在读书或写作累了的时候，到他家串个门，听他讲讲书法和绘画艺术，也会

欣赏他的诸多藏品，目睹他的书法创作。费永春家的住房是一幢独立的小院子，除了书房外，他在小院子里有一间自己的工作室或创作室。有无数次，我到他家找他闲谈时，他都在工作室临帖、读书、创作。他的工作室看起来很简陋，有一个用来写字的案子，另外一个小书架上，都是古代书家的各种法帖，宽宽窄窄、长长短短的各种开本都有，还有汉唐的一些碑记和碑刻。临帖、读帖、研帖，是他那一时期的用功要点，书案上、废纸篓里，都摞着他所临的各种书体，地板上也会叠摞成轶。我有时候还想，可不可以捡几幅品相不错的拿回去把玩把玩呢？但这个念头只是一闪，便不敢往下想了。因为费永春并不会让我待在工作室太久，往往是，还没聊几句，他便结束工作，客气地请我到他家客厅小坐喝茶，我便想到中国传统文人一些老派的作风，即名人的书房（工作室）一般人是不可见

的，算作是秘密的个人空间吧。周作人就曾经说过，自家的书房被外人所见，你的爱好、习性、读的什么书，就见了底，你的学问也便一望而知。所以，像鲁迅当年搬到北京阜成门内宫门口西三条21号时，就专门拿出一间屋子放书，而另建一间"老虎尾巴"用来写作，会客也在"老虎尾巴"里。在上海定居时，他的楼上书房也不允许别人上去。巴金写作、会客也在楼下，而楼上的大书库成了他个人独享的空间。费永春如果在书艺上有所追求或变法，在没有取得成功之前，工作室一定也是他个人的秘密空间，是不愿意让别人窥探到他的野心的。尊重他个人秘密也是朋友间的相处之道。所以，在那个时候，我就感觉到，费永春是有大气象和大格局的，是有自己的追求和理想的。多年以后，当费永春在多种书体上有独家贡献和清晰符号时，我便想到那一时期费永春的用功和探索。

霜重色愈浓　68cm×68cm　2022年作

但是在别的场合，特别是公开的书画笔会上，费永春又是另一番的潇洒和自信，他展纸研墨，信笔挥洒，笔走龙蛇，都能做到游刃有余。对一些因工作忙而又热爱和追求书法艺术的机关工作人员，他并不保守，不仅现场示范，还对其书法作品进行指点，纠正错误的用笔方式，帮助他们找准方向，使他们在较短时间内走进了书艺的殿堂。为鼓励他们热爱书法艺术，费永春还专门策划了一次公务员书法展。

有一段时期里，费永春在步行街上有一间超大的工作室，这个工作室对朋友开放，对书法爱好者开放，对艺术家开放，甚至《苍梧晚报》专副刊部的一些策划会、评报会也在这里召开。一时间，费永春在步行街上的工作室成了一个艺术沙龙，吸引了本市一些真正的艺术家，他们聚拢在这里，畅谈艺术，纵论古今，发言玄远，却口不臧否人物。我曾多次听他关于书法艺术的论述，对著名大写意花鸟画大师、书法家、篆刻家陈大羽先生的推崇，对书法家和书法理论家黄惇先生书法艺术的赞誉。陈大羽和黄惇都是南京艺术学院的名师，费永春在南京艺术学院读书时曾听过二位大师的教诲，耳提面命，受益匪浅，他们的教诲不仅在艺术上感染了费永春，而且做人做事上也使他多有受益。费永春能够多次组织名家书画艺术展，组织多次书画名家笔会，团结一大批书画艺术人才，和他受到良好的传承不无关系。

而这一时期费永春的书法艺术，在多年历练后，汲取众家之长，已经有了鲜明而独特的艺术个性，走出了属于自己的一条道路，从我个人的角度来观照，费永春的书法

妖媚　68cm×68cm　2022 年作

高瞻思千里　88cm×68cm　2019 年 作

艺术，仅以行草（草书）而论，比如《观太白涧》《观东磊玉兰花》《家乡美》《习书偶得》《秋夜闲吟》《游月牙岛》《赠白鹤道长》等条幅，可以说在追寻帖学正脉的基础上，洒脱疏放，神韵潇洒，线条上注重力与势，结构上外拓开张，有一种风樯正马的爽快和雄劲，又不失其书卷雅韵之气。如此一脉相承的篆书和隶书，同样融入了他这些年苦心孤诣的探索和锤炼中悟到的古韵之美。他的书法不露声色地加入现代书法元素（这一点难能可贵），去滞涩而峻丽，去呆板而畅达，有乾坤朗照之气。

5

我曾见过费永春的画，那多半是带有先锋意识和现代艺术的尝试或探索之作，说是书法的变异也不为过。我一度认为，费永春的画以这个路子走下去，也可以别具一格，自成一派，独步江湖，成就传奇。但是，有一次，我

和朋友品茗闲聊中，看到他办公桌上有一份台历，展开的那个月里，是一幅重彩写意的中国花鸟画，题《秋色烂漫》。两只并列枝头的鸟，像一对情侣，挨挨挤挤，卿卿我我。在它们身边，是满树灿若烟霞的红叶。从笔意上看，有点米氏云山之意，虽然所绘的是花鸟，但线条和墨韵是对的。再往下翻，又是一幅《写意游鱼图》，题诗一首，曰："我心早已远红尘，唯有丹青可养生。诗画禅音书相伴，疑成俗间一仙人。"诗是好诗，简洁明了，洒脱自然，难得的清新，而画我看着眼熟，游鱼之上的枝条，枯涩中带有自然的凌乱，是以草书笔意入画的，体现在造型和境界上，既有高度的自我意识，又有高度的忘我情怀。老枝间那下垂的、刚刚泛青的柳芽，又如惊鸿一闪，点缀出季节的轮回和四时的变化。这幅画配上题诗，非常高级，可长久地把玩。我正惊叹这是哪位高人所作时，看到了落款和印章，原来是费永春。我想，这就对了，这些年，费永

春一心崇尚艺术、与世无争。细细一想，这幅画和题诗，非常切合他现在的行状，说是他的座右铭也是贴切的。

费永春对于中国写意山水花鸟画的迷恋，我是早就知道的，在他众多的字画藏品中，有一幅中国写意画顶流大师的真迹，是他的镇宅之宝，秘不示人。我曾有幸观赏过这幅画，当然是被惊到了，也感叹家有宝藏的人，心气是不一样的。至于这幅画如何到了费永春手中，这不仅是艺术家的秘密，也是艺术的秘密，我也秘而不宣。可以透露的是，另一次和费永春一起看画赏画的经历。二十多年前，不知什么机缘，我们一起去山东某市游玩，在逛文化街和古玩市场时，都是走马观花，随意浏览。逛完之后，我看到费永春一直做沉思状，一副意犹未尽的样子，他踟躇一会儿，对我说（又像是自言自语）："那幅陈大羽的公鸡是真迹，走，再回去看看。"于是我又跟着费永春来到这家店里。这家店的铺面不大，经营以字画为主，书法作品有不少国内名家，比如尉天池的字就有好几幅。对于国内书法名家，费永春都是耳熟能详如数家珍，和店主攀谈起来也很自然和谐，每位著名书法家他都能和店主你来我往说出一两个典故来，给人的感觉是他对这些大师的书法作品有兴趣，也问了几幅作品的价位。谈话自然就拐到了陈大羽的那幅大写意的雄鸡图上。陈大羽是业内公认的大师级高手。眼前的这幅鸡图尺寸不大，一只大公鸡昂首阔步，迈着六亲不认的步伐，像是要找谁决斗一般，背景是紫藤，藤叶凌乱如有狂风从紫藤间穿过，和雄鸡的步态形成一种互动的态势，题款是"某某同志雅教"，落款是"戊午大羽"，盖一方"大羽"阳篆印章。这幅画的价格

皆成大器 68cm×68cm 2022年作

双寿　68cm×68cm　2022 年 作

也是问了的，我听了，当然是令人咋舌的天价（这个价格在当时的新浦街可以买三套房子）。从这家店铺出来，费永春很遗憾地说老板是不想卖啊，不然不会要这么高的价，还说要是在某某价位之内，他就拿下了。从费永春的表情上我看出他是多么喜欢陈大羽这幅《写意雄鸡图》，这也足见他对写意花鸟画的迷恋了。

不久前我去费永春的工作室喝茶，看到他橱柜上摆着历年间的台历，都是以他的书法和中国画为主体精印而成的。我取出几册，细细观赏，心里的念想是，费永春爱字画，更爱历代名家大师的字画，当不可能把所有喜欢的东西都据为己有时，就自己成为名家大师吧。在书法上，他已经建立了自己的个性和风格，那么在中国传统绘画方面，同样要有自己清晰的面目——玩水墨和线条当然是费永春的强项了，而在结构和造型方面，受书法的影响，他

同样能营造出自己的印记来。水墨中的浓淡枯涩自不必说，而意境和手法同样不可轻视，所以，我们就看出他作品中一些特别的元素来，比如丰子恺稚拙、古朴和趣味的风格，从费永春的画中就时有体现，像《幽香》中的大眼睛鸟、《燕子春归》上的剪柳、《皆成大器》上的彩色葫芦、《霜重色愈浓》上的红叶、《秋风劲》上的一对飞鸟、《静思》中的一只老鹰等，都体现了费永春在情趣和拙朴上的追求，可观、可赏、可玩，特别是在自题诗的一些画作中，又看出了黄永玉晚年作品的风致来，有童趣有哲思，不拘形式而自有气象。

6

关于费永春的文学作品，我还没有认识他之前就在《连云港日报》"花果山"副刊上读到不少篇了，除了杂

接天莲叶无穷碧　68cm×68cm　2020 年 作

文之外，还有谈书法的艺术随笔。他的杂文，文学性很强，既有知识性又有趣味性；关于中国传统书法艺术的随笔，则篇篇都从不同的角度阐述其演进和风格，对书法艺术的理解也非专业人士莫办。后来在《苍梧晚报》专副刊部的时候，费永春开有专栏"七日谈"，一连写了近百篇文学杂感，有的贴近生活、针砭时弊，有的谈古论今、说文论艺，都是精彩纷呈，繁花似锦。

我离开晚报十七八年之后，因长期在外，漂泊不定，和费永春的交往没有往日那样频繁和密切，对费永春的艺术之路的理解还停留在书法和绘画上，未承想他在旧体诗词方面如井喷一样爆发，创作了大量水准很高的旧体诗。我在惊讶之余，细细一想，也在情理之中，诗书画本不分家，就像我前边提到的"三绝"那样，诗是中国艺术的传统，而费永春又是对中国传统艺术非常着迷的艺术家，当然是不鸣则已一鸣惊人了。特别是在朋友的公众号里，看到诗人、评论家孔灏写作的一篇关于费永春旧体诗的评论《久闭天门由我开——费永春先生诗歌略说》，全方位地把费永春的旧体诗做了一番梳理和评价。文中对于

《登玉女峰》《暮雨观花果山猴石》《云台仙人洞》《游桃花涧遐想》《望秦山岛》《过南天门》等诗的剖析和评价，都十分准确、精细，把费永春旧体诗中的景、情、神和韵展现了出来。这些诗，如果一定要归纳，可划归为记游诗一列，历来记游诗难写，主要是达意难，会心难，容易堆砌辞藻，流于通俗。但在费永春的诗中，却少有俗句，或可说"俗"得精当，无可替代。例如《云台仙人洞》一诗中，"白云飞渡洞口开""俗子风骚有赋来"就是神来之笔，一"开"一"来"妙趣无边；《金秋赏红叶》中，"摇落相思几片叶"实在是不可多得的佳句，无尽的相思，都在那几片落叶中了，有过去时，有纵深感，又有即视感；而《游桃花涧遐想》就是一首过目不忘的情诗，相信许多人读后都会感同身受，"桃腮杏眼"不过在"一笑间"，"魏晋风流"也不过是"红尘""过客"而已。

而费永春的题画诗，又是他旧体诗的大宗，不敢说每首都是佳品，但可以说每首都有说头——这个很难，我不喜欢那些为诗而诗的诗，所谓"情趣"，说白了就是好玩、耐品，能做到这点，那是要有大气象和大境界的。费

永春的不少题画诗，已经接近这样的境界了，如《春燕剪柳》，诗曰："柳嫩枝摇燕舞忙，春风尽染菜花黄。玉兰有意擎天幕，红杏无心曳出墙。"好一派春光，燕子来了，柳树绿了，春风到处，菜花黄了，玉兰开满天，红杏曳出墙。一个"曳"字，是全诗的眼，无心，实为有心，无意，实为有意。另外，曳还有飘摇之意，比如摇曳；还有穿戴之意，比如曳缟，即穿白绢的衣服。《诗经·唐风》里有"子有衣裳，弗曳弗娄"之句，"曳""娄"即穿戴、着衣之事。《新唐书·列传第三》写到陇西恭王李博义时，有这样的句子："骄侈不循法度，伎妾数百，曳罗纨，甘粱肉，放于声乐以自娱。"所以，这首诗的意趣，真是可以联想无限的。再看《题玉兰喜鹊图》，诗曰："古砚微凹墨未干，挥毫凝思写玉兰。可嘲世俗薄情眼，鹊舞斜枝两不看。"后一句是重点，"两不看"是重点的重点，玉兰值得凝思一写，鹊舞斜枝又算得了什么呢？不过和"世俗""薄情"一样，不值一看。《题牵牛花》也好玩，诗曰："墙角田边任意挂，喜看晓日开晨花。笑颜不对迟起者，只向勤奋奏喇叭。"整首诗全是大白话，"任意挂""奏喇叭"，笑颜灿烂，正是牵牛花简朴的形状，但是这里却暗藏着牵牛花特有的个性——只在夜间开花，天一亮就闭合了。你想看牵牛花的尊容吗？只有早起劳作的人才有这样的机会，可以说这也是费永春知识丰富的另一个佐证，他以此来形容或勉励刻苦勤奋者。另外，《题秋菊》《题葫芦喜鹊图》《赏玉兰花有感》等都有妙句可以会意。

关于费永春的旧体诗，还可以例举很多，也可以有多重解析，我的这些心得，费永春未必同意，但作品在酝酿阶段是自己的，一旦流布于社会，就是大家的了。我的胡言乱语算是我的一家之言吧。拙文最后，我来做一次文抄公，把文友张学玲在她大文《初心着色，年华永春——记艺术家费永春先生》一文中转述费永春的话附上："美好的东西一定要持之以恒地敬畏它，才会永远贴在你的身上，否则我们只是空长了年纪，空耗了岁月，虚名易得，实学难求啊。"

2023 年 6 月 15 日初稿写毕于北京像素荷边小筑，沥沥拉拉花费月余时光矣。

陈武　当代著名作家，中国作家协会会员，一级作家。著有作品集五十八部出版发行。

桃园深处有人家　68cm×68cm　2020 年 作

以艺抗疫说

费永春

　　壬寅二月上浣，大疫四起，荫翳八方，继泛海州，举市振怖。虽值天朗气清，倚柳题笺，此地当花侧帽，莺歌燕舞，然新冠来袭，若黑云压城，众人闻之愀然，黯然神伤。

　　嗟乎！幸政通人和，人民至上，生命至上。策者布其道，能者尽其才，民者通其意，为障蔽疫散，堵路封城。须臾，街无闹市，巷无人影，路无车马，河无舟行，勠力缚疫魔，携手克时艰，誓死保家园！浩浩乎同心同德，凛凛然群策群力。

　　每览古今要事，千钧一发之端，总会天降大任于斯人也，多少英雄豪杰，佑社稷之危艰，护广厦之不倾。就此番疫情言，江山如有待，医者更无私。于是乎，"大白"报酬不言，生死不计：救患者，澄神内视；测核酸，纤毫未失；斩疫魔，审谛覃思；夜以继日，鞠躬尽瘁。古有华

爱憎分明　68cm×68cm　2020 年 作

长寿万年　68cm×68cm　2022 年作

佗济苍生，今有大白护万民。大疫来袭，大爱无疆，优为聚灵，情洒苍梧，终赢得惠风和畅润港城，吾心安处是吾乡。

众志成城，首战告捷。予思量，制治于未乱，防患于未然，平安于未危，盖因两种力量，即法令与理解。法令而立于上，理解而成于下。今回首，既礼赞可歌可泣的逆行者，又钦慕可敬可亲的老百姓。上行下效，溯远古，吾辈先民用石刀石斧开凿文明源泉，埋葬荒蛮与暴虐，一代代生生不息，薪火相传，先赴后继，创造世界，铸就繁荣，彰显文明，泽惠后人。

港城百姓于疫情多警急，阴霾遮艳阳，"外防输入，内防反弹"之关键时刻，遵纪守法，足不出户，宅家月余。此间，虽无赤、澄、黄、绿怡性情，抒幽怀，却有锅、碗、瓢、盆奏和声，赋心曲。众亲们或家务，或追剧，或网课，或祈福，或听曲禅心养神，或赏石观花解语，或电话传问候，或微信报平安，一切都在默默进行，心态各异，形式迥同，皆弥合残酷时段之裂痕。众人打破彼时工作忙，适意行，渴时饮，饥时餐，亲友聚之常规，全无琼壶歌月、长曲倚楼之兴致。琐事束之高阁，不恋尘世浮华，不受红尘纷扰，不叹世道苍凉，不惹情思哀然，静取闲身。况庄子有云："知其无可奈何，而安之若命，德之至也！"诚然，南山君有言，除之生死，别无大事。幸哉！雨露深而草木滋，丛林盛而鸟禽附，江湖肥而鱼蟹乐，政令惠而民众安。况患者有医，聊以宽心，蜇者有依，衣丰食足。梦里残枝败叶，醒来繁花似锦，引以为幸耶！

在堪比圄鸟时日，夫老之已至，愧不能前线抗疫，唯居家避疫魔，献薄力，未能助战，焉能添乱哉。非常时期，予蜗居海天楼，宾客不来，良朋辄至，棋与谁下？唯孤芳自赏，羌笛自娱。时而院内看花，时而陋室品茗，时而临摹羲献小行草，时而泼墨齐翁大写意，时而放怀写汉碑，时而逸兴读楚辞，凡懵懵懂懂，画画墨墨，寻寻觅觅，求求索索。古贤经典皆凌跨群雄，旷代绝笔，且夫眼拙，迫目以寸，故难解其一二焉，均不能取华生悟，亦不能应会感神，憾也！

书者，心画也。诸事以心为本，未为心至而力不能逮耶。闲心居家，心无旁骛，寄情书画。偶心羡陶令，光阴冉冉，风雨番番，朝朝饮酒，处处行歌，唯想往之，故不能前。吾闲居月余，欣涂鸦百余帧，又临法帖数十通，塞翁失马，焉知非福乎？回望闭门所造之作，故有所悟，不登高山，不知天之高也，不临瀚海，不知水之深也。吾之习作，其色、其形、其笔墨，少了浓淡枯湿、断连辗转、粗细藏露之变化，少了笔势雄奇、姿态横生、深沉冷峻之妙境。思之，艺途漫漫，上下求索，左右迤逦，盖因古法不臻所致。若何？而今迈步从头越，从头越！与古为徒，师古不泥，裨补阙漏，有所广益。

凡事皆有法，断木为棋，刬革为鞠，亦循规矩矣。吾师黄惇先生虽不吝鼓励而赞予书已得古法，卑人自知自明仅具皮毛而已，焉有佳作呈现？若使予之拙作，泼墨成云，喷水化雾，还需假以时日，不辍修炼也。好在予心甘寂落，玩文弄墨，乐而不厌，习而不倦，不图取悦于他人，不去追逐于时风，不会名垂于后世。已矣乎，只是浅尝初探，丰盈吾心，提正吾身，畅神而已，不亦快哉！

壬寅槐月于海天楼作

满枝露繁华　136cm×68cm　2021年作

疑是神女作千娇　136cm×68cm　2022 年 作

诗书清刚墨更浓

——浅谈费永春先生大写意中国画

杨植野

　　我知道，费永春先生的书法和诗词写得漂亮，可没想到，他的绘画艺术，竟然也是如此美妙。不知在他身上，还有多少不为人知的雅趣。

　　因为前一段时间，费永春先生给我发来一大批他的大写意画作品，直到后来，看到这批原作，我很欣喜，也感佩不已。就此，聊一聊我的一些看法。

　　也许早期的人生经历，造就了费永春先生爽朗热情的个性，使他对周围环境或事物的感觉，比普通人更加敏感，而这种纤细易感，又恰恰是他艺术创作的原动力。我感觉，他是在思考中大写意的。他是一个在思考、领悟、反复实践中把传统绘画艺术转换成自己的血肉一样创作的人，这能不说难能可贵吗？

面对费永春先生的这些作品，我总体的审美感受是：灵、变、奇、活、重、辣、新、逸之妙。欣赏他的每一幅作品，看似水墨淋漓，可又水晕墨章，并有着鲜明的笔墨个性，尤其那笔墨情韵中洋溢的书卷气，也正是画家审美理想、文化素质和精神风貌的自然流露。在我看来，写意花鸟画是最具有深厚的文化底蕴和优秀的艺术传统的，熔诗、书、画、印于一炉，也最讲究画内功夫和画外学养。所以不难看出，他的笔更善于借花鸟形象来表达主观意念和审美追求，这充分表现出他对大自然无限生机的热爱和人类真挚美好的情感的珍视。无疑，在他的写意画中，你还可以品味到诗意的栖居，会让人顿觉"境出自然、野中觅趣"的旷达画风扑面而来，即可获得飞扬驰骋的快感，而画作又显现出一种真实的艺术美感。

古人讲"外师造化，中得心源"，而绘画艺术无外乎两个，即造化与心源。造化在于得其鲜活性，而心源便是你的心境。什么是画境？画境则是心境，若无心境则无画境，有心境则有画境，而明心境却是绘画的首要元素。细而察之，无论人格与写意绘画，费永春先生都已具备了这些方面的潜质。其实，大写意画笔墨表现的空间也是一种叙事文本，也可谓叙事的现实。按照传统理念说法，就是"书者，如也；如其学，如其才，如其志，总之曰如其人而已"，可见，先生的为人耿直、厚道、爽快，骨子里深藏着某种狂狷之气，这大概与传统的文化教育相关。不得不说，费永春先生不愧为用心之人，因为艺术不仅仅靠脑子去想去做。用脑子去想去做只是技法上、思想上一些继承的东西，那是基础。最重要的是他不仅仅以笔墨表现物象精神的内美，而且更注重对笔墨品质的追求和精神的自我修炼，从而使作品呈现出自然古雅的格调。所以我说，

淡远俗尘　136cm×68cm　2021 年 作

费永春先生的写意画，更是有一种文人的情怀，如果缺乏对传统笔墨功夫的认识和理解，就无法获得大写意画的笔墨功夫，也无从谈以笔墨创造新的面目。纵观他的这些表现，与他在研读古人、学习古人经典诸家、用笔沉稳、线质朴厚、打点作皴、聚散讲究是分不开的。我想，这一定都是时间打磨的结果吧。

诚然，费永春先生是一位重视在作品中表现诗意的画家，这亦体现了他有一种观察和品味生活的方法和态度。经过他的悉心经营，他的画作无不形神兼备，真切感人。所以，他的画作，迎面扑来的一定是一种生动和谐的大自然气息，有一种意味深长的内涵。他描绘出的一花一鸟，浓淡隐显，红艳绿翠，都具有形散神不散的意境之美，散淡中带着诗意。

我还发现，在他笔下，无论是山石还是树木的勾勒点画，都明显地表现出提按顿挫的书法笔意，进而在笔墨运用上，实现了实写与虚写的结合，使画面在疏密相间、浓淡相宜、错落有致等方面，传递出久违了的古典风韵，想必这也是费永春先生客观感情的自然流露和自身性情的自然抒发。

一位好的花鸟画家，无一不是好的书法家，为什么这么说？因为寥寥数笔的简率表达，对笔墨质量的要求太高了，这寥寥数笔不仅要求状物造形，更需要表现画家主体的精神状态和文化修养。我不敢说这样的画法会持续多久，但这是这一刻状态的表达。画法的保守或革新都只是某一阶段的呈现，最终都要沿着一条主线往前走，那就是他自己的内心、个性、喜好使然，是做不了假的。

我相信，费永春先生在艺术的征途上，一定会坚守自己的信念，用沉静的心灵去洗涤这浮躁的世俗，找寻到一个远离世俗的地方。我更有理由相信，他在不久的将来，会映衬着艺术家前行的脚步，去提升艺术的认知，积淀手上的功夫。

杨植野 中国书法家协会会员，山东省书法家协会学术委员会委员，山东省文艺评论家委员会委员。

和得宽余　68cm×68cm　2020 年 作

远瞩　136cm×68cm　2019 年 作

老大其人

费云赋

家兄费永春，文章常署咏春，笔名易水寒，在连云港市新闻战线奋斗数十个春秋。二十世纪九十年代初，正值改革开放的东风劲吹，他被委派出任连云港市文化战线唯一的中外合资企业——粤港广告装饰工程有限公司担任总经理，商海搏击三年后，回《连云港日报》任新闻研究室主任，《苍梧晚报》创刊时出任副刊部主任。老大摊开双手，你会发现他的十个指头都是圆圆的"斗"。相书上说：十个"斗"的人善良、固执，外表坚强，内心柔弱，多在艺术上有成就。总的来说，有十个"斗"的人，不仅万里挑一，而且运势非常好。

看来，指纹相书说的还很有道理哦！特别说手上有十个"斗"的人多在艺术上取得成就。这是一种巧合还是命中注定，就不得而知了。

老大负责的专副刊部，搞得有声有色。副刊"海州

丽姿冠群芳　68cm×68cm　2022 年作

静观　100cm×68cm　2019 年 作

湾"刊头是老大请他在南京艺术学院进修时的书法导师、著名书法家黄惇教授所题，刊内设有文学、艺术、教育、法治、摄影、服饰、影视、婚恋家庭和社会生活等方面的内容。记得《七日絮语》《七日谈》是易水寒的专栏，刊登的美文和杂文受到社会的热烈追捧，好多人都将其剪下来保存。看完这期，眼巴巴盼着下一期出来。记得在《储蓄朋友》一文中，老大这样写道："朋友是用来真心相处的，而不是用来利用的。三天两头麻烦朋友，办这事帮那忙，好比去银行提款，提完了空空如也，价值何在？"

文章结尾说："只要你拥有真心朋友，那就行啦，天塌下来，朋友也会放来天鹅让你飞走的。"

老大的杂文针砭时弊痛快淋漓，揭露问题发人深省，作为地市级媒体推出的杂文，提出的问题，往往开国内舆论界之先河。其敏锐的观点、超前的思维，令人折服。例如，他在二十世纪八十年代就曾提出谨防"精神贿赂"，而中纪委十年前才提出这个词。还有，针对当时社会刚刚流行的女同志整容之风，存在由于技术还没完全过硬，有的美女整成了丑女，有的留下终生后遗症的现象，老大写

惜春　68cm×68cm　2022 年作

了《美女不能硬造》，对这种违背客观规律的女子整容现象进行了抨击。针对当时收视率很高的《超级女声》一档节目，老大第一时间以敏锐的眼光和超常的洞察力，写出了《崇拜的质量有待提高》，告诫人们正确看待"超女"现象，提升审美情趣。如此等等，一篇篇切中要害、眼光独到、发人深省的杂文，给读者留下了深刻的印象。他的数十篇杂文被《读者》《杂文选刊》《杂文报》等刊物刊用，并有三十余篇荣获各类奖项。

报纸对社会舆论的引导作用至关重要，因此，作为一名记者需要具备敏锐的洞察力、超前的思考力、优秀的文字表现力。1998 年连云港遭受百年不遇的洪水灾害，国家财产和人民群众的生命安危受到严峻挑战，抗洪是人命关天的头等大事。为了挖掘和宣传抗洪一线的感人事迹，为抗洪加油助威，老大带队深入灾情严重的县区、乡镇，采写了富有感染力的报告文学《奋进》，鼓舞全市人民的抗洪士气，收到积极的社会反响。

2003 年"非典"肆虐，作为专副刊部主任的他，带着一名记者的社会责任感带队深入乡村、工厂、码头、医院，采写了两万多字的报告文学《较量》，并在《苍梧晚报》大篇幅发表，这在当时引起社会较大反响。

在连云港市"一带一路"桥头堡战略位置确立后，他组织采写了六万余字的报告文学《划时代的潮声》，并用十个整版第一时间刊发，这一史无前例的创举，堪称大手笔。

新冠疫情的流行迫使老大又抄起了永不休战的笔。2022 年 4 月 16 日，"连云港发布"网络平台刊登老大的《以艺抗疫说》，该文以古代议论文体的手法写成，说理深刻，文采飞扬，写出了一名资深记者的敏锐与担当，写出了一位艺术大咖的豪迈与执着，写出了一个黎民百姓的忧思和纯情。他虽然宅家数月，但思维敏捷，心胸豁达，情绪乐观，抒发了饱满的文化情结和家国情怀，热情歌颂了党的"外防输入，内防反弹"的防控策略和"人民至上，生命至上"的大国担当。正如其所谓："雨露深而草木滋，丛林盛而鸟禽附。江湖肥而鱼蟹乐，政令惠而民众安。"这篇文章句式考究，对仗工整，谈天说地，处忧不惊，褒奖了"大白"，歌颂了党恩，称赞了民众。在那段封闭的岁月里，文章给港城人民和社会各界增添了抗疫的勇气和信心。

老大会喝酒，也深谙酒场礼仪规矩，号称金牌主持。他主持的酒场，从席位安排、开场絮语、嘉宾介绍、敬酒次序、席间交流、总结发言，每个环节都被把控得恰到好处。如果要归纳一下，他主持的酒场，大概具备以下几个特点：

一是不忘主持职责，引领酒场气氛。注意充分发挥好"酒司令"的作用，每每在大家推杯换盏、你来我往、气氛高涨时，他会拍几下巴掌，缓和一下情绪和气氛，围绕主持人的意图将酒场该表达的话题表达出来或者进入另一个序曲。

二是突出嘉宾位置，兼顾满座宾朋。作为主持人，首先要多喝酒，无论是自己请客主持还是受邀主持酒场，老大会把主宾抬得高高在上，把主宾敬得舒舒服服。同时，对其他宾客也会情真意切，坦诚相敬。

三是拓宽信息含量，增进交流沟通。席间，他会根据宾客的不同兴趣爱好，主动提出一些话题，引发大家思考和谈论，听取大家的意见和看法。尽管对某些问题是仁者见仁智者见智，但也能够达到相互学习、相互启发、信息

消得酷暑倾诸茶　68cm×68cm　2022 年 作

丰韵添香缀满枝 136cm×68cm 2022年作

共享的目的，丰富信息含量，活跃酒场气氛。

四是尊重主体人格，鼓励畅所欲言。特别是在总结发言阶段，习惯于提倡每一位嘉宾都讲两句，谈谈收获和体会，让朋友之间进一步增进沟通了解，加深印象。

总之，他旨在让每一位宾客通过一次聚会感受到应有的尊重和友爱。普普通通的家宴，只要有他参与就会更加有滋有味，有情有义。这杯酒敬大姐、大姐夫，这杯敬二姐、二姐夫，这杯敬小姑、小姑爷，这杯敬晚辈……就这样，在这带着美好祝福的敬酒活动中，平淡无奇的家宴也能喝出浓浓的兄弟姊妹之情，喝出家文化。

2012年5月，老大清华大学归来在连云港市美术馆举办"纪念毛泽东同志在延安文艺座谈会上的讲话发表七十周年费永春书法展"的活动，红底白字的展标由黄惇教授题写。老大忙着为一批批参观者讲解作品，不时和各级领导、朋友、书法同道合影留念。我在静静欣赏一幅书展作品时，突然老大拉着我，说我们兄弟照一张，也作一个纪念。身为资深摄影记者的大嫂骆晓玲按下快门，定格了这珍贵的记忆，这是滚滚红尘中最温暖的兄弟情。

论起老大的诗书画，那可大有说头。在这条艺术之路上，老大一直在奔跑——从学书初期的"云山小溪""苍梧七君"书法展，到进入南京艺术学院师从黄惇老师研修书法篆刻专业，后又进入清华大学美术学院书画鉴定专业深造，再到北京画院大写意高研班学习，他就像一匹奔腾的骏马在梦想的高原上驰骋不息，奋进不止。

毛笔字，老大自幼就喜欢，小小年纪就给周围邻居家书写春联，一到过年，我们就忙得不亦乐乎，之所以用"我们"，是因

紫气东来　68cm×68cm　2022 年 作

为我也会帮着裁纸叠格，写个横批、"福"字，还有米缸上的"年年有余"、水缸上的"细水长流"诸如此类的。小时候，没有条件跟书法老师学习，全是按照字帖来练的，好的字帖根本买不到。记得当时家里有一本叔伯哥哥临摹得惟妙惟肖的《曹全碑》，老大天天照着临摹写得有模有样。爱屋及乌，毛笔无疑是老大少年时代的至爱。记得小时候兄弟俩追逐嬉闹，难免有翻脸的时候，每到关键时刻，我的撒手锏就是拿起他那支心爱的羊毫毛笔比画着要将其折断，这时候他一准甘拜下风，双手合十，频频求饶。毛笔，是老大的掌中宝，是我的制胜法宝。

老大的书法遵循传统，崇尚法度，秉承"二王"书风，对宋代大书家米芾的法帖用功颇勤，行草书在点画和结构上不时地透露出蟹爪勾、杏仁点、扁担横、柳叶竖、平底捺等米字的显著笔法特点，注意向背与敧侧、大小与疏密、开合与收放、布白与章法等关系，使自己的行草书呈现出圆润通达、潇洒遒劲、优雅脱俗、意趣横生、妙法自然的米字风神。在隶书方面，他主要吸取《石门颂》《张迁碑》《大开通》《好大王》等汉碑的营养，豪迈静穆，风趣自然，结体大方，刚劲挺拔，如锥画沙，入木三分。老大有一副"邮亭通大道，广宇显弘功"的隶书对联，取法石门、大开通，下笔干脆利落，结体舒展通达。细看每个字均注意笔画的向背敧侧，枯湿浓淡，平中见奇，错落有致，敦厚中见险绝，高古中出神奇。整体看来，摇摆呼应，姿态万千，意象连贯，气韵生动。两旁配以行草题跋，整副对联酷似汉白玉铺就的宽敞明亮的大道，在两侧摇曳多姿的花草的掩映下，通向神秘的远方……

再说说老大的画，老大深厚的书法基础与笔墨功夫，为他画写意画奠定了足够的基础。丰富的工作和生活积淀，为其艺术创作提供了肥沃的土壤。进入艺术院校的研习和深造又为其搭建了放飞灵魂、筑梦心画的舞台。另外，诗意的审美、纯真的意趣、豁达的胸怀、豪爽的性格、坚贞的意志，成为他一幅幅精彩绝伦的写意作品诞生的催化剂。如他的《丽姿冠群芳》写意斗方，画面中，三大朵牡丹呈三角形满心满意地尽情盛开着，上方一枝横出，藤蔓缠绕，九只小鸟一字排开，其中七只小鸟目光凝视同一个方向，都在深情地欣赏牡丹的姹紫嫣红。领头的小鸟打破一字线，

立在下拐的枝头上与一紫红色花苞深情对视。花苞顶部尖尖的带着弯勾，酷似一只花鸟在与小鸟轻声对话，后面两只小鸟脑袋转向这边，好像在探听它们在说些什么。整幅画构图精巧，色彩明快，动静结合，妙趣天成。

还有一幅《双寿》，如果用田字格来划分，几乎三个格子的画面充盈着橙黄色的油桃，左下一格偏宽一点，一片空白，墨线勾勒出两只丹顶鹤并排站立，一只憨态可掬，一只引首回望，尾部一撮厚重的黑色羽毛，与头顶上鲜红的红色肉冠，点缀在白色的空间。那一片白色的旷野，穿越了时空，苍老了岁月，仿佛一片世外桃源，令人

梅竹报春　100cm×68cm　2022 年 作

绿雨清风 68cm×68cm 2022年作

产生无尽的遐想，千年白鹤守护着万亩桃源，共同见证不老的时光，取名《双寿》岂不恰如其分！

老大的诗，我基本都读过，每一首诗，感物吟志，借景抒怀，朗朗上口，浅显易懂。特别是每首诗的诗眼，富有哲理，耐人寻味，给人以教育和启发、信心和力量。

如《登玉女峰》：

峰巅一览倍堪欢，极目流云境界宽。

空想岂能凌绝顶，攀登才是最高峰。

诗言志，歌咏言。诗是用来表达人的思想、意志、抱负等精神理想的。中国古代诗歌理论著作《毛诗序》指出"在心为志，发言为诗，情动于中而形于言"，阐明了

志和情的关系。回想老大的从艺之路，无论前方是激流险滩还是荆棘密布，他一直在奔跑，在攀登，在求索，这首诗是他艺术人生的真实写照。

再如，那首《过南天门》：

拾级而登数百台，翠微云雾两边栽。

千峰万壑眼前过，久闭天门由我开。

这首诗由写景到抒怀，前两句描写了拾级而上时而驻足观景的悠闲心境。"翠微云雾两边栽"，说明攀登已到达了一定的高度。后两句，话锋一转，从写景状物转到情感抒发，向读者敞开心门。隐喻自己围绕心中那个神圣的目标，仰望艺术的殿堂，不辞辛苦地努力再努力，攀登

费永春与小弟费云赋合影　摄影　骆晓玲

再攀登，看身旁虚无缥缈的云雾和峰回路转的青山，似乎也达到了一定的高度，否则，也看不到眼前的这片景色。"千峰万壑眼前过"，也是隐喻通过几十年的工作、生活、艺术的历练，走过的路、见过的人、遇到的事，兴衰成败，皆为过往，唯有对书画艺术的不懈追求，时刻激励自己高擎奋进的火把，向艺术的殿堂不遗余力地攀登。随着螺旋式的上升，千山万壑盘旋在脚下缥缈的云雾之中，伴随着喷薄而出的旭日，神圣的天门轰然大开。这首诗托物言志，借景抒情，写出了老大桀骜不驯的性格和自信人生二百年的博大胸襟。

还有那首《秋夜闲吟》：

月落星稀陋室明，语不惊人梦难成。
披衣更向长河望，李杜谈诗我掌声。

从诗中情景来看，前两句刻画了在一个寂静的星夜，老大为了一个字眼、一个韵脚，苦思冥想、绞尽脑汁、难以入眠的情境。在百无聊赖中，翻开古诗经典，仰望历史长河，诗仙李白、诗圣杜甫的精彩诗章，一字字嵌入心扉，一句句沁人心脾，一次次打动心弦。此时此刻，心跳伴随着叹服的掌声，打破秋夜的静默。搜肠刮肚的折磨已经被阅读经典带来的愉悦所取代，在诗意的梦境中安然入睡。但在写作手法上，老大运用形象的比喻，巧妙地用"长河"的双关语境，将天上和人间、长河与个人、理想

和现实、银河系与海天楼（老大书斋名）这些情景巧妙地串联起来，披衣踱步，仰望浩瀚的银河，仿佛与诗仙、诗圣围炉夜话，谈诗煮茶，兴之所至，掌声叫好，完成了与古人的一次完美的对话。气魄和胸怀难能可贵，风趣与浪漫跃然纸上，这种灵感的迸发，也是老大特质的精彩呈现。

行文至此，作为兄弟我也附庸风雅，作小诗一首，祝福老大的艺术人生更上层楼：

家兄别署易水寒，妙笔生花自非凡。
快意人生诗书画，海天楼上极大观！

费云赋　男，1964 年生，1984 年入关，先后在连云港海关办公室、人事政工、保税监管、物流监控、开发区办事处等部门工作，关检机构改革后任业务运行监控科科长、三级高级主办。

2015 年在国家口岸办集中工作期间，负责牵头编撰国家口岸发展"十三五"规划，独立完成的《"十三五"航空口岸发展课题研究》《口岸大通关发展研究报告》等研究成果编入国家口岸管理办公室编著的《国家口岸发展"十三五"规划》一书。

自幼喜爱书法。作品多次在《书法报》《书法家》《中国海关》《金钥匙》等报刊发表。现为中国国际书画艺术研究会理事、中国海关书法家协会会员、南京关区书法家协会理事、连云港市书法家协会会员、连云区书法家协会秘书长。

齐白石大写意的深远影响

汇 文

在现代社会中，人们对于艺术的追求越来越高，对于各领域艺术大家的研究也越来越深入。齐白石是我国著名的绘画大师，其对于绘画的研究已经达到近现代的顶峰状态，尤其是齐白石擅长的花鸟画，对中国现代花鸟画的发展产生了深远的影响。本文也将以此作为研究切入点，从齐白石的作品风格、传承精神及人文精神等角度入手，分析齐白石给中国现代花鸟画带来的影响、对该领域发展的社会现实意义和价值。同时通过本文的分析，也希望能够激发更多的艺术家、相关从业者、学术研究人员针对我国艺术大家的作品进行更加深入的剖析、研究，为现代绘画艺术发展做出更多的贡献，让艺术创新真正成为国家的软实力。

一、关于齐白石的花鸟画主张

齐白石是继吴昌硕之后在写意花鸟领域中杰出的代表。其花鸟画能工能写，但仍然以写为主，很好地继承了文人画传统，逐渐找到了自己的绘画风格，并且在绘画作

春欲来　68cm×68cm　2021 年 作

废纸三千画路宽 68cm×68cm 2020年作

品中也展现了其丰富的个人经验。

齐白石对于花鸟艺术的基本要求，即为"形神俱似"。为了能够真正达到此目标，齐白石付出了巨大的努力，每次在进行花鸟形象的绘画前，都需要进行大量的细致观察工作，通过不断地观察、写生、临摹、研究及反复地修改才能够完成，这也是现代绘画艺术人员需要学习的精神。在艺术主张方面，齐白石强调绘画作品本身应该是"妙在似与不似之间"，在其花鸟主题作品及虫鱼主题作品中表现都极为突出，其独特的大写意国画风格得到了与吴昌硕齐名的美誉，更被人们称作"南吴北齐"，由此也可以看出人们对于齐白石在绘画领域造诣的肯定。

可以说，齐白石实现了传统的文人绘画风格与朴素的民间艺术风格的完美融合，也是中国现代花鸟画发展领域的标杆。

前面也提到，齐白石对于绘画主张"妙在似与不似之间"，他认为"太似为媚俗，不似为欺"。这也充分体现出了齐白石在绘画中的造型观点，齐白石在自身的艺术格调上，希望能够追求、沟通世俗和文人的审美意趣，最终达到既不会流于世俗也不会欺骗世人的中性状态。齐白石还曾提出过"中正见齐"的观点，其实质上与"似与不似之间"有些异曲同工之妙，都直接展现了齐白石是一位一方面能够极工，另一方面又能够极简，并且在两个方面都达到较高造诣的大师，他不局限于任何一个极端领域，从而达到了自身审美领域的适中点。每一位绘画大师都有着自身独特的审美尺度，齐白石通过自身的持续努力，最终找到了符合自身审美观的中界点，达到了对美的最佳感受。

二、齐白石对中国现代花鸟画的影响

（一）注重继承与创新，承中求变

齐白石的诗文和绘画都有着浓烈的个人特色，并且得到世人的广泛认可。齐白石在艺术追求的过程中不沉浸在传统的辉煌中，通过尝试、感受追求自身的特色。不做出改变可能会流于世俗，但一味改变可能会脱离艺术的基础，齐白石在二者之间寻找到了平衡，并且通过无缝融合运用在自己的绘画创作中，让作品本身具有更强的生命力，也更加生动。对于自身绘画作品的特色及最佳融合点的追求，齐白石曾在诗句中有所表示，比如"山妻笑我负平生，世乱身衰重远行。年少厌闻难再得。葡萄阴下纺织声"，还有"仙人见我手曾摇，怪我尘情尚未消。马上惯为山写照，三峰如削笔如刀"。从齐白石的诗句中可以看出意境在绘画中的重要地位，没有意境的作品是没有生命力可言的，只能说是一个图面的复制品。只有拥有足够的意境和层次，才能够让绘画更加生动，真正赋予绘画作品生命力，让观看者能够体会画中的世界。

事事如意 68cm×68cm 2022 年 作

爱如苍山　68cm×68cm　2021 年 作

　　另外，齐白石的作品也体现出其对生活的积极追求和向上的人生态度、观念。齐白石作品的色彩主题多为水墨黑白主题，能够与原色之间形成一种强烈的视觉对比，也正是通过此种方式让画面能够在视觉上体现出足够的张力，不同的色调能够让画面展现得更加丰富。在齐白石的作品中，淡墨的使用就像水一般，能够很好地将画面中虚的部分呈现出来，而齐白石使用的浓墨则很厚，如此在绘画作品中形成了淡浓的互补和呼应，以及自身独特新颖的画面特征。也正是通过这样虚实结合的方式，齐白石的绘画作品更加活灵活现，将静态的事物展现出灵气，让整体画面都呈现出和谐和精妙。再者，齐白石对民间事物有着明显的偏好，这也是他生活阅历深、热爱生活的集中体现。将民间事物进行改变，融入作品中，不仅是思想的解放，也是一种绘画中的新理念，值得现代艺术从业人员进行学习和思考，真正明白艺术的本质、绘画的本质。

　　（二）注重神形双具

　　像与不像的问题，一直是齐白石作品最为重要的主题之一，也是现代花鸟画研究中的重要课题。齐白石一直倡导神形双具，让绘画更有生命力和展现力。在一些作品中，对于绘画事物的造型可能拿捏得非常准确，能够很好地将事物的本质进行传达，但从绘画艺术角度来说却缺少内涵和精神，也就是说功能性很强，艺术性偏弱，使得画面不够和谐。而还有些作品，走向了"不像"的极端，脱离作品本身的根基，让人们的观看、理解出现困难，可欣赏性不强。齐白石在作品创作过程中强调对生活的感知，并且通过概况、创新，让绘画作品不会丢了根基，又拥有足够的想象空间。只有真正感受生命的本质，才能够在绘画作品中呈现出纯净和虚幻的和谐魅力。在表现方式上，齐白石利用水墨本身的表现区别，运用淡墨的扩散感，让人体会到舒适、喜悦和轻松，并且凭借自由的线条呈现出意想不到的画面感。这也使他的作品根据不同的主题体现出不同的神韵。齐白石利用墨和线在绘画作品中呈现一种奇妙的感觉，或重或浅，自然过渡，赋予绘画更多的生命张力。

在齐白石的花鸟作品中，神形结合是基本要求。看齐白石的花鸟画，是一种美的享受，画面形象生动，让客观事物能够完美地进行融合，尤其是齐白石画的虾，栩栩如生，极富表现力。在具体绘画过程中，齐白石通过淡墨的使用让画面更加和谐，体现出虾自身的生命力，让观看者能够体会到老先生画作中的虾，是有生命特征的生物，而不仅仅是画面图像。这也是中国现代花鸟画作品中需要继续追求的部分。神形结合才能够让画面更加和谐，也只有神形结合才能够让绘画作品有根、有基础、有想象余地，使不同的人看画能够得到不同的体会。其中程度的把握就是大师的绘画精髓之处，恰到好处才能具有持续的生命力。另外，要做到神形双具，需要更多的生活阅历，只有沉入生活，才能感受到细节的魅力，只有追求艺术，才能够具有神韵和内涵精神。

潜心耕耘　休谈收获　68cm×68cm　2019 年 作

（三）关于齐白石的人文精神

齐白石大师的画作，不仅有绘画的技巧可以学习，还展现了齐白石的人文精神，其意境高远，展示了自然与人生之间的连接和永恒，可以感悟到人性、人伦以及高尚的道德品格，可以为人们提供更多的创作灵感，感受大自然的美丽和生活的美丽。

三、结语

齐白石的画作和体现的人文精神对我国现代花鸟画领域的发展具有重要的指引作用，其身上的优秀品质、匠人精神值得人们进行学习和钻研。其对生活的热爱、对自然的热爱、对艺术的追求都是其最终能够取得成功的重要因素，启迪人们只有持续钻研、坚持和做到极致才能够在领域内达到巅峰。希望通过本文的阐述能够引发人们的思考，切实促进我国花鸟画领域的发展和创新，激励现代艺术从业人员创作出更多优秀的艺术作品，同时也为关心这一话题的人们提供参考。

贵冠图　68cm×68cm　2022 年 作

义气自冲天　136cm×68cm　2022 年 作

秋色烂漫　68cm×68cm　2021 年 作

凌波仙子静中芳　136cm×68cm　2022 年 作

珍惜　真诚温馨的遇见

摄影　骆晓玲

1998 年与西泠印社副社长、艺术大家李刚田先生合影

1999 年与当代工笔画大家喻继高先生合影

2005 年与当代山水画大家卢星堂先生合影

2005 年与著名人物画家许怀华先生合影

1997 年与中国书法家协会顾问朱关田先生合影

1998 年与著名学者、艺术大家黄惇、李刚田先生合影

2010 年与天津美术协会主席霍春阳教授在清华大学合影

2011 年与中国美术出版社总编程大利先生在清华大学留影

2000 年与同门师弟、中国书法家协会学术委员会委员、西南大学博士生导师曹建教授合影

除夕读母亲

谨以此文献给爱我和我爱的人们

费永春

除夕，爆竹震天，礼花绽放。很多人围坐在电视机旁，品评一年一度的除夕大餐——春节联欢晚会。此时，我却坐在海州医院病房的抢救室里静静地读着我的母亲。

那一夜，我的目光始终在吊水瓶、心电监护仪和您的脸上轮回扫描。每当我的眼神停留在您的面颊，就像读着一部严峻而又温馨的哲理诗。我躯体秉承和心里蕴积的一切美好的东西，都是您诗中的标点符号，都该属于您。我知道，天之大，没有母亲的爱高远；地之广，没有母亲的爱辽阔。

读着病床上的母亲，就像读着爱不释手的世界名画。经年累月，八十四个春夏秋冬。您满头白发就像喜马拉雅山巅的积雪，耀眼又明亮；您脸上的老人斑，自然点染，就像著名画家钱松岩笔下苍松的墨痕，老辣又沉稳；您脖子上的皱纹，纵横交错，像在诠释罗中立的名作《父亲》的沧桑。望着您插着针头、贴满胶布的手上那一条条青紫色的经脉，就像一条条干涸的河流，流淌的痕迹还残留在河床上，早已缺乏生机和活力，只剩下荒漠和静寂，让我感到心酸和无助。于是，我情不自禁地将您的手揣到我的怀里，把您的手指盘起来又放开，放开又盘起来，仿佛握着一件宝贝，久久舍不得放下。此时，我的泪潸然而下，泪珠滴在您慈祥的脸上，您却全然不知。医生诊断您得的病是脑梗死，记忆力丧失，言语困难。我知道，母爱是不需回报的，就是需要回报，我又能拿什么报答您？

从我来到这个世界，您就对我娇疼惯养。我生在极度贫穷的 1959 年腊月，在那个重男轻女的年代，您一连生了六个姐姐，等生下我来，我无疑是您的掌上明珠和精神寄托，几年后我又招来了小弟、小妹，我像一根棒棒糖给这个大家庭增添甜蜜和欢乐。

记得我七岁那年生病，高烧不退，您冒雨背着我，沿着泥泞的盐滩小路往十多里外的工区卫生所跑。一路上您瘦骨如刀的背脊硌得我肚子生疼，我就哭着让您抱，您抱抱背背，背背抱抱。那时，正值寒冬腊月，您脸上的汗水和雨水不停地往下淌，累得气喘吁吁。到了医院，经过医生打针喂药和您的悉心照料，第二天下午我的病情就好转了，您拉着我的手，泰然自若地走在回家的路上。

那天，雨过天晴，天空飘浮着淡淡的白云，很美，您脸上露出的笑容更美。盐场的土地咸，路边很少有树木生长，有一种叫观音柳的植物稀稀拉拉地点缀在路边。您折下一根观音柳的枝条给我玩，并告诉我，这种小树不管条件多么艰苦，它都能顽强地活下去。当时，我似懂非懂地点点头。后来我长大了，我理解您的用意和心事，从此，不知名的观音柳成了我心目中的参天大树，您的话也常常在我的耳畔回响。

往往儿时对某件事物清晰的记忆，像焊接在灵魂深处的钢板，一辈子都沉甸甸地镶在我的心头，以至在漫漫的人生旅途中，无论是学习还是工作，都曾有人褒赞我，但我很清楚，我既没有紫檀那么名贵，也没有银杏那么高大，我是生长在盐场沟旁河边的观音柳，生性自强，刚毅超凡。也曾有人贬低我，但我很明白，我既没有官场历练的经验，也没有商海弄潮的胆魄，我是株历经困苦考验的观音柳，风吹不倒，浪打不灭。性情就像观音柳一样，不卑不亢、不油不滑、不娇不挠、见贤思齐、以心换心，始终是我为人处事的座右铭。

记得去年春节前的一天，室外大雪纷飞。头天晚上我在单位熬夜做报纸，早上八点多钟，还在床上睡觉。一阵急促的敲门声把我惊起，开门一看，您像一个雪人，嘴唇冻得乌紫，身子直筛糠，右手颤巍巍地拎着一大盆咸鱼豆子，额头融化了的雪花，蚯蚓般无顾忌地爬向您的嘴角边、脖颈上。我又疼又急地赶紧把您接到屋里，掸去您身上的积雪，擦去您面颊的雪水，并给您点上一支香烟，抱怨地说："外面下这么大雪，天又这么冷，您来干啥呀？"您笑笑说："不冷，一点也不冷，马上就要过年了，平时你就吃得不孬，过年又都是大鱼大肉的怕你不想吃，就给你做一盆咸鱼豆子，换换口。"

过一会儿，您吸了两口烟，像欣赏风景一样看着我问道："你忙什么呀，三四天没到我那儿去了？"我说最近想抽点时间，把这么多年写的一些文章整理整理，准备在适当的时候出套书法集、杂文集、散文集、艺术评论集。您听了，很不高兴地说："咳，你碎事多，整天忙，没事歇歇，出什么书，累半死，何必呢，妈知道你会写就行了。妈早就说过，从来不指望你当官，不指望你有钱，不指望你出名，你只要健健康康、高高兴兴地生活，妈就心满意足了……"

那时，您和蔼可亲的脸、朴实无华的话，让我真正知道了什么叫爱。想想，这些年，领导的关爱给了我平台，

2011 年与 86 岁老母亲合影　摄影　骆晓玲

师长的关爱给了我智慧，朋友的关爱给了我慰藉，您对我始终爱得那么深沉和执着。那一刻，我心里五味杂陈，眼眶里的泪水转来转去，我却强忍着，不能当您的面流出来。我深知您最喜欢我开心快乐的样子，稍有愁眉苦脸，您会惦记着多少天吃不好饭、睡不好觉。当时，联想到您对我无微不至的爱，我萌生了一个颠扑不破的念头：人倘若真有来世，下辈子不做权贵的太子，不做富豪的公子，还做您的儿子。

当然，有些爱让我遗憾终生，有些爱让我痛苦一辈子。妈妈，唯有您的爱平平淡淡、真真切切，犹如冬日里的阳光、夏日里的浓荫、饥饿时的面包、口渴时的甘露，您用丰饶的心血把我浇灌，我借了您的血肉来到这个世界，您的怀抱就像一个襁褓，不管我年龄多大，都想得到您的抚慰和温暖。我一心想把自己对生活和工作的理解，融入一种真正意义上的艺术中去，既不随波逐流，也不好高骛远，每天把大部分时间留在那间不算太大的画室，将纷乱的世事和现实生活的烦忧都拒之门外，在画室里封闭尘世，在画室里敞开心怀，在画室里舞文弄墨，把一份份追求与思考融于笔端，汇聚于稿纸和宣纸之上，这是我终身的梦啊！除夕，想到这些，我将头紧紧贴在您的胸前，泪水不觉湿润了您的衣被。

现在，我在病房里整整陪您度过十六个昼夜，您一直神志不清地躺在那儿。偶尔清醒的时候，您用迟滞的目光看着我，什么话也不会说，只是不停地流泪。

我知道，您是在心疼我呀，平时您一双袜子也不让我洗，一顿稀饭也不让我做，害怕我累着，总是叮嘱我有空就看看书，练练字，出去玩玩，任何家务事从来不让我做。可这段时间，您脸上的褶皱已在我的额头延伸，您头上的白发已在我的两鬓辉映。其实，我陪护您的辛劳，不想让您知道，因为我的倦容，是您最揪心的痛啊。

但我对您的爱，想让小树知道，让它和我陪您拥抱明媚的春光；我对您的爱，想让小溪知道，让它和我陪您淌过生命的河流；我对您的爱，想让小鸟知道，让它和我一起在上帝的耳边柔声轻语地为您祈祷！

时间和痛苦丝毫不会毁坏您的形象，时间和痛苦越发让母爱得到升华，让生命更加壮美。妈妈，哪怕您再能活上十年八年，我也会放弃一切，心甘情愿陪伴您一起慢慢变老。因为，您伟大的母爱，早已成为我心中永恒的雕塑，而坐在这尊雕塑身边的那个长发男孩，永远与您靠得最近，心永远与您贴得最紧……

母爱，给了我一种不可抗拒的力量，我将用它抵挡未来可能发生的一切。

观书　观人　咏春　永春

——后记

费永春

依稀记得，有哲人曰："凡人常生活于趣味之中，活之才有价。则如此，花不可无蝶，山不可无泉，人不可无癖。"吾之癖，唯文字与书画是也。

余少时居海边一隅，逮鱼扣鸟之暇，探悬针垂露之奇，动辄涂鸦满壁，不择笔墨，遇纸则书，憾无师少帖，以致笔画荒疏，体势粗恶，难入古典之堂奥。彼时，善书者寡，竟也虚名遐迩，不顾品藻讥弹，愧也！

稍长始知，学书须得法，法不备，则虚度岁月，徒多道亡，南辕北辙。然既不能愚惑他人，又长思完善自我，决然拜师解惑。旋在南师读书时，曾问道尉天池先生，复负笈金陵黄瓜园，幸为黄惇师门人，师高屋建瓴，诲人不倦，余渴骥奔泉，跬步不休。后又北上燕京清华园、北京画院，求教于诸贤，经艺兼得。夫南征北战，上下求索，院校寒窗九载，结识师友八方，本想传灯续焰，盖因艺坛浮风日盛，蝇营狗苟，道不同不相为谋，故敬而远之。况平生学艺初心，富贵浮云何有？怡养性情而已。幸甚，历代经典探索之乐乃正餐，旁门左道属小技，趣谈赋诗皆属小酌，只适调调口味，欣慰艺海巡游经历如品佳酿，愈久弥香。

经年累月，余书幸得名师指点，沿正脉，浸"三颂"，学"二王"，涉老米，多蕴藉，无野莽。虽富贵不如启元白，风流不及唐伯虎，然余书无不诉灵魂之放达以及放达间之执着。书如其人，亦狂亦侠亦温文。情动形言，取会风骚之意，阳舒阴参，本乎天地之心。余性情逸放，嗜酒不贪杯，抽烟无节制，好友照肝胆。时效李白，酒楼小聚，醉后闲吟；亦拟王维，笑傲林泉，探幽抒怀；偶学陆羽，品茗谈艺，雅怀高致。故常有挚友出入海天楼，既有平民百姓、社会贤达，亦不乏艺坛名流、高僧大德、政界要员。闲定自思，来者，僧人喝茶品的是禅，吾辈喝茶饮的是水。茶者，越发清静；饮者，时犯糊涂，权作附庸风雅。友人辄酒熏之余，多有恭维，因是酒话，姑妄笑谈。悬钟馗像逼鬼，挂永春字暖心，逗吾眼角之鱼，穿梭眉宇间，不亦乐乎！

且夫平心而论，余学习诗书画，纯属雅玩，丰盈生活，此展彼赛，非我兴致。而一些变味之展尤恶，增人浮躁之气，不参也罢。入展，获赞，固然很好，无非期盼外界认可，一时名扬。然善书者，及书至一定高度，且活过若干年月，或有顿悟，曼妙书法之最，不是剑拔弩张，而是文气浓郁。

学以致用，余对古体诗的钟爱，实为书画创作所需。起初，余书画作品多为唐诗宋词，日久生厌。纵观古贤圣手，将诗书画融于一纸，观之浩浩然吞吐大荒，巍巍然摩天接云，幽幽然澄怀味象。余思之，含道映物，从实用出发，研习七言绝句，短短二十八字，言简意深，能与吾之大写意、行草书妙境互补。熟料，古体诗需循规蹈矩，不能违古法之篓，难度可谓大矣。何况，诗人是与语言搏斗并征服语言之人。诗人又是饱受语言折磨之人，为吟一个字，捻断数根须。七言绝句看似简单的四句话，其中的奇诡、多变、虚实、借景、状物、抒情、意蕴等等，高深难攀。阅古代名篇，高不言高，象外含其高；远不言远，笔外含其远；静不言静，诗外含其境，皆语词雄辩，字字珠玑。诸如王维之诗、米芾之书、徐渭之画，观似无法实乃从容于法度之中，绚烂至极，归于平淡，余最爱也。

爱人者，人恒爱之；敬人者，人恒敬之。回望五十载学艺之路，曾先后得到书画大家萧娴、陈大羽、沙曼翁、喻继高、卢星堂、李刚田、华人德等先生答疑解惑，指航引路，恩重如山。一人如屋，师友即窗，窗愈多，则室愈明。港城文坛大咖、艺术俊杰时常为予推开智慧之窗，春送香风秋送果，夏送凉爽冬送暖，在予诗书画创作过程中鼓励有嘉，并在百忙之中撰美文相赞，情深似海，切谢切谢！

燕雀羡天地之高远，坎井慕江海之辽阔。予之作品集出版发行，觉诗书画三类作品皆刚入门槛。诗，转合处未臻妙境；书，气韵处不能畅达；画，造型处欠有佳构。此等涂鸦之作，仅为阶段之小结，恭请方家、读者纠误匡正，不吝赐教，再拜再拜！

2023 年 10 月于海天楼作

图书在版编目（ＣＩＰ）数据

春咏苍梧 / 费永春编著 . -- 天津 : 百花文艺出版
社 , 2024. 8. -- ISBN 978-7-5306-8868-7

Ⅰ . I217. 2

中国国家版本馆 CIP 数据核字第 2024E1T238 号

春咏苍梧
CHUN YONG CANG WU

费永春　　编著

出 版 人 : 薛印胜

责任编辑 : 李　爽

装帧设计 : 费永春

出版发行 : 百花文艺出版社

地址 : 天津市和平区西康路 35 号　　邮编 : 300051

电话传真 : +86-22-23332651（发行部）

　　　　　+86-22-23332656（总编室）

　　　　　+86-22-23332478（邮购部）

网址 : http://www.baihuawenyi.com

印刷 : 三河市华东印刷有限公司

开本 : 787 毫米×1092 毫米　　1/8

字数 : 531 千字

印张 : 29.5

版次 : 2024 年 8 月第 1 版

印次 : 2024 年 8 月第 1 次印刷

定价 : 288.00 元

如有印装质量问题，请与三河市华东印刷有限公司联系调换

地址：三河市燕郊冶金路口南马起乏村西

电话：19931677990　邮编：065201